CHERRIE LYNN

Embrace me

Zu diesem Buch

Kelseys Leben gleicht einem Scherbenhaufen: Ihr Mann betrügt sie mit der Verlobten ihres besten Freundes, sodass nicht nur ihre Ehe sondern auch ihre Freundschaft zu Evan vor dem Aus steht. Doch Evan hat bereits einen Plan, wie er und Kelsey sich wieder näher kommen können: Kelsey soll Evan auf seine längst gebuchte und nicht stornierbare Hochzeitsreise nach Hawaii begleiten. Das Angebot ist so verlockend, dass Kelsey es nicht ausschlagen kann, und ihr gebrochenes Herz beginnt beim Anblick des türkisblauen Meeres langsam wieder zu heilen. Doch die Reise wühlt auch längst vergessene Gefühle auf, schließlich war Kelsey früher heimlich in Evan verliebt. Was sie nicht ahnt: Evan hegt ebenfalls nicht nur freundschaftliche Empfindungen für Kelsey und will sie davon überzeugen, dass sie eigentlich füreinander bestimmt sind. Und unter der glühenden Sonne Hawaiis kommen sich die beiden endlich so nah wie niemals zuvor ...

Über die Autorin

Seit Cherrie Lynn die Liebesromane ihrer Mutter entdeckte, hat sie sich romantischen Geschichten und Bad Boys mit viel Gefühl verschrieben. Sie lebt mit ihrem Mann und zwei Kindern in Texas, meistens ist sie aber *on the road* zu den Konzerten ihrer vielen Lieblingsbands. Weitere Informationen unter: www.cherrielynn.com

Cherrie Lynn bei LYX:

1. Embrace me
2. Rock me *(erscheint Dezember 2015)*
3. Breathe me *(erscheint im Frühjahr 2016)*

Weitere Romane der Autorin sind bei LYX in Vorbereitung.

CHERRIE LYNN

Embrace me

Roman

Ins Deutsche übertragen von
Patricia Woitynek

LYX
EGMONT

Die Originalausgabe erschien 2009 unter dem Titel
Unleashed bei Samhain Publishing, Cincinnati, Ohio, USA.

By arrangement with Samhain Publishing.
Dieses Werk wurde vermittelt durch Interpill Media GmbH, Hamburg.

Die Novella *Lust de LYX – Seufzen der Nacht* erschien 2014
unter dem Titel *Shameless*.

Deutschsprachige Erstausgabe Juni 2015 bei LYX
verlegt durch EGMONT Verlagsgesellschaften mbH,
Gertrudenstraße 30-36, 50667 Köln

1. Auflage
Redaktion *Embrace me*: Ralf Schmitz
Redaktion *Lust de LYX – Seufzen der Nacht*: Susanne Schindler
Satz: Greiner & Reichel, Köln
Printed in Germany (670421)
ISBN 978-3-8025-9787-9

www.egmont-lyx.de

MIX
Papier
FSC® C083411

Für Brandon,
meinen Ehemann und besten Freund.

1

»Aloha, Traumfrau. Hast du Lust, mit mir nach Hawaii durchzubrennen?«

Kelsey Peterson hatte gerade einen Schluck von ihrem Latte Macchiato genommen, als das Telefon auf ihrem Schreibtisch klingelte. Das mit tiefer, rauer, unverkennbar männlicher Stimme vorgebrachte Angebot hatte zur Folge, dass sie den noch nicht hinuntergeschluckten Kaffee in ihrem Mund auf den Monitor prustete. *Was um alles in der Welt?*

Sie hustete wie eine lebenslange Raucherin und grabschte röchelnd nach einem Papiertaschentuch auf ihrem Schreibtisch, während sie noch immer einen klaren Gedanken zu fassen versuchte. Dann hörte sie sein Lachen, und die Welt kam wieder ins Lot … halbwegs. Trotzdem brauchte sie einen Augenblick, um ihre Sprache wiederzufinden, und der Mistkerl schien das Ganze auch noch in vollen Zügen zu genießen.

»Ich bitte um Entschuldigung«, antwortete sie, »aber die Empfangsdame sagte mir, *Evan Ross* sei am Telefon. Offenbar haben Sie ihn, wer immer Sie sein mögen, gekidnappt und sich seines Körpers bemächtigt.«

»Klingt abgefahren.« Seine joviale, lässige Antwort war typisch für den Evan, den sie seit dem College kannte. Und was wäre schon dabei gewesen, wenn sie sich eine Nanosekunde lang ihrer Fantasie hingegeben hätte?

»Wie läuft's denn so auf der Seite des Bösen?«, fragte er. »Offenbar konntest du dich noch immer nicht entschließen, unserem Club der Guten beizutreten.«

»Ich finde, die Balance zwischen Gut und Böse sollte ausgeglichen sein«, konterte Kelsey und wischte das angerichtete Malheur weg. Als einem Ankläger der Bezirksstaatsanwaltschaft machte es Evan zu schaffen, dass sie die Rechtsanwaltsgehilfin eines Strafverteidigers war, mit dem er sich regelmäßig vor Gericht duellierte.

»Sag, wie ist es dir so ergangen, Kels?«

»Ganz hervorragend.«

»Lügnerin.«

»Und wenn schon. Wie steht's bei dir?« Die Frage war wesentlich bedeutungsschwerer, als es den Anschein hatte. Für sie beide.

»Gut. Wirklich, sehr, sehr gut.«

Gott steh ihr bei, er bediente sich schon wieder dieser erotischen Reibeisenstimme. Sie hatte noch immer mit dem Kaffeerest in ihrer Luftröhre zu kämpfen und hielt den Hörer von ihrem Ohr weg, während sie sich räusperte. So viel zu ihrem Vorsatz, die Coole zu mimen. Sie hatte seit Wochen nicht mehr mit Evan gesprochen, und nach dem aktuellem Stand der Dinge würden noch ein paar mehr vergehen, ehe sie wieder dazu imstande wäre.

Evan, der von ihrer Atemnot offenbar nichts mitbekam, redete unverdrossen weiter, also presste sie den Hörer wieder an ihr Ohr. »Zufällig hat mich gerade eine Eingebung ereilt«, sagte er gerade.

»Ach ja?«, japste sie.

Auf einmal mischte sich Besorgnis unter seinen Tonfall. »Kelsey, ist alles in Ordnung? Ich wollte dir keinen Schrecken einjagen. Herrje, das läuft jetzt nicht wie geplant.«

»Entschuldige, es ist nur –« Sie trank hastig noch einen Schluck. »Ich steh noch immer auf dem Schlauch. Was wolltest du mir denn mitteilen?«

»Exakt das, was um ein Haar zu deinem Erstickungstod geführt hätte. Ich entführe dich nach Hawaii. Für eine ganze Woche. Alles inklusive. Dir ist doch aufgefallen, dass das eine Feststellung war und keine Frage?«

»Du … du entführst mich … *was*?«

»Allem Anschein nach bleibe ich auf einer im Voraus bezahlten Hochzeitsreise sitzen. Ein Geschenk meiner Eltern.«

»Oh … davon wusste ich nichts.«

»Jedenfalls habe ich die Reservierung nicht storniert, und wie es sich herausstellte, sind die Flugtickets nicht erstattungsfähig. Damit gibt es nur die Optionen, sie zu benutzen oder sie verfallen zu lassen. Eigentlich würde ich sie lieber benutzen … nur nicht allein.«

»Schön, dass du die Gelegenheit bekommst, in den Urlaub zu jetten. Und bestimmt hast du mindestens zwei Dutzend andere Bekannte, die begeistert wären, dich zu begleiten. Wieso ich?«

»Weil sie vermutlich schnarchen und nicht annähernd so gut riechen würden wie du.«

»Himmelherrgott noch mal, Evan Ross!«

Er lachte laut auf. »Ich glaube, an irgendeinem Punkt sagst du das in jedem unserer Gespräche.«

Versonnen lächelnd, klopfte Kelsey mit ihrem Stift auf die Tastatur. Sie freute sich, wenn Evan sich meldete, hatte das schon immer getan. Seit ihrer Scheidung von Todd, seinem einstmals besten Freund, hatten sich nicht viele Gelegenheiten ergeben, mit ihm zu reden. Seit dem letzten Winter hatte sich alles verändert. Inzwischen konnte sie nicht mehr mit Evan kommunizieren, ohne sich an ein ganz bestimmtes Gespräch zu erinnern. Ein sehr kurzes Gespräch. Sie hatte wie eine Irre in ihr Handy gebrüllt, geheult und geflucht, während am anderen Ende der Leitung eisiges Schweigen geherrscht hatte. *Du lieber Gott*, was für ein Albtraum. Sie ließ den Kopf auf den Schreibtisch sinken und krümmte sich innerlich, wie jedes Mal, wenn sie daran zurückdachte.

»Komm schon, Kels. Ich weiß, dass du Lust hast. Du brauchst eine Auszeit. Genau wie ich.«

Oh, und ob sie Lust hatte. Wenn auch nicht auf diese Reise. Oder vielleicht doch. »Ja, aber wir zwei … zusammen? Mein Boss wäre alles andere als entzückt, wenn er herausfände, dass ich mit dem Feind verkehre.«

»Das verstehe ich. Es wird eine verdeckte Operation. Mach dir darüber keinen Kopf.«

»Evan … Ich kann nicht … Ich kann es mir nicht leisten, dir meinen Anteil zu erstatten.«

»Das ist kein Thema, Kelsey. Die Reise ist bezahlt.«

»Wissen deine Eltern Bescheid?«

»Ja. Aber das muss dich nicht beunruhigen. Sie sind verschwiegene alte Leutchen. Wir haben ihren Segen. Also, bring deinen nächsten Einwand vor, damit ich ihn in Grund und Boden stampfen kann.«

»Ich kann einfach nicht.« Zerstreut kritzelte sie wilde Muster auf ein Blatt Papier. Hawaii. *Hawaii!* Sie war noch nie dort gewesen. Evan schon. Welchen besseren Reisebegleiter könnte es geben? Warum hielt ihr verflixter Verstand nicht endlich die Klappe und ließ sie Ja sagen?

»Der lässt sich am leichtesten vom Tisch wischen. Denn du *kannst*.«

Kelseys Augen weiteten sich, als ihr etwas anderes dämmerte. Sie warf einen Blick auf ihren Tischkalender, um sich zu vergewissern. »Warte mal … sollte deine Hochzeit nicht in *zwei Wochen* stattfinden?«

»Doch.«

»Und deine Flitterwochen gleich im Anschluss?«

Er schnaubte. »Ganz genau. Darum brauche ich eine Antwort. Und damit meine ich *jetzt*, Kelsey.«

»Dann geht es wirklich nicht. Meine Arbeit –«

»Auf mich wartet direkt nach meiner Rückkehr ein wichtiger Fall gegen deinen geschätzten Brötchengeber, darum komm mir nicht mit Arbeit. Nächster Versuch.«

»Ich frage dich das jetzt noch mal. Wieso ich? Etwa … aus Mitleid? Evan, ich brauche kein –«

»Herrgott, nein. Nichts dergleichen.« Er verstummte für einen Moment, den sie nutzte, um der Laufschrift auf ihrem Bildschirmschoner zu folgen. *Ohne das Bittere ist das Süße nicht so süß*. Ein Zitat aus *Vanilla Sky*. Dann wurde Evans Tonfall ernst. »Du und ich, wir haben zu viel zusammen durchgemacht, um Raum für Mitleid zu lassen. Wir sind seit Ewigkeiten befreundet. Was spricht dagegen, dass zwei Freunde sich zusammen eine Auszeit gönnen?«

Ihr kam in den Sinn, dass diese Freunde ein Mann und eine Frau waren. Dass sie sich offenbar ein Schlafzimmer – samt Bett – in einer Hochzeitssuite teilen würden. Dass sich ihr Job um nichts anderes drehte als darum, ihm Niederlagen beizubringen. Dass sie eine grauenvoll verkorkste Vorgeschichte hatten. Zehn Jahre waren keine Ewigkeit, auch wenn es ihr manchmal so vorkam.

Die Tatsache, dass Evan die fleischgewordene Versuchung war, trug ihren Teil dazu bei, dass es sich verkehrt anfühlte. Schon seine kraftvolle, melodische Stimme am Telefon weckte in ihr den Drang, ihren Rock hochzuschieben und ihre Hand gleich hier im Büro in ihrem Höschen verschwinden zu lassen. Wenn er noch ein einziges Mal diesen tiefen, erotischen Ton von vorhin anschlug, könnte sie vielleicht endgültig nicht widerstehen.

Kelsey konnte sich mühelos vorstellen, wie er gerade aussah – das notorisch zerzauste schwarze Haar, die durchdringenden grünen Augen, deren dichter Wimpernkranz jede Titelbildschönheit vor Neid erblassen lassen würde. Die Augenbrauen zwei ausdrucksstarke schwarze Pinselstriche. Bestimmt hatte er sein Sakko abgelegt, die Krawatte gelockert und die weißen Hemdsärmel über seine olivfarbenen Unterarme hochgerollt, wie er es immer tat, wenn er arbeitete, außer bei Gericht oder während eines Meetings. Als könnte er diesen Zwang keine Sekunde länger als nötig tolerieren. Vielleicht hatte er sich lässig in seinem Sessel zurückgelehnt, die Füße auf dem Schreibtisch …

Sie hatte ihren Boss, Jack Ballinger, schon oft sagen hören, dass ihm jedes Mal, wenn er gegen Evan einen Fall verhandelte, die Reaktion der Jury auf seinen Kontrahenten mehr Sorgen bereitete als die auf den Angeklagten. Genauer gesagt, die Reaktion der *Frauen*. »Ein Augenzwinkern dieses Burschen, und schon sind sie drauf und dran, ihn während des Schlussplädoyers mit ihren Schlüpfern zu bewerfen«, hatte er sich einmal beklagt. Kelsey fand diese Aussage frauenfeindlich, aber so war Jack nun mal.

Sie rutschte nervös auf ihrem Stuhl hin und her, wollte nicht durch diesen simplen Anruf zum lebenden Beweis dafür werden, dass ihr Boss am Ende doch recht hatte. Ja, sie und Evan waren seit vielen Jahren befreundet, allerdings war sie unsterblich in ihn verliebt gewesen, lange bevor sie seinen besten Freund kennengelernt und geheiratet hatte. Ihre Gefühle hatten sich leicht abgeschwächt … von einem Inferno zu einem gemächlich bullernden Feuer. Aber jetzt, da sie Single war – genau wie Evan –, kam sie nicht dagegen an, dass die Flammen aufs Neue loderten.

Verknallten sich Dreißigjährige überhaupt noch?

Nein, das durfte nicht passieren. Auf keinen Fall. Ihre Fantasie gaukelte ihr pure Glückseligkeit vor, doch die Realität, das wusste sie, wäre ein Albtraum. Noch ein Albtraum, und sie glaubte nicht, dass ihre Freundschaft eine solche Belastungsprobe momentan aushalten würde. Evan war sich nicht im Klaren darüber, was er da tat.

»Das ist das süßeste Angebot, das mir je ein Mensch gemacht hat. Aber ich kann nicht.«

Er quittierte das mit einem scherzhaften Seufzen. »Ich flehe dich an, bereite meiner Hoffnung, dich in Waikiki hilflos meiner Gnade ausgeliefert zu sehen, nicht ein solch grausames Ende, Kelsey.«

Sie musste lachen, denn er flirtete einfach zu offensichtlich mit ihr. Es war alles nur Jux.

Aber eine Woche mit dieser Art von Jux, und sie würde womöglich die Selbstkontrolle verlieren.

Das Telefon meldete sich mit einem gedämpften Klingeln, und als sie einen Blick auf das Display warf, war es an ihr zu seufzen, wenn auch kein bisschen scherzhaft. Jack. »Evan, ich muss jetzt wirklich –«

»Nicht, solange du nicht wenigstens ein Vielleicht für mich hast.«

»Oh, du –«

»Sag es, oder ich rufe Jack persönlich an und fordere freie Tage für dich ein.«

»Nein!«

»Der Grund, aus dem ich dich frage, ist der, dass ich niemanden sonst kenne, der es so sehr verdient hätte wie du. Und wir haben seit geraumer Zeit nichts mehr miteinander unternommen. Ich habe ein schlechtes Gewissen deswegen. Lass es mich wiedergutmachen. Komm, gib dir einen Ruck.«

Vielleicht war es längst überfällig, dass sie die Selbstkontrolle verlor.

»Evan?« Sie senkte die Stimme zu einem Telefonsexgurren herab.

»Ja-ha?«

»Ich werde darüber nachdenken.« Kelsey grinste wie ein Kobold, als sie das Gespräch mit einem Tastendruck beendete und in ihren sachlichsten Tonfall zurückfiel, um ihren Boss auf der anderen Leitung zu begrüßen.

Lisa Scotts blaue Augen leuchteten erwartungsvoll, als Kelsey zum Ende ihres Berichts über das merkwürdige Telefonat kam, das sie an diesem Morgen geführt hatte. »Evan Ross, dem du schon seit dem College an die Wäsche willst, hat dich nach *Hawaii* eingeladen? Ihr seid beide frei und ungebunden – wo genau liegt das Problem?«

Seufzend rührte Kelsey Zucker in ihren Eistee, dabei ließ sie den Blick durch ihr Lieblingslokal schweifen, in dem sich das übliche Mittagspublikum tummelte. Manchmal, wenn auch selten, lief sie Evan hier über den Weg. »Ich denke, du hast es treffend zusammengefasst.«

»Meine Güte, Kelsey. Bitte sag mir nicht, dass du dich noch immer im Alle-Männer-sind-Schweine-Stadium befindest. Denn das ist einfach nicht wahr.«

»Daran liegt es nicht. Ich weiß, dass Evan ein guter Kerl ist. Auch wenn er beziehungsunfähig zu sein scheint. Außer bei Courtney hat er jedes Mal die Flinte ins Korn geworfen.«

»Aha.« Lisa strich mit der Hand über ihren Babybauch. Sie hatten den Tisch näher zu Kelsey rücken müssen, damit Lisa sich auf den einzigen freien Platz in der Nische zwängen konnte. Eine amüsante Show. »Und weiter.«

Kelsey zuckte die Achseln und stocherte in ihrem Caesar Salad, den sie kaum angerührt hatte. »Was soll ich sagen? Ich habe seine Verlobte in flagranti mit meinem Ehemann erwischt. Du kennst die Geschichte. Ich habe nicht gezögert, Evan anzurufen und es ihm ins Ohr zu kreischen. Ich bin nicht gut mit der Situation umgegangen. Es grenzt an ein Wunder, dass er überhaupt noch mit mir spricht.«

»Aber er tut es. Er hat dich sogar eingeladen, mit ihm in den Urlaub zu fliegen. Allem Anschein nach ist er dir eher dankbar. Er weiß, dass du ihn unterm Strich vermutlich vor einer extrem teuren Scheidung bewahrt hast.«

»Schon möglich.«

»Abgesehen davon finde ich, dass du ausgesprochen gut mit der Situation umgegangen bist. Wenn ich Courtney mit Daniel erwischt hätte, hätte ich ihr jedes einzelne blonde Haar ausgerupft.« Lisa beugte sich so weit vor, wie ihre Kugel es zuließ, und legte die Hand auf Kelseys. »Los, flieg nach Hawaii. Es wird bestimmt toll. Und vielleicht ist es genau das, was ihr beide braucht. Würde er einen Groll gegen dich hegen, hätte Evan dich bestimmt nicht eingeladen. Oder wenn ihm nichts an dir liegen würde.«

»Ich weiß, dass ihm etwas an mir liegt. Aber so, wie ich das sehe, gibt es nur zwei mögliche Ausgänge. Entweder wird sich gar nichts ändern und wir verreisen tatsächlich nur als Freunde, auch wenn ich mich bestimmt wieder Hals über Kopf in ihn verliebe, oder wir haben eine Woche lang wilden Sex, woraufhin ich mich nur noch heftiger verlieben werde und am Ende mit einem gebrochenen Herzen dastehe. Nichts davon klingt derzeit sonderlich verlockend.«

»Oder ihr habt eine Woche lang wilden Sex und lebt glücklich miteinander bis ans Ende eurer Tage. Oder du kriegst ihn aus deinem System und befreist dich endlich aus diesem Dilemma. Oder du lernst auf Hawaii den Mann deiner Träume kennen und schickst Evan mit der Nachricht nach Hause, dass du niemals wieder nach Hause zurückkehren wirst.«

»Sehr viel wahrscheinlicher ist, dass *er* eine Frau kennenlernen und *mich* allein heimschicken wird. Daran hatte ich noch gar nicht gedacht. Herzlichen Dank auch.«

»Papperlapapp. Man muss ein Paar Schuhe nicht kaufen, nur weil man es anprobiert hat. Sie mögen im Regal toll aussehen, aber das heißt nicht, dass sie sich an den Füßen nicht wie mittelalterliche Folterinstrumente anfühlen. Mit den Männern ist es genau dasselbe.«

»Leider kenne ich mich zu gut. Sobald ich mit ihm schlafe, bin ich rettungslos verloren.«

»Du machst dir zu viele Gedanken. Auf nach Hawaii, andernfalls gebe ich es auf. Deine Scheidung ist durch. Du siehst fantastisch aus. Die Zeit ist reif, Mädchen. Wir werden dir einen neuen Bikini kaufen, der dir so gut steht, dass ich dich dafür hassen werde. Und zögere bloß nicht, sollte Evan Anstalten machen, ihn dir ausziehen zu wollen. Du bist über ihn, dessen Name nicht mehr genannt werden soll, hinweg und bereit für ein bisschen Spaß. Stimmst du mir zu?«

»Ja, ich bin über *ihn* hinweg. Nur was den Spaß betrifft, habe ich so meine Zweifel.«

»Schätzchen, hinter dir liegt ein langer, kalter Winter, doch der ist jetzt vorbei. Es ist Sommer. Du wirst nie eine bessere Gelegenheit bekommen, halbnackt um Evan Ross herumzutänzeln.« Lisa senkte die Stimme und beugte sich ein Stück weiter vor. »Du weißt so gut wie ich, dass ein Vibrator nur eine Übergangslösung ist, irgendwann fängt man an, sich nach einem warmen Körper zu sehnen.«

Fast hätte Kelsey zum zweiten Mal an diesem Tag ihr Getränk ausgespuckt. »So etwas besitze ich gar nicht.«

»Na, dann weiß ich ja jetzt, was ich dir zum Geburtstag schenke. Es sei denn, Evan räumt diesen Notstand vorher aus der Welt. Ich *befehle* dir, mitzufliegen und dich flachlegen zu lassen. Betrink dich, und hab fantastischen Sex am Strand, während ich schwanger zu Hause Däumchen drehe.«

Kelsey lachte hell auf. »Du hast sie nicht mehr alle. Ich würde lieber schwanger und mit einem wunderbaren Ehemann zu Hause Däumchen drehen, als diese Turbulenzen durchzumachen. Du weißt gar nicht, wie viel Glück du hast.«

Lisa lehnte sich mit einem rundum zufriedenen Lächeln zurück und tätschelte wieder ihren kugelrunden Bauch. Sie war die anbetungswürdigste Schwangere, die Kelsey je gesehen hatte, und genoss ihren Zustand in vollen Zügen. »Na ja, dein Verhalten ist nicht gerade prädestiniert dafür, einen Ehemann an Land zu ziehen, Kels. Dafür sollte man gelegentlich das Haus verlassen. Evan wäre natürlich der perfekte Kandidat. Vielleicht eines Tages …«

»Jetzt mach mal halblang. Er hat mich zu einer Reise eingeladen, nicht um meine Hand angehalten.«

»Noch nicht.«

»Lisa!«

Zu spät. Ihre Freundin amüsierte sich einfach zu königlich. Wann immer Lisa lachte, hüpfte ihr Bauch so ulkig, dass sie aus dem Kichern erst recht nicht mehr herauskam. Aber Kelseys frühere Worte waren die reine Wahrheit gewesen. Lisa hatte eine tolle Ehe, eine bezaubernde Familie. Es war das Einzige, wovon Kelsey je geträumt hatte, und ausgerechnet das war ihr an einem kalten, trostlosen Tag vor sechs Monaten, in der Woche vor Weihnachten, genommen worden. Ihre Welt war in Scherben gegangen, als ihr Bedürfnis nach einer Schmerztablette sie zum denkbar schlechtesten Zeitpunkt von der Arbeit nach Hause geführt hatte.

Die Erinnerung lastete schwer auf ihrem Gemüt, als sie zurück zum Büro fuhr. Evans Anruf hatte sie schlagartig zurückgebracht. Monatelang hatte sie es als eine Laune des Schicksals betrachtet, dass sie an jenem Tag vor lauter Gedankenlosigkeit an der Apotheke, ihrem eigentlichen Ziel, vorbeigefahren war. Anstatt umzudrehen, hatte sie beschlossen, die wenigen Straßenblocks bis nach Hause in Kauf zu nehmen, um sich dort ein Viertelstündchen hinzulegen, in der Hoffnung, dass das dumpfe Pochen in ihrem Kopf abklingen würde. Rückblickend fragte sie sich, ob diese verdammte Migräne ein Warnsignal gewesen war.

Todds Wagen hatte am helllichten Tag in der Einfahrt geparkt, was ungewöhnlich gewesen war, aber sie hatte sich nichts weiter dabei gedacht … bis sie beim Betreten des Hauses die leisen Lustschreie gehört hatte. Blind vor Rage war sie zur Schlafzimmertür gewank und hatte ihren Mann in ihrem Ehebett unter der Verlobten seines besten Freundes vorgefunden.

Kelsey wusste nicht mehr viel von dem, was im Anschluss passiert war. Nur, dass es hässliche Szenen gegeben hatte. Nach ihrem hysterischen und entsetzlich peinlichen Anruf war Evan gekommen, um seine in flagranti ertappte Verlobte abzuholen, weil Todds Wagenschlüssel auf mysteriöse Weise auf dem Grund des Swimmingpools gelandet waren, als er versucht hatte, mit Courtney zu verduften.

Der Ausdruck in Evans Gesicht bei seinem Eintreffen, die unbändige Wut über den abscheulichen Verrat hatte sich unauslöschlich in ihr Gedächtnis gebrannt. Obwohl sie selbst vor Wut geschäumt hatte, empfand sie das Bedürfnis, ihn zu trösten, bevor sie mit einem Blick erkannt hatte, dass er jenseits aller Erreichbarkeit war. Sie und Courtney hatten in stillschweigender Übereinkunft vorübergehend Waffenruhe geschlossen, um ihn und Todd im Vorgarten auseinanderzuzerren.

Kelsey hätte Evan nur zu gern gewähren lassen, in seinem Zorn hätte er Todd exakt das gegeben, was er verdiente. Aber Todd war es nicht wert, dass Evan sich eine Anzeige wegen

Körperverletzung einhandelte und die Karriere gefährdete, für die er so hart gearbeitet hatte. Evan hatte sich geweigert, Kelsey mit Todd allein zu lassen, bevor Verstärkung eintraf. Lisa und Daniel waren zu ihrer Unterstützung herbeigeeilt. Sie wäre vor Erleichterung fast in die Knie gegangen, als sie gekommen waren und Evan die zeternde, fluchende Courtney auf den Beifahrersitz seines SUVs verfrachtet hatte. Niemals würde sie den letzten, sengenden Blick vergessen, den er ihr zugeworfen hatte, bevor er eingestiegen und davongefahren war. Bis heute wusste sie nicht, wie sie ihn interpretieren sollte.

Lisa und Daniel – Gott schütze sie – hatten sie mit zu sich nach Hause genommen, wo sie sich mit der Erkenntnis auseinandersetzen musste, dass ihre Ehe, ihr Leben ein Scherbenhaufen war. Der Augenblick, in dem sie die Schlafzimmertür aufgestoßen und Todd und Courtney in all ihrer nackten Herrlichkeit erblickt hatte … dieser Moment war das Ende gewesen, wenn auch mehr für ihren Mann als für sie. In den Folgetagen hatte er ihr erklärt, wie leid es ihm täte, dass es so weit gekommen war, dass er nicht nach den Regeln gespielt habe, aber er sei einfach nicht mehr glücklich. Das Leben viel zu kurz. So einfach war das.

Damit hatte er den Schlussstrich gezogen.

Kelsey konnte sich nicht in die eigene Tasche lügen … sie hatte gewusst, dass er unzufrieden war. Doch Todd hatte jeden ihrer Vorschläge, etwas zu ändern, abgeschmettert, bis sie schließlich aufgegeben hatte, in der Hoffnung, dass sich die Situation von selbst bessern würde.

Kein weiser Entschluss, wie sich dann gezeigt hatte.

2

»Es ist nur für eine Woche, Lisa. Kein Grund meine komplette Garderobe mitzunehmen.«

»Man kann nie wissen, wann man solche Teile braucht.«

Fröhlich zupfte Lisa ein weiteres Trägertop aus Kelseys Kleiderschrank. »In dem hier wird er dich bei lebendigem Leib fressen wollen. Wie sehr ich dich um deine Figur beneide. Aber es steht mir nicht zu, mich zu beschweren. Schließlich ruiniere ich meine ja ganz freiwillig immer weiter.« Sie tätschelte ihren Bauch. Kelsey hatte ihr das letzte Wochenende geholfen, das Kinderzimmer einzurichten, weil Daniel auf Geschäftsreise war, und jetzt revanchierte Lisa sich, indem sie ihr beim Packen half … und jedes einzelne Stück in ihrem Koffer kommentierte.

»Ich werde dich vom Schrank verbannen. Zieh Leine.« Lachend nahm Kelsey ihr das Top weg und legte es zurück. »So, das wäre erledigt, ich habe mehr als genug dabei. Am Ende hebt Evan sich noch einen Bruch, wenn er versucht, mein Gepäck hochzuhieven.«

Lisa durchstöberte weiter Kelseys Kleider, Schuhe und Handtaschen. »Auf mich wirkt er ziemlich robust. Du hast doch Kondome eingepackt, oder?«

»Selbstverständlich nicht!«

Lisa wirbelte zu ihr herum. »Bist du völlig irre?«

»Stell dir vor, er entdeckt sie zufällig in meiner Tasche. Was wird er denken?«

»Dass er im Begriff steht, Sex zu haben! Vielmehr *du*, ob nun mit ihm oder ohne ihn.«

Kelsey musste lachen, gleichzeitig begann bei dem Gedanken ihr Herz zu wummern. Sie krallte die Finger in den rosafarbenen Notizblock mit ihrer Packliste … und einem Dutzend anderer Listen, die profanere, weniger Panik auslösende Dinge betrafen. Seit sie vor zwei Wochen nachgegeben und Evans Angebot angenommen hatte, fühlte sie sich wie ein Schulmädchen, das zum ersten Mal verschossen ist. Es war kein gesundes Gefühl, zumindest nicht in Bezug auf ihn.

Lisa setzte ihre Tirade fort. »Nimm mal an, ihr denkt beide so. Und dann liegt ihr euch mitten in der Nacht plötzlich in den Armen, seid kurz davor, zur Sache zu kommen, als euch dämmert, dass ihr keinen Schutz habt. Das ist *Bockmist*, Kelsey. Was meinst du, wie ich zum dritten Mal in diesen Zustand geraten bin?«

Kelsey hielt es für das Beste, ihrer Freundin nicht auf die Nase zu binden, dass sie in diesem Fall kaum mehr zu rationalen Erwägungen imstande sein würde. »Wir sind beide gesund, außerdem nehme ich die Pille. Wir haben uns durchchecken lassen, nachdem unsere besseren Hälften beschlossen hatten, dass sie einander lieber mögen als uns. Evan und ich haben darüber gesprochen.«

»Na gut, wenn du ihm vertraust … aber was hat er seither so getrieben? Sagtest du nicht, dass er ein kleiner Casanova ist?«

»Evan war nie ein Casanova. Er ist mehr ein … notorischer Monogamist. Aber nichts davon wird eine Rolle spielen. Wenn ich etwas einschätzen kann, dann meine Beziehung zu Evan. Ich bin so etwas wie eine kleine Schwester für ihn. Auch wenn wir gleich alt sind.«

»Nach allem, was du mir erzählt hast, kann ich nicht fassen, dass ihr zwei am College nichts miteinander hattet. Wie bist du so schnell in die Freundschaftsfalle getappt?«

»Wir lernten uns während eines Partnerprojekts in einem

unserer Kurse kennen und verstanden uns auf Anhieb. Tatsächlich habe ich mich Hals über Kopf in ihn verknallt, aber er hatte eine Freundin. Dann kamen die Sommerferien. Im Herbst trafen wir uns wieder, und er hatte eine neue Freundin. Und so ging es weiter, bis ich Todd begegnete. Unser Timing war einfach unter aller Kanone. Nicht, dass es relevant gewesen wäre. Er hat sich nie für mich als Frau interessiert.«

»Hat er dir das gesagt?«

»Hm, nein. Wir haben über diese Dinge nie *geredet*, weil er in mir eine kleine *Schwester* sieht. Du erinnerst dich?«

»Ohne deine Gefühle verletzen zu wollen, Kels, aber du glaubtest auch, alles über den herumhurenden Drecksack zu wissen, den du geheiratet hast. Du wirst mit Evan in die tropische, romantische Atmosphäre eintauchen, und es wird passieren. Schreib dir meine Worte hinter die Ohren.«

Kelsey nagte an der Spitze ihres Stifts, mit dem sie die Stichpunkte auf ihrer Liste abgehakt hatte. Lisas Eröffnungssatz hatte sie getroffen, das konnte sie unmöglich leugnen. Ebenso wenig konnte sie seinen Wahrheitsgehalt bestreiten. »Am liebsten würde ich dir beweisen, dass du dich irrst. Aus reiner Biestigkeit.«

Lisa lachte. »Wir brauchen ein Codewort. Damit ich weiß, dass ich recht hatte, falls – nein, sobald – etwas zwischen euch läuft. Damit bleibe ich informiert, auch wenn andere zuhören.«

»Meinetwegen. Schlag eins vor.«

»Hm. Wie wäre es mit *Wellen*?«

»Wellen?«

»Ja. Ich werde dich einfach fragen, wie die Wellen sind. Der Enthusiasmus in deiner Stimme wird mir alles verraten, was eine beste Freundin wissen muss.«

»Und was, wenn ich nicht aus dem Nähkästchen plaudern will?«

Lisa würdigte das keiner Antwort, sondern lachte nur laut. »Was hat deine Mom gesagt, als du ihr endlich gebeichtet hast, was du vorhast?«

Kelsey ahmte die schrille Stimme ihrer Mutter nach. »›Kelsey Ann! War er nicht Trauzeuge bei deiner Hochzeit?‹ Man hätte meinen können, ich würde einen Banküberfall planen.«

»Oh, was für ein Skandal! Das gefällt mir!« Lisa hielt für einen Moment inne, dann nahm sie Kelseys Hand und legte sie auf ihren Bauch. »Spür mal. Sie schlägt Purzelbäume.«

Kelsey lächelte über die strampelnden Bewegungen unter ihrer Handfläche. Tiefe Gefühle wallten in ihr auf, doch waren sie nicht allein ihrer Sehnsucht, selbst Mutter zu werden, geschuldet, sondern sie galten auch Lisa und ihrer Familie. Ihre Freundin war in den vergangenen Monaten ihr Fels in der Brandung gewesen, der einzige Mensch, mit dem Kelsey tagtäglich sprach. Die meisten Freunde, die sie hier gefunden hatte, waren Todds Freunde gewesen, und sie hatten sich nach ihrer Trennung auf seine Seite geschlagen … alle bis auf Evan.

Bei dem Gedanken an ihn wurde ihr warm ums Herz. Doch dann legte sich eine brennende Kälte darum. Er war nicht ihr Mann, war es niemals gewesen und würde es vermutlich auch nie sein, ganz gleich, wie viele gemeinsame Urlaube sie auf Hawaii verbrachten.

Kelsey nahm die Hand weg und schloss ihre Freundin in eine impulsive Umarmung. Sie kam von Herzen, zugleich war sie der Versuch, den plötzlichen Ansturm ihrer Tränen zu verhehlen. »Das ist wundervoll. Ich freue mich unglaublich für euch.«

»Du wirst das auch haben, Schätzchen. Das weiß ich. Du verdienst es so sehr.«

Kelsey blinzelte die Tränen weg, dann löste sie sich von Lisa und ging zum Bett, auf dem ihr Koffer lag. »Ich hoffe, du hältst die eine Woche durch, bis ich wieder da bin. Ich wäre so gern dabei. Du musst mir unbedingt Bescheid geben, selbst wenn ich noch auf Hawaii sein sollte.«

»Das versteht sich von selbst.«

Lisa verschwand bald darauf und mit ihr die Notwendigkeit, gute Laune zu heucheln. Erschöpft schaltete Kelsey den Fernseher ein, um ein wenig Gesellschaft zu haben, bevor sie mit Feuereifer ihr bereits blitzsauberes Apartment putzte. Sie wollte nicht nachdenken, nicht darüber brüten müssen, auf was sie sich eingelassen hatte, indem sie Evan ihre Zusage gab. Es war so, wie sie zu Lisa gesagt hatte: Diese Sache konnte kein gutes Ende nehmen.

Sie machte das Bett, obwohl sie es in wenigen Stunden wieder zerwühlen würde, staubte ihre Nippsachen ab und durchstöberte auf der Suche nach Klamotten, die sie dem Frauenasyl spenden konnte, ihren Schrank. Es gab jede Menge Menschen auf der Welt, die in weit schlimmeren Situationen steckten als sie, und ihnen unter die Arme zu greifen, war immer eine gute Methode, um ihre Stimmung zu heben, wenn sie sich niedergeschlagen fühlte. Vielleicht könnte sie morgen eine Weile als Freiwillige dort aushelfen. Sie brauchte diesen Stimmungsaufheller, und eine Tätigkeit, um den letzten Tag herumzubringen, bevor sie und Evan abflogen.

Aber ihre fanatischen Putz- und Wohltätigkeitsaktivitäten konnten ihre Gedanken und Erinnerungen nur eine kurze Weile in Schach halten. Sie brachen erneut über sie herein und drohten, sie zu verschlingen.

Die letzten paar Wochen waren hart gewesen. Gefühle, die sie seit Todds Betrug verdrängt hatte, lasteten schwer auf ihr, seit sie und Evan häufiger Kontakt hatten. Er rief oft an, um sich nach ihrem Befinden zu erkundigen, sich zu vergewissern, dass sie zurechtkam, und sie zu fragen, ob sie etwas brauchte.

Sie war ihm gelegentlich im Gerichtsgebäude über den Weg gelaufen, wenn sie Dokumente einreichte oder Botengänge machte, und jedes Mal hatte ihr das Herz bis zum Hals geklopft. Aber es waren nur kurze, gehetzte Begegnungen gewesen. Trotz des Schmerzes, den sie ihr brachten, wollte sie ihn sehen, musste sie ihn sehen. Und jetzt lag eine ganze Woche mit ihm vor ihr. Sie hätte glücklich sein sollen. Wenn schon sonst nichts, bekäme sie zumindest die Gelegenheit, Zeit mit einem ihrer liebsten Menschen zu verbringen.

Was für ein Konflikt.

Sie konnte nicht begreifen, wie jemand, der Evan gut kannte, ihn auf solch gemeine Weise hintergehen konnte, wie Todd und Courtney es getan hatten. Sie waren seelenlos, einfach seelenlos. Das war die einzige Erklärung. Noch immer mit der Durchsicht ihrer Garderobe beschäftigt, zerrte Kelsey die blaue Bluse heraus, die sie an dem Tag getragen hatte, als sie die beiden ertappt hatte – es war zum Heulen, dass sie sich noch immer an ihr Outfit erinnerte –, denn sie musste verschwinden. Sie stopfte sie tief in ihren Kleiderspendensack.

Es war so typisch für Evan, sie zu dieser Reise einzuladen. Hätte sie nicht zugesagt, würde er sie einfach jemand anderem angeboten und nichts dafür erwartet haben. Er kam aus reichem Haus – seinem Vater gehörte praktisch die halbe mittelgroße texanische Stadt, aus der sie stammten, und seine Mutter hatte die Aura einer römischen Göttin –, dennoch benahm er sich nicht wie ein verwöhnter reicher Bengel. Trotz der Ereignisse Weihnachten vor einem Jahr war er immer noch gut drauf. Immer noch Evan. Während Kelsey nicht mehr wusste, wer sie eigentlich war.

Aber das letzte Zusammentreffen vor seinem Anruf vor zwei Wochen … oh Gott. Es war während ihrer Scheidungsanhörung gewesen – nur eine der vielen Begebenheiten der letzten

Monate, bei denen sie am liebsten unter einen Stein gekrochen und nie wieder darunter hervorgekommen wäre. Evan war wegen verschiedener Prozessabsprachen im Gerichtssaal gewesen. Als sie ihn beim Betreten des Saals erblickt hatte, hätte sie am liebsten auf dem Absatz kehrtgemacht und die Flucht ergriffen, während sie sich gleichzeitig gefragt hatte, wie sie ihm ausgerechnet an diesem Tag gegenübertreten sollte und wie zur Hölle er es schaffte, in einem Anzug ebenso relaxt auszusehen wie in Jeans und T-Shirt. Aber sie konnte weder türmen, noch gab es irgendwo ein Versteck. Ohne Zögern war er zu ihr gekommen, um sie zu umarmen, anschließend hatte er neben ihr gesessen, wann immer er gerade nicht mit anderen Anwälten konferierte oder vor der Richterbank stand.

Als die Mittagspause nahte und ihr Fall aufgrund der übervollen Prozessliste noch immer nicht aufgerufen worden war, hatte Evan darauf bestanden, sie zum Essen auszuführen, auch wenn ihr Magen bei dem Gedanken an Nahrungsaufnahme revoltiert hatte. Sie hatte die ganze Zeit mit den Tränen gekämpft. Während der Autofahrt und hinterher im Restaurant, wo sie fasziniert jede seiner noch so kleinen Bewegungen beobachtet hatte. Irgendwie war es ihr gelungen, sich zusammenzureißen und auf sein Drängen hin sogar eine Kleinigkeit zu essen.

Diese Begegnung hatte ihr Kraft gegeben und sie gleichzeitig innerlich zerrissen. Kelsey hatte um ihre gescheiterte Ehe getrauert, aber Evan bei Gericht zu beobachten – sie hatte ihn sowohl für seine Unbarmherzigkeit gegenüber den Strafverteidigern als auch für sein Mitgefühl mit den anwesenden Opfern bewundert – war ihr so sehr zu Herzen gegangen, dass nicht alle ihre Tränen an jenem Tag Todd gegolten hatten. Sie vergoss ein paar für das, was hätte sein können, hätte sie nur vor langer Zeit den Mund aufgemacht und Evan ihre Gefühle gestanden. Falls das einen Unterschied gemacht hätte.

Nachdem ihre Anhörung am späten Nachmittag über die Bühne war und der Richter sie und Todd für geschieden erklärt hatte, war sie zu Evans Platz zurückgekehrt. Sein Kiefer war so verkrampft gewesen, wie sie es nur von ihm kannte, wenn er mühsam seinen Zorn beherrschte. Der grimmige Ausdruck verschwand, als sie sich wortlos neben ihn sinken ließ. Ohne einen Kommentar hatte er ihre Hand genommen, sie umgedreht und mit seinem Füller einen kleinen lächelnden Smiley auf die Innenseite gemalt. Sie hatte sich die Tränen aus den Augen blinzeln müssen, als sie zu ihm aufsah Er hatte sie lächelnd auf die Stirn geküsst, bevor er aufgestanden und in sein Büro zurückgekehrt war. Nur um ihr zur Seite zu stehen, war er länger geblieben als nötig.

Kelsey hatte den Smiley an ihrer Hand gelassen, bis er verblasst war. Sie hätte ihn sich tätowieren lassen sollen, so viel Trost war von ihm ausgegangen. Selbst jetzt noch konnte sie die Berührung von Evans Fingern und das Kitzeln der Füllerspitze auf ihrer Haut spüren.

Evan war schon immer so gewesen. Stets hatte er sie ermutigt und ihr versichert, dass alles gut werden würde. Jedes Mal, wenn sie auf dem College in Schwierigkeiten gewesen war, hatte er sie rausgeboxt, ob es nun darum ging, alles stehen und liegen zu lassen, um ihr bei einer schriftlichen Arbeit zu helfen, oder auf einer Party einen aufdringlichen betrunkenen Kommilitonen von ihr wegzulotsen.

Hol's der Teufel. Kelsey tauchte aus den Tiefen ihres Kleiderschranks auf und sprintete mit solcher Eile zum Telefon in der Küche, dass ihre zwei Katzen panisch Reißaus nahmen. Aus dem Gedächtnis wählte sie Evans Handynummer, dann, als es zu klingeln begann, stockte ihr vor Nervosität der Atem. Es wurde abgenommen, und ihr wäre fast ein Hicksen entschlüpft, als seine Stimme ertönte und sie bis in die Zehenspitzen erschauerte. Nicht ohne verschiedene Zwischenstopps auf dem Weg dorthin.

»Hallo, du.«

Oh Gott. Ja, er war die fleischgewordene Sünde. War es erbärmlich von ihr, dass ein Gefühl der Wärme sie durchströmte, weil er sie unter seinen Kontakten gelistet hatte? Sie bemühte sich, zwanglos und heiter zu klingen. »Hi! Was treibst du so?«

»Nicht viel. Ich bin eben erst heimgekommen. Bin gerade draußen und füttere die Hunde –« Seine Stimme klang plötzlich wie aus der Ferne, als hielte er das Handy von seinem Mund weg. »Geh verdammt noch mal *runter* von mir, du Riesenviech!«

Lachend malte sie sich die Szene aus. Sie hatte sie schon live miterlebt. Evan hatte zwei Dänische Doggen. Sie gerieten derart aus dem Häuschen, wenn Fütterungszeit war, dass sie ihn jedes Mal beinahe umwarfen, und da sie die Größe kleiner Pferde hatten, schafften sie es manchmal auch. »Sind das meine Babys, Zeus und Hera?«, fragte sie.

»Babys? Ponys trifft es wohl eher. Willst du sie haben?«

Wie immer beherrschte er es meisterlich, ihr die Anspannung zu nehmen. Mit Geplänkel konnte sie umgehen. Mit echten Gefühlen – nicht so sehr. »Ich bin sicher, mein Vermieter und meine Katzen würden es mir danken. Die Hunde sind größer als meine Wohnung.«

Er lachte amüsiert. »Bestimmt werden sie mich eines Tages zu Boden ringen und bei lebendigem Leib auffressen.«

»Du solltest sie nicht so aushungern lassen«, neckte sie ihn.

»Die verflixten Köter futtern mehr als ich. Bleib mal eine Sekunde dran, Kelsey.«

Es ertönte ein Rascheln, als hätte er das Handy in seine Tasche gesteckt, dann verstrichen mehrere Augenblicke, die sie sich damit vertrieb, sich vorzustellen, wie *sie* ihn zu Boden rang und bei lebendigem Leib auffraß. Sie hörte, wie die Hunde winselten und grunzten und Evan sie lachend ausschimpfte, während er dem Geräusch nach einen ganzen Sack Hundefutter in ihre Näpfe füllte. Dann setzte genüssliches Schmatzen ein.

»Okay, da bin ich wieder. Die Hunde sind befriedigt. Wie geht es dir?«

»Hervorragend.«

»Ganz bestimmt?«

War sie so ein offenes Buch? Leider kannte Evan sie aus dem Effeff, ihn anzuschwindeln war unmöglich. Es lag an den vielen Nächten während ihrer Collegezeit – in denen sie sich bis zum Sonnenaufgang über ihre Kurse, Professoren und Evans wechselnde Freundinnen ausgelassen hatten –, dass er einen solch tiefen Einblick in ihre Seele hatte. Es war mit die beste Zeit ihres Lebens gewesen, auch wenn er sie nie angerührt hatte. »Ja, ich bin gerade am Packen. Sonst gibt's nichts Neues«, antwortete sie. »Ich wollte nur …« *Deine Stimme hören.* »… nachfragen, was du so machst. Freust du dich schon?«

Er schnaubte. »Nimmst du mich auf den Arm? Natürlich freue ich mich.« Sie hörte ein Geräusch wie von einer Tür, die geöffnet und geschlossen wurde. Er musste ins Haus gegangen sein. »Ich habe schon gepackt und bin reisefertig. Das ist ein Rekord für mich. Normalerweise schmeiße ich noch die letzten Sachen in meine Tasche, wenn ich schon aus der Tür flitze.«

»Ich bin beeindruckt.«

»Solltest du auch.« Sie hörte das Grinsen in seiner Stimme und konnte nicht anders, als ebenfalls zu lächeln.

»Du tust übrigens das Richtige«, sagte er.

Die Bemerkung traf ein bisschen zu sehr ins Schwarze. »Wieso sagst du das?«

»Weil mich hin und wieder das Gefühl überkommt, als würdest du daran zweifeln. Wir werden eine tolle Zeit verbringen.«

»Das weiß ich. Ich freu mich auch schon.«

»Gut. Was machst du gerade?«

»Ähm … ich hocke hier mit Lockenwicklern und einer grünen Schlammmaske herum, die mein Gesicht in eine Kraterlandschaft verwandelt. Kein schöner Anblick.« Eine ausgefeilte Lüge war schon immer ihr Code für »nichts« gewesen.

»Möchtest du deinen Lockenwicklern und der Schlammmaske mein Haus zeigen? Ich könnte ein paar Steaks auf den Grill werfen, dann zelebrieren wir unsere bevorstehende Abreise.«

»Nun ja …« Für einen Moment war sie wieder um Worte verlegen. Darauf war sie nicht gefasst gewesen, obwohl sie schon unzählige Male bei ihm zu Hause gewesen war … allerdings immer in Begleitung ihres Ehemanns, der zusammen mit Evan die Steaks gegrillt hatte, während sie und Courtney nach irgendeinem gemeinsamen Gesprächsthema gefahndet hatten. Sie hatten selbst damals schon, in ihren friedlichen Zeiten, zwei unterschiedlichen Spezies angehört.

»Es ist schon ein bisschen spät, dass du dir noch solche Mühe –«

»Gerade mal halb neun. An einem Freitagabend.«

Kelsey wollte ihn sehen, und dies war ihre Chance. Warum sperrte sie sich dann dagegen? Wenn sie wirklich eine Woche allein mit dem Mann verbringen wollte, war es zwingend erforderlich, dass sie sich wieder an seine Gesellschaft gewöhnte. Das Letzte, was sie sich für ihre Reise wünschte, war Befangenheit zwischen ihnen, während sie sich ein Zimmer … ein *Bett* teilten.

Feuchte Hitze erblühte zwischen ihren Beinen, wenn sie nur daran dachte und sich vorstellte, ihn heute Abend noch zu sehen. Nur würde die Sache für sie im Frust enden, wie schon so oft. Schließlich war es nicht so, als hätten sie sich noch nie ein Bett geteilt. Kelsey hatte nie Komplexe wegen ihres Aussehens gehabt, trotzdem war sie schon vor langer Zeit – vor neun oder zehn Jahren – zu der Überzeugung gelangt, dass Evan sie irgendwie unattraktiv finden musste. Daher hatte sie sich nie getraut, einen Verführungsversuch zu starten, hätte nicht einmal gewusst, wo sie ansetzen sollte.

Unabhängig davon, ob Evan und sie es je auf die nächsthöhere Ebene schaffen würden, und trotz des Wissens, dass der Anblick seines wunderschönen Gesichts ihr das Herz brechen würde, fühlte sie sich furchtbar einsam, seit Lisa gegangen war. Sie brauchte Gesellschaft. Seine.

Vor ihrem inneren Auge erschien ihr Kontostand, und sie dachte kurz nach, bevor sie sagte: »In Ordnung. Soll ich noch etwas besorgen?«

»Ich bin ziemlich sicher, dass ich alles habe. Und falls nicht, holen wir es, wenn du hier bist.« Wieder hörte sie ein Lächeln in seiner Stimme. »Ich freue mich, dass du kommst. Wie lange wirst du brauchen?«

»Dreißig bis fünfundvierzig Minuten.« Sie musste duschen und sich umkleiden. Und sexy Unterwäsche anziehen, nur für den Fall der Fälle. Gott, sie fühlte sich in ihre Collegezeit zurückversetzt, wo sie jeden Morgen mit der Frage aufgewacht war, ob heute endlich der Tag sein würde, an dem er zur Vernunft kommen und begreifen würde, dass sie füreinander bestimmt waren. Wollte sie diese qualvolle Sehnsucht wirklich ein weiteres Mal erleben?

»Alles klar. Dann bis gleich.« Die Wärme seines Tons griff nach ihrem Herzen und schmiegte sich darum, allerdings hatte sie nichts mit der Wärme zu tun, die ein paar andere Stellen ihres Körpers durchströmte. Während sie auflegte, rief Kelsey sich sein Schlafzimmer – sie war erst einmal darin gewesen, vor ein paar Jahren, kurz nachdem er das Haus gekauft hatte – vor

Augen, die gedeckten Juwelentöne und das imposante Doppelbett im Schlittenstil. Kelsey liebte dieses Bett. Sie konnte sie sich zusammen in diesem Bett vorstellen.

Stopp. Offensichtlich bekam sie einfach nicht in ihren sturen Schädel, dass das nicht passieren würde. Lisa irrte sich. Evan konnte jede Frau haben, die er wollte, und Kelsey hatte er nie gewollt. Sie musste dieser Tatsache ins Auge blicken und sich damit abfinden, dass sie mit ihm essen, trinken, die ganze Nacht lachen und anschließend nach Hause gehen würde. Sie würden nach Hawaii fliegen und dort in etwa das Gleiche machen. Bei ihrer Heimkehr würde er weiterhin für immer ihr Freund sein, aber nie ihr Geliebter.

Sie konnte das akzeptieren, doch den Schmerz linderte es nicht.

3

Evan legte das Telefon auf den Küchentresen, in seinem Gesicht noch immer das närrische Grinsen, das auch dann nicht verschwand, als er an die Spüle trat, um sich die Hände zu waschen, bevor er zwei Porterhousesteaks aus der Gefriertruhe nahm.

»Wer kommt zu Besuch?«, gellte die Stimme seines Bruders Brian aus dem Wohnzimmer. Er hatte mal wieder mitgehört, und das trotz der Metalcorevideos, die aus dem Fernseher dröhnten.

»Kelsey. Darum schaff deinen faulen Hintern von meiner Couch«, gab Evan zurück. Ein außenstehender Betrachter hätte vielleicht einen Anflug von Feindseligkeit in seinem Ton bemerkt. Und das nicht ganz zu Unrecht. Aber Brian nahm es mit Humor, und tatsächlich verbrachte er trotz seines Alters von sechsundzwanzig mehr Zeit auf den Sofas von Evan und ihren Eltern als irgendwo sonst. Mit Ausnahme des Körperschmuckstudios, wo er als Tätowierer arbeitete. Er war verdammt talentiert, konnte sich aber nicht einmal mit ganzem Herzen den Dingen verschreiben, die er beherrschte und liebte.

»Wusste ich doch, dass du mit einem Mädchen gesprochen hast. Das merke ich immer.« Brian trottete barfuß in die Küche, um sich ein Energiegetränk aus dem Kühlschrank zu angeln. Sein langes schwarzblaues Haar war zottelig, und aus den Ärmeln seines *Nine-Inch-Nail*-T-Shirts krochen Drachen und Gott weiß was noch alles über seine Haut. Optisch erweckte er den Eindruck eines gepiercten, tätowierten Albtraums, und wenn er unangemeldet bei Evan vor der Tür stand, befiel diesen häufig die Furcht, dass er einem polizeilich Gesuchten Unterschlupf gewährte. Sein Bruder war der Grund, warum Evan sich vermutlich nie für das Amt des Bezirksstaatsanwalts bewerben würde. Aber im Grunde genommen war Brian harmlos.

»Verzieh dich, Brian.«

»Sie kommt also, weil …«

»… ich sie eingeladen habe.« Evan legte eins der Steaks in die Mikrowelle und betätigte die Auftautaste. Dann widmete er sich dem Gewürzregal und suchte die Zutaten zusammen, die er für die Marinade brauchte. »Du erinnerst dich, dass wir übermorgen abreisen? Und dass ich dich die ganze Woche unbeaufsichtigt hier wohnen lassen werde? Lass es mich nicht schon vorher bereuen.«

»Ja, ja schon gut. Also wirst du dich an die Mieze ranmachen?«

Das war die alles entscheidende Frage. Würde er? Kelsey war während ihrer Zeit am College ein Mysterium für ihn geblieben, und in gewissem Maß war sie das auch heute noch, zehn Jahre später. Damals war sie eine seltsame Kombination gewesen. Auf Partys hatte sie am lautesten von allen gelacht, mit den meisten Leuten gequatscht und bis in die frühen Morgenstunden durchgehalten. Im Anschluss an eine solche Nacht hatte sie die nächste meist in der Bibliothek verbracht, um ihre beinahe perfekte Durchschnittsnote nicht zu gefährden. Evan hatte nie einen loyaleren, herzlicheren Menschen gekannt. Sie war jedermanns Liebling gewesen. Schon deshalb war er ihr mit Haut und Haar verfallen.

Andererseits war sie ein bisschen … prüde gewesen. Sie hatte nur so lange am lautesten gelacht, bis schmutzige Witze oder Sexgespräche aufs Tapet gekommen waren. Dann war sie knallrot angelaufen und in der Regel verduftet. Seines Wissens hatte Kelsey vor Todd nie einen festen Freund gehabt. Sogar vor zwei Tagen noch hatte sie Schnappatmung bekommen, als er am Telefon ein bisschen anzüglich geworden war.

Als er vor langer Zeit zu dem Schluss gelangt war, dass diese Facette ihrer Persönlichkeit keine Rolle für ihn spielte, war es zu spät gewesen. Jetzt tat sich eine neue Chance auf, aber leider auch neue Probleme.

Evan hatte miterlebt, wie sehr ihr Herzenskummer vor sechs Monaten sie traumatisiert hatte. Sein eigener stand dazu in keinem Verhältnis. Courtneys Untreue hatte seinem Ego einen unerwarteten Schlag versetzt, doch mit der Zeit hatte sich Erleichterung eingestellt. An den meisten Tagen verschwendete er nicht einen einzigen Gedanken daran, was die Frau ihm angetan hatte, und wenn doch, dann nur im Hinblick auf Kelsey und sein Bedauern, zwei dermaßen illoyale Menschen in ihr Leben gebracht zu haben. Aus heutiger Sicht wäre sie vermutlich besser dran, hätte sie Todd nie kennengelernt.

»Wir sind nur Freunde, Brian. Ich habe sie eingeladen, weil sie ein paar harte Monate hinter sich hat und ein bisschen Spaß verdient.«

»Und die Tatsache, dass du sie schon immer nageln wolltest, hat damit rein gar nichts zu tun.«

Evans Kopf fuhr herum. »Was?«

Brian nippte an seinem Getränk, ohne seinen allzu wissenden Blick von Evan abzuwenden. Er strich mit der Hand über sein schwarzes Ziegenbärtchen. »Ich kenne dich, Bruder. Aber ich find's cool. Sie ist gut drauf.«

»Das ist sie.«

»Solltest du versuchen, eine Woche mit ihr durchzuhalten, ohne ihr an die Wäsche zu gehen, möchte ich nicht mit dir tauschen, Mann. Dann wirst du Eiswürfel für deine Eier brauchen, wenn du zurück bist. Und ich werde dich auslachen.«

»Nach allem, was sie durchgemacht hat, wären die Annäherungsversuche ihres besten Freunds das Letzte, was sie braucht, Brian.«

»Was, wenn sie geil wird und dich darum *anfleht*? Mir passiert so was in einer Tour.«

Das war im Fall von Kelsey eher unwahrscheinlich. Evan warf seinem Bruder einen ironischen Blick zu. »Schon klar. Wie betrunken musstest du diese Mädchen machen?«

»Lenk ruhig vom Thema ab. Ist schon okay.« Brian verzog sich mit einem vergnügt-triumphierenden Lachen ins Gästezimmer, wo er oft nächtigte. Kurz darauf erzitterte das Fundament des Hauses unter dem Wummern von Panteras »Psycho Holiday«. Evan seufzte. Er hatte nichts gegen Heavy Metal, er begleitete seinen Bruder manchmal sogar zu Konzerten, auch wenn ihm angesichts der strafbaren Handlungen, die rings um ihn geschahen, höchst unbehaglich zumute war; aber Brian drehte seine Musik derart laut auf, dass Evan froh war, keine direkten Nachbarn zu haben. Doch das Schrillen seines Handys konnte sie trotzdem nicht übertönen, was fast ein Jammer war, wie er mit einem Blick auf das Display feststellte.

Die Höflichkeit verlangte nicht, dass man den Anruf einer Exverlobten entgegennahm, erst recht nicht, wenn besagte Exverlobte einen Neuen hatte. Sie hatten keine Kinder, über die sie sich austauschen mussten, und auch sonst nicht den geringsten Grund, überhaupt noch miteinander zu sprechen. Courtney hatte sich im Lauf der vergangenen Monate hauptsächlich zu einer Quelle der Unterhaltung und Information entwickelt. Fast hätte Evan der Mailbox den Job überlassen, bevor er zu dem Schluss kam, dass es vermutlich weiser war, die bittere Pille zu schlucken und es schnell hinter sich zu bringen. Andernfalls würde sie vielleicht seine Mutter anrufen, sich bei ihr ausheulen und sie damit aufregen. Die beiden waren enge Freundinnen gewesen.

Er meldete sich mit einem knappen »Hi.«

Courtneys Stimme klang, wie so häufig in letzter Zeit, weich und traurig. Es ging ihr nicht gut. Aber das hatte sie sich selbst zuzuschreiben. »Hallo. Was machst du gerade?«

Du erinnerst dich an die junge Frau, deren Ehe du zerstört hast? Tja, ich werde den Abend mit ihr verbringen.

Das wäre wohl keine sehr nette Antwort gewesen. Gelegentlich überlegte er, ob er vielleicht zu nett war. »Ich erwarte Besuch.«

»Es hört sich an, als würde bei dir eine Party steigen.«

»Nein, Brian ist hier. Du weißt ja, wie er ist.«

»Ach so. Ich … ich hatte gehofft, wir beide könnten heute Abend reden.«

»Ist Todd nicht in Plauderlaune?«

Stille trat ein. »Ich habe ihn verlassen.«

Evan wäre fast das Handy aus der Hand gefallen. Er umfasste es mit allen zehn Fingern und drückte zu, als wäre es ein Hals. Courtneys. Er seufzte ein hilfloses *Warum ich?* zur Zimmerdecke und hielt das Gerät wieder an sein Ohr.

»Tut mir leid, das zu hören.«

»Meinst du das ernst?«, fragte sie so zögerlich, als hätte sie eher damit gerechnet, dass die Nachricht ihn in einen Freudentaumel versetzen würde.

»Hör zu, Courtney, du hast eine Menge Menschen verletzt, um mit diesem Mann zusammen zu sein, natürlich ist es da eine Schande, dass es sich nicht gelohnt hat.«

Verdammt, jetzt heulte sie auch noch. Sie versuchte, es zu vertuschen, aber mit wenig Erfolg. »Ich glaube, er will zu seiner Exfrau zurück. Wahrscheinlich findest du, dass es mir ganz recht geschieht.«

Na toll. Wenigstens konnte Evan sich beherrschen, um nicht nach dem Köder zu schnappen, den sie ausgelegt hatte. »Hat er das gesagt?«

»Nein. Es ist nur so ein Gefühl, aber ich ertrage das nicht länger. Wer kommt denn zu Besuch?«

»Jemand, den ich kenne. Zerbrich dir darüber nicht den Kopf.« Kelsey würde wahrscheinlich durch die Decke gehen, wenn sie von diesem Anruf erfuhr. Er würde ihr nichts davon sagen, nicht heute Abend.

»Du meinst, es geht mich nichts an.«

»Wenn du es so auffassen willst.«

»Eine Frau?«

»Ob du es glaubst oder nicht, aber ich habe mein Leben nicht auf Eis gelegt, um auf diesen Anruf von dir zu warten, Courtney.«

»Ich wusste nicht, dass du liiert bist.«

»Das bin ich auch nicht. Aber ich muss jetzt Schluss machen. Ich habe noch einiges vorzubereiten.«

»Können wir später quatschen?«

»Worüber? Es gibt nichts zu sagen, was wir nicht beide schon tausend Mal gesagt hätten. Du hast dich entschuldigt. Ich habe dir verziehen, und es war ehrlich gemeint. Falls dich Schuldgefühle plagen, mach dich deswegen nicht fertig. Es ist passiert. Schwamm drüber.«

Natürlich hatte er ihr verziehen. Wenn auch einzig und allein aus dem Grund, dass es ihm mittlerweile scheißegal war.

»Evan … ich kann mir selbst nicht vergeben.« Courtneys tremolierende Stimme war wegen der Musik, die aus Brians Zimmer schallte, kaum vernehmbar. Evan presste die Hand auf sein freies Ohr.

»Dann musst du daran arbeiten. Ich kann dir da nicht helfen.«

»Morgen hätte unsere Hochzeit stattfinden sollen. Erinnerst du dich?«

Er hätte sich fast verschluckt. Und ob er sich erinnerte. Wie könnte er vergessen, wie nahe er daran gewesen war, den größten Fehler seines Lebens zu begehen? »Ja. Warum bringst du all das zur Sprache?«

»Keine Ahnung. Manchmal wünsche ich mir einfach, die Dinge wären noch wie früher und ich würde dich morgen heiraten. Ich habe es schrecklich vermasselt. Und ich weiß, dass ich manches an mir ändern muss.« Ihr leises Schluchzen war zwischenzeitlich verstummt, aber nun setzte es wieder ein. »Es tut mir über alle Maßen leid, dass ich uns das angetan habe.«

»Weißt du, wer wirklich eine Entschuldigung verdient? Die einzige Person, die nie eine bekam. Kelsey.«

»Ich … ich kann nicht mit ihr sprechen. Ich könnte ihr niemals gegenübertreten.«

»Gut möglich, dass *sie* eine solche Konfrontation ablehnen würde. Trotzdem solltest du darüber nachdenken. Im Zuge deiner angekündigte Läuterung. Aber jetzt muss ich wirklich Schluss machen –«

Als sie endlich auflegte, entfuhr ihm ein tiefer Seufzer der Erleichterung. Dieses verflixte Weib machte ihn ganz depressiv. Sich auszumalen, dass sie heute Abend bei ihm vorbeikommen wollte, um das Messer noch tiefer hineinzustoßen und ihm all die Heimtücke in Erinnerung zu rufen. Gott bewahre!

Natürlich erinnerte Kelsey ihn auf ihre Weise ebenfalls ständig an das, was vorgefallen war. Ihr stilles Herzeleid war mit Händen zu greifen. Doch die Stärke, die dahinter schlummerte, war inspirierend. Sie war nicht zusammengebrochen und hatte auch nicht die Flucht nach Hause zu ihren Eltern angetreten, die zwei Bundesstaaten entfernt lebten. Er schätzte diese Qualität sehr, sei es bei seiner besten Freundin oder bei den Menschen, für die er vor Gericht eintrat.

Er beeilte sich mit den Essensvorbereitungen, um vor Kelseys Eintreffen noch schnell zu duschen, denn bestimmt haftete ihm der Geruch nach großen, sabbernden Hunden an. Es überraschte ihn nicht, dass er sich so sehr darauf freute, sie zu sehen. Das tat er immer. Aber was sein Herz jetzt ein bisschen höher schlagen ließ, war die vage in der Luft liegende Aussicht darauf, dass mehr zwischen ihnen passieren könnte. Auch wenn es nicht richtig wäre, ließ es sich nicht leugnen.

Sie hatten über die Jahre und während Kelseys desaströser Ehe nie den Kontakt verloren, dafür aber die Nähe, die sie früher mal verbunden hatte. Evan konnte es nicht erwarten, sie wieder herzustellen, ohne dass eifersüchtige Partner jeden Kontakt zwischen ihnen hinterfragten.

Selbst wenn Todd inzwischen eingesehen hätte, dass er ein Schwein gewesen war, verdiente er Kelsey nicht, nicht nach dem, was er ihr angetan hatte. Evan hoffte nur, dass ihr das bewusst war.

Nach einer belebenden Dusche kehrte er in den Garten zurück, um den Grill neben dem nierenförmigen Pool anzuzünden. Es war eine herrliche Nacht, die Stille nur unterbrochen vom musikalischen Zirpen der Grillen. Evan lebte weit genug von den Lichtern der Stadt entfernt, damit die Sterne den samtschwarzen Himmel in ein glitzerndes Meer verwandelten. Aber die Luft in diesen letzten Julitagen war schwül und drückend wie eine feuchte Decke. Er drehte eine Runde, um die Petroleumfackeln zu entfachen, als Brian den Kopf durch die Glasschiebetür steckte. »Sie hält gerade vor dem Haus.«

»Und du bist immer noch hier.« Evan schob sich hastig an ihm vorbei in die Küche.

»Bleib cool, Mann. Ich geh rüber zu Michelle. Hab sie eben

auf dem Handy erreicht, aber sie ist frühestens in einer halben Stunde zu Hause.«

Evan ließ den Blick durch die Küche schweifen und rieb seine ungewohnt feuchten Hände an seiner Jeans trocken. Zum Glück war heute Freitag, da kam seine Putzfrau. Alles blitzte. Nicht, dass er sein Haus verkommen ließe. »Dann ist das Mädchen noch immer nicht zur Vernunft gekommen?«

Brian pflanzte sich auf einen Barschemel. »Sei froh. Wo könnte ich sonst hingehen?«

»Der Punkt geht an dich.« Zufriedengestellt, dass alles vorzeigbar war, begab Evan sich ins Wohnzimmer, als die Klingel ertönte. Er ging zur Tür, tat einen tiefen Atemzug und öffnete.

Umhüllt vom weichen Schein der Verandabeleuchtung lächelte Kelsey ihn an. Sie sah zum Anbeißen aus in ihren kurzen Jeans und dem pinkfarbenen Spaghettiträgertop. Ihre dunkle, eigentlich naturgelockte Mähne flutete seidenglatt unter ihrem weißen Haarband heraus. »Hallöchen«, sagte er gedehnt und grinste.

Sie flog praktisch über die Türschwelle und fiel ihm um den Hals. Gott, sie fühlte sich so unwirklich an. Das Beben, das sie durchlief, konnte unmöglich seiner Fantasie entstammen. Ihr vertrauter Duft stieg ihm in die Nase – wie eine frische Frühlingsbrise, wie Heckenkirsche. Rein und süß.

»Ich habe dich vermisst«, sagte sie, und obwohl ihr Scheitel gerade bis zu seinem Kinn reichte, hörte er die Worte, als hätte sie sie direkt in sein Ohr gehaucht.

Das hier war richtig. So sollte es sein. Evan schwor sich in diesem Moment, dass nichts und niemand je wieder zwischen sie kommen würde.

»Ich dich auch«, murmelte er und merkte erst, als er sie freigeben wollte, dass er sie von den Füßen gehoben hatte. Er setzte sie ab und verlor sich in ihren grauen Augen, als hätte er sie seit Jahren nicht gesehen. Irgendwie kam es ihm fast so vor. Dem zittrigen Lächeln, das sie ihm schenkte, gelang es nicht, die Melancholie aus ihren Zügen zu vertreiben. Die Traurigkeit war nicht mehr so ausgeprägt wie während ihrer Scheidungsverhandlung vor zwei Monaten – der Anblick hatte ihm das Herz zerrissen –, aber sie war immer noch da.

Als er die Tür schloss, trat sie zurück und musterte ihn von oben bis unten. »Du siehst gut aus.«

»Nicht annähernd so gut wie du.« Er legte ihr den Arm um die Schulter und geleitete sie durchs Wohnzimmer in die Küche. Brian schaute hoch, als sie eintraten, dann glitt ein Grinsen über sein Gesicht.

»Was geht ab, Kels?«

»Brian!«

»Keine Sorge. Evan hat mir den Marschbefehl erteilt. In ein paar Minuten seid ihr mich los.«

»Tatsächlich bin ich froh, dass du gerade hier bist, ich muss dich nämlich was fragen.«

Verdutzt beobachtete Evan, wie Kelsey zu seinem Bruder ging, der fragend eine dunkle, gepiercte Augenbraue hob. Evan konnte sie nur von hinten sehen, aber sie tat doch gewiss nicht, wonach es aussah, nämlich vor Brian ihr Oberteil ein paar Zentimeter nach oben zu lupfen? »Findest du, dass es okay aussieht? Anfangs ist es gut verheilt, aber jetzt wirkt es leicht gerötet, und das beunruhigt mich. Ich habe Angst, dass es sich entzündet oder so was.«

Was zur Hölle?

Brian, der plötzlich in seinem Element war, beugte sich nach unten und inspizierte Kelseys Nabelgegend. »Nee, alles im grünen Bereich. Pfleg die Stelle einfach sorgfältig weiter. Sie braucht ein paar Monate, um völlig zu heilen, und wird bis dahin ein bisschen rot sein.«

Evan ging perplex um sie herum, um sich mit eigenen Augen zu überzeugen. Und wirklich, Kelsey hatte sich ein Nabelpiercing in Form eines silbernen Stifts mit einem kleinen Schmetterling daran stechen lassen. Es war höllisch sexy. »Seit wann hast du das denn?«, fragte er.

Sie grinste. »Seit dem Abend, an dem meine Scheidung rechtskräftig wurde. Brian hat es mir gestochen.«

Evan gab seinem Bruder eine Kopfnuss. »Das hast du mir nicht erzählt.«

»Weil ich das Geheimhaltungsinteresse meiner Kunden wahre. Ich tue, was sie mir sagen. Wem sie es anschließend zeigen, ist ihr Bier. Blödmann.«

Und es hatte ihr ganz eindeutig nichts ausgemacht, es Evan zu zeigen. Er verkniff sich ein Grinsen, als sie sich ihm zuwandte. »Ich hatte einfach das Bedürfnis, etwas Verrücktes zu tun … zumindest für meine Verhältnisse«, erklärte sie und zog das Oberteil wieder nach unten. Todd wäre bestimmt nicht darauf abgefahren, ging es Evan durch den Sinn. »Lisa hat mich begleitet.«

Brian wieherte amüsiert. »Ja, ich weiß noch. Das schwangere Huhn. Die war der Knaller. Dir ging's hinterher einwandfrei, aber bei ihr dachte ich, die klappt mir zusammen.«

»Dabei ist sie diejenige, die schon zweimal durch die Tortur einer Entbindung gegangen ist. Aber den Auftritt lasse ich sie nicht vergessen, keine Sorge«, sagte Kelsey. Brian streckte ihr die Faust hin, und sie schlug lachend mit den Knöcheln dagegen.

Evan schüttelte den Kopf. »Ich kann noch immer nicht fassen, dass du dir freiwillig von meinem Bruder eine Nadel in den Bauch rammen lässt.«

»Es war ein überaus befreiender Moment«, versicherte sie ihm mit toternster Miene.

»Siehst du? Das ist der Lohn, den mein Beruf mir einbringt«, bemerkte Brian zu Evan. »Heißen Miezen einen ersten Vorgeschmack auf das wilde Leben zu geben. In meiner Profession lieben wir es, Hand an jungfräuliches Fleisch zu legen.«

»Du bist echt abartig.« Evan entging nicht, dass Kelsey zwar gutmütig lachte, dabei aber die Hand vor den Mund schlug und bis zu den Haarwurzeln errötete.

Er wechselte das Thema, bevor sie am Ende noch türmte. »Ja, du liebst es, wenn du deiner Profession *tatsächlich* mal nachgehst.«

Brian riss die Lasche des Dosenbiers auf, das neben ihm gewartet hatte. »Man verehrt mich dort so sehr, dass ich kommen und gehen kann, wie es mir passt. Fast wie bei Michelle. Da wir gerade davon reden, ich mach jetzt die Düse.« Er sprang von seinem Barhocker und schnappte sich seine Schlüssel von der Theke. »Amüsiert euch. Und tut nichts, was ich –«

»Nicht damit.« Evan gestikulierte zu der Büchse in Brians Hand. »Kein Alkohol in der Öffentlichkeit. Du machst das absichtlich, um mich zu provozieren, stimmt's?«

»Heilige Scheiße, bist du ein *Anwalt*.« Er spie das Wort aus wie einen Fluch.

»Mag sein, aber außerdem bin ich dein älterer Bruder, und du wirst mein Haus nicht trinkend verlassen. Warte damit, bis du bei Michelle bist. Los, gib schon her.«

Kelseys Augenbrauen berührten fast ihren Haaransatz, als sie dem hitzigen Schlagabtausch folgte. Aber sie würde sich schon daran gewöhnen, wenn sie sie öfter zusammen erlebte. Und richtig hart ging es sowieso erst zur Sache, wenn Evans ältere Schwester Brian den Kopf wusch. Oder seine Mutter, die ins Italienische fiel, wenn sie auf hundertachtzig war.

»Ganz wie du willst.« Brian rammte die Bierdose in Evans Hand. »Lass es dir schmecken, du Ratte.«

»Das werde ich definitiv, immerhin gehört es mir.«

Brian zeigte ihm den Stinkefinger, bevor er davonstürmte.

»Puh«, unterbrach Kelsey die eingetretene Stille, während sie beide auf die Terrassentür starrten, durch die er verschwunden war. »Das war …«

»Unwichtig. Vertrau mir. Tut mir leid, dass du das miterleben musstest.« Evan trank einen Schluck von Brians zurückgelassenem Bier und ging um die Theke herum zum Kühlschrank. »Lust auf einen Drink?«

Wenn nicht jetzt, wann dann? Hätte ihr jemand vor einem Monat prophezeit, dass das passieren würde, sie hätte denjenigen für verrückt erklärt. »Ja, absolut.«

»Margaritas?«

»Klingt gut.«

Während Evan sich an die Zubereitung machte, überkam Kelsey wie immer ein Anflug von Neid auf seine Küche. Es war eine Mixtur aus rauem Backstein, schmiedeeisernen Ornamenten und Edelstahl, die an ein altes italienisches Bistro nach einer umfassenden Modernisierung denken ließ. Sie liebte alles an seinem Haus im Blockhüttenstil, die hellen, schnörkellosen Holzwände und Hartholzböden. Es war weder zu groß, noch zu klein … genau richtig für ihn. Und gegebenenfalls natürlich für eine weitere Person. Es verfügte über zwei Schlafzimmer im Erdgeschoss und eine Galerie, die auf das Wohnzimmer herunterblickte. Evan hatte dort sein Heimbüro und jede Menge Gesetzbücher untergebracht. Kelsey war im Besitz mehrerer Quilts, die ihre Urgroßmutter angefertigt hatte und die sich prächtig als Verkleidung für die Brüstung machen würden. Es war eine Schande, dass sie in Säcken verpackt in ihrem Wandschrank verkümmerten, aber sie hatte keinen Platz, sie zu präsentieren, der ihrer Schönheit oder dem emotionalen Wert gerecht würde, den sie für sie bedeuteten.

Ich dekoriere im Geist sein Haus um. Das ist verrückt. Komplett verrückt.

Evan hatte das Haus gekauft, kurz nachdem er Courtney einen Heiratsantrag gemacht hatte, und sie hatten etwa eineinhalb Jahre hier gewohnt, bevor seine damalige Verlobte zu dem Schluss gekommen war, dass ihr Kelseys Leben besser gefiel. Aus welchem Grund auch immer.

Eigentlich war *sie* die Verrückte.

Evan sah unfassbar appetitlich aus heute Abend – aber wann hatte er das einmal nicht getan? Er trug verschlissene, ausgeblichene Jeans, die wie eine zweite Haut saßen. Ein weißes Polohemd schmiegte sich an seine breiten Schultern, was einen sinnlichen Kontrast zu seinem olivfarbenen Teint und seinem rabenschwarzen Haar bildete. Haar, das nach einer nicht lange zurückliegenden Dusche noch immer feucht und wohlriechend war. Sie könnte einen ganzen Tag damit zubringen, seinen Duft zu inhalieren. Oder seinen Hintern zu bestaunen. Es war ein sehr hübscher Hintern. Was würde sie dafür geben, ihn nackt unter ihren Händen zu spüren, während sie ihn tiefer in sich hineindrängte …

Herrje. Hoffentlich führte Evan ihre Ganzkörperröte noch immer auf Brians Frotzeln zurück. Was hatte sie sich nur dabei gedacht, dieses Top anzuziehen? Bestimmt war sie mit roten Flecken übersät. Vielleicht sollte sie ein paar der Klamotten, die sie eingepackt hatte, besser noch mal überdenken.

Er servierte ihre Margarita, und schon nach ein paar Schlucken war ihr ein bisschen schwummrig im Kopf. Sie war zu lange abstinent gewesen. Sie trank nicht viel, nur bei besonderen Gelegenheiten. Und dieser Abend zählte definitiv dazu.

»Brauchst du Hilfe?«, erbot sie sich, obwohl er alles unter Kontrolle zu haben schien.

Er lächelte ihr zu, während er eine flache Schale hinaus zum Grill trug. »Nein, aber begleite mich doch nach draußen.«

Sie setzten sich an den Pool und sahen zu, wie der Mond langsam den Himmel erklomm, während Kelsey an ihrer Margarita nippte und Evan ein Bier aus der Flasche trank. Ein köstliches Aroma driftete vom Grill heran und mischte sich mit den sommerlichen Gerüchen nach Chlor und Zitronellöl. Gott, daran könnte sie sich gewöhnen. Doch es dauerte nicht lange, bis ihr die Klamotten am Leib klebten und sie am liebsten einen Kopfsprung in den Pool gemacht hätte, um sich zu erfrischen. Sobald die Steaks fertig waren, kehrten sie in die gesegnete Kühle des klimatisierten Hauses zurück.

Kelsey schlenderte unter dem Vorwand, es sich dort gemütlich machen zu wollen, ins Wohnzimmer, obwohl sie in Wahrheit nur Evans häusliches Umfeld in Augenschein nehmen wollte … nach Courtney. Sie hatte es nie ohne deren Einfluss gesehen.

Offenbar hatte sie keinen großen ausgeübt.

Die Möbelstücke waren dieselben, genau wie die Bilder an den Wänden. Was sich verändert hatte, bemerkte sie mit einem wohlig warmen Gefühl in der Brust, waren die neu hinzugefügten Fotos, die Evan und Kelsey zusammen zeigten.

Lachend auf einer Party, Arm in Arm. Einander drückend bei ihrer Graduierung, angetan mit ihren Hüten und Talaren. Heulsuse, die sie war, hatte sie kurz vor dem Entstehen des Fotos Tränen vergossen. Aber der Tag hatte für sie das Ende einer – genialen – Ära eingeläutet, und die Vorstellung, mit Todd in eine fremde Stadt zu ziehen, war mehr als beängstigend gewesen. Evan hatte zusammen mit ihnen die Heimreise angetreten, den Großteil des Sommers jedoch damit verbracht, seinen Umzug nach Austin vorzubereiten, um dort sein Jurastudium zu beginnen. Zum Glück war er nach seinem Abschluss hierher zurückgekehrt – obwohl er sich überall hätte niederlassen können.

»Die sind große Klasse«, bemerkte sie, als sie ihn hinter sich eintreten hörte.

»Ja. Die guten alten Zeiten.«

»Früher hingen diese Fotos nicht hier. Ich vermute, Courtney haben sie nicht gefallen?«

»Manchmal ist es einfach klüger, den Frieden zu wahren, du verstehst?«

Sie lachte, aber es lag kein Humor darin. »Wem sagst du das.«

»Was hast du eigentlich so getrieben? Wir haben uns ja seit Monaten nicht gesehen.«

»Das Übliche. Job. Freiwilligenarbeit. Ansonsten nicht viel.«

»Hattest du Dates?«

Die Frage traf sie unvorbereitet. »Nein.«

»Sicherlich nicht infolge mangelnder Angebote.« Evan zwinkerte ihr zu und setzte seine Bierflasche an die Lippen.

»Na ja, ich wurde gelegentlich zu einem Rendezvous eingeladen. Aber ich war einfach noch nicht so weit. Was ist mit dir?« Sie glaubte, die Antwort zu kennen, fürchtete jedoch, sich zu täuschen.

Er winkte ab. »Ich war die ganze Zeit über solo. Kannst du dir das vorstellen?«

Bei seinem Frauenverschleiß? Nein, das konnte sie nicht. Solange sie ihn kannte, war er zwischen zwei Freundinnen nie länger als einen Monat Single gewesen. »Ich schätze, es ist gut, sich zwischendurch mal eine Auszeit zu gönnen …« Sie verstummte, dann lachte sie bedrückt. »Was fasele ich da? Ich *hasse* das Alleinsein.«

Evan nickte, ohne den Blick von ihr abzuwenden. »Ja, ich auch.«

Er vermisste Courtney, auch wenn der Stolz ihm verbot, es zuzugeben. Und schon gar nicht Kelsey gegenüber, schließlich wusste er, was sie von seiner Ex hielt.

»Es ist für mich in Ordnung, wenn du … über all das sprechen möchtest«, begann sie, ihre Stimme klang zögerlicher, als sie beabsichtigt hatte. »Falls du dir etwas von der Seele reden willst oder so. Mir ist klar, dass es manchmal den Anschein hat, als könnte ich dieses Thema nicht ertragen, ohne auszuflippen, aber das kann ich. Du sollst wissen, dass ich für dich da bin. Es gibt nichts, worüber du nicht mit mir sprechen kannst. Wir konnten uns schon immer alles erzählen, und ich will nicht, dass sich daran etwas ändert.«

So. Jetzt hatte sie ihr Sprüchlein aufgesagt. Hoffentlich hatte es den ersten Riss in der Mauer bewirkt, die seit letztem Weihnachten zwischen ihnen aufragte. Denn Kelsey ertrug sie nicht länger. Sie beide hatten nicht um diese Situation gebeten, sie war ihnen aufgehalst worden.

»Das bedeutet mir viel, und es beruht auf Gegenseitigkeit.« Evan betrachtete sie mit einem Blick, den sie bis in die Zehen spürte. »Du bist unglaublich, weißt du das?«

Sie schüttelte den Kopf. »Ach Quatsch.«

»Doch, es ist mein voller Ernst. Ich weiß, dass du damit fertig wirst. Du wirst mit allem fertig. Weil du stärker bist, als dir selbst bewusst ist.«

Es war schön, das zu hören, gleichzeitig wurde ihr das Herz schwer, denn er täuschte sich völlig in ihr. Sie war nicht mehr das Mädchen, das er auf dem College gekannt hatte. Dieses Mädchen war zäh gewesen. Hatte es sein müssen, um ihm trotz der unerwiderten Liebe, die sie für ihn empfand, Tag für Tag gegenübertreten zu können. Um die Kraft aufzubringen, endlich loszulassen und ihre Gefühle auf jemand anderen umzulenken.

Das hatte sie nun davon.

Bis schließlich auch der Rest des Essens fertig war, hatte sie es sich auf dem Ledersofa gemütlich gemacht und war fast satt von den Tortillachips mit scharfer Soße. Evan machte die beste Salsa, die sie je gekostet hatte, mit viel Koriander, wie sie es mochte.

»Dieses Zeug ist einfach göttlich, wie alles von dir«, rief sie und stopfte sich einen weiteren Chip in den Mund. Der Dip war ein bisschen zu pfeffrig für ihre Geschmacksknospen, darum hatte sie ordentlich dem Margarita-Pitcher zugesprochen, um das Feuer zu lindern – das der Salsa und das ihrer außer Kontrolle geratenen Emotionen. Kelsey konnte von Glück sagen, dass Ersteres nicht noch pikanter war. Für Evan musste beinahe alles, was er aß, höllisch scharf sein.

Er grinste, als er ihre Teller aus der Küche brachte. Sie wollte ihm zur Hand gehen, aber das Zimmer schien leicht in Schieflage zu geraten, als sie aufzustehen versuchte. »Besuch mich öfter, dann koche ich ein paar Rezepte meiner Mutter für dich nach«, versprach er.

»Ich kann nicht fassen, dass du so gern am Herd stehst.«

Er setzte sich neben sie und reichte ihr ihren Teller. Sie wurde ganz hibbelig, als sein linkes Knie gegen ihr rechtes drückte und seine Körperwärme sie einhüllte. Als wäre ihr dank des Tequilas nicht schon heiß genug. Es behagte ihr nicht, hier im Wohnzimmer zu essen, weil sie fürchtete, dass sie in ihrem beschwipsten Zustand kleckern könnte, aber Evan hatte darauf bestanden. Er hatte mehrere Staffeln von *Seinfeld* auf DVD, und da sie schon immer begeisterte Fans gewesen waren – Todd und Courtney hatten die Serie gehasst –, hatte sie nichts gegen einen Marathon einzuwenden. »Mir macht das nichts aus«, erwiderte er. »Abgesehen davon würde Brian wahrscheinlich verhungern, wenn ich es nicht täte.«

»Da wir gerade davon sprechen – ihr zwei seid per definitionem absolute Gegensätze. Nicht, dass ich dir das erst sagen müsste.«

»Ja, es scheint als wäre nach mir jeglicher Tatendrang und Ehrgeiz in meiner Familie versiegt.«

»Trotzdem finde ich es nett, dass du dich um ihn kümmerst. Er braucht dich, ob er es zugibt oder nicht.«

»Brian frustriert mich. Er hat Potenzial, aber er verschwendet es. Wir mussten ihm die härtesten Bandagen androhen, um ihn auch nur dazu zu bewegen, die Highschool zu beenden. Ich mache mir Sorgen um ihn.«

Sein Profil verriet ihr, dass seine Zähne mahlen, Muskeln spannen sich an. Aber ihr fiel nichts ein, was sie sagen konnte, um ihn zu beschwichtigen.

Sie fühlte sich ans College zurückversetzt. Energisch schnitt sie in ihr Steak und schob sich einen saftigen Bissen in den Mund. Evan hatte seinen Instinkt nicht eingebüßt. Steaksoße wäre in diesem Fall ein Frevel gewesen. Dazu gab es gebackene Kartoffeln, gekrönt von einer üppigen Haube aus Butter, Käse und saurer Sahne. Kelsey konnte die reichliche Garnitur auf Evans Kartoffel nicht einmal ansatzweise identifizieren. Aber sie würde darauf wetten, dass er davon nicht ein Gramm Fett ansetzte.

Er sah zu, wie sie kaute. »Ich hab mich erinnert, dass du es nicht zu würzig magst, darum habe ich mich zurückgehalten«, sagte er. »Ich hoffe, es ist okay so.«

»Absolut perfekt«, beteuerte sie. Das Essen schmolz praktisch in ihrem Mund. Evan war unglaublich. Es gab nichts, was er nicht konnte.

»Doch, ich schätze, ein paar Dinge gibt es schon.«

Oh, Mist. Hatte sie das etwa laut gesagt? Sie musste sich zusammenreißen und ihren Mund nur öffnen, um Essen hineinzubefördern. Nicht zu vergessen die Margaritas, die einfach zu lecker waren.

Eine Stunde verging … oder zwei oder mehr, sie war sich nicht sicher, sondern wusste nur, dass sie so gut wie jeden Krümel vertilgten, ihr Glas beständig leer war und Evan immer näher rückte – oder sie ihm auf die Pelle rückte. Sie lachten miteinander über die urkomischen Szenen, die sich auf seinem Plasmabildschirm abspielten, aber die Reibung ihrer Kleidung an ihrer erhitzten Haut war so irritierend, dass sie es kaum aushielt.

Sie atmete zischend aus und zog ihr Oberteil von ihren sensibilisierten Brüsten weg, leider verringerte das nicht die Reibung, die ihr trägerloser BH an ihren Nippeln erzeugte. Sie reckte sich, bog den Rücken durch und ließ den Kopf zwischen den Schultern kreisen. Als sie damit aufhörte, kreiste das Zimmer weiter. Oder vielleicht war ihr Kopf noch immer in Bewegung. Sie konnte es nicht sagen, sondern wusste nur, dass es verdammt witzig war.

Evan beobachtete, wie Kelsey kicherte, als es ihr einfach nicht gelingen wollte, ihre Nackenmuskeln unter Kontrolle zu bringen. Ein Gefühl von Sorge erfasste ihn. »Geht es dir gut?«, erkundigte er sich, woraufhin sie verwirrt ihre halb geschlossenen Lider aufriss.

»Ja, sicher. Wieso denn nicht?«

»Weil mir gerade auffällt, dass der Margarita-Pitcher so gut wie leer ist.«

»Oje … das tut mir leid, wolltest du was abhaben? Bewegt sich mein Kopf?«

Kein Zweifel. Sie war hackedicht und würde wahrscheinlich jede Sekunde reihern. »Nein und ja. Kelsey, wie lange ist es her, seit du zuletzt Alkohol getrunken hast?«

Sie kicherte wieder. Konnte nicht aufhören. Die Augen geschlossen. »Weiß nich. Kann mich nich erinnern. Ne Ewigkeit.«

»Süße, ich fürchte, du wirst deine Drinks nicht bei dir behalten.«

Kelsey kniff die Brauen zusammen und schürzte die Lippen zu einem perfekten Schmollmund. Sie öffnete ein Auge einen winzigen Spalt und schielte zu ihm hoch. »Und ob ich dein Dings bei mir behalten werde.«

Er lachte laut auf und zog sie an sich. Sie ließ sich hängen wie tot. *Die Party ist vorbei.* »Das hättest du wohl gern Komm, ich bring dich nach oben.« Als er aufstand, sackte sie, seines Halts beraubt, auf die Couch. Er schob einen Arm hinter ihren Rücken, den anderen unter ihre Knie. Sie murmelte unverständliches Zeug, als er sie hochhob ... Himmel, sie war leicht wie eine Feder. Er war froh, dass er sie den ganzen Abend gemästet hatte. Jetzt musste sie das Essen nur noch drinnen behalten. Er hätte den kontinuierlich fallenden Pegelstand im Margarita-Krug bemerken müssen.

Eine kleine Lampe in der hinteren Ecke spendete das einzige Licht im Schlafzimmer, als er Kelsey hineintrug. Die Uhr auf seinem Nachttisch schrie ihm in grellroten Ziffern entgegen, dass es Viertel vor drei war. Kelsey kuschelte sich an seine Brust, und er versuchte, das Gefühl ihrer geschmeidigen nackten Beine auf seinen Unterarmen zu ignorieren. Wie warme, verführerische Seide. Er setzte sie auf dem Bett ab und stützte sie, während er die Decke zurückschlug. Doch sie entglitt ihm und kippte nach hinten.

»Hoppla«, sagte er schmunzelnd und fasste nach ihr, als sie die Augen aufschlug und sich an ihm festhielt, um nicht auf die Matratze zu plumpsen. »Ich hab dich.«

»Evan ...«, murmelte sie und schlang ihre weichen Arme um seinen Hals. Durch ihre Haltung berührten ihre Lippen fast sein Ohr. Sie hatte ihr Haarband irgendwo verloren. Er konnte den Erdbeerduft ihres Shampoos riechen und spürte, wie ihr träger Atem kitzelnd durch seine Haare strich. »Evan.«

»Kelsey. Rutsch hier rüber und leg dich hin.«

Sie rückte ein Stück von ihm ab und versuchte, ihren verschwommenen Blick auf ihn zu fokussieren. Das Gewicht ihres Kopfs schien noch immer zu schwer für ihren Hals, sodass sich ihr Haar über seinen Arm ergoss. »Ich habe dich immer schon gemocht, Evan.«

»Ich dich auch, Süße.« Dieses sexy Schnurren, mit dem sie immer wieder seinen Namen sagte, indem sie das *V* zwischen Zähnen und Unterlippe hervorperlen ließ, war so erregend, dass sich sein Glied in seiner Hose regte. »Jetzt komm, Mädchen, du musst deinen Rausch ausschlafen.«

»Ich meine, ich *stand* schon immer auf dich.«

Verflucht. Wenn Menschen im betrunkenen Zustand unbedachte Worte äußerten, schoben sie es hinterher meistens auf den Alkohol. Er hatte schon immer gefunden, dass in diesen Momenten die Wahrheit ans Licht kam. In seinem Kopf schrillte eine Alarmglocke. »Du bist betrunken. Schlaf.«

Obwohl sie seinen Befehl wahrscheinlich nicht einmal hörte, gefiel ihm nicht, wie verzweifelt seine Stimme selbst in seinen eigenen Ohren klang.

»Bin ich gar nicht.« Ihr verrutschtes, törichtes Grinsen strafte ihre Worte Lügen, als sie seinem Drängen endlich nachgab und zu der Stelle krabbelte, die er für sie bereit gemacht hatte. Während er sie zudeckte, ließ sie den Kopf aufs Kissen sinken und schaute zu ihm hoch. Die Glut in ihren Augen gab ihm fast den Rest. »Ich will nicht schlafen.« Sie strampelte die Decke weg, die er gerade über sie gebreitet hatte. »Die brauch ich nicht. Mir ist heiß. Ich bin viel zu heiß.«

Das war sie allerdings. Evan fuhr sich mit der Hand durchs

Haar. Für ein solch zierliches Persönchen schienen ihre Beine endlos lang. Lang und geschmeidig. Er malte sich aus, wie seidenglatt die Innenseiten ihrer Schenkel sich an seinen Fingerspitzen anfühlen würden. Ihr Top war hochgerutscht und gab ihren flachen Bauch frei, wo der Nabelring ihn im gedämpften Licht anfunkelte – er sah verflucht sexy und gleichzeitig deplatziert an ihr aus. Das kurze, enge Oberteil spannte sich über ihre Brüste, deren Spitzen sich unter dem Stoff abzeichneten.

Sie überrumpelte ihn, indem sie sein Gesicht mit beiden Händen umfing. Er hätte auf Abstand gehen sollen, bevor sie ihn anfassen konnte. Jetzt fühlte er sich wie eine Fliege, die sich im klebrigen Gespinst einer Spinne verfangen hatte. »Ich wollte schon immer mit dir schlafen, wusstest du das? Schon als ich noch Jungfrau war.«

Er schnappte nach Luft, ließ sie zitternd entweichen. So viel zum Thema prüde.

Persönliche Notiz: Kelsey wird neuerdings unglaublich geil, wenn sie blau ist.

Sie befeuchtete ihre Lippen, dabei schaute sie ihm in die Augen, ihr Blick war verblüffend klar für jemanden, der gerade noch an der Schwelle zur Bewusstlosigkeit gestanden hatte. Der feuchte Schimmer, den ihre Zunge hinterließ, zog ihn in seinen Bann. Er wollte ihn schmecken. Die Hitze ihrer Handflächen drang in sein Fleisch. Sie glühte. Ihre noch immer mit den Laken verhedderten Beine waren leicht geöffnet, und er konnte den süßen Moschusduft ihrer Erregung riechen.

»Das wird nicht passieren, Kelsey.« Seine Stimme klang vermutlich so bestimmt wie die eines kleinen Mädchens, aber er gab sich allergrößte Mühe. All seine Energie war in seine Erektion geflossen. Sie drängte gegen den Reißverschluss, drohte, ihn zu sprengen, wenn er sie nicht bald herausließ. »Du hast zu viel getrunken.«

Sie machte wieder einen Schmollmund, und er staunte über den Schmerz, der in ihren grauen Augen flackerte. Er war … real, ungekünstelt, keine Begleiterscheinung ihres umnebelten Zustands.

»Du willst mich nicht. Wieso wolltest du mich nie?« Sie rieb ihre Schenkel aneinander, wodurch ihm ihr Duft noch intensiver in die Nase drang. Wie unter dem Bann eines Zaubers wurde er von ihr angezogen, während sich in seinem Kopf unentwegt derselbe Filmausschnitt wiederholte, in dem er ihr die Shorts vom Leib riss und in ihre feuchte, heiße Enge eintauchte, bis diese Fantasie alles andere überlagerte, jede Moral, Logik, Vernunft. Er hatte sie also nie gewollt. Ganz genau.

Gott, es würde sich so gut anfühlen, von ihr umschlungen zu werden. Er hatte sich zu lange in Enthaltsamkeit geübt. Kelsey nahm seine Hand und legte sie flach auf ihren Bauch, bevor sie sie nach unten schob, dorthin, wo sie sie brauchte. Ihre Bauchmuskeln spannten sich unter seiner zögerlichen Berührung, ihre Haut war warm und seidig. Sie stützte sich auf die Ellbogen auf, öffnete lasziv und einladend ihre lüsternen, rosafarbenen Lippen.

Nein.

Es war eine Sache, wenn zwei Menschen betrunken übereinander herfielen. Und eine vollkommen andere, wenn einer im Vollbesitz seiner geistigen Fähigkeiten war und der andere überhaupt nicht. Es wäre sogar kriminell, und er könnte sie niemals auf diese Weise ausnutzen. Gleichzeitig war er nie zuvor so sehr in Versuchung gewesen, das musste er ihr lassen.

Er entzog ihr seine Hand und stand auf. Sie gab ein klägliches Wimmern von sich, das ihn mitten ins Herz traf und wie ein Messer darin wühlte, als ihre Laute sich zu Worten verdichteten. »Evan, lass mich nicht … lass mich nicht so zurück … bitte …«

Kein anderer heterosexueller Mann auf diesem Planeten hätte Kelseys Anblick ertragen, wie sie sich völlig derangiert und halb von Sinnen vor Lust in seinem Bett räkelte, ohne wie ein brünstiges Tier über sie herzufallen. Man sollte ihn heiligsprechen, weil er überhaupt so lange durchgehalten hatte. Hätte er sie nicht so viele Jahre gekannt, er hätte sich nicht beherrschen können.

Schweißperlen traten ihm auf die Stirn, eine versickerte in ihrem Haar. Die Haut über Kelseys Halsausschnitt schien trotz des schwachen Lichts zu glühen. Sie stand in Flammen, dabei hatte er sie kaum angerührt.

»Kelsey, tu mir das nicht an.«

»Bitte«, flüsterte sie wieder und schaute ihn flehentlich an. Sie hatte gewaltig einen im Tee, aber das tat ihrem körperlichen Verlangen, das häufig mit diesem Zustand einherging, keinen Abbruch. Sie würde sich nicht dem Schlaf ergeben, solange es nicht gestillt war. »*Tu* etwas. Fass mich an, Evan. Gott, ich brauche es …«

Ihr heiseres Betteln trieb ihn über seine Belastungsgrenze. Sie klang wie eine völlig andere Frau. Er konnte ihr nicht alles geben, was sie sich wünschte, aber sollte es ihm gelingen, sie zu befriedigen, ohne dass er dabei durchdrehte, würde sie vielleicht einschlummern.

»Zieh deine Shorts aus«, wies er sie an, sich absolut gewiss, dass er dafür in die Hölle kommen würde. Sein einziger Trost bestand in der Hoffnung, dass Kelsey sich am nächsten Morgen an nichts erinnern würde. Evan kannte sie gut genug, um zu wissen, dass ihr das Ganze entsetzlich peinlich sein würde. Sollte sie sich wider Erwarten doch erinnern … würden sie sich zu gegebener Zeit damit auseinandersetzen. »Ich sorge dafür, dass du dich besser fühlst.«

Ihre Finger waren so hektisch und ungeschickt, dass er ihr

helfen musste. Als sie die kurzen Jeans endlich von den Füßen strampelte, verursachte ihm der Anblick ihres feuchten, pinkfarbenen Slips körperlichen Schmerz. Sie hakte die Daumen in die Seiten der hauchdünnen Spitze, aber er stoppte sie, dann streckte er sich neben ihr aus und schob einen Arm unter ihren Kopf. »Nein, Süße. Leg dich hin.«

»Aber –«

»Pst.«

Sie gehorchte, wenn auch mit einem enttäuschten Wimmern. Evan holte tief Luft, um Kraft zu sammeln, bevor er die Finger unter die sündhafte Spitze gleiten ließ. Er hätte sie darüber lassen sollen, wie es seine Absicht gewesen war, aber diese eine Sache musste er sich einfach gönnen, er wollte sie fühlen. Dort unten war das Paradies, feuchte Löckchen und weiche, warme, cremige Falten. Kelsey warf stöhnend den Kopf nach hinten auf seinen Arm, als seine Fingerspitzen sie streichelten, dann öffnete sie die Schenkel weiter, damit er ungehindert Zugang zu ihr und ihrem Duft hatte. Ihr anmutig geschwungener Hals war ein wundervoller Anblick, der feuchte Traum eines Bildhauers.

Sein Schwanz pochte wie wild, darum vermied er es bewusst, sich tiefer vorzuwagen, hin zu der Quelle ihrer Nässe – denn das würde ihn über die Klippe treiben, in einen Wahnsinn, der zwangsläufig darin gipfeln würde, dass er in ihr kam. Aber sie hörte einfach nicht auf, ihm die Hüften entgegenzustemmen, damit seine Finger tiefer glitten. Er widersetzte sich, konzentrierte sich ganz darauf, ihren Kitzler zu streicheln, sein Rhythmus war langsam und sanft, dann wieder schnell und hart. Dabei wandte er den Blick nicht von ihrem Gesicht ab, das den weichen, femininen Ausdruck nahender Ekstase zeigte, die Lippen geöffnet, die Augen geschlossen, die Brauen zusammengezogen. Wunderschön.

»Zieh mir den Slip aus, und küss mich bis zur Besinnungslosigkeit«, drängte sie ihn atemlos.

»Nein. Nur das hier.«

»Verdammt, Evan!«, begehrte sie auf. »Sei nicht wie *er*.«

Es war nicht schwer zu erraten, wen sie meinte, und allein deswegen hätte er am liebsten ihre Schenkel auf seine Schultern gelegt und diese feste kleine Knospe mit der Zunge bearbeitet, bis sie um Gnade winselte.

Später. Sie war berauscht vom Tequila und ihrer Erregung, und er durfte jetzt nicht nach dem Köder schnappen. Aber der Gedanke an die bevorstehende Reise wurde noch reizvoller.

Kelsey kam mit einem Ungestüm, der ihn fast um den Verstand brachte. Sie klammerte sich an seinen Schultern fest und grub die Fingernägel durch das Hemd in sein Fleisch, während ihr Körper sich anspannte und die Stöße ihrer Hüften den Rhythmus seiner Hand imitierten. Ihre Lustschreie hallten durchs Haus, ihre sonst so sanfte Stimme war ungehemmt und leidenschaftlich, als sie seinen Namen rief, ihn mit Koseworten bedachte. Es war ein Klang, den er immer wieder hören wollte, damit er die Leere zersprengte, und er antwortete darauf, indem er Zärtlichkeiten in ihr Ohr murmelte und nicht genug davon bekam, ihre lustvollen Zuckungen zu spüren.

Kaum waren sie abgeklungen, glitten ihre Arme von seinem Hals und sie begann, selig zu schnarchen. Das entlockte ihm ein leises Lachen, obwohl sein Ständer es ihm schwer machte, sich damit abzufinden, dass sie jetzt schlief und er die gleichen Qualen durchlitt wie sie zuvor.

Evan rutschte von ihr weg und hob ihre Shorts vom Fußboden auf. Da keinerlei Gefahr bestand, Kelsey jetzt noch zu wecken, zog er sie ihr wieder an, machte sie zu und breitete die Decke über sie. Das dunkle Haar fiel ihr ins Gesicht. Sanft strich er die Strähnen beiseite, dann hauchte er einen Kuss auf ihre Stirn.

»Mann«, murmelte er. Es gefiel ihm, wie sie in seine Decke eingekuschelt in seinem Bett lag, ihre Haare über sein Kissen gebreitet. Ihre Haut bildete einen hellen Kontrast zu den burgunderroten Laken, und ein Anflug von Sorge, gepaart mit schmerzvoller Zärtlichkeit griff nach seinem Herzen. Sie hatte so viel durchgemacht, und er fürchtete, dass sie noch nicht darüber hinweg war. Schlimmer noch, dass er es wieder aufgewirbelt hatte.

Es war irrational, aber er wurde dieses unterschwellige Gefühl nicht los, dass er eine Mitschuld an dem Debakel trug. Er hatte Kelsey Todd vor acht Jahren vorgestellt, ihm das Mädchen anvertraut, das für ihn im Lauf weniger Jahre zu einem besseren Kumpel geworden war als Todd, den er seit der Kindheit kannte.

Seufzend wandte er sich ab und ging zum Schrank, dabei verzog er das Gesicht, als der unnachgiebige Stoff seiner Jeans höllischen Druck auf seine Erektion ausübte. Er holte eine zusätzliche Decke samt Kissen heraus und richtete seinen eigenen Schlafplatz auf der Couch her. Viel lieber wäre er zu Kelsey unter die Decke gekrochen und hätte sie die ganze Nacht im Arm gehalten.

Gähnend schenkte Evan sich an der Küchentheke noch eine Tasse starken schwarzen Kaffee ein, als aus seinem Schlafzimmer die unverwechselbaren Geräusche eines Würganfalls ertönten. Er staunte, dass sie so lange durchgehalten hatte.

Er rieb sich die Augen. Die ganze Nacht hatte er von ihrer Süße an seinen Fingern geträumt, und das obwohl er so kalt geduscht hatte, wie er es aushielt, und mit ihrem Namen auf den Lippen heftig in seiner Faust gekommen war. Es war, gelinde gesagt, eine unruhige Nacht gewesen, und er hatte nicht einmal die Energie für seinen Morgenlauf aufgebracht, um den nachklingenden Frust abzubauen. Kurz nach der Dämmerung hatte Regen eingesetzt – Evan war noch immer wach gewesen –, der allem Anschein nach nicht so bald nachlassen wollte. Normalerweise wäre er trotzdem gelaufen, dankbar für die Abkühlung von der Hitze, aber er hatte Kelsey nicht allein lassen wollen.

Regen an dem Tag, an dem eigentlich seine Hochzeit hätte stattfinden sollen. Das hätte bei Courtney sicher einen hysterischen Anfall heraufbeschworen. Zum Glück musste er das nicht erleben, obwohl er es sich bildhaft vorstellen konnte. *Oh mein Gott, Evan! Mein Kleid! Meine Haare! Mein Make-up! Mach, dass er aufhört!*

Na ja, ganz so schlimm war sie nicht. Trotzdem hätte sie ihm vermutlich das Gefühl gegeben, als sei es seine Schuld, dass der Himmel ausgerechnet jetzt die Schleusen öffnete.

In der Annahme, dass Kelsey über einen Mund wie Watte klagen würde, nahm Evan eine Flasche Wasser aus dem Kühlschrank, und begab sich, mit leichter Sorge, was er dort vorfinden würde, ins Schlafzimmer. Die Decke hing halb vom Bett, und die Badezimmertür stand nur einen Spaltbreit offen, so als hätte Kelsey in ihrer Hast den halbherzigen Versuch unternommen, sie hinter sich zuzuwerfen. Er klopfte mit den Knöcheln dagegen.

»Alles okay, Kels?«

Ein jämmerliches Ächzen war die Antwort. Evan schüttelte schmunzelnd den Kopf und sah den Regentropfen zu, die über die Fensterscheibe rannen. Alles war in ein trübes graues Licht getaucht. Ein Glück für Kelsey. Keine blendende Morgensonne, die ihre Sinne attackierte.

Evan riskierte es, die Tür ein Stück weiter aufzuschieben.

Kelsey kauerte auf dem Boden, die Wange an die Fliesen gepresst, ihr Gesicht so weiß wie diese. Er wusste sehr gut, wie sie sich anfühlten: extrem kühl, besonders an erhitzter Haut.

Sie öffnete ein ganz klein wenig die Augen und stöhnte, als sie ihn dort stehen sah. »Evan … es ist mir unangenehm, dir in deinem eigenen Haus zu befehlen wegzugehen.«

Er lachte und trat ungeachtet ihrer Worte ein. »Verständlich. Denn das kannst du nicht.« Er holte ein paar Tylenol aus seinem Arzneischrank und gab sie ihr, nachdem er die Wasserflasche für sie aufgeschraubt hatte. »Hier.«

»Danke.« Sie stützte sich auf dem Unterarm ab und trank mit der Gier eines verirrten Wüstenläufers. Ihre zarten Halsmuskeln spannten sich bei jedem Schluck an, während sie in einem Zug die halbe Flasche leerte. Sie stellte sie ab, wischte sich über den Mund und legte sich wieder hin. »Bitte, lass mich einfach hier bleiben.«

Er beugte sich hinunter, um sie auf die Füße zu ziehen. »Kommt nicht infrage. Das kann unmöglich bequem sein.«

»Evan, das Ganze tut mir so leid.«

Er erstarrte und schluckte hörbar. Der Blick, mit dem sie zu ihm hochsah, war von einem Kummer getrübt, den er nur als Schuldbewusstsein oder tiefe Reue interpretieren konnte. Offenbar erinnerte sie sich …

»Was denn?«

»Dass ich zusammengeklappt bin. Sonst benehme ich mich nicht so daneben, das schwöre ich. In ein paar Minuten bist du mich los.«

Von Erleichterung übermannt, kniete er sich neben sie. Das schlechte Gewissen nagte an ihm, weil er sie in ihrem Zustand überhaupt angefasst hatte. Er hätte widerstehen müssen, und bei Tageslicht besehen, konnte er nicht fassen, wie schwach er gewesen war. »Rede keinen Unsinn. Du kannst den ganzen Tag bleiben, wenn du möchtest. Und ich weiß genau, wie du dich sonst benimmst. Es war mein Fehler, ich habe es so weit kommen lassen.«

»Heute hätte eigentlich deine Hochzeit stattfinden sollen, nicht wahr?«, fragte sie mit leiser, rauer Stimme.

»Ja. Ein schönes Wetterchen hätten wir da gehabt, hm?«

»Ich werde in einer Minute verschwunden sein, denn ich will nicht –«

»Pst. Denkst du, ich möchte meinen verregneten Beinahe-Hochzeitstag ganz allein verbringen?« Ein Grinsen glitt über sein Gesicht. »Leiste mir Gesellschaft.«

Ihr Lächeln deutete an, dass er sie überzeugt hatte. »Habe ich mich selbst ins Bett geschleppt, oder musstest du mich tragen?«

Er zerrte am Ausschnitt seines T-Shirts, obwohl der keine Schuld daran trug, dass es ihm den Hals zuschnürte. »Ich habe dich getragen.«

Kelsey schlug die Hand vor die Augen. »Bestimmt willst du jetzt nicht mehr mit mir nach Hawaii.«

»Und ob ich das will.« *Mehr denn je*. »Ich kann es kaum erwarten.«

Ein zittriges Lächeln spielte um ihre Mundwinkel, und er spürte ein Ziehen in der Brust. Selbst in Embryonalstellung auf dem Badezimmerboden zusammengerollt, von Übelkeit gepeinigt und kreidebleich, das Haar wild vom Kopf abstehend, sah sie wunderschön für ihn aus. Das Bedürfnis, sie zu beschützen, überwältigte ihn, das Verlangen, ihren Schmerz zu lindern. Er räusperte sich. »Wie fühlst du dich? Falls du duschen möchtest, werde ich dir etwas raussuchen, was du danach anziehen kannst.«

»Okay«, sagte sie, nachdem sie eine Weile mit sich selbst verhandelt zu haben schien.

»Dann komm.« Evan fasste wieder nach ihr, woraufhin sie ihre schlanken Finger um seine Oberarme schloss und sich von ihm aufhelfen ließ. Sobald sie sicher auf den Füßen stand, griff er in die Dusche und drehte das Wasser auf. »In dem Schrank hinter dir findest du Handtücher. Tut mir leid, falls meine Seife und der andere Kram zu männlich für dich riechen.« Vermutlich verbargen sich in den Tiefen der Regale von Courtney zurückgelassene Pflegeprodukte, aber er bezweifelte, dass Kelsey wie die Frau duften wollte, die ihre Ehe zerstört hatte.

Sie grinste schwach. »Kein Problem. Ich werde einfach nur das Wasser auf mich herabströmen lassen, und das etwa drei Stunden lang.«

»Lass dir so viel Zeit, wie du brauchst.« Der Drang, ihr Gesicht zu streicheln, ihr Haar zu berühren – ganz zu schweigen von den anderen Dingen, die er mit ihr anstellen wollte –, war fast übermächtig. Die Vorstellung, dass Kelsey im Begriff stand, nackt in seine Dusche zu steigen, war Folter genug, auch ohne die Erinnerung an die vergangene Nacht, daran, wie sie gerochen, wie sie sich angefühlt hatte. »Ich bin gleich zurück.«

Evan versuchte, die Bilder aus seinem Kopf zu verscheuchen, während er seine Schubladen durchstöberte. Schließlich fand er eine Jogginghose, die sie an der Taille verschnüren und notfalls hochkrempeln konnte. Dazu eins seiner UT-Law-T-Shirts – so wäre sie immerhin bekleidet, auch wenn es ihr bis zu den Schenkeln reichen dürfte. Er trug die Sachen ins Bad und legte sie gefaltet auf den Waschtisch.

Kelsey hockte inzwischen auf dem Deckel der Toilette und drückte den Kopf zwischen die Knie, während Dampf aus der Duschkabine quoll.

»Alles in Ordnung?«, erkundigte er sich. »Ich kann dir ein Bad einlassen, falls du lieber nicht stehen möchtest.«

»Es geht schon«, beteuerte sie mit schwacher Stimme und setzte sich auf. »Mir ist nur schlecht.«

»Dann lass ich dich mal allein. Wenn du fertig bist, wartet in der Küche Kaffee auf dich, sollte dir danach sein. Schrei, falls du irgendetwas brauchst. Das meine ich ernst, Kelsey. Du erinnerst dich ans College? Ich bin erfahren im Aufpäppeln von Schnapsleichen. Du bist sozusagen ein Spaziergang für mich, schon weil ich dich notfalls hochheben kann.« Er bedachte sie mit einem Lächeln, das sie matt erwiderte.

»Danke, Evan. Das werde ich.« Sie sah ihm in die Augen, und ihre aufrichtige Beschämung ging ihm an die Nieren. Er fühlte mit ihr. Auch ihm war es ein Gräuel, in Gegenwart anderer krank zu sein.

Während er die Tür hinter sich zuzog, dachte er darüber nach, in was er da hineingeraten war. Wenn schon eine Nacht mit ihr ihn in einen derart katastrophalen Zustand versetzte, würde eine ganze Woche ihn wahrscheinlich umbringen.

Mann. Sie war gestern Abend nicht wiederzuerkennen gewesen. Er glaubte nicht, dass er das noch einmal durchstehen könnte. Falls es die Wahrheit gewesen war … verdammt, was würde er dafür geben, Kelsey noch einmal so zu erleben, wie von Sinnen vor Lust, ihn um Sex anflehend, ohne dass der Alkohol ihr Verlangen anstachelte. Warum nur musste ihnen so viel gemeinsame Vergangenheit im Weg stehen? Er war hin- und hergerissen zwischen seinen Schuldgefühlen, weil er sie überhaupt berührt hatte, und dem abartigen Bedauern, nicht die ganze Nacht in ihrer seidigen Hitze gebadet zu haben. Dann würde sie heute nicht ohne jede Erinnerung an diesen süßen Zwischenfall nach Hause gehen.

Er wollte, dass sie *nüchtern* sagte, was sie ihm gestern Abend so freimütig gestanden hatte.

4

Evan hatte immer geglaubt, Kelsey nie schöner gesehen zu haben als an ihrem Hochzeitstag. Er hatte neben Todd gestanden und beobachtet, wie sie langsam herangeschritten kam, ein Traum in Weiß, dem nur die Flügel fehlten, um das engelsgleiche Bild zu vervollständigen. Falls sein Kiefer vor Kummer verkrampft gewesen war und seine Hände gezittert hatten, so hatte es niemand bemerkt, denn jedermanns Blick war auf Kelsey gerichtet gewesen – und ihrer auf Todd.

In seiner Funktion als Trauzeuge war Evan dem Hochzeitspaar zur Seite gestanden, hatte das Glas auf ihr lebenslanges Eheglück erhoben, mit Kelsey und ihren Brautjungfern gelacht und getanzt … während er dort, wo einst sein Herz gewesen war, nur eine schmerzende Leere gespürt hatte. Die bange Ahnung, dass er sich etwas Gutes durch die Finger hatte schlüpfen lassen. Er hatte dabei zugesehen, wie das Mädchen, das er sich niemals durch die Lappen hätte gehen lassen dürfen, seinem besten Freund ewige Liebe schwor, bis dass der Tod – besser gesagt Courtney, wie sich herausstellen sollte – sie schied.

Heute wurde er dafür entschädigt. Kelsey mochte am Tag ihrer Hochzeit, als sie sich an einen anderen Mann gebunden hatte, eine liebliche, ätherische Vision gewesen sein, aber hier draußen, unter der hawaiianischen Sonne, war sie eine bronzefarbene Göttin, und sie gehörte für diese eine Woche ihm ganz allein.

»Das ist *wundervoll*«, seufzte sie, während sie bäuchlings auf einem Badetuch im Sand lag. Ihre sinnliche Stimme verursachte ihm körperliche Regungen, die er lieber nicht in der Öffentlichkeit zur Schau stellen wollte. Er hatte ihren seidigen Rücken mit Sonnenmilch eingecremt und sich dabei an ihrem zufriedenen Schnurren erfreut. Nun drehte sie ihm das Gesicht zu. »Ich kann dir gar nicht oft genug für diesen Urlaub danken.«

Sie dankte *ihm*, obwohl sie diesen Bikini trug?

Der Wind jagte über die saphirblauen Wellen, während Evan den Blick freimütig über Kelseys Körper gleiten ließ: die zerzausten Locken ihres dunkelbraunen Pferdeschwanzes, die klaren Konturen ihres eingeölten Körpers, der in der Sonne glitzerte, die Rundung ihres Pos unter dem winzigen weiß-rosa Stoffdreieck. Mehr hatte er noch nie von ihr zu sehen bekommen, trotzdem erkannte er, dass sie das seit ihrer Scheidung verlorene Gewicht noch nicht wieder zugenommen hatte, Kilos, die zu verlieren sie sich überhaupt nie hatte leisten können. Für ihn spielte es keine Rolle, er konnte sich nicht erinnern, wann er sie einmal nicht hinreißend gefunden hatte. Doch wie immer regte sich leiser Zorn in ihm bei der Vorstellung, dass sie vor lauter Stress und Demütigung nicht so gut auf sich aufgepasst hatte, wie sie es tun sollte.

Falls ihre sturmgrauen Augen hinter ihrer dunklen Sonnenbrille geöffnet waren, wüsste sie, dass er sie ansah. Aber seine eigenen verdunkelten Gläser verbargen, wohin genau er blickte.

»Ich bin froh, dass du es genießt«, antwortete er. »Du hast es dir, wie gesagt, verdient.«

Ihre Mundwinkel hoben sich zu einem Lächeln, und der Wind blies eine Locke aus ihrem Pferdeschwanz in ihr Gesicht. Sie strich sie zurück, dann hob sie den Kopf und stützte sich auf die Ellbogen auf. Evan konnte den Blick nicht von ihrem Bikinioberteil abwenden, das sich in dieser Position verführerisch über ihren prallen Brüsten spannte. Er müsste nur den Finger hineinhaken, um endlich die Farbe ihrer sinnlichen Spitzen zu erfahren …

»Was haben wir heute Abend vor?«, erkundigte sie sich und stellte damit die alles entscheidende Frage.

»Sollen wir es ruhig angehen lassen? Ganz relaxt?« Ihr Flugzeug war Sonntagnachmittag gelandet, heute war Dienstag. Gestern waren sie zum Diamond Head gewandert und hatten das atemberaubende Panorama rund um den Krater bestaunt. Evan kannte den Ausblick bereits, aber Kelseys Begeisterung war derart ansteckend gewesen, dass es ihm vorgekommen war, als würde er ihn zum ersten Mal erleben. Heute hatten sie einfach nur am Strand faulenzen wollen. Zum Glück war sie eine entspannte Reisebegleitung. Er hasste es, aus dem Urlaub zurückzukommen und erschöpfter zu sein als davor. Was sollte das bringen? Aber es gab noch eine Menge mehr, was er ihr zeigen wollte.

Ihre Zähne blitzten hell in ihrem sonnengebräunten Gesicht. »Klingt gut. Trotzdem könnte ich einen Drink vertragen.«

Oh … *verdammt*. Evan schob sich die Sonnenbrille auf den Kopf und warf Kelsey einen vielsagenden Blick zu. Sie lachte fröhlich. »Keine Sorge, ich werde nicht wieder aus den Latschen kippen. Wir sind doch im Urlaub, oder? Nur ein paar Margaritas.«

»Klar, dagegen ist nichts einzuwenden. Danach können wir uns etwas zu Essen aufs Zimmer kommen lassen.«

»Eine himmlische Idee.«

Er grinste sie an und schickte das wahrscheinlich hundertste Dankgebet zum Himmel, weil er mit Kelsey hier war, anstatt mit seiner Ex Flitterwochen simulieren zu müssen. Bestimmt würde Courtney irgendwann einen Mann glücklich machen … Sie war schön, sie war klug und weit mehr als nur ein dekoratives Anhängsel. Sie war im selben Alter wie sein jüngerer Bruder, leitete aber schon ihr eigenes Unternehmen, eine Boutique in der Innenstadt. Dort waren sie sich zum ersten Mal begegnet. Seine Mutter, die dort Kundin war, konnte ihn bis heute nicht davon überzeugen, dass sie völlig frei von Hintergedanken gewesen war, als sie ihn angerufen und gebeten hatte, bei dem Geschäft vorbeizufahren und in ihrem Namen eine Rechnung zu begleichen. Courtney hatte an jenem Tag dort gearbeitet. Er hatte sie auf der Stelle um ein Rendezvous gebeten. Seine Mutter kannte ihn einfach zu gut.

Courtney hatte sich auf Anhieb mit seiner gelegentlich überwältigend temperamentvollen Familie verstanden. Aber genau wie ihre vielen Vorgängerinnen war sie einfach nicht die Richtige für ihn gewesen. Wenn auch vielleicht nicht viel gefehlt hätte.

Evan fragte sich oft, ob sie es wohl vor den Altar geschafft hätten, wenn sie nicht fremdgegangen wäre. Sie hatte ihm die perfekte Fluchtmöglichkeit geboten, und er hatte sie auf der Stelle ergriffen. Was Kelsey wohl sagen würde, wenn sie erfuhr, dass Courtney und Todd sich getrennt hatten?

Im Normalfall wäre es ihm scheißegal gewesen, was aus Todd Jacobs wurde. Er hätte keinen einzigen Gedanken mehr an den Bastard verschwendet, wären da nicht die möglichen Folgen für Kelsey gewesen. Wenn man Courtney Glauben schenken durfte, könnte es jederzeit passieren, dass Todd zu Kelsey zurückgekrochen kam. Der Gedanke brachte sein Blut in Wallung. Er wollte mit ihr darüber sprechen, sie fragen, wie sie sich fühlte … aber sie amüsierte sich zu gut, um sie mit diesem Mist zu behelligen, zudem fürchtete er, dass sie ihm eine automatische Antwort geben würde, und keine ehrliche. Aber sollte Todd *tatsächlich* an ihrer Türschwelle auftauchen … würde sie sich seine Entschuldigungen anhören und ihn zurücknehmen?

Evan glaubte es nicht, aber das war noch lange keine Gewissheit. Kelsey schien sich schwere Vorwürfe zu machen, weil ihre Ehe gescheitert war, auch wenn es nicht an ihr gelegen hatte. Schuldgefühle konnten eine starke Antriebskraft sein.

Sie sprang noch einmal kurz mit ihm in die Fluten, bevor sie ihre Strandsachen zusammenpackten und sich auf den Rückweg zu ihrer absurd luxuriösen Suite machten. Evans Eltern hatten keine Kosten gescheut, was wohl ein Beweis dafür war, wie dringend sie ihn unter der Haube haben wollten.

Es war der zweite Tag in Folge, an dem Evans Smartphone mit einer dringenden Nachricht von seiner Assistentin auf ihn wartete. Offenbar ließ sich die Realität durch nichts aussperren.

Er fluchte, als er die Nummer sah, was Kelsey ein Lachen entlockte. »Pflichtanrufe gibt es sogar im Paradies«, kommentierte sie und gab ihm einen Klaps auf die Schulter, als sie an ihm vorbei ins Bad schlüpfte … zweifellos, um den Sand von ihrem schillernden Körper zu waschen. Wie gern er ihr das abgenommen hätte, ging es ihm durch den Sinn, als er widerstrebend die private Handynummer seiner Anwaltsgehilfin wählte, um zu erfahren, was zur Hölle im Büro los war. In Anbetracht des vierstündigen Zeitunterschieds wären inzwischen alle nach Hause gegangen.

Während Delilah ihn ins Bild setzte und ihm anschließend noch eine Menge Belanglosigkeiten ins Ohr schnatterte, kehrten seine Gedanken unablässig zu der Vision von Kelsey zurück, wie sie nackt unter der Dusche stand und ihre Hände über ihren Körper glitten, um das nach Bananen duftende Sonnenöl mitsamt den daran haftenden Sandkörnern abzuwaschen. Und wie er mit der Zunge über ihre gebräunte Haut leckte. Herrgott. Sein Glied schwoll in seiner Badehose an. Wenn sie jetzt herauskäme … *Verdammt.* Er sollte die Baseball-Ergebnisse checken, sich irgendwie ablenken, um diese Bilder aus dem Kopf zu bekommen.

Er rieb sich mit den Fingern fest über die Augen. »Delilah, ich muss jetzt Schluss machen. Ich wünsche euch allen eine gute Woche. Rufen Sie mich an, falls sich etwas Neues ergibt.«

Bei ihm hatte sich eine Menge Neues ergeben. Ohne auf ihre Antwort zu warten, legte Evan auf, dann atmete er tief durch und widerstand dem Drang, seinen Ständer in eine bequemere Position zu verlagern, denn die Hand daran zu legen, würde die Situation vermutlich nur verschlimmern. Er setzte sich auf die Bettkante und streckte sich rücklings auf der Matratze aus.

Was die Sache nicht einfacher machte, war sein felsenfester Verdacht, dass Kelsey vergangene Nacht in dem Glauben, er sei eingeschlafen, direkt neben ihm im Bett masturbiert hatte. Es hatte ihn in den Wahnsinn getrieben, dass er, ein erwachsener Mann, nicht wusste, wie er mit der erregten, *nüchternen* Frau neben ihm umgehen sollte. Sollte er sich zu ihr umdrehen und ihr zur Hand gehen, auch auf das Risiko hin, seine langjährige beste Freundin zutiefst zu beschämen, oder es sie allein zu Ende bringen lassen und hinterher, sobald sie schlummerte, ins Bad schleichen und sich selbst Erleichterung verschaffen?

Dummkopf, der er war, hatte er sich für Letzteres entschieden. Die Vorstellung, wie ihre Fingerspitzen mit sanfter Dringlichkeit durch ihre feuchten Falten glitten, die Erinnerung daran, wie es sich angefühlt hatte, als er diesen Part übernommen hatte, bewirkte, dass sein Schwanz nun wie ein zertrümmerter Daumen pochte. Evan fragte sich, ob Kelsey sich vorgestellt hatte, dass er es war, der sie berührte, als sie lautlos neben ihm gekommen war. Ob sie froh gewesen wäre, wenn er sich zu ihr umgedreht und ihre Hand durch seine ersetzt hätte. Ob sie ihn angefleht hätte, seinen Schwanz in sie zu rammen, weil sie längst schlüpfrig und bereit für ihn war. Ob sie seinen Namen in die Nacht geschrien hätte, wenn sie in seinen Armen den Höhepunkt erreichte und zu Stille kein Grund mehr bestand.

Vor zehn Jahren hätten sich ihm alle diese Fragen nicht gestellt. Kelseys Augen waren ein Spiegel ihrer Seele gewesen. Sie hatte ihn damals nur ansehen müssen, und er hatte gewusst, dass er sie jederzeit haben könnte. Aber ihre süße, unschuldige Art, die er bei ihr als Freundin so sehr schätzte, hatte ihn davon abgehalten.

Er hatte sein Studium mit einem Doppelabschluss in Politikwissenschaft und Strafrecht beendet, war Präsident zahlloser Clubs und Ehrenverbindungen gewesen, um seine Bewerbung für die juristische Fakultät aufzupeppen. Er hatte auf jeder Party getanzt und trotzdem nie Zeit für etwas anderes gehabt als seichte, oberflächliche Beziehungen mit Mädchen, von denen er wusste, dass sie in seinem Leben nur auf der Durchreise waren. Er hatte sich nicht von der Liebe ablenken lassen wollen. Und Kelsey, das wusste er, hätte ihn extrem abgelenkt. Er fürchtete, dass er, hätte er einmal von ihr gekostet, fortan in einem Nebel der Euphorie umhergeirrt wäre.

Er hatte nicht damit gerechnet, dass das Schicksal eingreifen würde, damit sie all die Jahre über Teil seines Lebens blieb. Aber genau das war passiert, allerdings war die Wärme in Kelseys grauen Augen im Lauf der Zeit abgekühlt. Sie ließen nicht mehr erkennen, ob sie noch etwas für ihn empfand, darum blieb ihm nur dieses eine beschwipste Geständnis, von dem er nicht recht wusste, ob er es glauben sollte oder nicht. Er betete förmlich um *irgendein* Zeichen, das ihm verriet, ob er eine Chance bei ihr hätte.

Es genügte nicht, dass sie einem körperlichen Bedürfnis nachgegeben und sich nur eine Armlänge von ihm entfernt selbst befriedigt hatte … zu viel stand auf dem Spiel. Sie machte ihn verrückt, wie sie es schon immer getan hatte. Warum nur musste ihnen ihr mieses Timing immer wieder einen Strich durch die Rechnung machen? Falls Kelsey noch nicht über Todd hinweg war, wollte er sich auf keinen Fall in diesem Liebeswirrwarr verheddern, ganz gleich, was er für sie empfand.

Ihre Freundschaft war ihm viel zu kostbar, als dass er jede Vorsicht über Bord geworfen und ihr sein Herz zu Füßen gelegt hätte, nur um von ihr abserviert zu werden, sobald ihr Exmann mit seinen Entschuldigungen und Versprechungen an ihre Tür klopfte.

Kelsey wischte mit dem Handtuch über den beschlagenen Spiegel und betrachtete ihr Gesicht. Ihre Haut war von der heißen Dusche gerötet … wahlweise von dem überwältigenden sexuellen Verlangen, das sie in seinem Bann hielt, seit Evan vor ihrer Tür aufgetaucht war, um sie ins Paradies zu entführen.

»Du steckst bis zum Hals in der Klemme«, sagte sie leise zu sich selbst, als wüsste sie das nicht längst. Es war genau das passiert, was sie befürchtet hatte. Seufzend schnappte sie sich den Föhn, warf die Haare nach vorn über den Kopf und begann, sie zu trocknen.

Sie wollte keine Nacht wie die letzte und die vorletzte mehr durchleben müssen. Bei ihrer Ankunft hatte Evan sich erboten, auf der Couch im Wohnzimmer zu schlafen, aber dabei hätte sie sich schäbig gefühlt, immerhin war dies seine Reise – eigentlich sogar seine *Hochzeitsreise*, rief sie sich ins Gedächtnis. Ihren Vorschlag, dass sie dort nächtigen könnte, hatte er indes rundweg abgelehnt. Die Sehnsucht hatte wie ein Dolch in ihrem Herzen gewühlt, als sie neben ihm in dem fußballplatzgroßen Bett gelegen und sich nach ihm verzehrt hatte, ohne ihn jedoch berühren zu können. Sie wollte in seinen starken, muskulösen Armen liegen … aber das blieb ihr verwehrt.

Es war unglaublich, in welche Richtung sich ihre Fantasien entwickelt hatten. Am College waren sie von kitschiger Romantik und Blümchensex geprägt gewesen. Jetzt konnte sie angesichts seines kraftvollen Körpers an nichts anderes denken als daran, wie er sich auf sie wälzte, ihre Schenkel mit den Knien spreizte und in ihre vor Lust pochende Vagina hineinstieß. Dabei flüsterte er zwischen Stöhnen und feuchten, verschlingenden Küssen wilde, unzüchtige Dinge in ihr Ohr.

Seine körperliche Nähe machte die Bilder derart lebendig, dass sie ihn beinahe in sich zu spüren glaubte. Was dazu führte, dass ihre Finger zu der feuchten, sehnsüchtigen Stelle zwischen ihren Beinen glitten und das Verlangen zu lindern versuchten, wenn auch nur oberflächlich. Er allein könnte es vollständig befriedigen. Fast wünschte sie sich, er würde sie bei ihrem Treiben ertappen. Fast.

Oh Gott. Kelsey fragte sich, wie er reagieren würde, wenn sie den Mut aufbrächte, nackt aus dem Badezimmer zu spazieren, ihn zum Bett zu zerren und über ihn herzufallen.

Stopp! Das hier war Evan. Ihr Trauzeuge, wie ihre Mutter ihr freundlicherweise in Erinnerung gerufen hatte. Es wäre ganz und gar falsch.

Seufzend schaltete sie den Föhn aus und zog sich hastig an. Sie wusste, dass Evan darauf wartete, duschen zu können, darum verzichtete sie darauf, ihre Haare zu glätten. Die feuchte, hawaiianische Luft würde ihre Bemühungen sowieso zunichtemachen und sie in wilde Locken zurückverwandeln, egal, welche Vorsichtsmaßnahmen sie traf.

Sie würde heute Abend wenig trinken, so viel stand fest. Noch so ein Traum im trunkenen Zustand, wie der, den sie bei ihm zu Hause gehabt hatte, und sie wäre verloren. Allein der Gedanke daran verursachte ihr ein Kribbeln bis in die Haarwurzeln, dabei hatte er in dem Traum nichts weiter getan als sie zu streicheln … und sie dabei anzusehen, als wäre sie der schönste, kostbarste Schatz auf Erden.

Das, dachte sie, war das Allerbeste daran gewesen.

»Wahrheit oder Pflicht!« Kelsey lachte so ausgelassen, dass sie die Blicke anderer Gäste in der Bar im Seitenbereich der opulenten Lobby auf sich zog. Sie wusste, dass sie und Evan die leisen, gepflegten Unterhaltungen, die um sie herum geführt wurden, übertönten, während sie in Erinnerungen schwelgten, aber das kümmerte sie nicht.

Evan stimmte in ihr Lachen ein und bedeutete der Kellnerin, ihnen noch eine Runde Margaritas zu bringen. Die letzte, hatte er Kelsey vor wenigen Minuten schmunzelnd gewarnt, dann wäre Schicht im Schacht. »Wir waren der Schrecken so mancher Party, mit unseren albernen Kindergartenspielchen.«

»Dieser Streit, den wir fingiert haben«, rekapitulierte sie mit lauter Stimme. »Den ganzen Abend kursierten die wildesten Gerüchte über uns. Eins davon war, dass du mich geschwängert hast.«

»Ja, das weiß ich noch! Meine Freundin hat mir deswegen den Laufpass gegeben, dabei war es nur ein Jux.«

Kelsey hatte das Mädchen sowieso nicht gemocht, mit ihrer Abneigung jedoch hinter dem Berg gehalten, um Evan nicht zu kränken. Die meisten seiner Freundinnen hatte sie tolerieren können, auch wenn sie tierisch eifersüchtig gewesen war. Sie waren bildhübsch gewesen, intelligent und nett zu ihr – zumindest die meisten –, was also hätte sie an ihnen aussetzen können? Evan stand nicht auf Dummchen. Kelsey hatte einfach nur mit ihnen die Rollen tauschen wollen.

Sie und Courtney hatten es nie über das obligatorische Unsere-Männer-sind-beste-Freunde-darum-müssen-wir-miteinander-auskommen geschafft. Einmal waren sie zusammen shoppen gegangen, aber sie hatten einen derart unterschiedlichen Geschmack, dass es ein fruchtloses Unterfangen gewesen war. Todd wollte ihr nicht sagen, wann die Affäre begonnen hatte, aber ihr wurde übel bei der Vorstellung, dass sie schon damals etwas miteinander gehabt hatten.

Evan sprach nie über Courtney.

»Hast du Lust auf eine Runde?«, fragte er mit einem spitzbübischen Glitzern in den Augen und erstickte damit die aufkommende Verbitterung im Keim.

»Wahrheit oder Pflicht? Im Ernst?«

»Wieso nicht?« Er fasste über den Tisch und kniff sie sachte in ihren nackten Arm. Ein Wonneschauder überrollte sie.

»Sind wir dafür nicht ein bisschen zu alt?«

»Waren wir das damals nicht auch schon? Man ist immer nur so alt, wie man sich benimmt. Jetzt komm schon. Wahrheit oder Pflicht?«

Kelsey grinste. »Wahrheit.« Sie hatte es nicht so mit der Pflicht. Und Evan, der Schlawiner, wusste das natürlich.

»Ganz wie du willst. Am College hast du zusammen mit mir einen vorbereitenden Kurs in Rechtswissenschaft belegt, dich dann aber gegen ein Jurastudium entschieden. Du hast mal gesagt, du hättest das Interesse verloren, trotzdem arbeitest du heute für einen Anwalt. Wie passt das zusammen?«

Die Frage kam wie aus der Pistole geschossen, woraus sie schloss, dass er schon seit einer Weile darüber brütete. Anstatt zu antworten, knabberte sie mit gesenkten Augen an einem Fingernagel. Sie spürte, dass er sie beobachtete. Seine Hände ruhten auf der Tischplatte, direkt in ihrem Blickfeld. Für einen Moment verlor sie sich darin, sie zu betrachten, sich vorzustellen, was sie alles mit ihr anstellen könnten. Es waren wunderschöne starke und langfingrige Hände. Kelsey hatte ihre Berührung oft gespürt, aber nie so, wie sie es sich erträumte.

Er wartet, du Schaf! Konntest du eigentlich je an ihn denken, ohne ihn dir nackt vorzustellen?

Sie konzentrierte sich wieder auf seine Frage, setzte eine gelassene Miene auf und sah ihn an. »Mir wurde … davon abgeraten, ein Juradiplom anzustreben.« In Wahrheit war es mehr ein unverblümtes *Nein* gewesen.

Eine steile Falte erschien zwischen seinen schwarzen Brauen. »Es ist nie zu spät.«

»Schon klar. Und wie soll ich deiner Ansicht nach meinen Lebensunterhalt bestreiten, während ich drei Jahre lang auf die Uni gehe? Es wäre möglich, würde mir jedoch Opfer abverlangen, zu denen ich momentan nicht bereit bin. Wie zum Beispiel zurück zu meinen Eltern zu ziehen und täglich von ihnen gelöchert zu werden, wann ich diesen Unfug endlich aufgebe und zu Todd zurückkehre, um ihm ›eine gute Ehefrau‹ zu sein.«

»Das tut mir leid.«

Kelsey schüttelte das tiefe Bedauern ab, das sie jedes Mal überkam, wenn sie daran dachte. »Ich wollte mich auf Familienrecht spezialisieren. Nach allem, was ich durch meine Arbeit bei Jack gesehen habe, denke ich nicht, dass ich jemals Strafrecht praktizieren könnte – zu viel Schmutz und Gewalt und Schmerz. Ich bewundere dich sehr dafür, wie du der dunklen Seite entgegentrittst. Ich würde gern für die Rechte von Menschen kämpfen, die in meiner Situation sind, oder in einer noch schlimmeren. Für Leute mit Kindern. Ich weiß, dass ich das könnte, wenn ich die Chance bekäme.«

»Davon bin ich überzeugt. Und du hast recht, ich denke, es wäre perfekt für dich. Was ich tue … manchmal fällt es mir schwer, das alles im Büro zurückzulassen, wenn ich abends nach Hause gehe. Aber nichts lässt sich damit vergleichen, einem Opfer die Chance zu geben, im Zeugenstand gegen seinen Peiniger auszusagen.« Evan ließ sein leeres Margarita-Glas zwischen den Fingern kreisen, den nachdenklichen Blick auf einen fernen Punkt gerichtet. »Ihre innere Stärke zu sehen, das ist eine unglaubliche Erfahrung.«

»Man merkt dir an, dass du so empfindest, wenn man dich bei Gericht beobachtet. Und ich kann niemand anderem als mir selbst die Schuld daran geben, dass ich mich von Todd abhalten ließ.«

»Ich bin sicher, du hast die Entscheidung getroffen, die du damals für die richtige gehalten hast. Du solltest wirklich weiter darüber nachdenken, wie du es bewerkstelligen könntest, Kels. Natürlich würde es drei Jahre Opferbereitschaft bedeuten, und irgendwann würdest du dich selbst für eine Masochistin halten, weil du dir das aufbürdest. Aber es wäre überstanden, ehe du dichs versiehst. Bestimmt zahlt mein lieber Freund Jack dir nicht annähernd das, was du wert bist.«

»Ich habe mein Auskommen«, protestierte sie. »Jack behandelt mich gut. Er hat mich kostenlos bei meiner Scheidung vertreten. Allerdings war da nicht viel, um das es zu streiten lohnte. Todd und ich haben das Haus verkauft, aber da steckte nicht viel Eigenkapital drin. Ich habe meinen Kram mitgenommen und er seinen.«

»Zumindest hat Jack dich dabei unterstützt. Andernfalls hätte er eine Tracht Prügel verdient. Dein Job bei ihm ist sicherlich eine gute Erfahrung, aber du könntest so viel mehr bewirken.«

Sein leidenschaftliches Interesse an ihrer Zukunft rührte sie, gleichzeitig machte sie der durchdringende Blick seiner grünen Augen nervös. »Genug davon«, entschied sie. »Wahrheit oder Pflicht, Evan Ross?«

Das verruchte Grinsen, das über sein Gesicht glitt, stahl ihr den Atem. »Pflicht.«

Das würde er bereuen. Kelsey trug ihm auf, zu der aufreizenden Blondine zu gehen, die ihn schon seit ihrer Ankunft anschmachtete, und so zu tun, als spräche er nur Italienisch. Wahrscheinlich war es keine sehr clevere Idee, ihn zu einer Frau zu schicken, die von Juwelen und Sexappeal nur so strotzte, aber etwas Besseres fiel ihr nicht ein. Was die Sache doppelt witzig machte, war das verzweifelte Bemühen der Blondine, mit Evan zu kommunizieren.

»Ich denke, sie hätte sich ungeachtet der Sprachbarriere von dir vögeln lassen«, bemerkte Kelsey lachend, als er zum Tisch zurückkehrte.

»Ich habe darauf gewartet, dass du mir zur Hilfe eilst, aber das hast du nicht, dafür wirst du jetzt büßen.« Er zeigte mit dem Finger auf sie. »Wahrheit oder Pflicht? Und hör auf, dich zu drücken. Nie sagst du Pflicht.«

»Und du nie Wahrheit. Offenbar stehe ich drauf, mich vor dir zu entblößen.« Sie rutschte unruhig auf ihrem Stuhl umher, als sich etwas in seiner Miene spiegelte, das sie bei jedem anderen Mann für Begehren gehalten hätte. Ein Anfall von Kühnheit erfasste sie. »Wie du meinst. Dann eben beides«, erklärte sie und entlockte ihm damit ein Grinsen.

»Hm, mal überlegen. Okay. Als Erstes wirst du mir etwas über dich erzählen, das ich auf keinen Fall wissen kann. Etwas Schockierendes.«

»Schockierend … inwiefern?«

»Das überlasse ich dir.« Aber der sonore, sinnliche Ton seiner Stimme verriet ihr haargenau, welche Art von schockierender Information er meinte. Hitze strömte in die betreffenden Körperregionen, während ihr gleichzeitig Röte ins Gesicht schoss.

Sie sah ihm in die Augen, atmete tief durch und trank die Margarita, die die Kellnerin gerade vor sie hingestellt hatte, zur Hälfte aus. Evans Mundwinkel hoben sich zu einem belustigten Schmunzeln.

Kelsey verzog das Gesicht, als das eisige Getränk durch ihre Kehle rauschte, bevor es von der Hitze, die in ihrem Körper brodelte, absorbiert wurde. Es reichte, um ihr die Befangenheit zu nehmen und die Zunge zu lösen. Hungrig ließ sie den Blick über Evan wandern, Prachtexemplar, das er war. Herrgott, wie gern sie stattdessen ihre Zunge auf Wanderschaft schicken würde. Die flüssige Hitze, die ihren Schoß und ihre Brüste erfasst hatte, machte sie rastlos, es war, als würde sie magnetisch von ihm angezogen, hin zum Unausweichlichen. Sie lehnte sich über den Tisch und stützte das Kinn in die Hand.

»Ich hatte noch nie einen vaginalen Orgasmus.« *Und es wäre fantastisch, wenn du mir dabei helfen könntest*, fügte sie im Stillen hinzu. Wenigstens hoffte sie, dass es im Stillen geschah.

Evans Kopf schnappte zurück, als hätte sie ihm einen Schlag ins Gesicht versetzt. Seine Brauen verschwanden praktisch in seinem Haaransatz, als er seine grünen Augen aufriss. Aber seine Überraschung legte sich sofort wieder, und er beugte sich zu ihr, bis ihre Nasenspitzen sich fast berührten. »Ist das dein Ernst?«

»War ich gut? Habe ich dich so schockiert, wie du es dir vorgestellt hast?«

»Ja, definitiv. Und es ist eine verfluchte Schande.« Evan schaute ihr prüfend ins Gesicht. »Bist du betrunken?«

»Nein, alles paletti. Wieso?«

»Ich bin nur … eigentlich war ich darauf gefasst, dass du mich mit meiner Frage auflaufen lassen würdest. Sonst redest du über … derlei nicht, es sei denn … Siehst du, jetzt fange ich schon an zu stottern.«

Kelsey lachte, voller Stolz auf ihre Leistung. Sie hatte Evan Ross zum Stammeln gebracht.

Aber er war noch nicht fertig mit ihr. Sie hatte sich die Grube selbst geschaufelt, und jetzt kam sie nicht mehr heraus. »Echt, noch nie?«

»Das scheint mir einfach nicht gegeben zu sein«, erklärte sie mit übertriebener Koketterie und klimperte mit den Wimpern. »Viele Frauen können keinen haben.« Sie wusste, dass sie sich am nächsten Morgen für diese Unterhaltung würde ohrfeigen wollen.

»Aber du schon, darauf wette ich«, insistierte er mit einer Gewissheit, bei der sie unwillkürlich die Zehen einrollte, auch wenn ihre Schuhe dafür nicht viel Platz ließen. Lisa würde sie als mittelalterliche Folterwerkzeuge bezeichnen. »Und jetzt zu deiner Pflicht.«

Ihr stockte der Atem. Evans Blick glitt zu ihren Lippen, die sich ohne ihr Zutun öffneten. Sollte er sie je küssen, wüsste sie nicht, ob sie das überleben würde. Einmal hatte er sich bei einer Studentenparty mit seiner damaligen Freundin in eine dunkle Ecke, die genau in Kelseys Blickachse lag, zurückgezogen und vor ihren Augen mit dem Mädchen geknutscht. Ihnen zuzusehen, war in etwa so angenehm gewesen wie ein Tritt in die Magengrube, trotzdem hatte sie den Blick nicht abwenden können von der zärtlichen Beharrlichkeit seines Mundes und der rastlosen Erkundungstour seiner Hände. Irgendwann waren sie auf sein Zimmer verschwunden. Kelsey war in ihr Studentenwohnheim zurückgekehrt und hatte sich in den Schlaf geweint. Bestimmt waren seine Lippen fest und weich zugleich, und seine Hände wüssten genau, wo sie sie berühren mussten, um sie so wie dieses Mädchen stöhnend dahinschmelzen zu lassen.

»Geh mit mir in den Pool.«

Kelsey zog die Brauen zusammen. »Hm. Das ist aber keine allzu große …« Sie verstummte, als sie an die Uhrzeit dachte. »Er ist geschlossen.«

»Geschlossen und dunkel. Aber wir könnten beide eine Abkühlung vertragen, nach dieser Enthüllung. Findest du nicht auch?«

»Dafür steht uns der ganze Pazifische Ozean zur Verfügung, der fast bis an unsere Zimmertür reicht. Bist du nicht ein Vertreter von Recht und Ordnung?«

»Ich habe Urlaub. Ganz zu schweigen von der irrationalen Angst, in pechschwarzer Nacht bei lebendigem Leib von Haien gefressen zu werden. Hast du *Open Water* nicht gesehen? Das ist meine schlimmste Horrorvorstellung.«

»Wir müssen ja nicht kilometerweit rausschwimmen.«

»Das macht keinen Unterschied! Sie kommen nachts in Ufernähe, auf der Suche nach Futter!«

»Das wäre eine fabelhafte Pflicht für dich gewesen. ›Hey, Ev, schwimm ein paar Hundert Meter ins offene Meer hinaus, und spendiere dem Großen Weißen einen Bissen von deinem schmackhaften italienischen Schinken‹.« Sie lachte, als er sich mit dem Mittelfinger den Augenwinkel rieb. »War nur ein Jux.« Unter ihrer vorgetäuschten Unbeschwertheit kribbelte das Blut wie Ameisen in ihren Venen. »Na schön. Ab in den Pool.«

5

Beim Verlassen der Bar wollte Kelsey auf den Fahrstuhl zusteuern, in der Annahme, dass sie kurz aufs Zimmer gehen würden, um ihre Badesachen anzuziehen. Aber Evan nahm sie bei der Hand und zog sie zu der Tür, die zum Poolbereich führte.

Draußen war alles dunkel. Keine Absperrungen. Offenbar rechnete das Sicherheitspersonal in diesem renommierten Hotel nicht damit, dass die Gäste Unfug trieben. Als Kelsey, die sich schrecklich verunsichert fühlte, bemerkte, dass die Tür des achteckigen Gebäudes, das den Whirlpool beherbergte, weit offen stand, tippte sie Evan auf die Schulter und zeigte in die Richtung. Zumindest hätten sie dort ein wenig Sichtschutz, und der Jacuzzi lief noch. Sie konnte ihn hören. Evan fasste wieder nach ihrer Hand und navigierte sie dorthin.

»Das ist doch Wahnsinn«, flüsterte sie mit klopfendem Herzen.

»Es ist in Ordnung. Vertrau mir.«

»Ich habe nur gesagt, dass ich reingehen werde, aber nicht, für wie lange. Ich spring kurz rein und wieder raus, verstanden? Damit ist meine Pflicht erfüllt.«

Evan lachte leise. »Und Brian nennt *mich* eine Memme.«

Das hier sah ihm überhaupt nicht ähnlich. Er musste jemanden bestochen haben. Es war die einzige Erklärung, die ihre Nerven so weit beruhigte, dass sie diese Sache überhaupt durchziehen konnte.

Ihr Herz geriet völlig aus dem Takt, als Evan sein Hemd aufknöpfte. Kelsey suchte mit den Augen die Umgebung ab und entdeckte zu ihrer Rechten ein Pärchen, das zum Strand flanierte. Wenigstens waren sie weit genug vom Hauptspazierweg entfernt, mit ein bisschen Glück würde niemand auch nur in ihre Richtung sehen. Außerdem war es in dem verglasten Poolhaus dunkel, dessen Dach sie vor dem weichen, gelben Licht der Sicherheitsbeleuchtung schützte.

»Man wird uns erwischen«, stieß sie hervor und riss sich in einem Anfall von Wildheit die Bluse vom Leib. Sie hatte viel zu große Angst, dass sie jemand in ihrem BH sehen könnte, um sich Gedanken darüber zu machen, dass Evan sie sah. Außerdem war sie heute in dem Bikini vor ihm herumgehüpft, zu dessen Kauf Lisa sie genötigt hatte. Ihre Unterwäsche verhüllte mehr als dieses Fähnchen. »Man wird uns erwischen und vor die Tür setzen. Dann sind wir obdachlos. Obdachlos auf Hawaii.«

»Nicht, wenn du dich beeilst und endlich in dieses vermaledeite Becken steigst.« In seinen gezischten Worten lag Belustigung, als er sich seiner Hose entledigte. Kelsey hatte sich schon immer gefragt, ob er Boxershorts oder Slips trug, und … siehe da, es waren Boxershorts. Sie nagte an ihrer Unterlippe. Der Mann hatte mit Abstand den knackigsten Hintern, der ihr je untergekommen war; sein Anblick bewirkte, dass ihre Hände zitterten, als sie an den Knöpfen ihrer eigenen Hose nestelte. Die Beule, die sich unter dem eng anliegenden Stoff auf der Vorderseite abzeichnete, trug wenig dazu bei, Kelseys Gelassenheit wiederherzustellen. Es war wie ein sensorisches Schleudertrauma.

Mit nicht gerade leisen Bewegungen ließ Evan sich in das sprudelnde Wasser sinken, dicht gefolgt von Kelsey, die sicheren Abstand zu ihm wahrte, als sie sich von der Wärme umfangen ließ. Wenn er sie berührte, würde sie auf beschämende

Weise die Kontrolle verlieren. Minuten verstrichen, in denen sie sich genüsslich dem massierenden Druck des Wassers in ihrem Kreuz hingab.

»Ich wünschte, ich hätte dich ihm nie vorgestellt.«

Dieses Eingeständnis kam wie ein Blitz aus heiterem Himmel, gänzlich unerwartet und von solcher Wucht, als wäre es eine Bürde, die schon seit einiger Zeit auf ihm lastete. Evan mied ihren Blick, als er weitersprach. »Ich weiß nicht, warum er mich überhaupt am College besuchen wollte. Es war das erste Mal in vier Jahren. Hätte ich ihm doch nur ausgeredet, zu der Party zu gehen, auf der er dich dann kennenlernte.«

»Um Himmels willen, Evan, mach dir deswegen keine Vorwürfe. Ich weise schon genug Schuld zu – mir selbst, Courtney, Todd ... wir alle haben unseren Teil beigetragen. Nur du nicht. Wenn es in dem ganzen Debakel eine unschuldige Partei gibt, dann bist du das.«

Er schüttelte den Kopf. Kelsey konnte sich nicht erinnern, wann er je so distanziert oder verloren ausgesehen hatte. »Du hast ja keine Ahnung.«

Was könnte er sich vorzuwerfen haben? Sie wusste instinktiv – immerhin kannte sie ihn seit zehn Jahren –, dass er sich ihr anvertrauen würde, wenn er dazu bereit war, doch das war er noch nicht. Aber irgendetwas nagte an ihm. »Wir können es sowieso nicht mehr ändern«, meinte sie seufzend.

»Würdest du das gern?«

Kelsey hatte sich diese Frage selbst schon oft gestellt, war jedoch nie zu einem eindeutigen Schluss gelangt. Letzten Endes spielte es keine Rolle. »An manchen Tagen ja, an anderen nein. Diese Erfahrung hat mich gelehrt, was ich mir von einer Beziehung erwarte und was nicht, auf der anderen Seite wünschte ich, ich hätte das ganze schmutzige Schlamassel irgendwie verhindern können.«

»Ich habe tagtäglich mit Menschen zu tun, die sich nie hätten vorstellen können, dass ihnen einmal etwas Schlimmes widerfährt. Aber es ist nicht ihre Schuld, wenn es dann doch passiert. Du hast dir jede erdenkliche Mühe gegeben.«

»Manchmal glaube ich, ich hätte mehr tun können.«

»Ich wüsste nicht, was. Jedes Mal, wenn ich bei dir zu Hause war und dich beobachtet habe … wünschte ich mir, selbst eine Frau wie dich zu finden.«

Kelsey musste lachen. »Courtney war das genaue Gegenteil von mir.«

»Weil es keine Zweite wie dich gibt.«

Evan sagte das in leichtem Ton, trotzdem lag eine unterschwellige Verzweiflung in seinen Worten. Sie beobachtete das blubbernde, strudelnde Wasser und hob die Füße an, damit es ihre Zehen kitzeln konnte. Evans Blick ruhte unverwandt auf ihr. Er war wie ein vertrautes Gewicht, das sie selbst dann spürte, wenn sie ihn nicht direkt ansah.

»Erzähl mir, wie du darauf kommst, beim Geschlechtsakt keinen Orgasmus haben zu können.«

Hätte sie gerade an einem Getränk genippt, wäre ihr der Schluck aus der Nase geschossen. Ihr Herz baumelte wie an seidenen Fäden irgendwo in ihrer Magengrube, so intim und unverblümt war seine Frage. Evan hatte in den zehn Jahren ihrer Bekanntschaft nie etwas Vergleichbares zu ihr gesagt. Jetzt war sie diejenige, die ins Stottern geriet. »Ich … ich hatte einfach noch nie einen …«

»Todd konnte dich nicht auf Touren bringen?«

Oh. Mein. Gott. War *er* etwa betrunken? War sie es? In welchem Universum befanden sie sich? Er taxierte sie noch immer. Sein Blick war unentrinnbar. Versengend. Ihre Nervenbahnen erwachten zum Leben, aufgeschreckt durch das quirlige Wasser, die Hitze. Seine Hitze. Seine Nähe. Evan Ross' pure *Exis-*

tenz erregte sie mehr, als es acht Jahre Sex mit Todd Jacobs vermocht hatten. Es war eine furchtbare Erkenntnis.

»Evan …«

»Gott, Kelsey, du siehst mich wieder so an wie früher.«

»Was?«

»Nicht wichtig. Du hast meine Fragen nicht beantwortet.«

»Ich kann nicht …«

»Was kannst du nicht?«

»Darüber reden … mit dir. Ich weiß, dass ich damit angefangen habe, in der Bar, aber …«

Er senkte die Lider, sein Blick verschleierte sich. Kelsey wusste nicht, wie sie ihm standhalten sollte, er sah sie an, als wollte er sie fressen. Es konnte kein Irrtum sein. »Er hat sich nicht gut um dich gekümmert«, murmelte er, und ihr stockte der Atem, als er ihr eine feuchte Strähne aus der Stirn strich. »Genau das hatte ich befürchtet.«

»Wieso hast du mich dann nicht gewarnt?«

»Das habe ich. Du hast nicht auf mich gehört.«

Er hatte recht. Kelsey hatte es ihm sogar übel genommen, dass er, obwohl er sie nie gewollt hatte, ihr Glück infrage stellte, als sie es bei einem anderen fand. Was hätte sie tun sollen? Sie durfte Evan nicht haben, aber auch keinen anderen? »Ich brauchte jemanden.«

»Aber doch nicht *irgendwen*.«

»Ich *brauchte* nicht irgendwen, aber ich wollte jemanden. Und er war ein netter Kerl, zumindest unterm Strich. Er hätte nicht fremdgehen sollen, aber ich hatte aufgehört, ihn glücklich zu machen.«

Evan seufzte resigniert. »Wie lange davor hatte er aufgehört, *dich* glücklich zu machen?«

Sie zuckte zusammen, aber er sprach ungerührt weiter. »Todd und ich wuchsen zusammen auf, wir wohnten in derselben Straße, spielten während unserer ganzen Schulzeit Baseball zusammen … wahrscheinlich kenne ich ihn besser als jeder andere, besser als du, sogar besser als seine Eltern. Ich kenne ihn praktisch mein ganzes Leben lang, und er hat auch früher schon gelegentlich Mist gebaut. Ich fand nie, dass er wirklich gut genug für dich war, aber ich hätte ihm auch nicht zugetraut, dass er einen von uns auf diese Weise hintergeht. Wenn du die Wahrheit wissen willst, glaube ich nicht, dass es auf diesem Planeten einen Mann gibt, dem ich dich guten Gewissens anvertrauen würde, Kelsey. Darum solltest du wohl besser nicht auf meinen Rat hören.«

Kelsey fühlte Hitze in sich aufsteigen, nur hatte sie dieses Mal nichts mit der Wassertemperatur oder Evans Nähe zu tun. Sie würde sich nicht zu einem Leben in Einsamkeit verdammen lassen und Sklavin seines Beschützerdrangs bleiben, nur damit Evan Ross die Gewissheit hatte, dass sie nicht an jemanden geriet, der ihre Bedürfnisse vernachlässigte. Der Gedanke war absurd und ärgerte sie maßlos.

Sie machte Anstalten aufzustehen, wusste jedoch nicht, wo sie hingehen sollte. Der Kartenschlüssel zu ihrer Suite befand sich in Evans Hose – vermutlich das Einzige, was sie je aus diesem Kleidungsstück herausholen würde, und das war ihr momentan mehr als recht –, aber wenn sie sich dorthin flüchtete, würde er ihr nur folgen.

»Kelsey.« Er packte sie am Arm, damit sie sitzen blieb. »Reg dich nicht auf. Wir müssen jetzt nichts davon thematisieren, wenn du nicht möchtest. Aber vielleicht solltest du es auch nicht in dich hineinfressen.«

»Wieso redest du dann nicht über Courtney? *Sie* hast du mit keinem Wort erwähnt.«

Trotz der Dunkelheit sah sie, wie seine Miene verkniffen wurde. »Es gibt nichts über sie zu sagen.«

»Ich glaube, es hat dich mehr verletzt, als du zugibst.«

»Du musst loslassen, Kelsey. Courtney ist, wer sie ist, und für mich ist sie nicht die Richtige. Reicht dir das? Du solltest dich dem, was geschehen ist, stellen und anschließend zu neuen Ufern aufbrechen.«

»Oh, ich habe mich gestellt, Evan Ross. Und zwar mit offenen Augen. Courtney lag da gerade nackt auf meinem Ehemann. Du musstest das nicht sehen. Im Gegensatz zu mir.«

Kelsey spürte, wie sich seine Stimmung veränderte – er wurde stocksteif, als hätte sie ihn mit Eiswasser übergossen. »Wüsste ich es nicht besser, würde ich meinen, du gibst mir die Schuld am Fehlverhalten meiner Ex.« In seiner Stimme klang ein gefährlicher Unterton mit, den sie nie zuvor gehört hatte.

Sie befeuchtete ihre Lippen, während sie der beinahe unbezähmbare Drang überkam, ihn herauszufordern. Anders als vorhin behauptet, war ihr dieser Gedanke tatsächlich durch den Sinn gegangen. Natürlich nicht in letzter Zeit … aber damals, als ihr Herz zusammen mit ihrem Leben in blutige Splitter zerbrochen war, nachdem sie das Haus, das sie so sehr liebte, hatte aufgeben und in eine wandschrankgroße Wohnung ziehen müssen – sie war gezwungen gewesen, den Großteil ihrer Sachen aus Platzgründen einzulagern und hatte Weihnachten lieber in Lisas und Daniels leerem Haus verbracht, als sich dem Mitleid in den Augen ihrer Eltern auszusetzen. Damals hatte sie sich tatsächlich gefragt, warum Evan Courtney nicht glücklich genug gemacht hatte, damit sie ihre Hände von Todd ließ.

Doch das waren irrationale Überlegungen gewesen. Kelsey hatte ihre eigenen Fehler, trotzdem hatte sie alles in ihrer Macht Stehende getan, damit ihre Ehe funktionierte. Es bestand kein Grund zu der Annahme, dass Evan nicht dasselbe in seiner Beziehung versucht hatte. »Nein, das meinte ich ganz und gar nicht. Andernfalls müsste ich mir denselben Vorwurf in Bezug auf die Untreue meines Exmanns gefallen lassen.«

Evan entspannte sich ein wenig und ließ ihren Arm los, aber noch immer umwölkte ein dunkler Schatten sein Gesicht. Der Ausdruck behagte ihr nicht, sie wollte ihn fortwischen, sie beide von diesem Schatten befreien. Himmel, wieso nur hatte ihnen das passieren und ihre ohnehin schon komplizierte Freundschaft noch komplizierter machen müssen?

Aber da es so war, konnte sie ebenso gut noch eins draufsetzen.

»Nein.«

Eine vertikale Linie stand zwischen seinen dunklen Brauen. »Nein, was?«

»Er konnte mich nicht richtig auf Touren bringen. Die meiste Zeit habe ich darüber hinweggesehen.«

Einer seiner Mundwinkel zuckte nach oben, und seine weißen Zähne blitzten in der Dunkelheit. »Warum?«

Kelsey zuckte die Achseln und senkte den Blick, dabei legte sie die Hand vor eine der Wasserdüsen, genoss den kitzelnden Druck an ihrer Haut. »Warum ich darüber hinweggesehen habe? Weil ich ihn liebte.«

»Was hat dann nicht gestimmt?«

Das war eine gute Frage. »Ich weiß es nicht so genau. Aber da war diese Leere. Selbst wenn er mich auf andere Weise zum Höhepunkt brachte, irgendwie … fehlte etwas. Nach dem Sex war dieses Gefühl immer am stärksten.«

Sie sah ihn nicht an – konnte es nicht –, darum versuchte sie, den visuellen Kontakt zu ersetzen, indem sie sich auf den Rhythmus seiner Atemzüge konzentrierte, auf die Anspannung in seinen Gliedmaßen, die ihre nun sachte berührten. Evan schien vollkommen still zu halten. Als sie einen zaghaften Blick nach oben riskierte, hielt er ihn mit den Augen fest. Kelsey blieb die Luft weg. Sie fühlte sich gefangen.

»Bin ich komplett verrückt?«, flüsterte sie.

»Nein, gar nicht.«

»Ich kann nicht fassen, dass ich dir das erzähle.«

»Ich bin froh darüber. Das versetzt mich in die glückliche Lage, dich davon überzeugen zu dürfen, dass das Problem nicht bei dir liegt.«

Sie lachte auf, obwohl die verdeckte Anspielung ihr Herz mit einer Hoffnung erfüllte, die zu empfinden sie wahrscheinlich kein Recht hatte. »Wie kannst du dir da so sicher sein?«

»Sieh dich an. Du bist wunderschön und bezaubernd. Ich weiß noch, wie jedes Mal, wenn ich dich berührte, deine Muskeln sich anspannten und dir der Atem stockte. So ist es auch heute noch. Ich sehe, wie du mich anschaust. Es gibt keinen Grund, warum eine Frau, die so empfindsam und zärtlich ist wie du, sich *leer* fühlen sollte, nachdem ein Mann mit ihr Liebe gemacht hat. Wenn es ein Problem gibt, dann liegt es nicht bei dir, auch wenn ich allmählich den Eindruck gewinne, dass er dir das einzureden versuchte.«

Kelsey hatte Mühe, Atmung und Puls unter Kontrolle zu halten, die wegen seiner Worte außer Rand und Band zu geraten drohten. Großer Gott, Evan wusste es, hatte es immer gewusst. Und er rückte jetzt näher. Ihre Augen schlossen sich ohne ihr Zutun. Ihre Sinne waren überlastet, und einer musste weichen. »Nicht so direkt, aber … ja.«

»Kelsey«, raunte er, seine Stimme warm und beruhigend, aber nicht … mitleidig. Das hätte sie nicht ertragen, wie er sehr genau wusste. Seine Finger strichen wie Schmetterlingsflügel über ihre Schulter. Genau wie er gesagt hatte, spannte sich ihr ganzer Körper an. »Komm her.«

Sie atmete zittrig aus und sank in seine Arme. Seine geschmeidige Brust war nass unter ihrer Wange, trotzdem konnte sie sein würziges Aftershave riechen, diesen vagen Duft, der sein eigener war. Sein Kinn ruhte auf ihrem Scheitel. Sie erwiderte die Umarmung nicht, sondern kuschelte sich passiv in den tröstenden Schutz seiner sie umfangenden Arme und versuchte zu relaxen. Aber wegen seiner Nähe, die qualvoll war, weil sie sie sich nicht zunutze machen durfte, kreisten ihre Gedanken weiter umher.

Bei ihm würde sie keine innere Leere empfinden. Das wusste sie instinktiv. Todd mochte sie davon überzeugt haben, dass sie das Problem war, aber das war gewesen, bevor sie *das* hier gefühlt hatte. Verglichen mit der überwältigenden Lust, die sie seit Tagen verzehrte, waren sogar ihre Empfindungen für Evan vor zehn Jahren unreif gewesen.

Ihre Brüste schmiegten sich an seinen Oberkörper und tippten ihn mit den Spitzen an; die einzige Barriere zwischen ihnen war die dünne Seide ihres Büstenhalters. Eine seiner Hände lag an ihrem Kreuz und streichelte sie sanft wie eine Feder. Kelsey hätte schwören können, dass seine Finger immer tiefer glitten, so verstohlen, als hoffte er, sie würde es nicht merken … oder einfach nicht kommentieren.

Einen Augenblick später war sie sich ganz sicher. *Ja. Oh Gott. Ja*. Ihr Geschlecht zuckte so heftig, dass sie sich auf die Lippen beißen musste und sich fester in seine Arme drängte. Sie hatte größte Mühe, das Stöhnen zu unterdrücken, das in ihrer Kehle hochstieg. Ihr Mund wurde trocken. Sein Atem ging stoßweise, das Heben und Senken seiner Brust unter ihrer Wange wurde immer prägnanter.

Sie hob den Kopf und sah ihm in die Augen, so betörend, wie sie es vermochte. *Bitte, bitte*.

Reglos erwiderte er ihren Blick. Seine perfekt geformten Lippen teilten sich, als er ihren Mund ins Visier nahm, dabei knetete er fast unmerklich ihr Fleisch, bis sich ihr ein leises Stöhnen entrang.

Mehr Ermutigung schien er nicht zu brauchen. Im Schutz der Dunkelheit, in der nur das leise Tosen der Wellen in der Ferne und das sanfte Schwappen des Wassers um ihre Körper zu hören war, suchten seine Lippen ihre und verschlossen sie mit einem warmen, sanften Kuss.

Kelsey machte die Augen zu und konnte ein Seufzen nicht unterdrücken, als sie die Arme um seinen Hals schlang. Evan hielt inne, als wollte er diesen ersten Kontakt auskosten, und sie spürte, wie ihn ein Schaudern durchlief. Dann bemächtigte er sich wieder ihrer Lippen, die Wassertemperatur schien um zwanzig Grad anzusteigen und alle Kraft aus ihren Gliedern zu saugen.

Es kam ihr vor wie eine Ewigkeit, bis er endlich die Hand um ihr Gesäß wölbte und die Hitze in ihrem Unterleib, die seit der Bar darin schwelte, zu einem lodernden Feuer wurde. Sie wollte diese Hand an anderen Stellen fühlen und musste den letzten Rest ihrer Selbstbeherrschung aufbringen, um nicht das Becken anzuheben und sie dorthin zu locken, wo sie sie am meisten brauchte.

Seine Fingerspitzen zogen sich ein paar Zentimeter zurück und schlüpften unter den Saum ihres Slips. Sie drängte sich ihm entgegen und öffnete einladend den Mund an seinem, um seine Zunge willkommen zu heißen. Als sie hineinglitt, führte das zu einer weiteren Überlastung ihrer hypersensibilisierten Sinne, und sie löste sich von ihm.

»Ich weiß nicht, ob … Ich meine, ist das …« Ihre Lippen zitterten so stark, dass sie sie kaum bewegen konnte. »… okay?«

»Warum denn nicht?« Seine Stimme klang dunkel und fest entschlossen.

Weil es nie wieder sein wird wie zuvor. Ich werde nicht mehr sein wie zuvor. Hilflos suchte sie seinen Blick. Sie wurde zerrissen zwischen ihrem Verlangen, ihn zu haben, und ihrer Furcht, sterben zu müssen, wenn sie ihn bekäme. Sie war fast fünf Jahre lang eine verheiratete Frau gewesen, trotzdem fühlte sie sich bei ihm wie eine errötende Jungfrau. »Wir sind Freunde.«

»Ja, das sind wir.« Evan neigte den Kopf und strich mit den Lippen über ihre. »Sag mir, dass du noch nie daran gedacht hast. Sag mir, dass du mich nicht willst, dass du *das hier* nicht willst, und ich höre sofort auf.«

Das nahm ihr den Wind aus den Segeln, denn sie wusste, dass sie ihn nicht anlügen konnte. Dass sie es nicht wollte, nicht in dieser Angelegenheit. Die Worte purzelten einfach aus ihrem Mund. »Doch, ich will. Ich will dich. Aber –«

Evan ließ sie den flehentlichen Satz nicht zu Ende bringen, sondern dämpfte jeden weiteren Protest mit einem alles erobernden Kuss.

Oh Gott. Sie hatte ihn schon unzählige Male umarmt und auf die Wange geküsst. Immer platonisch. Aber das Feuer, mit dem seine Lippen ihre eroberten, war so wenig platonisch wie die erotische Inbrunst, die ihren Atem in ein lüsternes Keuchen verwandelte und die Stelle zwischen ihren Beinen vor Verlangen pulsieren ließ, bis ihre Schenkel zitterten. Sie hätte vor Frust schreien mögen, als er die Hand von ihrem Po nahm, nur um dann zu stöhnen, als er mit den Knöcheln über ihre rechte Brust fuhr. Ihr Nippel wurde noch härter und reckte sich unter der Seide der lang ersehnten Berührung entgegen. Evans andere Hand glitt in ihr Haar und legte sich um ihren Nacken, als sein Kuss gierig wurde.

Er positionierte sich vor ihr, wodurch ihr Rücken gegen die raue Betonkante des Whirlpools gedrückt wurde. Kelsey spürte es kaum. Gemächlich schoben seine Finger den Träger ihres BHs von ihrer Schulter und entblößten eine Brust, dabei küsste er sie so süß, dass ihr das Herz zersprang. Er kniete zwischen ihren Beinen und presste seine Erektion an ihren Schoß.

Als er sich zurücklehnte, um sie zu betrachten, überkam sie das absurde Bedürfnis, sich zu bedecken, bis sie den Laut hörte, der ihm entschlüpfte, als sein Blick die Haut streichelte, die er entblößt hatte. Es war halb Stöhnen, halb Knurren, und ihr Blut begann zu sieden, als er das Gewicht ihrer Brüste mit den Händen wog. Sein Phallus rieb über ihren Kitzler, bis sie glaubte, sich in einem Sternenmeer aufzulösen. Nur eine klitzekleine Korrektur des Winkels, und er könnte in sie eindringen. Endlich in ihr sein. Die Situation geriet außer Kontrolle. Sie geriet außer Kontrolle.

»Evan«, wisperte sie. »Nicht hier.«

»Ich weiß.« Er zog sich zurück und leckte sich über die Lippen, als wollte er Kelseys Geschmack von ihnen trinken.

Sie dachte, dass Evan aufstehen und ihr aus dem Jacuzzi helfen würde. Darum war sie überrascht, als er die Hände an ihre Taille legte, sie zum Beckenrand umdrehte und sich hinter ihr in Stellung brachte. »Was hast du vor?«

»Dir keine weitere Zeit zum Nachdenken zu geben«, murmelte er mit spitzbübischer Durchtriebenheit und hauchte einen Kuss auf ihr Ohr. Seine Hand glitt über ihren nassen Schenkel zu ihrem Knie und hob es aus dem Wasser, bis sie den Fuß auf die Sitzbank stellte. »Nur noch ein paar Minuten.« Ihr sprang fast das Herz aus der Brust, als der Wasserstrahl aus einer der Düsen auf ihren Kitzler traf. Ein heftiges Schaudern lief durch ihren Leib, und sie wimmerte leise.

»Zu viel?«, fragte er mit seidiger Stimme.

»N-nein … wundervoll …«

Er ließ die Hand an der Innenseite ihres Oberschenkels und streichelte ihn, während er mit der anderen ihre Brust umfasste. Seine Fingerspitzen zwirbelten ihren aufgerichteten Nippel. Am liebsten hätte sie die Flucht ergriffen vor dieser erotischen Empfindung, die sie zu überwältigen drohte, aber sie musste das hier haben, würde jede Blamage dafür in Kauf nehmen. Sie spürte, wie sich unter der beharrlichen Vibration des Wasserdrucks etwas Unglaubliches in ihr aufbaute, aber sie wollte seine Finger in sich spüren, wollte ihn *in sich* spüren …

Schließlich trieb ihr Verlangen die Worte aus ihrem Mund. »Evan, bitte, fass mich an …«

Er stieß ein leises Knurren aus, dann schlüpften seine Finger unter den Zwickel ihres Slips. Sie wäre fast auf der Stelle gekommen. *Noch nicht, oh, noch nicht, nicht solange …*

Evan keuchte ihren Namen, als er feststellte, dass sie dort unten glatt und seidig war, und bedeckte ihren Hals mit fiebrigen Küssen. Er bewegte sich hinter ihr, bis die Spitze seiner Erektion gegen ihre Gesäßspalte stupste. Kelsey biss sich auf die Lippe, als er ihre Falten teilte und erst einen Finger, dann einen zweiten in sie hineingleiten ließ und sie dehnte, bis sie vor Lust hätte schreien mögen.

Dann passierten zwei Dinge auf einmal: Jenseits des Spazierwegs ging eine Tür auf – nicht gefährlich nah, aber auch nicht in sicherer Entfernung –, gleichzeitig entlud sich mit aller Macht ihr Orgasmus. Sich an seinen Armen festklammernd, bäumte sie sich auf und versuchte verzweifelt, ihre Schreie zurückzuhalten.

Seine Finger und der Wasserstrahl trieben sie zur Raserei. Evan nahm die andere Hand von ihrer Brust, um ihr sanft den Mund zuzuhalten, indem er einen Finger horizontal zwischen ihre Lippen legte. Sie vergrub die Zähne darin und ritt mucksmäuschenstill auf den Wellen ihres Höhepunkts, anstatt ihre Lust bis zum Mond hinauf zu schreien. Es war nicht das zuckende Erschauern, an das sie gewöhnt war – nein, sie war frontal gegen eine Backsteinmauer der Ekstase gekracht und wurde nun unter ihr verschüttet. Ein einzelnes Wimmern entschlüpfte ihr, und er fuhr mit den Lippen über ihr Ohr.

»Pst.« Der Laut war so weich und erotisch, dass sich ihr Schoß um seine Finger verkrampfte. Als Antwort darauf drang er tiefer in sie ein.

Jemand trat aus der Tür und entfernte sich, als sie wachsweich und keuchend gegen ihn sank, ihr Herz flatternd wie die Flügel eines Kolibris. Sein Glied fühlte sich steinhart an am weichen Fleisch ihres Hinterns und … enorm groß. Sie fasste hinter sich, um sich zu vergewissern, und schnappte hörbar nach Luft. »Oh mein Gott.«

Mit einem leisen Lachen nahm Evan die Hand von ihrem Mund und ließ sie über ihr Kinn und ihren Hals zurück zu ihrer Brust gleiten. »Das ist Musik in den Ohren eines Mannes.« Behutsam zog er die Finger zwischen ihren Beinen heraus, dann hob er den Kopf und schaute sich rasch um. »Ich denke, wir sollten den Rest auf unser Zimmer verlegen«, schlug er vor.

»Ich … ich fürchte, ich kann noch nicht wieder laufen.«

»Dann werde ich dich tragen.«

Wie hatte Courtney nur so dumm sein können, diesen Mann aufzugeben?

Wegen *Todd*?

Sie verweilten noch einen kurzen Augenblick, während Evan sie streichelte und liebkoste und mit den Lippen sanfte Bahnen über ihren Hals und ihre Schultern zog. Erschrocken stellte Kelsey fest, dass ihr die Tränen kamen, aber zum Glück war sie überall nass, darum bekam Evan nicht mit, wie sie den Kampf verlor und sie über ihre Wangen rannen.

Nachdem er ihr aus dem Becken geholfen hatte, zwängten sie ihre feuchten Körper wieder in ihre Klamotten, was ein schwieriges Unterfangen war. Ihre Schuhe trugen sie in den

Händen. Noch immer tropften heiße Tränen von Kelseys Kinn. Sie musste sich schnell in den Griff bekommen, denn das hier war zu perfekt, um es zu ruinieren, und vor ihnen lag noch die ganze Nacht.

»Alles okay?«, erkundigte Evan sich. »Mein Angebot, dich zu tragen, steht immer noch.« Er zwinkerte ihr zu.

»Ja, es geht mir gut.« Es schockierte sie, wie erstickt ihre Stimme klang. Es ging ihr nicht gut, und sie war sich dessen bewusst. Das war ihr seit Monaten nicht passiert … dieses Gefühl zu haben, als drückten schwere Steine auf ihre Brust und zermalmten sie.

Nur war dieses Mal nicht Zorn die Ursache … sondern der Schmerz darüber, mit welcher Achtlosigkeit auf ihrem Herzen herumgetrampelt worden war. Manchmal wallte er in ihr auf, und sie kam nicht dagegen an. Aber warum *jetzt*? Der Tequila musste schuld sein, dass diese Emotionen in ihr wachgerüttelt worden waren – und natürlich der sensationelle Orgasmus. Nicht zu vergessen die Tatsache, dass sie so viel mehr von Evan wollte.

Er hielt während des ganzen Rückwegs zu ihrer Suite ihre Hand, daher nahm er ihr Zittern wahr, aber sie tat, als rührte es von der Kälte der Klimaanlage. Tropfnass, bibbernd und lautlos weinend, wartete Kelsey im Flur, bis Evan die Tür aufgesperrt hatte und sie ihr aufhielt. Mit gesenktem Kopf huschte sie an ihm vorbei ins Zimmer, dabei hoffte sie inständig, dass er sie nicht allzu genau beobachtete.

Sie hätte es besser wissen müssen. Evan ließ seine Schuhe fallen, schloss die Tür und trat hinter sie. Er legte eine Hand auf ihre Schulter und fasste mit der anderen um sie herum, um ihre Schuhe aus ihren tauben Fingern zu lösen und sie beiseitezuwerfen. »Kelsey.«

Die Zärtlichkeit in seiner Stimme ließ alle Dämme brechen.

Sie wirbelte herum und sank in seine starken, festen Arme. Er fing sie auf und drückte sie an sich, während sie in sein feuchtes Hemd schluchzte. Sie hörte, wie er seufzend die Luft ausstieß.

»Rede es dir von der Seele, Süße«, murmelte er und streichelte ihr Haar. »Erzähl es mir. Alles.«

Sie konnte nicht glauben, dass die Worte sich in ihrer Kehle formten und darauf bestanden, herausgelassen zu werden, aber sie konnte sie nicht zurückhalten. Sie stand kurz davor, etwas zu haben, das so viele Jahre absolut unerreichbar für sie gewesen war, etwas, von dem sie nie geglaubt hatte, es je zu bekommen. Er konnte es ihr jetzt nicht verweigern. Sie konnte es *sich* nicht verweigern. »Ich brauche dich.«

»Sag mir, wie.«

Sie sah mit brennender Intensität zu ihm hoch. Die Stimme, die aus ihrem Mund kam, klang nicht wie ihre eigene. »Ich will, dass du es mir richtig besorgst, Evan. Nimm mich, bis ich nicht mehr laufen kann. Es stört mich nicht, wenn du grob bist, tu es einfach …«

»Gottverdammt«, fluchte er mit einer Wildheit, wie sie sie nie zuvor bei ihm gehört hatte. Er umfing ihren Kopf mit beiden Händen, bog ihn zurück und küsste sie, bis sie keine Luft mehr bekam. Mit einem animalischen Knurren krallte sie die Finger in sein Haar, bereit, ihn wie einen Baum zu erklimmen, wenn dadurch sein Schwanz schneller in sie gelangen würde.

Er schob den Arm unter ihr Hinterteil und hob sie hoch. Kelsey klammerte sich an ihm fest, als er sie ins Schlafzimmer trug, und wollte ihn nicht einmal dann loslassen, als er sie aufs Bett warf. Sie wand sich und rieb die Schenkel aneinander, während er eine gefühlte Ewigkeit auf sie hinunterstarrte. Wegen der Helligkeit im Wohnzimmer war er nur als Silhouette erkennbar, aber bestimmt konnte er sie hervorragend sehen. Es war nicht fair.

»Was ist?«, stieß sie hervor.

»Nichts.«

Nie zuvor hatte sie sich so sehr gewünscht, nackt zu sein, und sie konnte nicht warten, bis er dafür sorgte. Als sie sich aufsetzte, um sich aus ihrer eng anliegenden Bluse zu befreien, griff er danach, zog sie ihr mit einem Ruck über den Kopf und schleuderte sie beiseite. Sie hatte Mühe, ihre feuchte Hose von den Beinen zu streifen, also ging er ihr auch dabei zur Hand.

Alle Kraft verließ sie, als heißes Begehren sie durchströmte. Sie sank auf die Matratze und versuchte, die Kontrolle über ihre Atmung wiederzuerlangen. Evan kniete sich vor sie und hakte die Daumen in ihren Slip. Seine Augen fingen einen Lichtschimmer ein, als er den zarten Stoff über ihre nackten Beine zog und ihn dabei fast zerriss.

Großer Gott, passierte das hier wirklich? Kelsey hatte diesen Traum in den vergangenen Monaten so oft gehabt, manches Mal in solch lebendigen Farben, dass sie ihn für real gehalten hatte, bis sie verschwitzt und sehnsüchtig und allein in ihrem Bett erwacht war. Das hier *war* real.

»Oh, Kelsey«, murmelte er, sie verbarg das Gesicht hinter den Händen und keuchte vor Lust und Scham, als er unter eine ihrer Kniekehlen fasste und ihre Schenkel so weit spreizte, dass ihre Muskeln zitterten. »Ich muss das einfach tun …«, flüsterte er, bevor er seinen dunklen Kopf senkte und sie mit seinem weichen, feuchten, warmen Mund berührte. Seine Zunge strich zwischen ihren Schamlippen hindurch, dann tauchte sie tiefer und labte sich an ihrem Nektar, bevor sie über ihren Kitzler tanzte.

Panik schoss in ihr hoch, und das Zimmer begann sich zu drehen. Sie wollte die Hände in sein Haar wühlen, doch sie folgte ihrem Herzen und krallte sie sie stattdessen in die Bettdecke. *Lass ihn! Oh Gott, lass ihn …*

Der warme Hauch seines Atems auf ihrem brennenden Fleisch brachte sie schier um den Verstand. Es war fast eine Erleichterung, als er sich küssend und leckend den Weg zu ihrem Bauch bahnte, wobei er ihre Beine weiterhin weit geöffnet hielt. Er ließ die Zunge um ihren Nabelring kreisen und liebkoste beide Brustwarzen durch die Seide ihres BHs, während er sich zu ihrem Mund vorarbeitete.

Sie hieß das Gewicht seines Körpers gierig willkommen und trank von seinen Lippen. Er schmeckte köstlich, nach scharfen Margaritas und nach *ihr*. Evan zog sie hoch und befreite sie aus dem durchnässten BH, der mit einem feuchten Klatschen gegen die Wand flog. Sie mühte sich mit den Knöpfen seiner Hose ab, aber ihre Finger an seinen straffen Bauchmuskeln zitterten wie verrückt, sie waren so kraftlos wie ihr restlicher Körper. Selbstsicher und ruhig gesellten sich Evans Hände zu ihren, und nach ein paar geschickten Griffen sprang wenige Augenblicke später seine Erektion heraus.

Kelsey streichelte sein hartes Glied, woraufhin er einen schroffen Laut ausstieß, der ihren Lippen eine durch und durch feminine Antwort entlockte. Er war riesig. Das wusste sie schon, seit sie ihn vorhin angefasst hatte. Ihre Augen hatten sich inzwischen an das dämmrige Licht gewöhnt, und sie erkannte, dass er so schön war, wie sie es erwartet hatte. Sie sah nach unten und beobachtete, wie ihre Hand über seine Länge glitt, wie ihr Daumen über die Kerbe in der Eichel rieb und die flüssige Perle aufnahm, die sich dort geformt hatte. Er ließ sie keuchend gewähren, dann fühlte sie, wie seine Finger in sie eintauchten. Sie bäumte sich auf der Matratze auf und ließ von ihm ab, um sich an seinen Oberarmen festzuklammern, als er die Finger hervorzog und ihre Feuchtigkeit auf ihrer Klitoris verteilte.

»Bist du bereit für mich, Schatz?«

Das Kosewort löste ein wunderbar warmes Gefühl in ihr aus, es klang so intim und unvertraut aus seinem Mund. Aber sie waren Tausende Kilometer weit weg von vertraut. »Oh ja.« Ihre Hände fuhren wie im Fieber über seine Schultern, als sie sich ausmalte, wie er ihr die Art von Erfüllung schenkte, die sie nie zuvor erfahren hatte. Wenn jemand dazu in der Lage war, dann Evan. »Aber bist du auch bereit für mich?«

Er lachte rau, dabei drang sein Finger wieder ein und aus, bis er von ihrer Erregung glänzte. »Du forderst mich heraus, nicht wahr?«

Oh, verdammt sollte er sein. Stöhnend warf sie den Kopf zurück und hob ein Bein an seine Hüfte, um ihm leichteren Zugang zu gewähren. »Ich brauche dich. Lass mich nicht länger warten. Bitte, Evan, tu es …«

Er schloss die Fäuste um ihre Handgelenke und drückte sie aufs Bett, dann brachte er sich über ihr in Position und attackierte ihre Lippen mit ungestümen Küssen. Sie spreizte die Schenkel weiter für ihn, ihr Unterleib fühlte sich auf einmal fünf Kilo schwerer an, wie verflüssigt vor Begehren. Seine Eichel neckte ihre Öffnung, und sie drängte sich ihm entgegen, wollte ihn tiefer zwingen, von ihm gepfählt werden.

»Langsam, Süße«, murmelte er.

»Ich will es nicht langsam! Ich muss dich in mir spüren!«

Und er tat ihr den Gefallen, indem er mit einem Stoß in ihr weiß glühendes Lustzentrum vorstieß. Eine Schockwelle pulsierte durch ihren Körper, dabei hatte er sie erst zur Hälfte penetriert.

»*Evan!*«

Er stöhnte an ihrem Ohr, während er sich zurückzog und sie wieder in Besitz nahm, tiefer und immer tiefer, bis er an ihren Gebärmutterhals stieß. Kelsey schlang die Beine um seine Hüften, um ihn ganz aufzunehmen, sie brauchte alles von ihm, auch wenn sich Schmerz in die Wonne mischte. Es war zu lange her. Tränen strömten aus ihren Augen.

»Gott, Kelsey, du bringst mich um.«

»Hör nicht auf, hör bloß nicht auf … *ohhh* …«

»Nein, Baby. Ich könnte es nicht, selbst wenn ich wollte.« Sie war so feucht und schlüpfrig und eng. Sein sanftes Ein- und Ausgleiten entzündete einen Funkenregen, als würde in ihrem Inneren ein Feuerwerk explodieren.

Sie war nahe dran zu hyperventilieren. »Schneller.«

»Ja, ja«, keuchte er atemlos. Er verschränkte die Finger mit ihren und drückte sie weiter in die Matratze, als er in einen gnadenlosen Rhythmus verfiel, der sie bis in die Stratosphäre katapultierte. Ihr Unterleib gewöhnte sich an die starke Dehnung und hieß ihn gierig willkommen. Die Stille im Schlafzimmer wurde nur unterbrochen von den feuchten Geräuschen ihrer Vereinigung und ihren hektischen Atemzügen, als Kelsey realisierte, dass sie aus seiner Erregung ebenso viel Lust schöpfte wie aus ihrer eigenen.

»Ich möchte dich anfassen«, stöhnte sie.

»Erst, wenn du so heftig gekommen bist, dass du meinen Namen schreist.« Dieses heisere Versprechen allein reichte fast, um sie über den Gipfel zu treiben. Es war derselbe Tonfall, mit dem er sie vor zwei Wochen dazu gebracht hatte, ihren Kaffee aus dem Mund zu prusten. Tief und verführerisch, wie dunkler Samt. »Dieses Mal schreist du ihn so laut, wie du willst.«

Noch immer rannen Tränen über ihr Gesicht. Evan folgte ihrer Spur mit den Lippen, sein Atem warm und hastig an ihrer Wange. Sie hatte um das hier gebeten, und er gab es ihr, trotzdem verspürte sie auf einmal eine lähmende Furcht. Die Funken brannten immer heller. Sie wusste nicht, was von ihrem Herzen übrig sein würde, wenn die Explosion vorüber war.

Jeder Zentimeter ihres Körpers war auf vollkommen ungekannte Weise lebendig. Sie war nie zuvor so erregt, so feucht gewesen. Sie liebte es, wie er sich in ihr anfühlte, so mächtig und besitzgierig. Das Schaukeln ihrer Brüste, als er wieder und wieder in sie stieß, war fast wie eine Liebkosung. Sie machte ein Hohlkreuz, damit ihre Spitzen über sein dunkles Brusthaar strichen. Doch als er den Kopf hob, um sie anzusehen, musste sie die Augen abwenden – der Blick, mit dem er sie betrachtete, war zu intensiv, zu kraftvoll.

»Kelsey.« Die Zärtlichkeit, mit der er ihren Namen sagte, entlockte ihr ein Wimmern. »Du bist wunderschön. Verschließ dich jetzt nicht vor mir, Baby, lass mich dich ansehen.«

Sie wandte ihm wieder das Gesicht zu, und der Ausdruck in seinen Augen ließ ihr Herz einen Schlag aussetzen. Er sah sie an, als versuchte er, in ihre Seele zu gelangen, so, wie er in ihrem Körper war. Sie ahnte, dass ihr eigener Blick erfüllt war von verzweifeltem Flehen.

Als würde sich in der Ferne ein Gewitter zusammenbrauen, baute sich der Druck in ihrem Unterleib immer stärker auf, bis sie es kaum noch aushielt … *bitte bitte bitte*.

»Evan … oh *Gott* …«

»Lass einfach los«, murmelte er, während sich in ihrem Gesicht ein ganzes Kaleidoskop von Gefühlen spiegelte. »Es wird überwältigend sein …«

Und das war es. Seine Lippen strichen über ihre, als in ihrem Inneren die Hölle losbrach und sie sich willenlos ergab – etwas anderes blieb ihr nicht übrig. Ihr ganzer Körper spannte sich an, als seine wuchtigen Stöße in ihrem Körper ein Feuerwerk der Ekstase entfachten. Ihr Schoß begann zu zucken, und sie schrie seinen Namen, wie er es prophezeit hatte.

»Ja, Baby, *ja* …«

Er stieß noch wilder und schneller in sie hinein, trieb sie höher und höher, bis sie nur noch abgehackt wimmern konnte, weil sie nicht mehr genügend Atem hatte, um vor Lust zu schreien. Sie umklammerte seine Hände mit aller Kraft und warf den Kopf hin und her, den einzigen Teil, den sie noch kontrollieren konnte. Sie gehörte ihm, mit Haut und Haar, wurde von ihrer Leidenschaft für ihn fortgerissen wie von Windböen während eines sommerlichen Hitzegewitters.

»Oh, Liebling, soll ich aufhören? Du fühlst dich so gut an …«

»Nein, nein, verlass mich nicht.« Sie schloss die Beine fester um ihn, während die letzten Zuckungen durch ihren Körper liefen und Evan jede Zurückhaltung über Bord warf. Kraftvoll hob und senkte er die Hüften, während er lustvoll in sie hineinstieß, bis der Höhepunkt pulsierend durch seinen Körper schoss. Er sagte ihren Namen, knurrte ihn, und sie ergötzte sich an seinem Anblick, an dem Gefühl, wie er sich warm und samtig in sie ergoss. Sein Haar fiel über sein Gesicht, und die Adern an seinem Hals traten hervor. Er war bildschön.

Ein letzter Stoß, und er sank schwer atmend auf sie. Das Gesicht an ihrem Hals verborgen, strich er mit den Fingern über ihren Arm, dann ließ er sie auf ihrer Brust ruhen. Sie legte ihre nun wieder freien Hände auf seinen Rücken und hielt sich wie eine Ertrinkende an ihm fest. Er fühlte sich anders an als Todd, schlanker und athletischer, strotzend vor Kraft. Evan gab besser auf sich Acht. Er machte alles besser.

Sie zitterte wie ein Palmwedel in einem Hurrikan, konnte nicht aufhören, hilflose kleine Laute zwischen den Lippen hervorzustoßen. Mit höchster Konzentration brachte sie einen tiefen, reinigenden Atemzug zustande, um ihren hämmernden Puls zu besänftigen. Die Gerüche ihrer körperlichen Vereinigung erfüllten das Zimmer und stiegen ihr in die Nase. Jetzt, da die Hitze, die sie entfacht hatten, in ihr abklang, fühlte sie, wie ihre Wangen flammend rot wurden.

Nein, nein, verlass mich nicht …

Kelsey zuckte innerlich zusammen und grub die Fingerspitzen in seinen Rücken, als wollte sie Schutz suchen vor der tiefen Beschämung, die sie wie heiße Lava durchströmte und von einer ganz anderen Qualität war als die verzehrende Hitze von eben. Oje, was hatte sie getan? »Lieber Gott …«, flüsterte sie und schlug die Hand vors Gesicht.

»Alles ist gut, Kelsey.«

»Nein, es …« Sie konnte nicht weitersprechen. Evan glitt aus ihr heraus, schmiegte sich an sie und schloss sie wieder in die Arme.

»Süße. Schau mich an.«

Sie tat es, doch es fiel ihr schwer, dabei konnte sie sich an keinen Zeitpunkt erinnern, an dem sie sein geliebtes Gesicht einmal nicht hatte ansehen wollen. Blinzelnd versuchte sie, dem frischen Strom ihrer Tränen Einhalt zu gebieten. Es war unmöglich.

Nein, es gab jetzt keine Leere mehr. Sie fühlte sich so erfüllt, dass sie zu bersten drohte.

»Wein doch nicht«, sagte er sanft und wischte mit den Daumen über ihre Wangen. »Wenn du weinst, möchte ich auf etwas einschlagen. Oder auf jemanden. Was ist los?«

»Ich kann nicht. Bitte entschuldige. Nicht … jetzt.«

All die lange Zeit … die vielen Jahre … ihre ganze rastlose Sehnsucht holten sie in dieser Nacht ein.

»Schon gut.« Mit sorgenvoller Miene streichelte er ihr Haar. »Beantworte mir nur diese eine Frage: Bereust du es?«

Sein Blick brach ihr das Herz, aber sie konnte nichts weiter tun, als ihm ehrlich und ohne Zögern zu antworten. »Nein. Das darfst du niemals denken. Es ist wirklich alles in Ordnung.« Sie holte tief Luft und spürte, wie die Panik verebbte. Sie waren beide erwachsen und würden heil aus der Sache herauskommen. Es war ein bisschen spät, um über Verhütung zu sprechen, aber sie hatte das Bedürfnis, ihn diesbezüglich zu beruhigen. »Ich nehme die Pille, darum musst du dir keine Sorgen machen.«

Er lachte, und sein Atem strich warm an ihrem Ohr vorbei. »Ich mache mir keine Sorgen.«

Sie streichelte mit den Fingerspitzen über seine Wirbelsäule, während sie lange Minuten darüber nachsann. Die Bilder, die durch ihren Geist flimmerten, waren unvermeidbar: ein kleines, dunkelhaariges Kind, das sie mit Evans grünen Augen anstrahlte. Am meisten irritierte sie, dass sie sich bei dieser Vorstellung am liebsten gleich noch einmal auf ihn gestürzt hätte.

Du hattest nur Sex mit dem Mann. Hör verdammt noch mal auf, an weiße Palisadenzäune zu denken. Fast meinte sie, in ihrem Kopf Lisas tadelnde Stimme zu hören.

Sie nahm den Rat an. Es war eine erstaunliche Erfahrung, einfach loszulassen und auf dieser Wolke der Euphorie davonzutreiben. Endlich fand sie sich in der sinnlichen Umarmung wieder, von der sie so lange geträumt hatte.

6

Evan beobachtete, wie Kelsey tapfer mit den Tränen rang. Wenn er doch nur die richtigen Worte wüsste, um ihr zu helfen, den Kampf zu gewinnen. Aber was konnte man schon sagen, wenn die beste Freundin vor Reue weinte, weil sie phänomenalen Sex mit einem gehabt hatte?

Gottverflucht. Er wollte ihr so vieles sagen, aber zu diesem Zeitpunkt könnte er sie damit völlig aus der Fassung bringen. Trotzdem staunte er noch immer über ihre Verwandlung vom verwundeten Kätzchen in eine Femme fatale und wieder zurück. Er könnte Todd Jacobs den Hals umdrehen, weil er sie so sehr verletzt hatte. Kelsey hätte ihn gewähren lassen sollen, als er es vor sieben Monaten versucht hatte.

Denn darum ging es doch? Um ihren Zorn, ihren Schmerz, den Verrat. Und er musste es ausbaden.

Aber das machte nichts. Er konnte es aushalten und würde sich dabei noch wie ein Glückspilz vorkommen.

»Mm, ich will dich gar nicht mehr loslassen«, raunte er an ihrem Ohr. »Du bist so süß und warm.«

Seufzend rieb sie mit der Fußsohle über seine Wade. Die zärtliche Geste erregte ihn, er dachte an ihre hübschen, zierlichen Füße mit den Zehennägeln wie kleine Muschelschalen. Alles an ihr war hübsch und zierlich.

»Wir könnten so schlafen«, schlug sie vor und lächelte ihn verträumt an. Sie hielten einander noch immer in den Armen, und sie fühlte sich himmlisch weich an.

»Das werden wir. Aber noch bin ich nicht bereit zu schlafen.« Evan legte so viel erotische Verheißung in seine Worte, wie er konnte. Reue hin oder her, Kelsey konnte nicht leugnen, dass es gut gewesen war. Sehr, sehr gut sogar. Da es sich nicht mehr ungeschehen machen ließ, konnten sie es ebenso gut wiederholen.

»Nein?«, fragte sie, in ihrer Stimme lag der gleiche Hauch von Verwunderung wie in ihren nun wieder hellwach blickenden grauen Augen.

Er folgerte daraus, dass sein ehemals bester Freund nach einer Runde schlapp gemacht hatte. »Glaub es lieber.« Grinsend schob er ihre Hand nach unten und legte sie um sein anschwellendes Glied. »Ich nehme nämlich an, dass du noch laufen kannst.«

Die Friedlichkeit, die sich über ihre Züge gebreitet hatte, wich einem Ausdruck tiefer Verlegenheit. Er legte die Finger auf ihre Lippen, als sie den Mund öffnete, zweifellos, um einen beschämten Protestlaut von sich zu geben. »Liebling, das war das Heißeste, was je eine Frau zu mir gesagt hat, und du wirst aufhören, dich für deine Wünsche zu genieren, und wenn ich es dir persönlich austreiben muss. Nichts von dem, was wir miteinander tun, ist falsch, schon gar nicht nach allem, was man uns angetan hat.«

Kelsey schloss die Augen und erbebte – was er als Einwilligung verstand. Gott sei Dank. Er durfte sie noch einmal haben, und wenn es das letzte Mal sein sollte.

Evan ließ sich viel Zeit dabei, die seidige Haut zu erforschen, die so oft zum Greifen nah und doch unerreichbar gewesen war. Kelsey vertraute ihm ihren Körper an, und er huldigte jedem Quadratzentimeter mit Fingern und Lippen, doch zog es ihn immer wieder zurück zu ihren Brüsten. Sie waren herrlich und füllten seine Hände perfekt aus. Er schloss die Lippen um ihre süßen, aufgerichteten Knospen und badete sie in feuchter

Wärme, während er die Zunge um sie kreisen ließ und zärtlich an ihnen saugte. Sie verstärkte den Griff ihrer Finger um seinen Phallus und sandte eine Schockwelle der Lust durch seinen Leib, die so heftig war, dass er laut aufstöhnte.

Er konnte nicht länger warten. Er nahm den Mund von ihren Brüsten und brachte sich zwischen ihren geschmeidigen Schenkeln in Stellung. Sie öffnete sich für ihn, dabei hörte sie nicht auf, ihn zu streicheln. Ihre Lippen teilten sich, als sie zu ihm aufblickte, und er nahm die Einladung an, kostete gierig von der Süße ihres Mundes.

»Hilf ihm hinein«, flüsterte er voll Erregung und stützte sich über ihr auf den Armen ab. Fast wäre er sofort gekommen, als sie die Finger zärtlich über seinen Schaft gleiten ließ und dann die Eichel an ihre geschwollene, feuchtheiße Öffnung führte. Sie war so eng und zart und *nackt* … Sie musste sich für ihn rasiert haben, in der Hoffnung, dass es so weit kommen würde wie jetzt. Er würde sie nicht enttäuschen. Er zwang sich, es behutsam angehen zu lassen, und kostete das Gefühl aus, wie ihre inneren Muskeln nachgaben, als er in sie eintauchte. Sie umgab ihn wie flüssiges Feuer, war schlüpfrig von seinem Sperma. Behutsam glitt er hinein und wieder heraus, drang dabei immer weiter vor, bis sie sich stöhnend unter ihm krümmte.

»Evan.« Sie wühlte die Finger in sein Haar, als er bis zum Anschlag in sie hineinstieß und sich rhythmisch in ihr zu bewegen begann. Kelsey wollte die Hand auf seine Schulter legen, aber er schüttelte den Kopf und manövrierte sie zurück zwischen ihre Körper, bis ihre Finger in Kontakt mit seinem nassen Schaft kamen, der in ihrem Schoß verschwand.

»Lass sie dort, damit du uns fühlen kannst«, raunte er. Kelsey keuchte, als er seine Finger mit ihren verschränkte und sie sich gemeinsam dort streichelten, wo er aufhörte und sie begann, während er seine gemächlichen Stöße fortsetzte. Er war so steif, dass die Venen hervortraten, und feucht von ihren Säften. Ihre schlüpfrigen Falten klafften weit auseinander, um ihn aufzunehmen.

»Es ist … wunderschön«, seufzte sie.

»Wir sind wie füreinander geschaffen.« Evan zauberte ein Lächeln auf sein Gesicht, wenn auch ein eher schwaches. *Wunderschön.* Kelsey war so wunderschön, dass es ihm das Herz brach. Das war sie immer gewesen.

Er glitt vollständig aus ihr heraus, damit sie über die ganze Länge seiner Erektion fahren konnte, bevor er langsam und unaufhaltsam wieder in sie eindrang. Er stöhnte, als sie seine Hoden liebkoste und vorsichtig drückte, dabei strich er mit dem Finger über ihren Kitzler, was ihr ein lustvolles Wimmern entlockte.

Er könnte süchtig danach werden, wie ihr ganzer Körper pulsierte, während er sie nahm. Sie zog seinen Mund zu einem süßen, verführerischen Kuss zu sich heran, den er nur allzu bereitwillig erwiderte. Ihre Zunge tanzte zwischen seinen Lippen und spielte zärtlich mit seiner. Im Gegenzug erkundete er ihren Mund, seine Weiche, die nasse Hitze, die scharfe Kante ihrer Zähne. Ihr Geschmack war so wundervoll wie der Rest von ihr.

»Großer Gott, Kelsey.« Sein Atem ging stoßweise, sein Puls raste, als der aufgestaute Druck in seinen Lenden ihn zu den Sternen zu katapultieren drohte. »Es fühlt sich unbeschreiblich gut an.« Er war so granithart in ihrer weichen, nachgiebigen Öffnung, dass es ihm ein Rätsel war, wie er ihr keine Schmerzen zufügen konnte. Sie stöhnte, und ein Beben durchlief ihren Leib, als er das Tempo langsam steigerte. Er löste die Hand von der Stelle, wo sie vereinigt waren, um sich abzustützen und ihr alles zu geben, aber sie setzte die Erkundung ihrer fleischlichen Verschmelzung fort und trieb ihn damit fast zur Raserei.

»Bitte«, flehte sie. »Härter. Lass mich ein weiteres Mal kommen, es war so gut, Evan …«

»Es macht mich total verrückt, wenn du solche Sachen sagst.«

Er schlang die Arme um sie und rollte sich auf den Rücken, bis sie rittlings auf ihm saß. Sie schrie auf, und er hätte um ein Haar abgespritzt, weil diese neue Stellung ihm erlaubte, noch tiefer in sie vorzudringen. »Nimm dir von mir, was immer du brauchst«, forderte er sie mit harscher Stimme auf. Seine Hände, die an ihren Hüften lagen, glitten zu ihren Brüsten, bargen sie in der Mulde zwischen Daumen und Zeigefinger. Ihre Augen glitzerten im schwachen Licht des Mondes, das nun durch das Fenster hereinfiel, doch sie wirkte unsicher. »Tu es, Baby. Lass mich dir zusehen.«

Sie spannte ihre inneren Muskeln an, und sein Glied zuckte zur Antwort, was ihr ein Lächeln entlockte. Dann löste sie seine Hände von ihren Brüsten und drückte seine Unterarme auf die Matratze.

»Du darfst mich anfassen, nachdem du so heftig gekommen bist, dass du meinen Namen schreist.«

»Verdammt –«

Sie lachte, dieses Luder, und er geriet in Versuchung, ihr zu beweisen, dass er sich jederzeit aus ihrem Klammergriff befreien könnte. Aber sie wollte die Kontrolle, und er würde sie ihr überlassen. Völlig enthemmt begann sie, seinen Schwanz zu bearbeiten, dabei erinnerte sie ihn mit ihrer dunklen Mähne, die über helle, mondbeschienene Haut wallte, an eine heidnische Göttin.

In qualvoller Erwartung sah er zu, wie sie den richtigen Winkel suchte, und wäre fast umgekommen vor Erleichterung, als sie ihn endlich fand und mit jedem Stoß ein Keuchen aus ihrer Kehle drang. Seine Bauchmuskeln waren zum Zerreißen angespannt, so sehr musste er sich beherrschen. Ihr Gewicht lastete nun auf seinen Handgelenken, und sein Blick hing wie gebannt an ihren wippenden Brüsten, während die feuchte Hitze zwischen ihren Beinen ihn wieder und wieder verschluckte.

Ihr Rhythmus war sinnlich und peinigend, langsamer als ihm lieb war, aber er passte sich ihm an, kam ihr mit dem Becken entgegen. Als ihre Muskeln sich wie ein Stahlband um ihn schlossen, musste er seine ganze Selbstbeherrschung aufwenden, um sich nicht aus dem festen Griff ihrer Hände zu befreien und ihren Kitzler zu massieren, bis sie ekstatisch zu zucken begann und sie gemeinsam über die Klippe stürzten. So blieb ihm nichts anderes übrig, als die Zähne zusammenzubeißen, die Augen zu schließen, sich zurückzuhalten und zu beten …

»Oh, Evan«, stieß sie hervor. »Gott, ich hatte keine Ahnung, dass es sich so anfühlen kann …«

… aber er würde jede Folter aushalten, wenn er ihr damit solche Worte entlockte, ihr Wonnen schenkte, wie sie sie nie gekannt hatte.

»Baby, du bringst mich um den Verstand. Ich werde nicht mehr lange durchhalten.«

Das durchtriebene kleine Lächeln, das sich in ihr Gesicht stahl, ging ihm durch und durch. Er spürte, wie der Orgasmus sich in ihm aufbaute, höher und immer höher, und er war machtlos dagegen.

Sie bäumte sich im selben Moment über ihm auf, als er die Kontrolle verlor und mit der Gewalt eines Vulkanausbruchs in ihr kam, alles in sie entlud, was sie ihm nicht schon zuvor geraubt hatte. Kelseys weiche Lustschreie waren wie Musik in seinen Ohren, als sie seinen Schaft immer tiefer und schneller ritt, gierig an ihm saugte. Schließlich hielt er es nicht mehr aus. Er nutzte ihren Moment der Schwäche, um sich aus ihrer Umklammerung zu befreien und sie kraftvoll in seine Arme zu ziehen, während er den letzten Tropfen seiner Erlösung so tief in ihren bebenden Körper hineinpumpte, wie es ihm möglich war, dabei murmelte er unablässig ihren Namen an ihrem Ohr. Er wurde unter einer Wolke ihres nach Heckenkirsche duftenden Haars erstickt und von ihrer samtigen Wärme umhüllt, als die letzten Zuckungen sie beide durchfuhren.

Evan war endgültig fertig damit, vor ihr wegzulaufen.

Nach mehreren Momenten der Stille war Kelsey froh, als Evan sie zu liebkosen begann und seine Hände über ihren Rücken und durch ihr Haar fuhren. Sie glaubte nicht, dass sie es ausgehalten hätte, wenn er sie nach diesem leidenschaftlichen Akt nicht gestreichelt und ihr zärtliche Worte zugeflüstert hätte. Ihr Herz schien ihren Brustkorb sprengen zu wollen. Sie hatte Angst, auch ihre Zunge nicht im Zaum halten zu können, denn sie wollte auf keinen Fall etwas sagen, das diesen Zauber zerstören könnte.

Darum beschränkte sie sich auf das, was sie immer sagte, wenn er sie aus der Fassung brachte.

»Himmelherrgott noch mal, Evan Ross.«

Er lachte und hauchte einen Kuss auf ihre Wange. »Ich wusste, dass ich dich früher oder später dazu kriegen würde, das zu sagen. Ist dir klar, dass jetzt eine echt schwere Entscheidung vor uns liegt?« Er machte eine Kunstpause, um die Spannung zu erhöhen. »Schlafen oder duschen?«

Ein erleichtertes Seufzen entfuhr ihr. Sie war emotional zu erschöpft, um sich mit bedeutsameren Themen zu befassen. Schlafen klang himmlisch. Sie war fix und alle. Gleichzeitig haftete ein feiner Schweißfilm an ihrer Haut, zusammen mit den vermischten Spuren ihres Liebesakts.

»Duschen«, murmelte sie. »Aber schnell, bevor ich eindöse.« Sie hob das Becken, damit er aus ihr herausgleiten konnte, und betrauerte den Verlust augenblicklich. Es war verblüffend, dass sie ihn trotz ihrer drei überwältigenden Orgasmen noch immer begehrte. Sie konnte den morgigen Tag kaum erwarten …

Morgen.

Du denkst mal wieder zu viel, schalt sie sich.

Sie stiegen aus dem Bett und trapsten zum Bad. Während Evan die Dusche anstellte, bekam sie seinen nackten Körper zum ersten Mal in voller Pracht zu sehen, und ihr blieb vor Entzücken fast das Herz stehen.

Er hatte auch in seinen Boxershorts, draußen am Whirlpool, zum Anbeißen ausgesehen, aber da war es dunkel gewesen. Jetzt blieb ihr die Luft weg. Evan hatte schon immer viel Sport getrieben – Joggen, Schwimmen, Tennis, Baseball –, was sicherlich mit ein Grund für seine athletisch schlanke Figur war. Es war nicht ein Gramm zu viel an ihm, genau wie sie es mochte. Er hätte als Unterwäschemodel arbeiten können, aber ihr gefiel er so besser, ohne einen Fetzen am Leib.

Als er zur Seite trat, um ihr den Vortritt in die Dusche zu lassen, fiel ihr Blick auf das Nest dunkler Haare zwischen seinen Schenkeln. Am liebsten hätte sie sich vor ihn auf den kalten Badezimmerboden gekniet und es ihm mit dem Mund besorgt, bis er in ihrer Kehle explodierte.

Was würde sie dank Evan noch alles über sich lernen? Eine einzige Nacht mit ihm, und schon hatte sie vaginale Orgasmen und zog Blowjobs in Betracht, dachte sie mit einem schiefen Lächeln. Unfassbar.

Sie trat unter den warmen Strahl der Dusche und hätte fast vor Wonne geseufzt, als das Wasser in kitzelnden Bächen über ihr Haar und ihren Rücken strömte. Evan gesellte sich hinter sie und fasste um sie herum, um das Shampoo von dem schmalen Bord zu nehmen. Einen Moment später griffen seine schaumigen Hände in ihre Haare und fassten sie zu einem

Pferdeschwanz zusammen, den er auf ihren Kopf türmte, um das Shampoo einzumassieren. Als seine Finger ihre Kopfhaut massierten, konnte sie sich ein genüssliches Seufzen nicht verkneifen. Er ließ sich viel Zeit, um ihre Haare zu waschen. Offenbar liebte er es, ihr Vergnügen zu bereiten. Er hatte ihr in dieser Nacht schon so viel davon geschenkt, dass es für ein ganzes Leben reichte, und trotzdem wollte sie mehr.

»Dreh dich um, Baby«, befahl er, als sie schon in Erwägung zog, im Stehen einzuschlafen. Sie gehorchte und streifte, als sie sich ihm zuwandte, mit den Brüsten seinen Oberkörper. Sie hob den Blick zu seinem Gesicht, als er ihr die Haare aus der Stirn strich und sicherstellte, dass das Wasser sämtliche Shampoo-Reste wegspülte. Seine Miene war konzentriert, und sie spürte, wie seine Berührungen ihr trotz der dampfigen Hitze, die sie einhüllte, eine Gänsehaut verursachte.

»Evan …« murmelte sie, und wieder wurde ihr die Kehle eng. Würde das denn nie aufhören?

Sanft wrang er ihre Haare aus, dann sah er sie an. Trotz des Tumults, der in ihr tobte, geriet ein Teil von ihr in den Bann seiner wunderschönen, grün melierten Augen. »Was ist los, Kels?«

»Es bricht mir das Herz, was sie dir angetan haben, ganz gleich, wie du das empfindest. Wenn Todd mich verletzen musste, schön, aber was er mit dir gemacht hat, das kann ich ihm nicht vergeben.«

»Ich bin hart im Nehmen, Baby. Um mich brauchst du dir keine Sorgen zu machen.«

»Ich weiß. Aber ich habe dich danach lange nicht gesehen. Ich *machte* mir Sorgen um dich, doch ich nahm an, dass du lieber nichts von mir hören wolltest.«

»Es hatte nichts mit dir zu tun. Diese Woche damals war in mehr als nur einer Hinsicht die Hölle. Ich habe einen wichtigen Fall verloren.«

Mist. War es ihre Schuld? Sie hätte nicht überreagieren, ihn nicht mit diesem Anruf überfallen und aufregen dürfen, während er mitten in einem Prozess steckte. Langsam konnte es nicht mehr schlimmer werden. »Wegen meines Verhaltens. Ich bin so –«

»Unsinn, nein. Ich hatte meine Beweisführung bereits abgeschlossen, und die Anklage stand gelinde gesagt auf tönernen Füßen. So was passiert. Ich hatte die Sache abgehakt, bis einen Monat später der Angeklagte, der *angeblich* unschuldig war, in das Haus einer Frau einbrach, sie ausraubte und vergewaltigte.« Seine Miene verdüsterte sich. »Es war mein Fehler, weil ich meinen Job, aus welchem Grund auch immer, nicht gut genug gemacht hatte, um den Kerl festzunageln. Das hat mir mehr zugesetzt als alles, was Courtney mir hätte antun können.«

Ein weiterer Riss zog sich durch ihr Herz, noch ein Stück brach heraus. Wie egoistisch sie gewesen war. »Wurde der Kerl geschnappt?«

»Ja. Natürlich hat er auf nicht schuldig plädiert. Ich wollte den Fall, aber der Bezirksstaatsanwalt riet mir, die Finger davon zu lassen, mit der Begründung, dass ich befangen sei.«

»War es so?«

»Selbstverständlich. Wie auch nicht? Aber würde das mein Urteilsvermögen trüben oder mich vom rechten Weg abkommen lassen? Zur Hölle, nein. Dafür bin ich zu integer. Ich hasse die Vorstellung, dass jemand den Fall verhandelt, der ihn *nicht* persönlich nimmt.« Ein konsternierter Ausdruck trat auf sein Gesicht. »Du bist übrigens die erste Person, die mich das gefragt hat, anstatt mir automatisch beizuspringen und meinen Boss als Schwachkopf abzutun. Du bist die Erste, die mir nicht einzureden versucht, dass ich es mir nicht zu Herzen nehmen soll, wenn ich verliere.«

»Weil ich dich verstehe«, entgegnete sie sanft. »Und es ist *nicht* deine Schuld, aber ich kenne dich, und du hast schon immer großes Mitgefühl mit den Opfern gehabt. Ich wünschte nur, ich hätte damals gewusst, was du durchmachst.«

»Ich wollte dich anrufen, aber ich dachte, dass es dich zu sehr aufregen würde. Vermutlich war das dumm von mir. Außerdem wurde mir nach dem, was passiert war, klar, dass es ein paar Dinge gibt, die ich allein verarbeiten muss.«

»Die Situation war … schrecklich verworren«, sagte sie. »Als ich dich am Tag meiner Scheidungsanhörung im Gerichtssaal entdeckte … wollte ich einfach nur sterben.« Kelsey wusste, wie schrecklich das klang, aber sie konnte den Horror, den sie an diesem elenden Tag durchlebt hatte, nicht anders in Worte fassen. Evan war der einzige Lichtstrahl gewesen, aber selbst sein Anblick hatte sie geschmerzt.

»Es tut mir leid, falls meine Anwesenheit es dir noch schwerer gemacht hat«, sagte er und holte sie zurück in die Gegenwart. »Dank unseres zuverlässig schlechten Timings war *ich* an jenem Tag für das Aushandeln von Absprachen zuständig.«

»Mach dir keine Gedanken. Ich war froh, dass du da warst, aber … ich kann es nicht erklären. Es war mir peinlich, so von dir gesehen zu werden.«

»Dir muss vor mir nichts peinlich sein. Haben wir nicht genug zusammen erlebt, um das nicht auch noch zu brauchen? Ich habe dir nie irgendetwas von dem, was geschehen ist, zur Last gelegt.«

»Das weiß ich. Aber mein Stolz war entsetzlich angeknackst. Ich glaube nicht, dass irgendjemand ihn hätte kitten können.«

Evan lächelte, und obwohl es nur ein niedliches Zucken seiner Mundwinkel war, kam es ihr vor, als würde die Sonne hinter Gewitterwolken hervorbrechen. Er zeichnete mit dem Finger den Schwung ihrer Wange nach. »Ich dachte das schon immer, aber jetzt erkenne ich klarer denn je, dass Todd komplett irre gewesen sein muss, dich gehen zu lassen. Er hat Feuer gegen Eis getauscht.«

Er konnte nicht ahnen, wie viel ihr diese Worte bedeuteten. Während sie sich seufzend das Hirn zermarterte, was sie darauf antworten sollte, griff sie geistesabwesend nach Evans Duschgel, drückte einen Klecks in ihre Hand und machte sich daran, seine Brust einzuschäumen. »Ich habe viel darüber gebrütet und bin schließlich zu der Erkenntnis gelangt, dass er und Courtney sich zueinander hingezogen fühlten, weil sie sich so ähnlich sind. Gleichgültig und selbstsüchtig. Aber …«

Evan wartete geduldig, was ihm dank ihrer Berührungen nicht allzu schwer zu fallen schien, denn er schloss lächelnd die Augen, als sie die Hände über seine Schultern und Oberarme gleiten ließ. Sie selbst fand ebenso Gefallen daran, besonders, als ihr sein konzentrierter, maskuliner Duft in die Nase stieg.

»Ich will ganz ehrlich sein«, fuhr sie zögerlich fort. »Jetzt, da ich … Ich hätte ihn nicht geheiratet, wenn ich gewusst hätte, was mir entgeht.«

Kelsey seifte ihn weiter ein, und er schnappte sich die Spülung, um ihre Haarwäsche abzuschließen. »Todd war dein Erster«, sagte er nach einer kurzen Pause. Es war nicht als Frage gemeint.

»Ja.« Sie beäugte ihn misstrauisch. »Das hat er dir doch nicht erzählt, oder?«

»Nein. Aber irgendwie wusste ich es immer … zumindest habe ich es geahnt. Du bist nie mit jemandem ausgegangen, hast dich nicht einmal für jemanden interessiert, bis er aufgetaucht ist.«

Wegen dir. Sie überlegte, ob Evan sie tatsächlich besser kannte als jeder andere. Manchmal kam es ihr so vor. Zumindest konnte niemand besser als er nachempfinden, was sie durchlitten hatte. Nicht Lisa, und auch nicht ihre Familie.

Er zog sie an sich, und ihr entschlüpfte ein Stöhnen, als sich ihre Lippen zu einem tiefen Kuss vereinigten, der so elektrisierend war, dass sie fürchtete, sie könnten unter dem fließenden Wasser einen Stromschlag bekommen. Seine Zunge zog kleine Kreise um ihre, und ihre Knie wurden puddingweich. Er drängte sie gegen die Wand der Duschkabine, und sie spürte überrascht, wie sein Penis sich an ihrem Bauch aufrichtete. Der Mann hatte Stehvermögen.

»Ich liebe es, wenn du unter meinen Berührungen erbebst«, flüsterte er. »Ich liebe es, wie schüchtern du bist, bis du mich brauchst und dich nicht mehr genierst, mir zu sagen, was du willst.«

Ich liebe alles an dir. Der Gedanke plumpste in ihren Kopf wie ein Stein in einen stillen Teich und schlug ebenso viele Wellen. Sie liebte definitiv alles, was sie in dieser Nacht getan hatten. Morgens musste sie ihn nur ansehen, wie er in Pyjamahosen und mit verstrubbelten Kopf seine E-Mails checkte, damit ihr die Knie weich wurden. Sie liebte es, dass er Linkshänder war. Er knabberte am Daumennagel, wenn er in ein Buch oder eine Fernsehsendung vertieft war, und auch das liebte sie an ihm.

Er wölbte die Hände um ihre Brüste und nahm sie in Augenschein. »Du bist noch schöner, als ich es mir vorgestellt hatte. Und ich habe mir eine Menge vorgestellt.«

»W-wirklich?«

»Oh ja. Es mag mich zu einem Schwein machen, dass ich der Frau meines Freundes in Gedanken die Kleider vom Leib gerissen habe, aber ich kam nicht dagegen an.« Er seufzte, und der Laut bescherte ihr eine Feuchtigkeit zwischen den Beinen, die nichts mit der Dusche zu tun hatte. Sie schloss die Augen, als er mit den Fingerspitzen über ihre Nippel fuhr, die durch die Massage des Wassers bereits steif geworden waren. »Rosafarben«, murmelte er. »Ich hatte mich das immer gefragt, dabei hätte ich es wissen müssen. Weich und zart, wie alles an dir.«

Eine seiner Hände wanderte nach unten und tastete nach ihrem Kitzler, der geschwollen zwischen ihren Falten hervorspitzte. Keuchend lehnte Kelsey den Kopf an die Wand, dann hob sie den Fuß und stemmte ihn gegen die Seite der Wanne, damit er leichter herankam. Ihre Muskeln strafften sich, als eine Fingerspitze über ihre pochende Knospe strich, ganz langsam, vor und zurück, und sie anschließend umkreiste, bevor sich das Muster wiederholte. Als ihre Knie nachzugeben drohten, klammerte sie sich an seinen prallen, hervortretenden Oberarmmuskeln fest.

»Aber das hier«, wisperte er an ihrem Ohr, seine Stimme fast eins mit dem Rauschen des herabprasselnden Wassers. »Ich hatte ja keine Ahnung, dass du dort unten nackt sein würdest. Gott, ich liebe es, es macht mich völlig verrückt. Ich hatte bisher nicht die Gelegenheit, zu Ende zu bringen, was ich angefangen habe. Ich werde dich lecken und an dir saugen, bis du dich in schimmernde Einzelteile auflöst. Du wirst morgen früh die Augen öffnen und merken, dass du gerade an meinem Mund kommst.«

Bevor die Lust jeden klaren Gedanken davonfegen konnte, blieb ihr noch Zeit, einen Vorsatz zu fassen: Sie würde Lisa zu einem Wellnesstag mit allem Drum und Dran einladen, wegen drei kleiner Worte, die sie zu ihr gesagt hatte. *Rasier dich, Mädchen.*

Ohne ihn loszulassen, glitt sie stöhnend und mit Knochen wie Gummi an der Wand entlang nach unten. Sie hätte sich nie träumen lassen, dass sie je einen Kollaps wegen sensorischer Überlastung erleiden würde. Evan fing sie auf und trug sie in seine Arme geschmiegt aus der Dusche, ohne das Wasser abzudrehen. »Du bist erschöpft, Baby.«

»Uh-huh.«

»Pst. Ich kümmere mich um dich.«

Kelsey bekam nur am Rande mit, wie er sie auf dem Bett ablegte und noch mal verschwand, um ihr ein Handtuch zu holen. Aber damit konnte sie sich jetzt nicht aufhalten. Sie rollte sich auf die Seite, mummelte sich in die Decke ein und sank bereits in einen friedvollen Schlummer, bis Evans Gelächter sie unsanft wieder zurückholte und er die Decke zurückschlug und ihre feuchte Haut der kalten, klimatisierten Luft aussetzte, ohne auf ihre gegrummelten Proteste zu achten. Er wickelte sie in ein Handtuch und frottierte mit einem zweiten energisch ihre Haare, bevor er es um ihre nassen Locken zu einem Turban drehte. Sobald sie zu seiner Zufriedenheit abgetrocknet war, hob er sie ohne jede Kraftanstrengung hoch, beförderte sie auf ihre Seite des Betts und deckte sie zu.

»Träum von mir, Baby«, war das Letzte, was sie ihn sagen hörte, bevor dunkle Wellen über ihr Bewusstsein schwappten und sie schließlich mit sich fortzogen.

Kelsey keuchte leise, ihr Kopf noch benommen vom Schlaf. Sie spürte ein Ziehen. Zwischen ihren Beinen. Ihr Körper fühlte sich schwer und geschwollen an, in ihrem Mund schmeckte sie Begierde. Sie dämmerte auf und wieder weg. Evan … Sie hatte von ihm geträumt. Tat es noch immer. Von der Lust, die er ihr verschafft hatte. Die ganze Nacht lang hatten sie Flashbacks gequält. Selbst jetzt noch stellte sie sich vor, wie sie die Beine spreizte und er das Gesicht zu der verborgenen Stelle dazwischen senkte. Es machte sie verlegen – hatte das schon immer getan –, weil es so intim war.

Wie im Fieber warf sie den Kopf hin und her. Sie spürte ihre Brüste, die Spitzen versteiften sich unter … nichts, nur Luft. Sie war nackt und nicht zugedeckt. Ihre Schenkel waren weit geöffnet, und sie hatte sich nie zuvor so ungeschützt, so entblößt gefühlt, aber gleichzeitig war es hocherotisch. Etwas Festes und Nasses zuckte über den empfindsamen, pochenden Lustpunkt zwischen ihren Beinen. Stöhnend drängte sie ihr Becken der Wonne ein klein wenig entgegen, dabei zwirbelte sie mit der Hand einen ihrer Nippel, während die andere nach unten wanderte, zum Epizentrum der Empfindung. So nah, so nah … Lippen schlossen sich um ihren Kitzler und saugten mit solch köstlicher Präzision daran, dass hinter ihren geschlossenen Lidern Sterne explodierten.

Es war genug, um Kelsey hellwach zu machen, gerade noch rechtzeitig, damit sie mitbekam, wie Evan die Schultern unter ihre Oberschenkel schob und ihre Falten mit den Daumen spreizte, um ihre zuckende Klitoris ganz in der feuchten Hitze seines Mundes baden zu können. Sonnenlicht durchflutete das Zimmer und enthüllte ihm jeden Zentimeter ihrer nackten Scham.

Es blieb keine Zeit für Verlegenheit, als er wieder an ihr saugte. Sie entlud sich in wilden Krämpfen. Evan penetrierte sie mit zwei Fingern, um ihre Kontraktionen zu fühlen, als sich jeder ihrer Muskeln straffte und sie beide Hände in sein seidiges Haar wühlte, sich daran festhielt wie an einer Rettungsleine, während sie von ihrer Ekstase übermannt wieder und wieder seinen Namen schrie.

»Mm«, machte er, als sie aufs Köstlichste befriedigt zurück auf die Matratze sank. Er rutschte nach oben und bedeckte sie mit seinem Körper. »Guten Morgen, mein Engel.« Er brachte sich in Position und stupste mit der Spitze seines Glieds spielerisch gegen ihre Öffnung. »Und er wünscht dir ebenfalls einen guten Morgen.«

»Oh, Evan«, ächzte sie und hob leicht die Hüften, um ihn einzulassen. Ihr Körper schien die Vereinigung zu suchen, ohne dass Kelsey bewusst daran beteiligt war. Doch als er in sie hineindrängte, zuckte sie zusammen, ihr wundes Fleisch gemahnte sie daran, dass sie letzte Nacht jede Menge zügellosen Sex genossen hatte, nachdem sie monatelang enthaltsam gewesen war.

»Alles okay, Süße?«

»Ich bin ein bisschen wund. Er sagte ›Guten Morgen‹, woraufhin sie meinte: ›Ist das dein Ernst?‹.«

Sein Lachen war spontan und ansteckend. Sie liebte den Klang so sehr. »Du bist echt zum Schießen. Soll ich – soll *er* aufhören?«

»Auf keinen Fall. Sie lässt ihm ausrichten, dass er es dieses Mal langsam angehen und sich in Zurückhaltung üben soll.«

»Ihr Wunsch ist ihm Befehl.« Evan nahm ihre Lippen mit einem Kuss gefangen. Sie schmeckte sich selbst, würzig und geheimnisvoll.

Er hielt sie fest in seinen Armen und wisperte zärtliche Worte, als er so behutsam in sie eindrang, dass ihre Scheidenmuskeln ihm kaum Widerstand entgegenbrachten. Sie war so feucht von ihrem Orgasmus, dass er mühelos in sie hineinglitt.

»Oh, Schatz«, stöhnte er, als ihre Hüften kollidierten. »Ist es gut für dich? Ich möchte dir nicht wehtun.«

Kelsey nickte. Sie machte sich viel mehr Gedanken über das enge Gefühl in ihrer Kehle und die Frage, ob gleich der nächste Damm brechen würde. Sie öffnete die Augen und sah ihn an, fest entschlossen, ihm ebenbürtig zu sein und sich nicht wieder in ein weinerliches Mädchen zu verwandeln. »Ich liebe es, wie du dich in mir anfühlst«, sagte sie leise. »Mehr könnte ich wahrscheinlich nicht aufnehmen, aber ich würde auch nicht weniger wollen. Es ist absolut perfekt.«

Evan bewegte das Becken ganz sachte, um ihrem geschwollenen Fleisch Zeit zu geben, sich wieder an seine Größe zu gewöhnen. »Oh mein Gott«, keuchte er. »Es fühlt sich an, als müsste ich explodieren, wenn ich mich bewege.«

Sie legte den Mund an sein Ohr. »Ich werde dir einen blasen, bevor das hier vorüber ist«, versprach sie und fuhr kurz mit der Zunge über die weiche Muschel. »Darum komm bloß nicht zu früh.«

Er wirkte für einen Moment perplex. Als sie sich wieder zurücksinken ließ, legte er ächzend die Stirn auf ihre. »Jetzt«, verlangte er. »Ich möchte, dass du mir jetzt einen bläst. Tust du es?« Als sie nickte, zog er sich aus ihr zurück, und sie beklagte insgeheim die Leere, die er zurückließ.

Kelsey konnte es nicht erwarten, die Lippen um ihn zu schließen. Kaum dass er gegen den Kissenberg lehnte, umfasste sie seine Hüften und leckte über seinen Schaft, schmeckte die Kombination aus ihren Säften und seinem köstlichen Fleisch. Stöhnend griff er mit der Faust in ihr Haar. Er war zu hinreißend, um es in Worte zu fassen. Ihre Hand ruhte in dem Nest dunkler Haare, als sie die Finger um seine Wurzel schloss und sich vorbeugte, um die Zunge um seine Eichel kreisen zu lassen und den salzigen Lusttropfen aufzulecken, der sich an der Öffnung gebildet hatte. Sie würde ihm noch mehr davon entlocken, schwor sie sich.

Ihre Zunge fuhr über seine ganze Länge, während er stöhnend die eine Hand ins Laken krallte und die andere in ihrem Haar ließ. Endlich legte sie mit aufreizender Gemächlichkeit die Lippen um ihn und nahm ihn bis zu ihrer Kehle auf, entspannte die Muskeln, um mehr von ihm zu bekommen.

»Du bist unbeschreiblich schön«, hörte sie ihn raunen, und als sie zu ihm hochschaute, stellte sie fest, dass er mit halb geschlossenen Lidern beobachtete, wie sie ihn ein- und ausgleiten ließ, wieder und immer wieder. Kelsey stellte sich vor, wie sie aus seiner Perspektive aussah, mit ihren vom Schlaf und Sex verstrubbelten Locken, die über seine Hüften und Schenkel flossen, ihre vom Küssen geröteten und geschwollenen Lippen, die seinen Schwanz umschlossen. Sie *fühlte* sich schön in diesem Moment. Zum ersten Mal seit … Jahren.

Er keuchte ihren Namen und wandte mit geschlossenen Augen das Gesicht zur Decke. Seine Faust verkrampfte sich in ihrem Haar, als seine Hüften Kelseys Rhythmus aufnahmen und sie die Hand um seinen Hodensack legte. Die gerunzelte Haut zog sich unter ihren streichelnden, sanft massierenden Berührungen zusammen. Sie saugte ihn tiefer in ihren Mund, übte Druck mit der Zunge aus. Er hob und senkte fortwährend sein freies Knie, als könnte er nicht still liegen, während sie ihn oral verwöhnte.

»Baby, ich komme gleich …« Er löste die Hand aus ihren Locken und krallte die Finger ins Laken. Bestimmt dachte er, sie würde jetzt aufhören. Dummer Junge. Welche Frau würde dieses himmlische Erlebnis nicht bis zum Letzten auskosten wollen?

Seine Hüften zuckten, und sein Körper verkrampfte sich, als sich der erste Schwall in ihren Mund entlud, aber Kelsey ließ nicht von ihm ab, sondern saugte jeden kostbaren Tropfen aus ihm heraus, dabei entfuhr ihr ein Stöhnen, als ihre Vagina sich zusammenzog, wie um sich zu beschweren, weil ihr Mund das ganze Vergnügen hatte. Seine Hände fuhren wieder in ihr Haar, während er abwechselnd Zärtlichkeiten raunte und vor Lust fluchte.

Schließlich ließ er sich völlig verausgabt zurücksinken. Ihr Mund gab ihn frei, dann rutschte sie nach oben und kuschelte sich an ihn. Er schloss sie zärtlich in die Arme, und seine Atmung beruhigte sich allmählich.

»Ich glaube, du hast mir einen Exorzismus angedeihen lassen«, sagte sie nach einigen Momenten der Stille. Evan küsste sie auf die Stirn, und sie tastete lächelnd nach ihrem Gesicht, weil es sich *taub* anfühlte. Sie musste sich vergewissern, dass es noch funktionierte, dass sie keinen Schlaganfall erlitten hatte.

»Du schwebst ernsthaft in Gefahr, dass ich dich hierbehalte und dir von Hawaii keinen Millimeter mehr außerhalb dieses Schlafzimmers zeige«, erwiderte er. »Aber ich fürchte, das kann ich nicht mit meinem Gewissen vereinbaren.«

Kelsey fand die Idee spitze.

»Außerdem«, fuhr er fort, seine Stimme ein dunkles Grollen in seiner Brust, »brauche ich ausreichend Proteine, andernfalls werde ich die restliche Woche nicht mit dir mithalten können. Bist du hungrig?«

»Wie ein Wolf.« Wie aufs Stichwort begann ihr Magen zu knurren.

»Das ist gut.« Lächelnd küsste er sie. »Ich werde gleich den Zimmerservice anrufen. Sobald sich mein kraftloser Körper dazu aufraffen kann, aus dem Bett zu steigen.«

Offenbar arbeitete ihr Gehirn aufgrund des Nahrungsmangels oder der sexuellen Ausschweifungen auf Sparflamme, denn es dauerte eine Weile, bis sie realisierte, was Evan gerade gesagt hatte. *Die restliche Woche.*

Falls sie geglaubt hatte, dies sei ein One-Night-Stand, hatte sie sich etwas vorgemacht. Es war genau das passiert, was sie am meisten gefürchtet hatte. Sie hatte sich nicht mit dem Herzen darauf einlassen wollen. Aber wenn sie sich die nächsten vier Tage von Evan Ross das Hirn rausvögeln lassen würde, so wie letzte Nacht, sah sie keinen anderen Ausweg.

Ich muss über ihn hinwegkommen, dachte sie. *Wir streben jetzt Option vier an. Endlich hatte ich meine Chance, und mehr wollte ich nicht. Wir kehren nach Hause zurück, und dann wird …*

… nichts mehr so sein wie früher. So viel stand fest. Ihre Optionen zerrannen ihr zwischen den Fingern.

Oh Gott, ihr Job. Evan würde sich nächste Woche vor Gericht mit ihrem Boss duellieren, und Jack würde sie dort brauchen. Wie um alles in der Welt sollte sie das durchstehen? Als sie Evan mit dieser Frage konfrontierte, ließ er ein grollendes, anzügliches Lachen hören.

»Ich sage dir, wie«, murmelte er an ihrem Ohr, und eine Gänsehaut rieselte über ihre Arme. »Du wirst keinen Slip unter deinem Rock tragen. Du wirst zusehen, wie ich deinen Boss in der Luft zerreiße, und dabei wissen, dass ich dich in der Mittagspause in mein Büro verschleppe, wo ich dich über meinen Schreibtisch beugen, dir den Rock hochschieben und dich vögeln werde, dass dir Hören und Sehen vergeht. Ich werde dich erst kommen lassen, wenn ich dazu bereit bin.«

Kelsey hatte Mühe, einen klaren Gedanken zu fassen. »Da werden sie sich aber mächtig ins Zeug legen müssen, Mr Ross.«

»Oh, das werde ich. Anschließend gehst du zurück an die Arbeit und versuchst, der Gegenseite zum Sieg zu verhelfen. Mit geröteten Wangen und innerlich glühend, so wie jetzt gerade. Ich werde es genießen, dir zuzusehen, und mich dabei an all die schmutzigen Dinge erinnern, die dein hübscher Mund gerade zu mir gesagt hat. Ich werde wissen, dass du noch immer feucht von mir bist, noch immer spürst, wie ich mich in dir bewege. Und die anderen werden keine Ahnung von uns haben … es sei denn, du willst, dass sie es wissen.«

Gott stehe ihr bei. Es war zu spät – sie liebte diesen Mann. Morgens neben ihm aufzuwachen, mit ihm Kaffee zu trinken, mit ihm zu schlafen. Die letzten paar Tage hatten dazu geführt, dass sich die Lücken in ihren Fantasien schlossen. Der reale Evan war noch tausendmal besser als ihr Traum-Evan. Oh Mann, sie steckte bis zum Hals in der Klemme.

7

Es war kein Jux gewesen. Evan hätte wirklich den ganzen Tag mit Kelsey im Bett verbringen können. Aber sie hatte letzte Woche erwähnt, dass sie gern eine Delfintour unternehmen wollte, und an diesem Vormittag hatten sie eine Reservierung. Kelsey würde ihre Delfine bekommen.

Er ließ ihnen Frühstück aufs Zimmer servieren, während sie unter der Dusche stand. Er fühlte sich wie ein Schuft, weil er sie gestern Abend nicht gefüttert hatte, aber Essen war das Letzte gewesen, wonach ihm der Sinn gestanden hatte. Sie hatte ihn in ein wildes Tier verwandelt.

Als er hörte, wie die Badezimmertür aufging, hob er gerade ihre noch immer feuchten Klamotten vom Fußboden im Schlafzimmer auf. »Das Frühstück steht im Wohn–«

Ihm versagte die Stimme, weil er aufgeblickt hatte, als sie herausgekommen war. Es war noch immer ein Schock, sie vollständig nackt zu sehen. Ihr langes, dunkles Haar floss über ihren gebräunten Rücken, als sie zum Schrank ging, um etwas zum Anziehen herauszusuchen. Seine Atmung, sein Herz, das ganze Universum … schien stillzustehen. Nein, er wusste nicht, ob er sich je daran gewöhnen würde, sie so zu sehen. Aber es bestand kein Zweifel daran, dass es ihm gefiel.

Kelsey schien sein Unbehagen zu spüren und warf ihm ein strahlendes Lächeln zu. »Geht's dir gut?«

»Mehr als das.« Evan schluckte.

Mit einem mädchenhaften Kichern wandte sie sich wieder ihrer Garderobe zu. »Hm, was soll ich anziehen?«

»Etwas, das ich dir mühelos vom Leib reißen kann.«

Sie ignorierte den neckischen Kommentar. »Wir werden bei den Delfinen schnorcheln, nicht wahr? Da eignet sich mein Bikini mit einem Sarong darüber am besten.«

Zur Hölle mit den Delfinen. Und dem Bikini. Und dem Sarong. Er wollte sie ins Bett zerren und den ganzen Tag zwischen ihren geschmeidigen, bronzefarbenen Beinen verbringen. Er liebte es, wie sie sich um seine Hüften verkrampften, wenn sie kurz vor dem Höhepunkt war.

Kelsey nahm die Sachen heraus und drehte sich zum Bett um, dabei funkelte ihr Nabelring in den Sonnenstrahlen, die zum Fenster hereinfielen. »Du solltest dich lieber fertig machen«, schalt sie ihn und drohte mit dem Finger.

Der Ton, der aus seiner Kehle drang, konnte nur als ein Knurren bezeichnet werden. Ein Lächeln umspielte ihre vollen Lippen, als sie in das Bikinihöschen stieg, es hochzog und damit viel zu schnell die süße Stelle verbarg, die er so gern ein weiteres Mal kosten wollte. Aber sie sah unbeschreiblich sexy aus mit dem kleinen, pinkfarbenen Fähnchen um die Hüften und den herrlichen, nackten Brüsten.

»Komm her«, forderte er sie auf.

»Evan!«

»Komm her.«

Sie gehorchte, und er setzte sich aufs Bett und zog sie zwischen seine Knie. Der Duft nach Heckenkirsche drang ihm in die Nase; er wusste inzwischen, dass er von ihrer Körperlotion stammte, und die Vorstellung, wie sie sich damit einrieb, war dazu angetan, ihm schlaflose Nächte zu bereiten. Er sah, wie sie schluckte und ihre Brust reglos wurde, als ihr der Atem stockte. Gut so. Ihre Nippel befanden sich fast auf Augenhöhe. Er beugte sich vor und leckte über einen, fühlte, wie er sich unter seiner Zunge aufrichtete, dann wandte er sich dem anderen zu und entlockte ihm dieselbe Reaktion. Aufstöhnend vergrub Kelsey die Hände in seinem Haar, und ihre Knie gaben nach, was er daran erkannte, dass sie sie Halt suchend gegen den Bettrahmen presste. Er zog eine Spur von Küssen über ihren Bauch, dann glitt er tiefer, bis zum Saum ihres Höschens. Sanft zog er es mit den Daumen nach unten, dann ließ er die Zunge um ihren Kitzler kreisen, bis sie keuchend über ihm zusammensackte.

Plötzlich hörte er auf und zog das Bikiniunterteil wieder hoch. »Ich musste mich nur verabschieden, bevor du dich für den Rest des Tages verhüllst.«

Sie schnappte nach Luft und brach in Gelächter aus. »Du Lump!«

Er quittierte das mit einem lasziven Lächeln, ähnlich denen, die sie ihm den ganzen Morgen über zugeworfen hatte, und zog sie zu einem Kuss zu sich heran. »Betrachte es als einen Gutschein für später.«

Die Speicherkarte seiner Kamera musste fast voll sein, so viele Fotos hatte Evan geknipst, aber Kelsey mit den Delfinen schmusen zu sehen, war einfach zu entzückend gewesen. Sie jauchzte vor Freude, als der Erste an sie heranschwamm und sich von ihr berühren ließ. Behutsam streichelte sie seine lange Schnauze, dann beugte sie sich hinunter und hauchte einen Kuss auf die Spitze. Er schnatterte verzückt und bewegte den Kopf auf und ab, dabei sah er aus, als würde er lächeln.

Evan konnte es ihm nicht verdenken. Er glaubte nicht, dass er sein närrisches Grinsen heute noch aus dem Gesicht kriegen würde.

»Er fühlt sich an wie ein hart gekochtes Ei«, kommentierte sie lachend. »Evan! Du hast genügend Fotos geschossen. Komm ins Wasser.«

»Es macht einfach zu viel Spaß, dir zuzusehen.«

»Jetzt gib dir einen Ruck. Hier sind keine Haie«, neckte sie ihn mit einem Augenzwinkern.

»Dafür wirst du büßen, dass du meine Phobien herausposaunst.«

»Ich verlass mich darauf.«

Grinsend schnappte er sich seine Taucherbrille samt Schnorchel und sprang vom Boot in das badewannenwarme Wasser. Kelsey und ihr neuer Freund hatten ein Publikum angelockt, und sie machte Platz, als mehrere Kinder sie umringten, um den Delfin anzufassen. Ein kleiner Junge traute sich nicht, bis Kelsey seiner Mutter half, ihn dazu zu überreden, seine Patschhändchen auf die Nase des Tümmlers zu legen.

Sie war klug, hübsch, warmherzig und gut im Umgang mit Kindern. Das hatte er immer gewusst. Außerdem eine Granate im Bett. Damit hatte er allerdings nicht gerechnet. Wann immer er sich ausgemalt hatte, wie Sex mit Kelsey sein würde, waren ihm die Adjektive gut, warm und zärtlich eingefallen. So, wie sie eben war. Aber tatsächlich war es eine Erfahrung von nuklearer Sprengkraft gewesen, die ihn und jeden seiner Trugschlüsse über sie in Asche verwandelt hatte.

Sie kam auf ihn zu, und erst jetzt merkte er, dass er nicht länger auf sie zuschwamm, sondern sie nur noch ansah.

»Alles okay?«, erkundigte sie sich, als sie ihn erreichte.

»Ja.«

»Das war echt sagenhaft.«

Evan räusperte sich und versuchte, den Sturm der Gefühle, der in seinem Herzen tobte, in den Griff zu bekommen, bevor ihm etwas Rührseliges entschlüpfen konnte. »Wir sollten mal im Winter herkommen, dann können wir die Wale beobachten. Das würde dir sicher gefallen. Letztes Mal, als ich hier war, haben wir einen Buckelwal gesehen.«

Ihre nassen, glatt nach hinten fallenden Haare betonten ihre prägnanten Wangenknochen und ihre reizende Stirn. Sie sah hinreißend aus. Das leuchtende Blau des Wassers hob die tiefen Schattierungen in ihren grauen Augen hervor. Sie strahlte hell wie die Sonne an diesem Morgen. Offenbar tat er ihr gut. »Das würdest du also gern machen, hm?«, fragte sie und kniff ihn spielerisch in den Arm.

»Unbedingt«, sagte er aufrichtig.

»Doch, das würde mir gefallen.«

Das war keineswegs eine verbindliche Zusage … aber es mochte in diese Richtung deuten. Evan holte tief Luft. Die Landschaft um sie herum glich einem Postkartenmotiv. Er hatte das alles schon früher gesehen, es aber nicht annähernd so sehr genossen wie jetzt, mit Kelsey. Diese Erkenntnis war berauschend und Furcht einflößend zugleich. Sie hatte ihm immer so viel bedeutet, dass es ein wahnsinniges Risiko bedeutete, diesen Schritt tatsächlich zu wagen. Er sagte sich, dass sie Zeit hatten, dass er es nicht überstürzen sollte, aber er glaubte nicht, dass er das schaffen würde. Nach dem Punkt, den sie letzte Nacht erreicht hatten, gab es nur noch alles oder nichts. Ein Zurück zu dem, was früher gewesen war, kam nicht infrage. Er konnte nur hoffen, dass er wusste, worauf er sich da einließ.

Sie schnorchelten, bewunderten die Korallenriffe und die Meeresschildkröten, die zu ihnen geschwommen kamen, um die Besucher neugierig in Augenschein zu nehmen. Anschließend gingen sie zusammen mit den anderen Touristen wieder an Bord. Kelsey kuschelte sich an ihn, und er legte ihr den Arm um die Schulter. Sie liebte es, sein Gewicht zu spüren. Sie liebte die Schönheit, die sie umgab. Die Sonne, die ihre Haut wärmte, der Wind, der ihre Locken trocken blies. In Momenten wie diesen war das Leben wirklich lebenswert. Falls sie in der realen Welt auch nur eine einzige Sorge hatte, konnte sie sich nicht daran erinnern.

Entspannt beobachteten sie, wie die mit rosafarbenen Glanzlichtern gekrönten smaragdgrünen und saphirblauen Wogen unter ihnen dahinglitten, als in der Tasche neben ihren Sandalen ihr Handy klingelte. Kelsey bückte sich und zog es heraus, dann schmunzelte sie, als sie die Nummer auf dem Display las. »Es ist Lisa. Wehe, wenn sie das Baby ohne mich gekriegt hat.«

»Du weißt, dass ich deine Freundin das Fürchten gelehrt habe, als sie noch Jacks Anwaltsgehilfin war?«

»Ja, das habe ich gehört. Wieder und wieder.« Lachend klappte Kelsey das Handy auf. »Lisa! Sag es nicht!«

Ihre Freundin klang erschöpft, aber glücklich. »Tut mir leid, Schätzchen. An mir hat's nicht gelegen. Sie wollte einfach nicht auf dich warten.«

Aufgeregt drückte sie Evans Hand. »Oh mein Gott! Herzlichen Glückwunsch! Wann?«

»Letzte Nacht. Dieses Mal mit Kaiserschnitt. Kannst du das glauben? Beim Dritten sollte man meinen, dass es einfach wie ein kleiner Fallschirmjäger herausplumpst. Aber nein. Ich habe Daniel gesagt, dass meine Gebärmutter jetzt offiziell im Ruhestand ist. Er machte keinen allzu unglücklichen Eindruck.«

Kelsey war seit der »Fallschirmjäger«-Bemerkung nicht mehr aus dem Lachen herausgekommen. »Aber es ist alles gut gegangen?«

»Abgesehen davon, dass ich ausgeweidet wurde wie ein Fisch? Sicher. Und sie ist natürlich anbetungswürdig. Wir haben sie Meagan Rose genannt, wie geplant. Sie wiegt dreieinhalb Kilo, hat jede Menge dunkle Haare, große blaue Augen … wenn sie sie mal aufmacht. Und meine Lungen.«

»Gott steh dir bei.«

»Das kannst du laut sagen. Jedenfalls ist es überstanden. Wie läuft's bei dir?«

»Großartig. Es ist fantastisch hier. Wundervolles Wetter. Wir haben irre viel Spaß.«

Lisa legte einen verschwörerischen Ton in ihre Stimme. »Und wie sind die Wellen so?«

Kelsey staunte darüber, dass Lisa sich zu einem solchen Zeitpunkt für »Wellen« und alles, was damit zusammenhing, interessierte. Und Evan würde es wahrscheinlich komisch vorkommen, wenn sie jetzt anfinge, über *Tsunamis* oder *Sturmfluten* oder gigantische *Monsterwellen* nach Art des *Poseidon,* die ihr Schiff umzuwerfen drohten, zu schwadronieren. Sie hielt ihre Stimme so neutral wie möglich. »Phänomenal.«

Lisa quittierte das mit einem glockenhellen Lachen, gefolgt von einem schmerzerfüllten Grunzen. Das arme Ding. »Da siehst du mal. Ich hatte es dir ja gesagt. Irgendwann wirst du noch lernen, auf mich zu hören. Weil ich mich nämlich mit so was auskenne. Ist Evan bei dir? Gib ihn mir mal, den Adonis. Ich verspüre das Bedürfnis, ihn ein bisschen zu quälen, nicht zuletzt, weil er mich bei unserer letzten Begegnung als schwangeren Drachen tituliert hat.«

Mist. »Lisa, bitte ...«

»Oh, keine Sorge, ich werde nicht durchblicken lassen, dass ich weiß, wie wild ihr es treibt.«

»Bleib dran.« Kelsey streckte Evan das Handy hin. »Sie will dich sprechen.«

»Sag bloß.« Grinsend nahm er es entgegen. »Lisa Scott! Verdammt, Weib, was fällt dir ein, mein Baby zu gebären, während ich gerade verreist bin? Ich bin außer mir!«

Trotz der Entfernung zum Handy und ihres lauten Kicherns konnte Kelsey Lisas empörten Aufschrei hören. Evan setzte sein teuflischstes Grinsen auf, als er Lisas sehr wahrscheinlich vor Obszönitäten strotzender Antwort lauschte. Bei aller Schlagfertigkeit gelang es ihr nie ganz, ihn zu übertrumpfen. Kelsey überkam die bange Vorahnung, dass Lisa *jetzt* nicht mehr würde widerstehen können, Evan ihr Wissen zu enthüllen. Das Telefonat trug ihnen amüsierte Blicke seitens der anderen Passagiere ein. Kelsey bekam nur Evans Teil mit.

»Mit Delfinen gespielt … Ja, ich besorge dir ein Foto davon … Sei versichert, dass ich gut auf sie aufpasse und sie nicht auf irgendwelchen Tresen tanzen lasse. Du weißt ja, wie sie ist.« Er lachte, als Kelsey ihn in den Arm boxte, und gab ihr das Handy ein paar Minuten später zurück, nachdem er Lisa aufrichtig zu ihrem neu geborenen Baby gratuliert hatte.

»Manchmal kann ich kaum glauben, dass dieser Verrückte derselbe Mann ist, der eine ganze Jury zu Tränen rühren kann, während Jack mit bloßen Händen Bleistifte zerbricht. Bestimmt sind bei mir ein paar Fäden gerissen, so sehr hat er mich zum Lachen gebracht.«

»Ja, ich weiß.« Kelsey *musste sich auf die Zunge beißen, um nicht hinzuzufügen: Ist er nicht umwerfend?*

»Du bist sicher, dass du es mit ihm aufnehmen kannst?«

»Ich gebe mein Bestes.«

»Braves Mädchen. Weißt du, trotz meines neuen Wonneproppens habe ich mich vorhin müde und wund und ein bisschen deprimiert gefühlt, aber ihr zwei habt mich wieder aufgemuntert. Ich wünsche dir alles Glück der Welt, Kelsey, das tue ich wirklich. Ich fand schon immer, dass ihr ein tolles Paar abgeben würdet, wenn ihr euch endlich zusammenrauft.«

»Danke. Ich kann es nicht erwarten, meine neue Nichte kennenzulernen.« Sie beendeten das Gespräch, und Kelsey packte das Handy weg, ihre Lippen umspielte noch immer ein Lächeln. »Ich freue mich so sehr für sie und ihre Familie.«

»Es sind gute Menschen.« Evan zog sie wieder an sich und drückte ihr einen Kuss aufs Ohr. Sie wandte sich ihm zu und umarmte ihn.

»Ich weiß nicht, was ich nach der Sache mit Todd ohne sie angefangen hätte. Ich muss hier unbedingt noch etwas für das Baby kaufen.«

»Wenn du möchtest, sehen wir uns heute Nachmittag mal in den Geschäften um.« Evan deutete aufs Wasser, wo einer der Delfine eine Show für sie abzog, als wollte er sie beschwören zu bleiben. Kelsey schnappte sich ihre Kamera und knipste ein Foto.

»Das würde mir Spaß machen.« Die Vorstellung, mit Evan Babykleidung zu shoppen … Bizarrer konnte es kaum noch werden.

»Ich hoffe, es hat dich nicht geärgert, als ich so mit ihr herumgeflachst habe«, murmelte er an ihrem Ohr. »Ich habe nicht nachgedacht, bevor ich das gesagt habe. Aber bei dieser Art von Sprüchen geht ihr immer so schön der Hut hoch.«

»Nein, es hat mich nicht geärgert. Ich fand es urkomisch.« Kelsey schluckte den Rest ihrer Antwort runter, weil sie ihn nicht kränken wollte. Sie war kein labiler Mensch, der nicht mit einem Witz umgehen konnte, auch wenn es manchmal den Anschein erweckte. Evan neckte Leute einfach gern, anders kannte sie ihn nicht. Aber seine Sorge rührte sie, daher ließ sie das Thema fallen. Es war das erste Mal, dass er sich in dieser speziellen Hinsicht überhaupt Gedanken machte. Normalerweise schien es ihm komplett am Allerwertesten vorbeizugehen, was andere von ihm hielten.

Der konstante Strom versteckter Anspielungen, mit denen er die Menschen um ihn herum bedachte, war einer der Gründe, warum sie es nie ernst genommen hatte, wenn er mit ihr flirtete. Warum sie immer gewusst hatte, wie gefährlich es war,

Gefühle für ihn zu hegen. Sie hätte sich vielleicht eher darauf eingelassen, hätte sie nicht gewusst, dass er seiner jeweiligen Partnerin immer absolut treu war. Ihr Herz schlug übermütige Volten bei der Vorstellung, dass sie jetzt diese Rolle einnahm.

Um sie herum auf dem Boot herrschte lebhaftes Stimmengewirr, aber in Evans Armen war sie in ihrer eigenen Welt. Das Brummen des Motors und die Gischt des Wassers waren real, doch das Einzige, was für sie zählte, war diese solide Brust unter ihre Wange. Sie hätte dort schlafen können, geborgen wie ein Kätzchen. Womöglich döste sie sogar ein wenig, denn verschwommene Gedankenfetzen trieben träge durch ihr Bewusstsein.

Als sie endlich den Kopf hob, legten sie gerade am Dock an. Ihnen gegenüber saßen zwei sehr hübsche Mädchen im Collegealter. Sie hatten am meisten über Evans Schlagabtausch mit Lisa gelacht. Eins von ihnen lächelte ihnen nun zu.

»Sie beide sind echt süß zusammen. Sind Sie in den Flitterwochen?«

Kelsey fühlte, wie ihr die Röte in die Wangen stieg, und schüttelte den Kopf.

»Nein, wir sind nur gute Freunde«, behauptete Evan verschmitzt und zwickte Kelsey in die Seite. Sie kicherte und gab ihm einen Schubs, woraufhin er sie an sich zog und sie leidenschaftlich küsste.

Wie durch einen Nebel hörte Kelsey das Mädchen zu seiner Freundin sagen: »Ich glaube, ich brauche auch einen guten Freund wie den da.«

Sie unternahmen einen Einkaufsbummel durchs King's Village. Bei Sonnenuntergang war die kleine Meagan stolze Besitzerin einer kompletten Garderobe … die ihr zumindest die ersten sechs Monate ihres Lebens reichen dürfte. Nachdem sie einmal angefangen hatten, schienen sie nicht mehr aufhören zu können.

Evan wollte noch bleiben, um Kelsey die Wachablösung zu zeigen, aber so eindrucksvoll sie die Präzision der Bewegungen auch fand, konnte sie sich kaum auf etwas anderes besinnen als auf Evans Hand, die ihre hielt. Es war hinreißend, wie er für Meagan eingekauft hatte. Kelsey verspürte eine Wärme in der Brust, die es ihr schwer machte zu atmen, ohne Gefahr zu laufen, dass ihr dabei eine Liebeserklärung entschlüpfte, die diesen friedvollen Tag ruinieren könnte. Die Geborgenheit, die sie bei Evan gefunden hatte, schien so fragil. So kostbar, dass sie fürchtete, sie könnte ihr durch die Finger rinnen und für alle Zeiten verloren sein. Vermutlich würde dieses Gefühl anhalten, bis es Gewissheit zwischen ihnen gäbe, aber indem sie ihn danach fragte, würde sie riskieren, dass sie in noch weitere Ferne rückte.

»Ich finde übrigens, dass du viel zu viel zartes Rosa gekauft hast«, zog er sie auf der Rückfahrt zum Hotel auf.

»Also, jetzt hör mal, Lisa hat ein *Mädchen* bekommen.«

»Na und? Meine Tochter wird Tarnfarben tragen. Sie wird taff sein. Ich werde sie mit auf die Jagd nehmen. Sie wird den Jungs zeigen, wo der Hammer hängt.«

»Schon klar«, antwortete sie lachend. »Nur leider habe ich in den Läden nicht allzu viel in Tarnfarbe entdeckt. Aber solltest du mal eine Tochter haben, steht eins mit Sicherheit fest: Sie wird dich um das hier wickeln.« Sie reckte den Mittelfinger.

»Da kann ich dir nicht widersprechen.« Evan setzte den Blinker und bog auf den Hotelparkplatz ein. »Todd und du, habt ihr je über Kinder gesprochen?«

»Nicht so richtig. Das war eins der Themen, die, wenn sie mal auf den Tisch kamen, schnell fallen gelassen wurden.«

»Ich schätze, ich muss nicht erst fragen, wer sie fallen ließ.«

Kelsey zuckte die Achseln. »Man kann es niemandem zum

Vorwurf machen, wenn er keine Kinder möchte. Das ist eine persönliche Entscheidung.«

»Courtney wollte auch keine. Doch das fand ich erst raus, nachdem ich ihr einen Antrag gemacht hatte. Wir sind unablässig um dieses Thema gekreist. Nicht, dass ich sofort welche wollte, aber irgendwann schon. Ich habe es nicht über mich gebracht, die Verlobung wegen einer Sache zu lösen, von der ich hoffte, dass sie ihre Meinung darüber irgendwann ändern würde.«

»Klingt ganz, als wäre die Beziehung der beiden im Himmel gestiftet. Wahlweise an einem anderen, heißeren Ort«, grummelte Kelsey und schaute aus dem Fenster. »Kann ich dich etwas fragen? Du musst nicht antworten.«

»Schieß los.«

»Du hast es auch früher schon mit einigen Mädchen ziemlich ernst gemeint. Was war an Courtney so anders, dass du ausgerechnet sie gefragt hast, ob sie dich heiraten will?«

Evan schien einen Moment darüber nachzudenken, also würde er ihr zumindest keine Abfuhr erteilen. Kelsey fragte sich, ob er ihr stattdessen ausweichend antworten würde. »Ich bin nicht sicher, ob es wirklich daran lag, dass sie anders war. Vielleicht war ich es.«

»Wie meinst du das?«

»Du weißt schon. Ich war beruflich erfolgreich, wurde älter, hatte es satt, durch die Betten zu turnen … ich war bereit, mich niederzulassen. Und Courtney war eben gerade zur Stelle.«

»Es muss mehr dahintergesteckt haben als das.«

»Keine Ahnung. Wir hatten Spaß zusammen, kamen meistens gut miteinander aus, unsere Familien mochten sich …« Evan verstummte, als er in eine freie Parklücke einscherte. Er schaltete den Motor aus und schaute sie an. »Eigentlich willst du mich fragen, ob ich sie geliebt habe, richtig?«

Kelsey zuckte mit den Schultern, und ihre Wangen begannen zu glühen. »Es geht mich zwar nichts an, aber ja.«

»Geliebt wäre zu viel gesagt. Natürlich hegte ich Gefühle für sie, aber heute weiß ich, welch schlimmer Fehler es gewesen wäre, sie zu heiraten. Wahrscheinlich wusste ich es insgeheim schon damals, bevor alles zu Bruch ging. Ich wäre zu einem Leben in Zufriedenheit verdammt gewesen. Mehr nicht.«

Evan durfte sich glücklich schätzen, dass dieser Kelch an ihm vorübergegangen war. Könnte sie das doch nur auch von sich behaupten.

»Hey.« Er streckte die Hand aus und streichelte ihr Haar. »Ich wollte keine Erinnerungen aufwühlen.«

Sie drehte sich zu ihm um und betrachtete sein wunderschönes, liebes Gesicht. Die untergehende Sonne zauberte helle Tupfen in seine grünen Augen. Der Anblick raubte ihr den Atem. »Nein, ist schon gut. Ich hatte dich danach gefragt. Und du hast recht, ich muss das alles hinter mir lassen.«

Er spielte mit ihren Fingern, massierte sie der Reihe nach mit dem Daumen. »Das hast du noch immer nicht so ganz, oder?«

Kelsey zuckte abermals mit den Achseln und hielt den Blick auf ihre ineinander verschlungenen Hände gesenkt. »Es war ein solches Tohuwabohu. Meine Mutter flehte mich an, nach Hause zurückzukommen, aber das konnte ich nicht. Ich sagte ihr, dass noch so eine Riesenveränderung mir den Rest geben würde.« Sanft streichelte Evan sie weiter, während sie fortfuhr. »Und all die bösen Worte, die Todd und ich uns an den Kopf geworfen haben. Es war die reinste Achterbahnfahrt, zivilisiert im ersten Moment, hasserfüllt im nächsten. Es gibt nur einen positiven Aspekt an dem Ganzen: Gott sei Dank haben wir keine Kinder bekommen.«

»Ja, das war vermutlich besser so«, pflichtete er ihr in beschwichtigendem Tonfall bei. Kelsey fiel auf, dass er seine Staatsanwaltsstimme benutzte. Normalerweise gebrauchte er sie, wenn er aufgelöste Opfer im Zeugenstand befragte. Er musste denken, dass sie komplett einen an der Klatsche hatte.

»Ich weiß, dass ich nicht die einzige Frau auf der Welt bin, die eine Scheidung erlebt hat. Und ich bin auch nicht die einzige Frau, die je betrogen wurde. Ich wünschte, ich könnte es einfach abschütteln, so wie andere es zu tun scheinen.«

»Wüsste ich es nicht besser, würde ich denken, du hast es getan. Wann immer ich dich irgendwo sehe, lächelst du und kommst klar. Also sind diese anderen vielleicht auch nicht so sehr darüber hinweg, wie es den Anschein hat.«

Sie schnaubte, war froh darüber, dass sie nicht weinte. Und sie wollte nicht damit anfangen. »Du aber schon.«

»Meinst du? Auch ich trage Schmerz in mir.«

»Dann verbirgst du ihn gut.«

»Genau darauf will ich hinaus.«

»Ich muss schrecklich schlecht darin sein, meinen zu übertünchen. Zumindest war ich es in dieser Woche.« Als sie ihn ansah, hatte sie das Gefühl, als stünde die Tür zu seiner Seele einen Spaltbreit offen. Sie wollte sie ganz aufstoßen. »Erzählst du mir von deinem Schmerz?«

Evan seufzte tief. »Das kann ich nicht, Süße. Vielleicht eines Tages.«

»Wieso nicht? Ich bin wie ein verdammtes offenes Buch für dich und –«

»Viele Dinge schmerzen mich. Was die beiden getan haben … ja, das hat höllisch geschmerzt. Nachdem ich Courtney an jenem Abend nach Hause gebracht hatte, hielt ich es nicht in ihrer Nähe aus. Nicht, dass ich befürchtete, ich könnte ihr wehtun oder so, aber ich ertrug ihre Gegenwart nicht. Sie folgte mir durchs Haus und bettelte mich an, sie anzuhören, aber ich konnte nicht mal mehr den Klang ihrer Stimme aushalten.«

Kelsey nickte. Das verstand sie vollkommen. Nur dass Todd nie gebettelt hatte. Evan sagte ihr nicht alles, aber sie würde ihn nicht bedrängen. Es versetzte ihr einen Stich, dass es etwas gab, das er ihr nicht anvertrauen wollte, doch sie hatte sich vergangene Nacht desselben Vergehens schuldig gemacht.

»Aber etwas *muss* ich dir sagen, Kelsey. Vielleicht ist es wichtig für dich, vielleicht auch nicht, jedenfalls wäre es nicht richtig, es dir vorzuenthalten.«

Ihr Puls schnellte in die Höhe. »Was denn?«

»Sie sind nicht mehr zusammen.«

Gut. Das geschieht ihnen recht. »Ach. Warum nicht?«

»Courtney sagt, weil er dich vermisst.«

»Das ist höchst unwahrscheinlich«, spottete sie.

»Glaubst du das wirklich? Weil nämlich, Schatz . .« Seine liebkosenden Fingern glitten ihren nackten Arm hinauf, bis zu ihrer Schulter. »… ich dich vermissen würde. Ich würde dich wie verrückt vermissen. Darum verstehe ich nicht, wie irgendein Mann mit einem schlagenden Herzen das nicht tun könnte.« Die Finger seiner anderen Hand strichen über ihren Schenkel, dann unter den Saum ihres Rocks. Diese winzige Berührung reichte, dass sie die Beine für ihn spreizen wollte, gleich hier im Wagen. Sein Mund eroberte ihren in einem feurigen Kuss, wonach sie sich schon den ganzen Tag verzehrte. Sie streichelte die Seite seines Halses, fühlte das Spiel seiner Muskeln, während seine Lippen mit fiebriger Beharrlichkeit ihre verschlangen.

»Bett?«, murmelte sie unterm Küssen und fühlte, wie er grinste.

»Nein. Zuerst führe ich dich zum Abendessen aus.« Er lachte über ihr enttäuschtes Knurren.

8

Ihr Tisch befand sich einer Ecke des Außenbereichs, wo der Wind ihre nackten Schultern liebkosen und ihre Haare verwüsten konnte. Kelsey störte sich nicht daran, eigentlich gefiel es ihr sogar. Evan schien die Hände seit letzter Nacht kaum von ihren Locken lassen zu können. Wenn sie so ungebändigt um ihr Gesicht wallten, fühlte sie sich sexy. Lasziv und verführerisch.

Aber es lag nicht nur an ihrem Haar, sondern auch daran, wie sein Blick unverwandt auf ihr verweilte. An seiner Nähe, der Erinnerung daran, wie er mit ihr geschlafen und sie auf Gipfel der Lust geführt hatte, die sie nie zuvor erklommen hatte … sie fühlte sich noch immer berauscht, lüstern und empfänglich. Evan saß links von ihr, und sie versuchte, ihn unter der Tischdecke zu berühren, indem sie ihr linkes Knie in seine Richtung schob, um Kontakt mit seinen kraftvollen Muskeln herzustellen. Aber es war ein vergebliches Unterfangen, daher lenkte sie ihre Aufmerksamkeit auf den Ausblick, der sich ihnen bot.

»Es ist wunderschön hier«, bemerkte sie und ließ den Blick über die Wellen schweifen, die über den Strand rollten, über die Schaumkronen, die im Mondlicht funkelten. »Ohne dich hätte ich eine solche Reise nie unternehmen können.«

Evan nippte an seinem Weinglas. »Sicher hättest du das.«

Kelsey sah ihn mit einer hochgezogenen Braue an. »Ach ja? Wie denn?«

»Du kannst alles tun, was du möchtest. Ich weiß, dass du gerade knapp bei Kasse bist, aber das wird nicht immer so sein.«

»Du gehörst wirklich zur Das-Glas-ist-halb-voll-Fraktion, nicht wahr? Das wusste ich immer, aber manchmal ist es echt einen Tick zu viel.«

»Inwiefern?«

»Oh, ich würde nicht wollen, dass du daran etwas änderst«, ruderte sie hastig zurück. »Ich liebe diese Einstellung. Aber … ich glaube nicht, dass du weißt, wie es ist, kämpfen zu müssen.«

»Falls du von finanziellen Belangen sprichst, hast du vermutlich recht. Aber wenn du glaubst, dass es nicht manchmal ein Kampf für mich ist, meine rosarote Brille aufzubehalten, bei allem, was mir bei meiner Arbeit unterkommt, dann bist du auf dem Holzweg, meine Liebe.« Er fasste sie sanft unter dem Kinn. »An manchen Tagen kostet es mich meine ganze Überwindung, den Gerichtssaal zu betreten.«

Die Brise wehte ihm eine Strähne ins Gesicht, und sie strich sie zurück. Es war zu einer ihrer Lieblingsbeschäftigungen geworden. »Bitte entschuldige. Ich weiß, dass ich etwas mehr Optimismus in meinem Leben brauche. Und ich weiß, dass du schreckliche Dinge gesehen hast. Ich würde niemals wollen, dass dein Beruf einen Zyniker aus dir macht.«

Evans Blick verlor sich für einen Moment in der Ferne, und sie begriff, dass sie gerade Bilder von grausamen Morden, sexuellen Übergriffen und Kindesmissbrauch heraufbeschworen hatte. *Gut gemacht, Kels*. »Das wird nicht passieren«, versicherte er ihr. »Und sollte diese Gefahr je drohen, kann ich immer noch etwas anderes machen. Siehst du? Es gibt immer einen Ausweg.«

In einem Glas in der Mitte ihres Tischs flackerte eine kleine Kerze. Fasziniert beobachtete Kelsey die winzigen Lichtpunkte, die sich in seinen Augen spiegelten. Er musste etwas Ähnliches in ihren entdeckt haben, denn er sah sie unverwandt an. Dann strichen seine Finger über ihre nackte Schulter und schoben eine Locke nach hinten. Kelsey erschauerte.

»Erinnerst du dich noch an vieles aus unseren Collegetagen?«, erkundigte er sich. »An das, was wir so getrieben haben?«

Die unerwartete Frage brachte sie zum Lachen. »Natürlich. Ich glaube, ich erinnere mich an jede einzelne Sekunde.« Jedenfalls an jede Sekunde mit ihm. »Die Zeit ist viel zu schnell vorbeigegangen.«

»Du musst eine ganze Woche Unterricht verpasst haben, als du mich während meiner Grippe gepflegt hast. Daran denke ich oft. Als ich aus meinem Erkältungssaftkoma erwacht bin, warteten die meisten Mitschriften aus meinen Kursen bereits auf mich, zusammen mit einer Fristverlängerung für meine Arbeit über Verfassungsrecht.«

»Du tatst mir so leid. Es ging dir hundeelend.«

»Na ja, viel weiß ich nicht mehr, weil damals der Todesengel über meinem Bett schwebte.« Evan grinste. »Aber mein Engel der Barmherzigkeit hat ihn abgewehrt, indem er mir Hühnersuppe und Orangensaft einflößte, mich warm einpackte und alle zehn Minuten Fieber maß. Ich weiß nicht, was ich ohne dich getan hätte, Kelsey. Du kannst dir denken, wie mies ich mich fühlte, als du in der Woche drauf krank wurdest.«

Sie tat das lachend mit einem Schulterzucken ab. »Du hast dich revanchiert. Hättest du mich in meinem Zimmer verrotten lassen, *dann* wäre ich vielleicht sauer gewesen.«

Sie hatte eine ziemlich gute Vorstellung davon, wie sie sich bei ihm angesteckt hatte, und würde sich deshalb nie darüber ärgern. Der Gedanke daran hatte ihr noch Jahre später wohlige Schauder verursacht … tat das selbst heute noch. Im Frühstadium seiner Erkrankung war sie eines Abends furchtbar in Sorge geraten, weil sein Fieber rapide gestiegen war. Sie hatte ihn nicht allein lassen wollen, und seine damalige Freundin hatte sich aus Angst vor einer Ansteckung gedrückt. Nachdem Evan während der *Letterman-Show* in einen unruhigen Schlaf gesunken war, hatte Kelsey sich neben ihn ins Bett gelegt und zugesehen, wie er sich ächzend herumwälzte, bis sie selbst eingeschlummert war.

Mitten in der Nacht war sie davon aufgewacht, dass er seinen fiebrigen Arm um ihre Taille geschlungen und sie so eng an sich gezogen hatte, das sie seinen heißen Atem an ihrem Ohr spüren konnte. Er war im Tiefschlaf gewesen, trotzdem hatte er ihre Nähe gesucht. Sie hatte ihm erlaubt, sich an sie zu schmiegen und ihre Wärme zu absorbieren, denn obwohl sie seine Gluthitze sogar noch durch die Kleidungsschichten gefühlt hatte, hatte er gezittert wie Espenlaub.

Genau wie sie, wenn auch nicht vor Kälte, sondern wegen seiner Nähe. Verzweifelt hatte Kelsey sich gewünscht, dass er sich zu ihr umdrehte, sie küsste und streichelte, Viren hin oder her. Wahrscheinlich hätte er nicht einmal gewusst, wer sie war. Die halb verängstigte Jungfrau in ihr hatte sie stillhalten lassen.

Als sie am Morgen aufgewacht war, hatte sie ihn auf der Couch vorgefunden, und der Schmerz war brutal gewesen. Dennoch waren diese wenigen Minuten in seinen Armen die schlimme Grippe, die sie sich dabei eingefangen hatte, wert gewesen. Im Lauf der Jahre hatte ihre Fantasie dieses Erlebnis in höchst sinnlicher Weise weitergesponnen.

»Nachdem ich krank wurde, hast du mehr oder minder eine ganze Arbeit für mich geschrieben, stimmt's?«, fragte sie, um sich von ihren Gedanken abzulenken. Jetzt hatte sie die Realität, und die war um ein Zehnfaches sinnlicher. »Mir geht es wie dir, ich erinnere mich an kaum etwas aus dieser Woche.« Außer, dass er nur von ihrem Krankenlager gewichen war, um die allerwichtigsten Kurse zu besuchen … und das auch nur, weil sie darum gebettelt hatte, nachdem er sowieso schon so viel versäumt hatte.

»Dein Professor wollte wegen des Abgabetermins nicht mit sich reden lassen, weil du schon über einen Monat dafür Zeit gehabt hattest, aber einen Teil davon hast du damit verbracht, mich zu pflegen. Darum habe ich deine Arbeit über Jugendgerichtsbarkeit in groben Zügen umrissen, du hast den Rest erledigt. Allerdings habe ich sie lektoriert, und ehrlich gesagt sah sie aus, als hätte sie ein Affe hingeschmiert. Im Dunkeln. Ich habe sie für dich abgeschrieben.«

»Da haben wir unsere Karrieren ja ganz schön aufs Spiel gesetzt«, meinte sie kopfschüttelnd.

Evan winkte ab. »Sie wären uns nie auf die Schliche gekommen. Ich habe mir ein paar deiner älteren Arbeiten angesehen, um festzustellen, ob deine Schrift irgendwelche Besonderheiten aufweist, von denen ich wissen müsste. Ich kann ziemlich raffiniert sein, wenn es darauf ankommt.«

»Das ist mir nicht neu.« Kelsey beugte sich zu ihm, um ihn zu küssen. Er kam ihr entgegen, dann stoppte er wenige Zentimeter vor ihren Lippen.

»Du warst stets für mich da. Das wusste ich immer zu würdigen, Kelsey, auch wenn ich es dir nicht oft genug sage.«

»Ich weiß«, flüsterte sie. »Du musst nichts sagen. Und du warst auch für mich da.«

»Ich habe mich immer gewundert, warum du dich nicht einen feuchten Dreck um mich geschert hast.«

Sie lehnte sich zurück. »Wieso solltest du dich darüber wundern?«

»Weil ich damals ein Mistkerl war, und das weißt du.« Er lachte. »In den meisten meiner Beziehungen, sogar in meinen Freundschaften habe ich mich benommen wie der sprichwörtliche Elefant im Porzellanladen.«

»So habe ich dich nie gesehen. Ich gebe zu, dass ich an dem Tag, als Dr. Roberts uns beide als Team eingeteilt hat und ich dich nicht kannte, insgeheim dachte: ›Na toll, dann weiß ich schon, an wem die ganze Arbeit bei diesem Projekt hängen bleibt. An mir.‹ Weil du jeden Tag ins Klassenzimmer kamst, als gehörte es dir, und dann hast du dagesessen, mit einer Horde kichernder Weiber um dich rum, hast ununterbrochen mit ihnen geflirtet und ihnen die Spangen aus den Haaren gezogen …«

Evan schüttelte verlegen den Kopf und schlug die Hand vor die Augen. Wäre das Licht auf der Terrasse nicht so schummrig gewesen, Kelsey hätte schwören können, dass er errötete. Sie konnte ihm nicht sagen, dass ihr Herz ungeachtet ihrer Angst, hundert Prozent der Arbeit übernehmen zu müssen, einen Salto geschlagen hatte bei der Vorstellung, *möglicherweise* Zeit mit ihm zu verbringen. Er war der hübscheste Kerl, den sie je gesehen hatte. »Doch dann habe ich dich kennengelernt«, fuhr sie fort. »Du warst überhaupt nicht eingebildet. Ich fand dich … sehr sympathisch, und ich hatte ein schlechtes Gewissen, weil ich dich anfangs in eine Schublade gesteckt hatte. Ich war so froh, als du auch weiter mit mir befreundet bleiben wolltest, nachdem wir unser Gemeinschaftsprojekt beendet hatten.«

»Du hast damals dafür gesorgt, dass ich mit beiden Füßen fest auf dem Boden blieb. Du bist zu einem Zeitpunkt in mein Leben getreten, als ich Gefahr lief, alles wegzuwerfen.«

»Was meinst du damit?«

»Ich meine damit, dass ich im Begriff stand, vom Weg abzukommen. Irgendwo gab es immer eine Party, Leute, mit denen man rumhängen konnte. Das wurde mir wichtiger als mein Abschluss. Dann kamst du. Hast mit der Peitsche geknallt und mich auf Kurs gehalten.«

Lächelnd strich sie die Serviette auf ihrem Schoß glatt. »Willst du damit andeuten, dass ich dir dabei geholfen habe, der Mann zu werden, der du heute bist?«

Evan warf den Kopf zurück und lachte aus vollem Hals. »Ich schätze ja, Süße. Gott allein weiß, was ohne dich aus mir geworden wäre.« Er trank noch einen Schluck Wein, dabei sah er ihr über den Rand des Glases in die Augen.

Kelsey hätte zu gern gefragt, warum er sie nie gewollt hatte, wenn sie ihm doch so wichtig war. Warum er, egal was sie tat, nie mehr als eine kleine Schwester in ihr gesehen hatte. Immerhin war sie kein Fall von »Hässliches Entlein verwandelt sich in schönen Schwan«. Sie hatte sich kaum verändert, seit sie zwanzig gewesen war. Vielleicht ein paar Falten mehr, und kurz nach ihrer Scheidung hatte sie das erste graue Haar entdeckt, was der nächste Schock gewesen war. Aber obwohl Evan an der Zwanzigjährigen keinerlei sexuelles Interesse gehabt hatte, bekam er jetzt, da sie dreißig war, nicht genug von ihr. Es sollte eigentlich keine Rolle mehr spielen, nur hatte sie noch ein paar alte Wunden, die all die Jahre geschwärt hatten. Sie waren wieder aufgebrochen, als ihr Leben zu einem Fiasko geworden war.

Kelsey konnte ihn nichts davon fragen. Seine Antworten würden ihr vielleicht nicht gefallen.

Ihr Essen wurde serviert, und sie versuchte, sich auf den himmlischen Geschmack ihrer Krabben in Kokosnusssoße zu konzentrieren. *Genieße den Augenblick*, ermahnte sie sich. Das großartige Essen, die großartige Umgebung und Evans Gesellschaft, nach der sie sich so lange verzehrt hatte. Sie musste die alten Narben vergessen und durfte nicht auf neue warten. Es fiel ihr schwer, sie war zu sehr daran gewöhnt, die Dinge in einem düsteren Licht zu sehen, immer mit dem Schlimmsten zu rechnen. Sie wünschte, sie könnte wie Evan sein, für den das

Glas immer halb voll war, der bis zum Letzten für seine Überzeugungen eintrat. Allein dafür bewunderte sie ihn mehr, als sie je in Worte fassen könnte.

Er faszinierte sie. Ihre Augen folgten jeder seiner Bewegungen. Zum tausendsten Mal fragte sie sich, was sie so sehr in seinen Bann zog. Warum die Art, wie er sein Weinglas hielt, seine Gabel oder seinen Füller, wenn er schwungvoll einen Kreditkartenbeleg unterschrieb, ihr einen wohligen Schauder verursachte. Warum diese kleinen Dinge sie nicht bei anderen fesselten. Nie war sie in Verzückung geraten, wenn Todds Lippen an einem Weinglas genippt hatten.

Kelsey trank von ihrem Wasser, als Evans Hand über ihr nacktes Knie strich. Der Kontakt kam so unerwartet, dass sie den Schluck fast in hohem Bogen ausgespuckt hätte. Vielleicht war *das* der Grund: Sie stellte sich jede Berührung an ihrem Körper vor, nicht an einem leblosen Gegenstand, der sie nicht zu würdigen wusste. Seine Fingerspitzen glitten unter den Saum ihres zarten, schwarz-weiß gemusterten Rocks und über die Innenseiten ihrer Oberschenkel und entfachten dort winzige Steppenbrände. Sie setzte ihr Glas ab und rang mit ihrer Selbstbeherrschung, obwohl sie am liebsten von ihrem Stuhl aufgesprungen wäre und sich rittlings auf ihn gesetzt hätte.

»Du hast die weichste Haut, die ich je berührt habe«, murmelte er, und erst da wagte sie es, ihm in die Augen zu sehen. Das Dämmerlicht machte sie dunkel und rätselhaft. Das Grün, das seine Pupillen umkränzte, war kaum erkennbar. Er schien erregt zu sein.

»Evan …« Ihre Stimme verklang, als seine Finger sich so weit vorwagten, wie sie konnten, ohne dass er sich vorbeugen musste und sein Vorstoß damit zu offensichtlich wurde. Es war nicht weit genug. Verstohlen rutschte sie ein winziges Stück auf der Sitzfläche vor und spreizte die Beine, dankbar dafür, dass die Tischdecke so lang war. Seine Hand wanderte höher. Es war noch immer nicht genug. »Oh Gott.«

»Ich denke, wir haben uns für heute genug gequält«, meinte er, ohne sie aus den Augen zu lassen. »Bist du bereit, aufs Zimmer zu gehen?«

Ihr Atem ging schwer. Die vergangene Nacht, jede Minute davon, war wie ein helles Leuchtfeuer in ihrem Kopf. Sie wollte das wieder. Alles. Sie konnte nicht sprechen, drum nickte sie wortlos.

Evan wusste noch alles über die Nacht, als er so krank gewesen war. Er erinnerte sich mit schmerzhafter Klarheit daran, wie er mit Kelsey in den Armen aufgewacht war. Als es unmöglich geworden war, neben ihr zu liegen, ohne dem übermächtigen Drang nachzugeben, seine pochende Erektion an ihrem Hintern zu reiben, war er notgedrungen aufgestanden, hatte eine weitere Tylenol eingeworfen und sich auf der Couch ausgestreckt. Sie hatte schrecklich erschöpft ausgesehen, darum wollte er sie nicht wecken.

Den ganzen Tag über hatte eine einzige, Furcht einflößende Erkenntnis sein Bewusstsein beherrscht: *Dieses Mädchen ist fürs Heiraten gemacht*. Es waren Gedanken wie dieser gewesen, die ihn dazu verleitet hatten, seine Gefühle zu unterdrücken und auf die Stimme der Vernunft zu hören. *Kelsey ist deine sehr gute, sehr süße, sehr jungfräuliche Freundin. Ja, sie ist perfekt. Sie verkörpert alles, was du dir bei einem Mädchen erträumst. Und genau darum wirst du deinen Schwanz ganz, ganz weit von ihr fernhalten. Du hast eine feste Freundin. Tu es nicht, sei nicht diese Art Kerl*.

Aber die Jahre hatten ihm seine Hemmungen genommen. »Fürs Heiraten gemacht« war inzwischen keine so abschreckende Vorstellung mehr. Er sollte die Frau, die wie für ihn geschaffen war, auf Händen tragen und nicht vor ihr davonlaufen. Er war nicht liiert. Und er konnte es nicht erwarten, wieder mit Kelseys Körper zu verschmelzen.

Evan hatte es schon immer schwierig – wenn auch alles andere als unangenehm – gefunden, einen Wagen zu steuern, während eine brandheiße Frau versuchte, auf seinen Schoß zu gelangen und dabei eine Spur von knabbernden, saugenden kleinen Küssen über seinen Hals zog. Ihre Hände taten unaussprechliche Dinge an unaussprechlichen Stellen und brachten ihn schier um den Verstand. Er würde es ihr nach allen Regeln der Kunst besorgen, sobald sie aus dem verfluchten Auto heraus wären. Er konnte nur beten, dass sie es noch bis in ihre Suite schafften. Kelsey ahnte nicht, wie nahe er dran war, auf irgendeinen dunklen Parkplatz einzuscheren, sie auf seinen Schoß zu ziehen und sie mit seinem Schwanz zu pfählen. Er nahm nicht an, dass sie sich beschweren würde. Und er würde weiß Gott nicht so lange durchhalten, dass sie Gefahr liefen, ertappt zu werden. Er war kurz davor zu explodieren.

»Schatz«, stöhnte er, als sie an seinem Ohrläppchen knabberte und dabei mit festem Griff seinen steifen Penis durch die Hose hindurch massierte. »Ich mache mir Sorgen um die öffentliche Sicherheit.«

»Ich vertraue dir«, antwortete sie und ließ die Lippen zu seinem Mundwinkel gleiten. »Ich denke, die Öffentlichkeit ist in guten Händen.«

»Und ich denke, das wird gleich für dich gelten?«

»Gott, Evan, ich bin so feucht.«

Er wäre um ein Haar von der Straße abgekommen. Der Drang, das Lenkrad loszulassen und ihre Behauptung zu überprüfen, war beinahe übermächtig. Es wäre ganz einfach; sie war so nah, wie sie da halb auf ihrem Sitz kniete, und wären sie nicht schon fast am Hotel, hätte er sie vermutlich angewiesen, sich aus Sicherheitsgründen hinzusetzen und den Gurt anzulegen. Aber was sie mit ihm anstellte, fühlte sich unglaublich gut an, und sie würden in einer Minute dort sein …

Er schaffte es, den Wagen in eine dunkle Parklücke zu rangieren, ohne ein anderes Fahrzeug zu touchieren. Was an ein Wunder grenzte. Kelseys Hände waren unter seinem Hemd, ihre feuchten, warmen Lippen an seinem Hals. Er war hart wie Granit, und es gelang ihm gerade noch, den Schalthebel auf Parken zu stellen, bevor er ihr Gesicht zu einem ausgiebigen Kuss zu sich heranzog. Stöhnend rutschte sie auf ihn und wühlte die Finger in sein Haar.

Es wäre so einfach, seinen Reißverschluss zu öffnen, ihren Slip zur Seite zu schieben und in sie einzudringen … er schob die Hände unter ihren Rock, um ihren Po zu umfassen, und stellte fest, dass es sogar noch einfacher wäre als gedacht. Kelsey trug keinen Slip.

Allmächtiger. Er musste sich zusammenreißen, sonst wäre es vorbei, bevor es angefangen hatte.

»Baby, lass uns nach drinnen gehen«, stöhnte er. »Wir haben die ganze Nacht. Ich gehöre nur dir.«

Ihre Augen funkelten wild im schwachen grünen Licht der Instrumentenbeleuchtung, und ihre vollen Lippen schimmerten von seinen Küssen. »Ich begehre dich so sehr. Ich möchte dir alles geben.«

Ihre Worte weckten eine urtümliche Besitzgier in seinem Herzen, das Bedürfnis, sie mit Liebe zu überschütten und zu beschützen und, insbesondere, Anspruch auf sie zu erheben. Evan wollte jede Erinnerung daran auslöschen, dass sie je einem anderen gehört, dass sie sich einem Mann geschenkt hatte, der sie nicht zu schätzen wusste, ihr nicht mit Leib und Seele zugetan war. Kelsey war diejenige, die alles verdiente, alles, was er zu geben hatte.

Der Weg zu ihrer Suite war der längste, den sie je zurückgelegt hatte, und das Klicken der Tür, die hinter ihnen ins Schloss fiel und den Rest der Welt aussperrte, der lieblichste Klang, den sie je vernommen hatte … abgesehen von Evans Stimme.

Kelsey ließ ihre Handtasche auf den Boden fallen und schlüpfte aus ihren Sandalen, um den weichen Teppich zwischen ihren Zehen zu spüren. Sogar der Schwung ihres Rocks um ihre Beine fühlte sich sinnlich an, als sie in Evans Arme flog und sich auf die Zehenspitzen reckte, um seine Lippen mit ihren zu erreichen. Er legte die Hände um ihre Taille und hob sie an, um den Höhenunterschied auszugleichen. Instinktiv schlang sie die Beine um seine Hüften und presste die lustvoll pochende Stelle dazwischen gegen seine Erektion. Sie bewegte das Becken, kostete die Reibung aus und verstärkte sie, während ihre stöhnenden Münder einander verschlangen.

Das hier musste einfach falsch sein. Nur etwas verdammenswert Sündiges könnte sich derart gut anfühlen. Der Mann war der Teufel, der sie mit seinen Berührungen vor Wollust in den Wahnsinn trieb. Als er sie noch höher hob und mit dem Rücken gegen die Wohnzimmerwand drängte, war sie Wachs in seinen Armen. Trotzdem hatte sie noch die Kraft und den Instinkt, nach unten zu fassen und seine Hose aufzuknöpfen, ihre Finger auf der verzweifelten Suche nach seinem Schwanz, um ihn zu streicheln und Evan noch mehr von diesen erregenden Lauten zu entlocken. Und ihn dann ganz tief in sich aufzunehmen.

Sein Glied pochte heiß und hart in ihrer Hand. Er schloss die Augen und legte den Kopf zurück, als Kelsey beide Hände im Wechsel von der Wurzel bis zur Eichel gleiten ließ. Berauscht stellte sie fest, dass sie ihm bereits die ersten Lusttropfen entlockte. Seinen mächtigen Ständer zu umfassen machte die Stelle zwischen ihren Beinen noch feuchter, sogar ihre Schenkel fühlten sich nass an. Das sehnsüchtige Ziehen in ihrem Unterleib intensivierte sich, und sie suchte nach dem richtigen Winkel, um ihn aufzunehmen. Er hob sie noch ein Stück höher, drängte ihr das Becken entgegen und glitt mit der Spitze immer wieder über ihren Kitzler, bis er vor Erregung pulsierte.

»Oh, Evan!«, stieß sie hervor und krallte die Finger so ungestüm in sein Hemd, dass es fast zerriss.

»Noch nicht«, murmelte er und hielt mitten in der Bewegung inne, ohne sich um ihren Protest zu kümmern. Der verstummte augenblicklich, als er in sie eindrang, und für einen Moment hörte sie vollständig auf zu sein. Jede ihrer Körperzellen implodierte vor erbarmungsloser Lust. Bei jedem seiner nachfolgenden Stöße entrang sich ihrer Kehle ein Schrei. Sie versuchte, sich ihnen entgegenzudrängen, ihm etwas zurückzugeben, aber ihre Bewegungen waren nur ein kläglicher Widerhall. Wo er hart und kraftvoll war, war sie weich und schwach.

Falsch, falsch, falsch, das hier musste falsch sein …

»Verlass mich nicht«, raunte er und schaute in ihre schweifenden, halb blinden Augen. Sie erkannte die Worte als ihre eigenen von vergangener Nacht wieder.

»Ich bin hier«, versicherte sie ihm mit tremolierender Stimme.

»Weißt du, wie gut du dich anfühlst?«

»Ich hoffe … genauso gut … wie du … Oh, Baby …«

Seine Lippen saugten durch das schwarze Trägertop an ihrer Brustwarze, benetzten sie durch den Stoff. Kelsey hatte an diesem Abend auch auf einen BH verzichtet.

»Ich hätte dir das verdammte Ding ausziehen sollen«, knurrte er, und obwohl sie vor Lust wie von Sinnen war, musste sie lachen. Dann fuhr er mit den Zähnen über die Brustwarze, und die einzigen Geräusche, die sie noch von sich geben konnte, war ungestümes Stöhnen.

Evan verlangsamte das Tempo und verlagerte ihr Gewicht, um sie von der Wand wegziehen zu können. Sie klammerte sich an ihm fest, als er sie zum Sofa trug und mit ihr daraufsank.

»Stell den Fuß auf den Boden«, befahl er, und sie gehorchte, öffnete sich weit für ihn. Er umfasste ihre andere Wade und hob sie auf die Rückenlehne, wo er sie mit seinem Arm abstützte. »Schieb deine Bluse nach oben.« Sie tat es, fuhr dabei gemächlich mit den Händen über beide Brüste. Ihre Wangen glühten, ihr Atem ging in keuchenden Stößen. Sie musste sich in den Griff bekommen, sonst würde sie noch das Bewusstsein verlieren.

»Oh, Liebste«, murmelte er. »Mach weiter damit.« Er sah zu, wie sie sich erbebend selbst liebkoste, bevor er den Mund auf den rosafarbenen, zwischen ihren Fingern hervorspitzenden Nippel senkte. Er wischte mit der Zunge darüber, strich im selben Atemzug über ihre Knöchel. Kelsey legte die Finger an die Unterseite ihrer Brust, damit er leichter Zugang hatte, und er dankte es ihr, indem er an der Spitze saugte, bis sie jeden Moment zu kommen glaubte. Er hielt seine Hüften qualvoll reglos, offenbar wollte er seinen eigenen Orgasmus in Schach halten. Er dachte zuerst an sie. Das rührte sie tief, trotzdem verzehrte sie sich danach, dass er sie weiter auf diese Weise vögelte. Sein steifes Glied pulsierte in ihr. Wenn er sich nicht bald bewegte, würde sie …

»Ich finde es schwierig«, sagte er plötzlich, »mit dem Wissen umzugehen, dass du noch enger wirst, kurz bevor du kommst.«

Seine Worte entfesselten ihr ganzes verzweifeltes Verlangen nach ihm. »Bitte, Evan.«

Er atmete tief durch, dann küsste er sie, fuhr mit dem Mund spielerisch erst über ihre Ober- dann ihre Unterlippe, und sie versuchte, die Zärtlichkeiten einzufangen, weil sie seine Zunge schmecken wollte. Selbst als sie den Kopf zu heben versuchte, entwischte er ihr mit einem schelmischen Lächeln. Fast unmerklich begann er, aus ihrem Körper herauszugleiten, während draußen der Mond seine Bahn über den Himmel zog. Kelsey warf den Kopf auf die Armlehne der Couch. Sie wollte ihn zurück, brauchte es schneller …

»Ich liebe es zu sehr, dich so zu sehen«, gestand er. »Ich dachte nie, dass mir das einmal vergönnt sein würde. Ich will nicht, dass es aufhört, Baby.«

Das wollte sie auch nicht. Sie wollte für immer hier mit ihm zusammen sein. Sich nie wieder der Welt stellen müssen. Diese Momente waren kostbar, zu kostbar für Eile, auch wenn die Verheißung himmlischer Ekstase zum Greifen nahe war. Es wäre zu schnell vorüber.

Wäre dann *alles* vorüber?

Es war eine ernüchternde Vorstellung, dass sie in wenigen Tagen heimkehren würden, doch dann begann Evan, sich in ihr zu bewegen, und jeder rationale Gedanke zersplitterte. Er ließ die Lippen um ihre kreisen, dann bemächtigte er sich ihrer vollends, drängte fordernd die Zunge dazwischen. Er schmeckte warm und würzig und so berauschend wie der Wein, den er getrunken hatte. Kelsey klammerte sich an ihm fest, schmolz in seinen Armen dahin, und die Lustzentren in ihrem Hirn ergötzten sich an jeder Stelle, an der sie sich berührten, an jedem Kontaktpunkt. Evan war wie eine Droge in ihrem Blutkreislauf.

Seine Stöße wurden immer wuchtiger. Ihre Beine schmerzten von ihrer weit gespreizten Haltung, aber das war ein geringer Preis dafür zu spüren, wie sein mächtiger Schaft in sie hineinglitt und sie der Ekstase entgegentrieb. Die Hitze ihrer Erregung erreichte den Höchststand, und sie wandte das Gesicht ab, weil sie nicht wollte, dass er die Emotionen sah, die sich darin abzeichneten. Sie würde den Verstand verlieren, ihn unrettbar verlieren …

»Tu das nicht, Süße«, wisperte er. Sie hatte es vergessen. Evan hatte sie schon vergangene Nacht darum gebeten. Aber es war hart, sich vor seinen Augen gehen zu lassen. Auch wenn er ihr den Großteil ihrer Kontrolle genommen zu haben schien, krallte sie sich weiterhin verzweifelt an einem winzigen Stück fest, um ihr Herz zu schützen. Wenn er ihr diesen Rest nähme und ihre Gefühle bloßlegte, wäre sie wehrlos.

»Evan …«

»Versteck dich nicht vor mir. Du kennst mich. Ich werde dich nicht verletzen.«

Oh, aber er könnte es. Er vereinigte alle Macht des Universums in sich, um ihr das Herz aus der Brust zu reißen, und sie würde es ihm klaglos überlassen. Dennoch ließ sie ihn ein und wandte ihm das Gesicht zu. Er küsste beschwichtigend ihre Lippen, als sie spürte, wie sich ihre Muskeln, ihr ganzer Körper um ihn verkrampfte, um ihm alle Lust abzuringen, die er ihr zu schenken vermochte. Die sinnlichen Empfindungen flossen in einem lavaheißen Strudel zusammen und explodierten. Sie hob den Fuß vom Boden und schlang das Bein zusammen mit ihren Armen um ihn, sodass er sich nicht hätte von ihr lösen können, selbst wenn er es gewollt hätte. Sie wollte jeden Tropfen von ihm.

Inmitten des Geschehens dämmerte ihr plötzlich, wie wenig überzeugend die Orgasmen, die sie ihrem Exmann vorgespielt hatte, gewesen waren. Sie hatte weder Lustschreie ausgestoßen, noch hatte sie sich am ganzen Körper versteift oder die Zuckungen tief in ihrem Unterleib erzeugt – allerdings würden die sich nicht einmal mit viel Schauspieltalent imitieren lassen. Evan rief sie durch das, was er mit ihrem Körper machte, hervor. Als er sich mit einem wilden Stöhnen, das sie tief im Herzen erreichte, heiß in ihr ergoss, hielt sie ihn in den Armen, bis ihre letzten Zuckungen verklangen.

Kelsey konnte nicht sagen, wie lange sie sich still und mit friedvoll erschlafften Muskeln aneinanderschmiegten. Es war nicht bequem, doch dafür entschädigte seine Nähe, die sie so dringend brauchte. Er streichelte ihr Gesicht, ihr Haar, ihren Körper, bis er eindöste. Irgendwann erwachte sie davon, dass er sie zum Bett trug. Sie machten Liebe im Dunkeln, zärtlich und träge, dann ergaben sie sich für den Rest der Nacht dem Schlaf, Evan an ihren Rücken gekuschelt, wie damals, vor vielen Jahren, sein Atemhauch kitzelte ihr Ohr.

9

Der Regen fiel wie ein dichter, grauer Vorhang. Evan saß geschützt durch das Stockwerk über ihm auf ihrer privaten Veranda; er wurde dort zwar trotzdem ein bisschen nass, aber es fühlte sich gut an. Er legte seine nackten Füße auf die nasse Brüstung und trank seinen Kaffee. Kelsey hielt ihn für verrückt, weil er sich bei Regen so gern im Freien aufhielt, aber bestimmt würde es ihn nicht viel Überredungskunst kosten, damit sie ihm gelegentlich Gesellschaft leistete. Sein Lieblingsplatz auf der ganzen Welt war – abgesehen von diesem hier – seine Veranda während eines Gewitters. Er hätte auch nichts dagegen gehabt, mit Kelsey im warmen Bett zu liegen, aber er hatte die ganze Woche noch nicht mit seiner Mutter telefoniert, und das wollte er jetzt nachholen.

»Ich war bei dir zu Hause, um nach deinem Bruder zu sehen«, informierte sie ihn.

»Sag mir nicht, dass er ein Schlachtfeld der Verwüstung angerichtet hat.«

»Nein, nein. Allem Anschein nach kümmert er sich gut um alles. Ich war beeindruckt.«

»Keine Hinweise auf wilde Headbanging-Orgien? Hast du meine Hunde zu Gesicht bekommen? Hat er sie zum Skelett abmagern lassen? Oder geschlachtet, um sie einem heidnischen Gott zu opfern?«

Gianna lachte. »Es geht ihnen gut. Ich soll dir von Brian ausrichten, dass er einen Kübel voll Eis für dich bereithält, wenn du zurückkommst. Er sagte, du wüsstest schon, was damit gemeint ist, und das hoffe ich, weil *ich* es nicht wissen will.«

Dumm gelaufen. Brian würde bitterlich enttäuscht sein. Evan grinste und kippelte den Stuhl auf die Hinterbeine. »Ja, das ist typisch Brian.«

»Bist du im Freien? Höre ich da Regen?«, fragte seine Mutter.

»Ja.«

»Oh, ihr habt schlechtes Wetter. Wie schade.«

Evan sah hinunter zum Strand, wo die Wellen sich durch den grauen Nebel wälzten und auf den Palmwedeln Regentropfen tanzten. »Heute ist der erste Tag. Aber so schlimm ist es nicht. Wir faulenzen einfach, bis es aufklart.«

»Bestimmt fällt dir etwas ein, was ihr unternehmen könntet. Lass nicht zu, dass Kelsey sich langweilt«, ermahnte sie ihn.

»Das tue ich nicht, keine Sorge. Sie ist genauso tiefenentspannt wie ich.«

»Also genießt du die Zeit mit ihr?«

»Ich, äh … ich hatte nicht damit gerechnet, dass ich sie so sehr genießen würde.«

Es trat eine Pause ein. »Wieso bekomme ich bei diesen wenigen Worten das Gefühl, dass noch andere Dinge passiert sind, mit denen du nicht gerechnet hattest?«

Evan lachte. »Ich wusste, dass ich dich nicht hinters Licht führen kann. Nicht, dass ich es versuchen wollte.«

»Evan Giovanni Ross!« Sein Name ging in einen italienischen Wortschwall über, und er krümmte sich innerlich. In der Regel war nicht er der Sohn, der Gianna so sehr in Rage bringen konnte, dass sie in ihre Muttersprache zurückfiel. »Ich wusste, dass das passieren würde.«

»Was? Aber du magst Kelsey doch?«

»Du weißt, dass ich sie vergöttere. Ich *liebe* sie. Das ist es ja, was mir Sorge bereitet.«

»Warum?«

»Weil du, wenn es nicht klappen sollte, wirklich etwas verloren hättest. Wir alle.«

»Dieser Gedanke macht mir auch Angst. Aber ich kann an dem, was hier passiert ist, nichts mehr ändern.« Er holte tief Luft. »Ich weiß, dass meine Erfolgsbilanz nicht glänzend ist, aber ich bemühe mich. Das habe ich auch bei der Letzten getan, du erinnerst dich?«

»Du wolltest Courtney nicht heiraten.« Gianna seufzte schwer. »Manchmal weiß ich wirklich nicht, wie ich jemals zu Enkelkindern kommen soll.«

Jetzt geht das wieder los, dachte er. »Mom, ich versuche nicht absichtlich, dir das vorzuenthalten. Aber wer weiß, vielleicht braucht es dafür eine Frau, die schon seit zehn Jahren zu meinem Leben gehört, eine, von der ich weiß, dass ich Spaß mit ihr habe und die …« *Im Bett meine ganze Welt aus den Angeln hebt.* »… mich besser kennt als jeder andere.«

»Aber die Ex deines besten Freunds?«

»Die Ex meines Ex-besten-Freunds. Ich fühle mich Todd Jacobs gegenüber nicht mehr zu Loyalität verpflichtet.«

»Ich weiß, Evan, aber du warst Trauzeuge bei seiner Hochzeit. Denkst du nicht, dass das seltsam wirken würde?«

»Das ist mir so was von egal. Komm schon, Mom. Du hast um der Liebe wegen selbst verrückte Dinge getan, oder nicht? Du bist für Dad in ein völlig fremdes Land gezogen.«

»Wenn es Liebe ist, dann hast du von ganzem Herzen meinen Segen.«

Und er hatte ihr auch noch das Stichwort geliefert. Evan drehte sich um und spähte durch die Glastür, besorgt dass Kelsey ihn hören könnte. Er wollte ihr nicht den Eindruck vermitteln, als müsste er ihre Beziehung seiner Mutter gegenüber rechtfertigen. Für ihn bestand nicht der geringste Zweifel, dass sobald der potenzielle Skandal, den sie provozieren würden, sich gelegt hätte, seine Mutter überglücklich wäre, dass er und Kelsey ein Paar waren.

Falls sie je die Chance dazu bekamen. Kelsey hatte noch immer emotionale Aussetzer. Das beobachtete er immer wieder. Es gab da etwas, vor dem sie sich fürchtete und das sie davon abhielt, sich ihm ganz zu öffnen. Verdammt, wahrscheinlich war es so, wie seine Mutter angedeutet hatte. Wieso sollte Kelsey ihm ihr Herz zu Füßen legen, obwohl der Mist, den er in der Vergangenheit gebaut hatte, nahelegte, dass er es ihr hundertprozentig brechen würde? Er war eben dauerhaft beziehungsunfähig.

Nur in ihrem Fall war ihm das gelungen. Kelsey war die einzige Person, ohne die er sich ein Leben nicht vorstellen konnte. Die Monate, in denen sie, beide gedemütigt und tief verletzt, kaum miteinander gesprochen hatten, waren für ihn die Hölle gewesen. Evan hatte gehofft, dass ihr gemeinsamer Urlaub diese Wunden heilen würde, anstatt neue zu verursachen. Aber zumindest schien ihr die Nachricht von Todds und Courtneys Trennung wenig ausgemacht zu haben.

Nachdem seine Mutter ihm alles Gute gewünscht und aufgelegt hatte, schlenderte er zurück ins Wohnzimmer. Seine nasse Pyjamahose haftete wie eine zweite Haut an seinen Waden. Kelsey machte gerade die Küche sauber, dabei trug sie eins seiner langärmligen Hemden – und sonst nichts. Es bildete einen leuchtend weißen Kontrast zu ihrer gebräunten Haut und reichte ihr fast bis zu den Knien. Sie hatte die Ärmel hochgekrempelt und nur die unteren Knöpfe geschlossen, sodass sich im V des Ausschnitts die Rundungen ihrer Bürste abzeichneten.

Sie sah ihn an und lächelte, dabei wischte sie die Theke ab.

Vielleicht war ihr *doch* langweilig. Sie hatten nichts schmutzig gemacht. »Was ist denn?«

Evan merkte, dass er sie angestarrt hatte. »Ich habe nur mein Hemd an dir bewundert.«

»Ach so.« Sie schaute lachend an sich hinunter. »Ich hoffe, es stört dich nicht.«

»Wie könnte es? Es steht dir viel besser als mir. Tatsächlich solltest du ab jetzt ausschließlich meine Klamotten tragen.« Er ging zu ihr und zog sie an sich. Kelsey schlang die Arme um seine Taille, und er strich ihr sanft mit beiden Händen die Haare zurück, dabei betrachtete er ihr nach oben gewandtes Gesicht. Ihre Augen hatten die Farbe des Himmels. Sturmgrau.

»Du bist ja ganz nass«, bemerkte sie und streichelte über seinen nackten Rücken.

»Und du bist wunderschön.«

Kelsey schürzte ihre weichen, pinkfarbenen Lippen. »Wie geht es deiner Mutter? Ich habe sie seit einer Ewigkeit nicht gesehen. Das letzte Mal habe ich sie getroffen … da war sie mit Courtney beim Mittagessen.«

»Wann war das?«

»Oh, das ist lange her. Davor. Du weißt schon.«

»Ja. Nun, es geht ihr gut. Sie lässt dir liebe Grüße ausrichten und sagt, du sollst mich bei der Stange halten.«

»Und, wie mache ich mich bisher?«

»Was meine Stange betrifft, ziemlich gut, findest du nicht?« Evan zog sie noch enger an sich, um sie spüren zu lassen, was ihre körperliche Nähe bei ihm bewirkte. Kichernd gab sie ihm einen Klaps.

»Du bist unersättlich!«

Nur bei dir. »Du hast doch noch nicht genug von mir, oder?«

»Gott, nein.«

»Das ist gut. Weil es nämlich draußen regnet und wir den

ganzen Vormittag hier herumhocken werden … da fallen mir eine *Menge* Sachen ein, wie wir uns die Zeit vertreiben könnten.« Er strich mit dem Finger zwischen ihren Brüsten hindurch, und sie schloss die Augen.

»Hältst du es wirklich für klug, wenn wir uns dazu hinreißen lassen?«

Seine Hand hielt inne, und er starrte sie an, bis sie die Augen langsam wieder öffnete. Vielleicht hatte sie ihn doch am Telefon gehört. »Ich denke, es ist ein bisschen spät für diese Frage. Was geht dir durch den Kopf?«

»Ich weiß, du hast gesagt, dass nichts von dem, was wir tun, jemals falsch sein könnte, und ich würde das auch gern glauben, aber …«

»Was könnte falsch daran sein, Kels? Wir sind beide ungebunden und können tun, was uns gefällt.« Er sah ihr forschend in die Augen, versuchte, in ihnen zu lesen, zum Kern ihres Zweifels vorzudringen. Aber sie wich ihm aus. »Oder täusche ich mich?«

»Es ist alles so konfus. Du bist mein bester Freund. Das hier sollten eigentlich deine Flitterwochen mit einer anderen Frau sein. Du warst unser Trauzeuge, und allein das schreit für mich *Tabubruch*. Da ist einfach so viel …«

»Wieso vergisst du nicht, was andere Leute als falsch oder sonderbar empfinden könnten, Kelsey, und konzentrierst dich auf deine Gefühle? Kommt es *dir* falsch vor?«

»Ich … ich weiß es nicht. Es fühlt sich für mich an, als hätte ich dich in gewisser Hinsicht verloren.«

»Was? Wie das?«

»Es fällt mir schwer, es zu erklären. Aber es ist, als hätte ich dich als Freund verloren. Als hättest du jetzt eine … neue Rolle in meinem Leben, und daran habe ich mich noch nicht gewöhnt.«

Evan nahm ihr Gesicht zwischen beide Hände. »Ich werde immer dein Freund sein. Komme, was wolle. Ich habe dich einmal im Stich gelassen. Das wird nie wieder passieren. Ich verspreche es.«

»Gut. Denn, sei gewarnt, das würde ich nicht noch einmal aushalten.« Ihre Augen schwammen in Tränen, als sie zu ihm aufblickte. »Dich nicht zu sehen, nicht mit dir zu sprechen. Das war schlimmer zu ertragen, als alles, was er mir angetan hat. Ich habe solche Angst, dass es wieder geschehen könnte.«

»Du sprichst mir aus der Seele. Es wird nicht wieder geschehen.« Tröstliche Laute murmelnd, schmiegte er ihren Kopf an seine Brust und streichelte ihr Haar. Sie verstärkte den Druck ihrer Arme um ihn, während sich der Rest ihres Körpers zu entspannen schien. Evan flüsterte weiter beschwichtigende Worte, die ihr Trost spenden sollten, dabei wusste er, dass sie das nicht konnten. Er hatte sie auf seine Weise genauso sehr verletzt wie Todd. Sie sollte ihm nicht mehr vertrauen als ihrem Exmann. Das Einzige, was er tun konnte, war, ihr zu beweisen, dass er es ernst meinte. Und das von nun an Tag für Tag.

»Evan?«

»Hm?«

»Es tut mir leid, dass ich die Stimmung verdorben habe.«

»Das kriegen wir wieder hin.« Er strich mit der Nase über ihren Scheitel. »Und zwar, indem du den restlichen Tag in meinen liebenden Armen verbringst.«

Kelsey funkelte ihn an, dann reckte sie sich auf die Zehenspitzen und stahl ihm einen Kuss. »Ja, ich denke, das könnte funktionieren.«

»Ich weiß nicht, wie es dir geht, aber das hier entspricht exakt meiner Vorstellung von einem perfekten Urlaub«, raunte Evan abends an Kelsey Ohr und fuhr mit dem Finger die Kontur ihrer Unterlippe nach. »Essen, schlafen, vögeln, am Strand liegen.«

Kelsey kicherte atemlos und schmiegte sich enger an seinen warmen Körper. Es war eine ebenso treffende wie unverblümte Beschreibung. Das Unwetter hatte den größten Teil des Tages über der Insel getobt, darum hatten sie ihn hauptsächlich kuschelnd im Bett verbracht, gelegentlich ein Nickerchen gehalten, Filme geguckt und sich Essen aufs Zimmer kommen lassen, während es draußen unter lautem Donnergrollen wie aus Kübeln geschüttet hatte. Evan hatte sie sogar raus auf die Veranda gelockt, wo sie es auf der von kühlen Regentropfen gesprenkelten Liege getrieben hatten. Falls jemand sie beobachtet hatte, hätte er nicht viel zu sehen bekommen, trotzdem war es sehr erotisch gewesen.

Als sich der Himmel gegen Abend etwas aufgeklart hatte, waren sie zu erschöpft gewesen vom Nichtstun, um mehr zu unternehmen, als am feuchten Strand abzuhängen … und noch etwas zu essen. Vermutlich hatte sie auf dieser Reise fünf Kilo zugenommen. Aber wenn sie unter Gewaltandrohung gezwungen wäre, sich auf einen einzigen Tag als den schönsten des ganzen Urlaubs festzulegen, wäre dieser ihr Favorit gewesen. Abgesehen von den kurzen, unbehaglichen Minuten in der Küche war es wieder fast wie in den alten Zeiten … diese trägen Wochenenden, die sie damit verbracht hatten, Filme zu schauen und die Füße hochzulegen, weil es nichts zu tun gab. Zumindest nichts, was sie tun wollten.

Jetzt war die Intimität hinzugekommen, nach der sie sich damals vergeblich gesehnt hatte, das Händchenhalten, die Berührungen und geraubten Küsse. Es hätte das Paradies mitten im Paradies sein müssen. Nur würde dieses Paradies in wenigen Tagen sein Ablaufdatum erreichen. Sie mussten reden, unbedingt, aber Kelsey hatte keinen Schimmer, wie sie das Gespräch eröffnen sollte, darum hoffte sie, dass Evan die alles entscheidende Frage stellen würde. *Wie geht es weiter?*

»Dies war vermutlich der verrückteste, furchterregendste, emotional aufreibendste und orgiastischste Urlaub, den ich je verbracht habe«, bekannte sie. Es war ein Schuss ins Blaue, von dem sie hoffte, dass er mitten ins Ziel traf.

Evan quittierte das mit einem Lachen. »Ach, Baby, dabei wollte ich doch nur, dass du eine schöne, entspannte Zeit verbringst.«

»Das hier ist besser. Viel, viel besser.«

Er strich mit dem Finger über ihr Kinn. »Was den orgiastischen Teil betrifft, den wollte ich gerade wieder in den Vordergrund rücken.«

»Oh Gott …«

So viel zu ihrer wichtigen Unterhaltung. Nach der Episode am Morgen fragte sie sich allmählich, ob er sie nur verführte, damit sie den Mund hielt.

Es war eine effektive Technik, und sie konnte nicht behaupten, dass sie etwas dagegen einzuwenden hatte. Er verschloss ihr die Lippen mit einem süßen, langen Kuss und streichelte ihren nackten Rücken. Sie fuhr mit den Handflächen über seine Brust, seine Schultern und tauchte die Zunge in das köstliche Aroma seines Mundes, während ihre Brustwarzen sich an seinem Oberkörper versteiften. Er stöhnte, als seine Fingerspitzen die Kontur ihrer Hüfte und ihrer Pofalte nachzeichneten und sich vortasteten, bis sie die Nässe zwischen ihren Beinen fanden. Kelseys Herz machte einen Satz, und sie bäumte sich ihm entgegen, als seine Erektion gegen ihren Schenkel stupste.

»Siehst du, was du mit mir machst?«

»Ja, und es gefällt mir«, wisperte sie.

Seine Hand glitt nach vorn und drängte sie, sich auf den Rücken zu legen. »Öffne die Beine.«

Sie tat es.

»Weiter.«

»Evan …«

»Du wolltest mir alles geben, Baby, du erinnerst dich?«

Ihm gehörte bereits alles von ihr, bis hin zum letzten Zellkern. Ihr entrang sich ein Wimmern, als zwei seiner Fingerkuppen aufreizend über ihren Kitzler strichen, aber der Druck war zu sanft, darum hob sie ihre Hüften seiner Berührung entgegen. Und dann musste er sie nicht mehr umgarnen, sie öffnete sich ihm ganz, als seine Lippen ihre Brustspitze suchten und fanden und sanft daran saugten, bis sie den Rücken durchbog und die Hände in sein Haar krallte.

»Wenn du damit weitermachst … komme ich auf der Stelle.«

Seine Augen blitzten sie an. »Dann komm. Es wird nicht das letzte Mal sein, das verspreche ich dir.« Er führte seine Finger in sie ein, und sie stöhnte, als ihre Muskeln sie zuckend mit ihrem Nektar umhüllten.

»Ich liebe es, wenn du diese Geräusche machst. Das tust du nur, wenn ein Teil von mir in dir ist.« Er stieß weiter vor. »Ich liebe es, wie sehr du es liebst.«

Sie nickte wild, bekam kaum Luft. »Wie könnte ich es nicht lieben?«

Sein Kopf glitt tiefer, und atemlose Vorfreude durchströmte sie, bis sie sich vor Begehren wand. Kelsey sah zu, wie er sich über sie beugte und seinen warmen Mund gegen ihre Scham presste, während seine Finger weiterhin tief in ihr steckten. Seine Zunge flackerte über ihre pochende Knospe, und ihr Atem toste wie Feuer in ihren Lungen.

»Ooh, Evan …«

Er saugte ihren Kitzler in seinen Mund und begann, langsam mit den Fingern in sie zu stoßen, und da konnte sie sich ihm gar nicht weit genug öffnen, wollte ihn tiefer, mehr von ihrem Fleisch an seinem Mund. Sie stöhnte und keuchte und fluchte, bis er ihr einen Orgasmus von solcher Explosionskraft bescherte, dass sie sich nicht mehr an ihren Namen erinnerte, dafür aber an seinen, denn sie schrie ihn. Ermattet sackte sie in sich zusammen.

»Du machst mich unglaublich hart«, sagte er, als er an ihrem erschlafften Körper nach oben glitt. Kelsey fasste nach unten und berührte ihn, verschränkte ihre Finger mit seinen, als er sich selbst streichelte. Vielleicht eines Tages, wenn sie es ein paar Minuten aushalten konnte, ohne dass sie ihn beim Anblick seines nackten Körpers sofort bespringen wollte, würde er sie dabei zusehen lassen, bis sie kam. Der Gedanke bescherte ihr eine neue Hitzewelle zwischen den Beinen. Aber er war jetzt hart wie Stahl, und sie wollte ihn nur noch in sich spüren. Sie keuchte, als er die Eichel an ihre feuchte Öffnung führte.

»Alles okay?«

»Ich bin nur sehr empfindlich.«

»Ja, ich weiß. Noch etwas, das ich an dir liebe.« Er drang ein, und sie klammerte sich mit angespannten Muskeln an ihm fest, als sich das wunde Gewebe zitternd von ihm dehnen ließ. Sie war sich der Laute bewusst, die zwischen ihren Lippen hervordrangen, konnte jedoch nicht unterscheiden, ob es Worte oder zusammenhangsloses Gemurmel war.

Evan hielt inne, umfasste ihre Kniekehlen und legte ihre Beine über seine Schultern. »Mehr, Baby, ich brauche mehr von dir«, stöhnte er.

»Dann nimm dir alles.«

Sein Atem rasselte in seiner Brust, als er seinen Phallus in sie hineintrieb, immer tiefer, bis aus ihrer Kehle nur noch lustvolles Wimmern drang. »Ja, so ist es gut. Oh, Kelsey.«

Plötzlich wünschte sie sich, von Spiegelwänden umgeben zu sein. Sie wollte sehen, was sie fühlte und hörte, wollte sich mit den Augen am Anblick seines Hinterns ergötzen, während er in sie hineinstieß, ihr Körper praktisch in der Mitte gefaltet, um seinen herrlichen Schaft ganz aufzunehmen. Allein der Gedanke brachte sie an den Rand des Höhepunkts. Sie fasste nach oben und umfing sein Gesicht mit den Händen.

»Evan!«

Er rieb mit den Fingern über ihre Klitoris, übte köstlichen Druck aus. »Wirst du noch einmal für mich kommen?«

»Ja, ja, ja …«

»Du bist so perfekt.« Er hielt sich am Kopfende fest, sodass sie mit den Beinen über seinen Armen unter ihm gefangen war, und gab ihr alles. Hart und schnell, genau, wie sie es mochte. Und sein Winkel … oh Gott … er traf exakt den richtigen Punkt, und jedes Mal, wenn er darüberglitt, entrang sich ihr ein Schrei. Sein Grinsen war purer, männlicher Triumph, als er die Kraft und die Tiefe seines Stoßes so ausrichtete, dass er ihn ein weiteres Mal touchierte, wieder und wieder, bis sie sich in einem neuen Orgasmus von solcher Naturgewalt auflöste, dass sie nichts weiter tun konnte, als sich an seinen Haaren festzuklammern und ihm auf jede erdenkliche Weise zu zeigen, wie sehr die Ekstase sie mitriss. Kein Versteckspiel mehr.

Irgendwann mittendrin fühlte sie, wie er in ihr pulsierte, hörte das Knurren, das sich seiner Kehle entrang, und stellte sich vor, wie er in ihr ejakulierte. Es war so süß, viel zu süß. Sie wollte jede Nacht für den Rest ihres Lebens davon kosten. Ihn in sich spüren, in dem Wissen, dass er etwas von sich in ihr zurückließ. Ihr Bedürfnis, ihm ihre Liebe zu gestehen, war so übermächtig, dass die Worte sich wie Monster anfühlten, die versuchten, sich mit ihren Krallen aus ihrer Brust zu befreien.

Sie sackten gemeinsam zusammen, ihre Muskeln entspannten sich und erschlafften. Kelseys Beine glitten von seinen

Schultern. Sie drückte ihn mit geschlossenen Augen an sich und streichelte seinen schweißbedeckten Rücken, während er ihre Lippen und Wangen mit zärtlichen Küssen betupfte. Behutsam glitt er aus ihr heraus und zog sie in seine Arme, dann liebkoste er ihren Körper mit einer Hand sanft weiter. Kelsey liebte es, wenn er das tat. Es war beruhigend, nach solch einem Feuersturm.

»Es wird immer noch besser«, bemerkte sie leise.

Seine Hand strich über ihre wohlgeformte Hüfte. »Ich weiß.«

»Es ist beängstigend, dass so etwas … möglich ist.«

»Dass es noch besser werden kann? Wieso ist das beängstigend, Baby?«

Kelsey dachte kurz nach. »Es ist einfach so.«

Ihr tat das Herz weh, aber nicht weil es leer war, sondern weil er es so sehr ausfüllte. Sie empfand tiefe Verwirrung. Er hatte ihr versprochen, ihr Freund zu sein, dass er für sie da sein würde … aber das war nicht genug. Sie hatte schon vor langer Zeit gelernt, dass, so stark ihre Gefühle für ihn auch sein mochten, sie nichts wert waren, solange Evan sie nicht erwiderte.

Das Letzte, was sie brauchte, war eine weitere Demütigung in ihrem Leben. Und genau das stand ihr bevor, falls das hier keine Zukunft hatte. Falls es nicht weiterging, sondern abrupt endete. Aber wenn es jetzt enden würde, bevor sie nach Hause zurückkehrten, würde das Wissen um diese Demütigung sich zumindest auf sie beide beschränken. Wenn sie sich tapfer den Fragen ihrer Freunde und Familien stellten und den Skandal durchstanden, den sie sehr wahrscheinlich hervorrufen würden, und es *dann* endete … Ihr würde nichts anderes übrig bleiben, als in ihre Heimatstadt zurückzuziehen. *Hat den Bräutigam geheiratet, bevor sie Sex mit dem Trauzeugen hatte … was kommt als Nächstes?* Zum Glück hatte Todd keinen Bruder, mit dem die gemeinen Lästermäuler ihr ein Verhältnis unterstellen konnten. Sie konnte sie fast hören.

Und es würde enden, nicht wahr? Sie schlief mit Evan Ross. Sie kannte die Konsequenzen, wusste, wie die Sache sehr wahrscheinlich ausgehen würde, weil sie es in der Vergangenheit oft genug miterlebt hatte … trotzdem hatte sie sich dazu hinreißen lassen. Wieso bildete sie sich ein, dass es ihr anders ergehen würde als ihren Vorgängerinnen? Evan behauptete, dass er von ihr fantasiert hatte, ihm dies aber erst nach zehn Jahren bewusst geworden sei. Aber jetzt, da er sie gehabt hatte, würde sich der geheimnisvolle Nimbus schnell abnutzen. Ihren Status von »Freundin« in »Freundin mit gewissen Vorzügen« zu ändern war komplett inakzeptabel, auch wenn es eine Zeit gegeben hatte, in der sie freudig darauf eingegangen, über jede Entwicklung froh gewesen wäre.

Sie könnte jetzt wirklich eine Dosis von seinem Optimismus vertragen, aber sein Atem wurde ruhiger, während sie kein bisschen müde war. Seufzend küsste sie ihn auf die Wange und stieg aus dem Bett, um sich auf die Veranda zu setzen und für eine Weile die Wellen zu beobachten. Vielleicht würde ihr das Tosen des kraftvollen Ozeans einen weisen Rat eingeben … oder sie zumindest schläfrig machen. Ihr Urlaub würde im Handumdrehen vorbei sein, und sie musste ihre innere Uhr wieder halbwegs auf einen normalen Tag-Nacht-Rhythmus einstellen.

Sie schlüpfte in ihren Bademantel und tapste in Richtung der Glastüren durch das stille Wohnzimmer. Als plötzlich ihr Handy auf dem Couchtisch trillerte, zuckte sie mitten in der Bewegung erschrocken zusammen.

Ein Anruf um halb elf Uhr abends war eigentlich nicht zwingend besorgniserregend, nur dass es zu Hause bereits halb drei Uhr morgens war. Kelseys Herz setzte einen Schlag aus bei dem schrecklichen Gedanken, dass bei Lisa oder ihrem Baby

Komplikationen aufgetreten sein könnten. Sie sprintete zu ihrem Handy und checkte die Nummer auf dem Display. Sie erkannte sie nicht, aber es war die vertraute Vorwahl von Mannville, der Stadt, in der sie lebte. Sie meldete sich mit einem knappen, halb panischen »Hallo?«

»Kelsey?«

Sie brauchte einen Moment, um die zittrige weibliche Stimme am anderen Ende zuzuordnen. Dann war es, als würde Eiswasser durch ihre Adern strömen. Es war Todds Mutter. »Sandra?«

»Schätzchen, kannst du ins Krankenhaus kommen?«

Oh Gott … »Ich bin gerade nicht in der Stadt. Warum? Was ist passiert?«

»Todd hatte einen Autounfall.«

»Geht es ihm so weit gut?«

»Ich *weiß* es nicht –« Sie brach in Schluchzen aus, während Kelsey sich darauf konzentrierte, ihren Herzschlag und ihre Blutzirkulation in Gang zu halten. Sie hatte den Mann verflucht, ihn gehasst für das, was er ihr angetan hatte, trotzdem hatte sie nie gewollt, dass ihm so etwas passierte.

Auch wenn es vielleicht so rübergekommen war, als sie ihm zugebrüllt hatte, sie wünschte, er wäre tot. In den ersten paar Monaten hatte sie versucht, sein Gesicht zu vergessen, aber es hatte sich in ihr Gedächtnis eingebrannt, stand ihr so klar vor Augen, als wäre er im Zimmer. Lächelnd, lachend, lebendig. Und er hatte ein wunderschönes Lächeln, ein ansteckendes Lachen. Das war das Erste, was ihr an ihm aufgefallen war. Er war immer sanft und liebevoll mit ihr umgegangen, bis er kalt und unaufmerksam geworden war. Bis sie aufgehört hatte, ihn glücklich zu machen.

Oh, Todd, was ist nur mit dir geschehen?

Sandra schniefte ein letztes Mal, dann schien sie ihre gewohnte Fassung zurückzuerlangen. Sie hatte ihren Mann, Todds Stiefvater, vor fünf Jahren bei einem Autounfall verloren. Sie musste furchtbare Angst haben …

»Er ist noch im OP. Er hat innere Blutungen. Und ich … ich bin ganz allein hier.«

Wie auch nicht?, dachte Kelsey. Todd war ein Einzelkind, seine Großeltern tot. Sandra hatte Geschwister, aber die waren übers ganze Land verstreut. Sie klang, als stünde sie unter Schock. »Sandra, ich würde sofort kommen, aber ich … ich bin …« *Nicht in der Stadt. Weit, weit weg.*

»Ja, das sagtest du schon. Es tut mir leid, dass ich dich damit behellige. Ich weiß, dass die Sache zwischen dir und Todd kein gutes Ende genommen hat, aber ich weiß auch, dass du ihm noch immer viel bedeutest, und für mich gehörst du weiterhin zur Familie.«

»Das weiß ich. Und ganz egal, was zwischen uns passiert ist, er liegt mir auch immer noch am Herzen.« Sie warf einen Blick zum Schlafzimmer, wo Evan selig schlummerte. Galt das auch für ihn?

Es machte keinen Unterschied. Sie brachte es nicht über sich, die Frau abzuweisen, die wie eine zweite Mutter für sie gewesen war. Und sollte Todd sich nicht erholen – Kelsey durfte gar nicht daran denken –, musste sie ihn noch ein letztes Mal sehen, um sich für all die schlimmen Dinge zu entschuldigen, die sie ihm an den Kopf geworfen hatte. Selbst, wenn er bewusstlos wäre.

»Sandra, ich werde kommen. Aber das dauert noch … oh Gott … Stunden.« Sie musste einen Flieger erwischen, würde acht Stunden in der Luft verbringen und weitere zwei im Auto, um vom Flughafen nach Mannville zu gelangen. Sie konnte nur beten, dass er durchhalten würde, dass sie nicht zu spät kam. »Gibt es niemanden sonst, den du anrufen kannst, um in der

Zwischenzeit Gesellschaft zu haben? Ich mache mir Sorgen um dich. Kannst du nicht einen seiner Freunde kontaktieren oder …« Kelsey musste sich überwinden, den Namen in den Mund zu nehmen. »… Courtney?«

Der Vorschlag schien Sandra für einen Moment zu verblüffen. »Das würde ich, aber ich habe von keinem die Telefonnummer. Und ich weiß nicht, wo Todds Handy ist, ich vermute, noch in dem Wrack.«

Kelsey nagte an ihrer Unterlippe. Sie warf einen Blick zu Evans Smartphone, das auf der Theke lag, die die kleine Küche vom Wohnzimmer abteilte. Würde er …? »Vielleicht habe ich Courtneys Nummer. Dann könnte sie die anderen für dich benachrichtigen. Bleib dran.«

Blind vor Rage hatte sie Todds Kontaktnummern schon vor vielen Monaten gelöscht, allerdings kannte sie sie noch immer auswendig. Mit ein bisschen Glück war Evan nicht so impulsiv gewesen. Sie schnappte sich sein Handy und scrollte zu den Cs in seiner Kontaktliste. Wie nicht anders zu erwarten, war sie sogar mit mehreren Nummern vertreten. Boutique, zu Hause, Handy, Hütte … Es versetzte Kelsey einen Stich ins Herz, auch wenn ihr die Information jetzt weiterhalf. Mit zusammengebissenen Zähnen gab sie Courtneys Handy- und Festnetznummer an Sandra durch, die ihr wortreich dankte. Dann äußerte sie noch eine Bitte, und Kelsey griff sich an die Stirn.

»Meinst du, du könntest Evan für mich ausfindig machen? Ich muss unbedingt mit ihm sprechen. Der Mann, der Todd angefahren hat, war betrunken. Die Polizei sagt, dass er gerade eine Bewährungsstrafe wegen Trunkenheit am Steuer verbüßt. Sie haben ihn eingesperrt, und ich will sichergehen, dass das so bleibt.«

Kelsey schaute wieder zum Schlafzimmer. »Ja, ich glaube ich weiß, wo ich ihn erreichen kann.«

»Das ist gut. Aber du kommst trotzdem?«, fragte sie, mit neuen Tränen in der Stimme. »Bitte, Kelsey, wenn du es einrichten kannst. Ich brauche dich hier. Falls er …«

»Bestimmt kommt er wieder in Ordnung. Das muss er.« Was für ein freudiges Wiedersehen das werden würde. »Ich werde mindestens zwölf Stunden brauchen, aber ich komme.«

Sie verabschiedeten sich mit den besten Wünschen. Kelsey kämpfte noch immer mit ihrem Zittern, als sie zu Evan, der bäuchlings im Bett schlummerte, zurückkehrte und seinen nackten Arm rieb. Bis auf das gedämpfte Licht aus dem Wohnzimmer war es dunkel, aber er musste ihr die Nervosität entweder am Zittern ihrer Hand oder an ihrer hektischen Atmung angemerkt haben. Oder weil er mit seinen feinen Antennen wieder einmal jede Regung von ihr auffing. Er hob den Kopf und blinzelte sie an. »Was ist passiert?«

»Ich muss nach Hause.«

Evan schaffte es, ihnen einen späten Nachtflug von Honolulu aus zu ergattern. Kelsey, die ihre Haare zu einem Knoten gezwirbelt und das Make-up aus ihrem Gesicht geschrubbt hatte, nahm ihren Platz ein, während er ihr Handgepäck über ihren Köpfen verstaute. Er hatte nicht viel gesagt, seit sie ihn geweckt hatte, und auch jetzt war seine Miene noch grimmig, sein Kiefer angespannt. Nicht, dass sie angenommen hatte, er würde entzückt über diese Entwicklung sein. Sie war es mit Sicherheit nicht.

»Es tut mir leid«, entschuldigte sie sich zum vermutlich tausendsten Mal, als er sich neben sie setzte.

»Ich sagte doch, es ist in Ordnung. Du musst dort sein.«

Seufzend lehnte sie sich in ihrem Sitz zurück und streckte die Beine aus. Sie hatten gefühlte Stunden am Flughafen gewartet, auch wenn es so lang nicht gewesen war. Evan hatte ihr wieder und wieder versichert, dass er Verständnis hatte. Aber Kelsey wusste nicht, wie sie sich im umgekehrten Fall fühlen würde, wenn er an Courtneys Krankenbett beordert worden wäre. »Ich werde das bis ans Ende meines Lebens wiederholen: Ich habe dir den Urlaub verdorben.«

»Er ist nicht verdorben, sondern nur um ein paar Tage verkürzt. Wir holen das eines Tages nach.«

Eines Tages. Es klang zu vage. Zu distanziert und unentschlossen. Kelsey fühlte sich hilflos, so als hätte sie den Himmel berührt und musste nun zusehen, wie er sich langsam ihrem Blick entzog. Sie hatte einige Tage in einer Fantasiewelt gelebt, und erst jetzt, da sie sie verlassen musste, realisierte sie, wie warm und sicher es darin gewesen war. Dieses Flugzeug würde in der kalten, harten Realität aufsetzen.

Kelsey nahm seine Hand, hungerte verzweifelt nach Bestätigung, nach ein wenig Trost. Er verschränkte die Finger mit ihren. Sie hatte auf diese Reaktion gehofft, trotzdem fühlte sie, dass sie nicht von Herzen kam.

»Er wird wieder gesund«, sagte er und drückte sanft ihre Hand.

Das hoffte sie inständig, nur war das nicht der Zuspruch, den sie sich von ihm wünschte. »Ja, das glaube ich auch.« Sie nickte und sah zu, wie nach und nach weitere Passagiere eintrudelten. Es schien kein voller Flug zu werden. »Immerhin ist es ein gutes Zeichen, dass sie ihn nicht mit dem Rettungshubschrauber transportieren mussten. Trotzdem ist Sandra in tiefer Sorge. Wie war ihre Verfassung, als du mit ihr telefoniert hast?«

»Ziemlich dieselbe. Und sie ist zornig. Kein Wunder, nach allem, was sie durchgemacht hat. Sie war in meiner Kindheit praktisch wie eine zweite Mutter für mich. Es wird schön sein, sie wiederzusehen, wenn auch leider unter diesen Umständen.«

Kelsey riss ihren abgeschweiften Blick von der Kotztüte in der Tasche vor ihr los – sie hoffte, dass sie sie nicht brauchen würde – und sah ihn an. »Du wirst mich in die Klinik begleiten?«

»Ja, es sei denn, du möchtest mich nicht dabeihaben.«

»Natürlich möchte ich das, ich dachte nur …«

»Dass es mir am Arsch vorbeigeht?«

»Nein.« Kelsey seufzte kummervoll. »Dir ist klar, dass Courtney vermutlich dort sein wird?«

»Ich komme mit ihr zurecht. Wie steht's mit dir?«

»Wenn ich mir keine Anzeige wegen Körperverletzung im Krankenhauswartesaal einhandeln will, werde ich wohl mit ihr zurechtkommen *müssen*. Ich kann nicht zulassen, dass du mich strafrechtlich verfolgst«, sagte sie, in dem lahmen Versuch, die Stimmung aufzuheitern.

Evan lachte leise, dann ließ er ihre Hand los, um sich seine weiße Kappe tief in die Stirn zu ziehen und seinen Sitz nach hinten zu fahren. »Versuch, etwas zu schlafen.«

»Ja.«

Aber sie konnte nicht. Sie beobachtete, wie die Lichter an ihrem Fenster vorbeirasten, als das Flugzeug beschleunigte, und atmete gegen den Druck an, der sie beim Abheben in den Sessel presste – insgeheim hasste sie das Fliegen. Evan hatte sie auf dem Herweg gut unterhalten, aber jetzt war sie mit sich allein. Der Boden fiel unter ihnen weg, und die funkelnden Lichter Honolulus verschwanden in der Ferne, bis nur noch der endlose schwarze Ozean unter ihnen war. Wie hatten die Dinge in diesen wenigen Stunden eine dermaßen dramatische Wendung zum Schlechten nehmen können? Gerade noch hatte Evan Liebe mit ihr gemacht, und jetzt saßen sie in einem Flugzeug auf dem Rückweg nach Hause und gingen miteinander um wie zwei Fremde. Bestimmt war das alles nur ein schlechter Traum. Sie würde jeden Moment in seinen Armen erwachen …

Ihre Sicht verschwamm, und sie schlang zitternd die Arme um ihren Oberkörper, bis eine Flugbegleiterin darauf aufmerksam wurde und ihr eine Decke brachte.

Sie half nicht.

»Du hältst mich für verrückt, nicht wahr?«, fragte Kelsey, als Evan ihr die Glastür zur Lobby des *Mannville Memorial* aufhielt. Noch bevor sie über die Schwelle traten, schlug ihr auf den Schwingen der klimatisierten Luft schon der typische sterile Krankenhausgeruch entgegen. Er machte ihr weniger aus, wenn es ein freudiger Besuch war, wie anlässlich der Geburt eines Babys – allem Anschein nach würde sie Lisa nun doch noch in der Klinik besuchen können –, aber wenn ein Leben am seidenen Faden hing, empfand sie ihn als beißend und deprimierend.

»Nein, ich halte *mich* für verrückt«, entgegnete Evan. »Mann, das wird hart werden.« Sie gingen zum Aufzug, und er drückte den Knopf. Dann vergrub er die Hände in die Taschen seiner Jeans und blickte zu Boden.

Sie hatten die zweistündige Fahrt vom Flughafen in Houston zum Krankenhaus ohne Zwischenstopp zurückgelegt. Kelsey sehnte sich nach einer Dusche und einer Mütze Schlaf. Sie war während des gesamten Fluges wach gewesen, hatte zugesehen, wie die Morgendämmerung farbige Streifen an den Himmel pinselte, bevor sie zu ihrer immensen Erleichterung endlich zur Landung angesetzt hatten. Die Heimfahrt hatte sie großenteils am Telefon verbracht. Sie sah zum Fürchten aus und war kurz davor, im Stehen einzuschlafen. Ihren letzten Informationen nach hatte Todd die Operation überstanden, war aber noch nicht außer Lebensgefahr.

»Evan …«

»Ja?«

Wird es keine Fragen geben? Werden sie nicht sehen, dass wir zusammen eintreffen und beide vollkommen derangiert wirken? Was wollen wir sagen? Was ist das zwischen uns?

Sie schüttelte den Kopf, um die Gedanken zu verscheuchen, dann legte sie den Arm um seine Taille. Er nahm die Hände aus den Hosentaschen und zog sie an sich. Sein Kinn ruhte auf ihrem Scheitel, und sie konnte ihn atmen hören. Doch trotz der körperlichen Nähe, schien sich ein ganzer Ozean zwischen ihnen aufzutun. Es war die Umarmung von … Freunden. Nicht die tröstliche Intimität zweier Liebender, die einander Kraft spendeten. Es war wie ein aufmunternder Klaps auf den Rücken, eine Das-wird-schon-wieder-Umarmung. *Bitte, lieber Gott, lass das alles nur Einbildung sein.* »So verrückt wir auch sein mögen, bin ich froh, dass du bei mir bist«, sagte sie, in dem Bemühen, die Kluft zu überbrücken.

»Das ist gut. Weil ich nämlich nicht das Gefühl habe, als gäbe es hier wirklich einen Platz für mich.«

»Tja, das geht mir genauso«, entgegnete sie sanft. »Aber Sandra bat mich zu kommen, und das ist alles, was zählt. Und ich weiß, dass sie sich freuen wird, dich zu sehen.« Sie betrachtete sein Gesicht. Sein jeansblaues Hemd dämpfte das Licht seiner grünen Augen, sodass sie beinahe trüb wirkten. Vielleicht lag es auch an seiner Erschöpfung. Es war alles allein ihre Schuld.

Endlich glitten die Fahrstuhltüren auf. Es ermutigte Kelsey nicht, dass Evan sich von ihr löste, bevor er einstieg, und auf Distanz blieb, als die Kabine sich schloss.

Das war der Punkt, an dem sie innerlich zu kochen begann.

Dies war auch für sie kein Spaziergang. Sie wollte nicht hier sein, sondern am Strand liegen oder im Bett mit ihm oder sich mit Meeresfrüchten den Bauch vollschlagen. Evan lehnte an der Wand und sah den digitalen Etagennummern beim Hochzählen zu. Sie verschränkte die Arme und starrte auf ihre Füße. Wenn er es so haben wollte, würde sie eben mitspielen. Sie hatte die letzten zehn Jahre fortwährend das Gefühl gehabt, der Liebe hinterherzurennen. Zuerst Evans. Dann Todds, als ihr gedämmert hatte, dass mit ihrer Ehe etwas nicht stimmte. Und jetzt wieder Evans. Verdammt sollte er sein, das würde sie sich nicht bieten lassen.

Als sie wenige Minuten später den Wartebereich im vierten Stockwerk betraten, musste sie sich auf die Lippen beißen, um eine Verwünschung zu unterdrücken. Sandra telefonierte in der Ecke. Es waren ein paar von Todds Tanten, Onkeln und Cousins anwesend, aber Kelsey hatte sie nie gut gekannt – sie lebten alle in anderen Bundesstaaten.

Courtneys blonder Kopf war über eine Zeitschrift gebeugt. Dieses Haar – Kelsey würde es überall erkennen, selbst ohne das Gesicht zu sehen, das es umrahmte. Die Strähnen leuchteten, als wären winzige Edelsteine hineingewoben. Sie hatte sie schon immer darum beneidet.

Eine Sekunde lang verspürte sie das Bedürfnis, sich umzudrehen und davonzustürzen. Oder sich zumindest an Evan festzuhalten. Aber er berührte sie nicht, weder freundschaftlich, noch auf eine andere Weise.

Courtneys Blick zuckte nach oben und kollidierte mit ihrem. Kelsey beobachtete, wie ihre Schultern sich hoben, als sie tief einatmete und dann langsam die Zeitschrift weglegte. Als ihre Augen Evan erfassten, entglitten ihr die Gesichtszüge. Sie sah erschüttert aus.

Eigenartig.

»Kelsey!« Sandra hatte den Hörer aufgehängt und kam mit ausgebreiteten Armen auf sie zu. Sie drückte sie mit einer Kraft, die ihre zierliche Statur Lügen strafte. »Ich bin so froh, dass du hier bist. Es ist schön, dich zu sehen. Und wer ist dieser gut aussehende Fremde an deiner Seite?«

Evan grinste, als Sandra zu ihm trat, und schloss sie in die Arme. »Hallo, meine Schöne.«

»Ich habe euch beide so sehr vermisst.«

»Es tut mir leid«, sagte er und wollte sie scheinbar gar nicht mehr loslassen. »Ich habe mich furchtbar benommen. Ab jetzt werde ich dich öfter besuchen, versprochen.«

»Ach, Schätzchen, ich weiß doch, wie beschäftigt du bist.« Kelsey hörte in der eintretenden Pause die Worte, die sie unausgesprochen ließ. *Außerdem hat mein Sohn dein Leben ruiniert.* »Aber du bist mir jederzeit willkommen. Das gilt für euch beide.« Sie löste sich aus Evans Armen und tupfte sich die Augen ab.

»Gibt es irgendeine Veränderung?«, erkundigte er sich.

»Er ist Gott sei Dank aufgewacht.« In ihrer Stimme lag die Art von Erschöpfung, die nur auf immense Erleichterung folgte. »Allem Anschein nach war die Operation ein Erfolg.«

»Das ist gut.«

Sandra studierte sie beide mit prüfendem Blick, dann zog sie verwirrt die Stirn in Falten. »Fast mache ich mir mehr Sorgen um euch zwei. Ihr seht abgekämpft aus. Wo, sagtest du gleich noch mal, warst du?«

Oh Gott. Die Frage richtete sich an Kelsey, die sich in keinem ihrer Telefonate mit Sandra genauer geäußert hatte. Es war nicht zur Sprache gekommen. Verdammt, sie und Evan hätten darüber reden müssen! Verzweifelt suchte sie seinen Blick. Er rieb sich den Nacken, wirkte ungewohnt nervös.

Es hätte nichts geändert, wenn sie sich vorher auf eine Geschichte geeinigt hätten. Evan würde es widerstreben zu lügen. Und sie würde sich schuldig fühlen, wenn sie ihn dazu nötigte. Es war vermutlich nur Einbildung, aber es schien, als wären sämtliche Gespräche im Raum plötzlich verstummt und aller Augen auf sie gerichtet. Vor allem Courtneys.

»Wir, nun ja … wir waren auf Hawaii«, gestand Evan, als nicht mehr zu leugnen war, dass Kelseys Stimme den Dienst quittiert hatte.

»Oh …« Sandras Blick huschte zwischen ihnen hin und her, dann flackerte Verstehen darin auf. Zusammen mit mehr als nur einem Anflug von Enttäuschung. »Ich hatte ja keine Ahnung. Kelsey, Schätzchen, das tut mir leid, du hättest es mir sagen sollen. Selbstverständlich hätte ich dich dann nicht gebeten –«

»Ihr wart auf *Hawaii*?«, ertönte eine schrille Stimme hinter Sandra, wo Courtney von ihrem Stuhl aufgesprungen war. Ihre blonden Brauen waren vor Kummer und Zorn zusammengezogen, ihre Fäuste geballt. »Evan, du … du hast sie …«

Sie hielt den Rest ihrer Worte irgendwie zurück, vielleicht merkte sie, dass sich sämtliche Köpfe zu ihr umdrehten, und hob ihre Handtasche vom Fußboden auf. Erst da fiel Kelsey auf, wie Courtney aussah. Normalerweise achtete sie penibel auf ihr Äußeres, war immer wie aus dem Ei gepellt, selbst wenn sie zu Hause faulenzte. Aber heute trug sie ein schlichtes rotes T-Shirt und Jeans, die aussahen, als hätte sie sie aus den Tiefen eines Wäschekorbs gekramt. Kelsey versteifte sich, als sie auf sie zu stolziert kam, aber sie fegte einfach nur an ihnen vorbei und aus dem Warteraum. Evan schaute ihr nach wie ein begossener Pudel. Er machte sogar einen Schritt in Richtung Tür, als wollte er ihr folgen.

Sandra trug eine verletzte Miene zur Schau, so als wäre gerade ein lang gehegter Traum vor ihren Augen wie eine Seifenblase zerplatzt. Kelsey wusste, dass sie nie aufgehört hatte, auf eine Versöhnung zwischen ihr und Todd zu hoffen. Hier mit seinen Angehörigen zu stehen, die sie allesamt ansahen, als hätte sie ein Verbrechen begangen … es war einfach zu viel.

»Wir haben diese Reise nur unternommen, weil sie sonst verfallen wäre«, platzte sie heraus. »Wir sind nur Freunde.«

Todds Mutter tat das mit einer Du-musst-mir-nichts-erklären-Handbewegung ab. Evan wurde totenstill, und die eisigen Böen, die aus der Schlucht zwischen ihnen emporwehten, waren fast mit Händen zu greifen. Was hatte er denn anderes erwartet, so, wie er sich seit ihrem Abflug gebärdete? Sollte sie offiziell verkünden, dass sie ein Paar waren – obwohl sie keine Ahnung hatte, ob das überhaupt stimmte –, in Gegenwart von Todds Angehörigen, die Evan so gut kannten und sie noch immer mit fassungslosen, anklagenden Blicken taxierten?

»Weißt du was?«, sagte Evan, aber als Kelsey ihn ansah, tat er, als wäre sie gar nicht da, sondern sprach mit Sandra. »Ich werde beim Polizeirevier vorbeifahren und feststellen, ob die Anzeige gegen den betrunkenen Fahrer fertig ist. Ich habe damals die Anklage gegen ihn geführt. Bis Montag früh habe ich den Antrag, seine Bewährung aufzuheben, fertig ausgearbeitet und reiche ihn dann sofort bei Gericht ein.«

»Evan, das musst du nicht tun. Du siehst aus, als könntest du dich kaum auf den Beinen halten«, protestierte Sandra.

»Mir geht es gut. Wirklich. Ich kümmere mich gern darum.« Sein Tonfall verriet, *wie* gern.

Kelsey verschränkte die Arme und starrte auf ihre Schuhe. Er ließ sie hier allein. Sie fühlte sich wie ein Lamm, das zur Schlachtbank geführt wurde. Was für ein furchtbarer Fehler das alles gewesen war. Diese … ganze Sache.

Und jetzt verlor sie deswegen ihren besten Freund.

Nein!

»Evan –«, setzte sie an, die Verzweiflung in ihrer Stimme war unüberhörbar. Er wandte sich ihr zu, aber sein Blick erreichte nur ihren Hals, nicht ihre Augen. Sie suchte in dem Chaos ihrer Gedanken, nach etwas, das sie sagen konnte. »Ich … Meine Sachen sind noch in deinem Wagen.«

»Ich dachte, du würdest noch bleiben. Brauchst du sie jetzt gleich?«

»Na ja …« *Halt den Mund, Idiotin, das gibt dir einen Vorwand, später mit ihm zu reden.* »Nein, ich schätze nicht.«

»Es könnte spät bei mir werden, darum deponiere ich sie bei mir zu Hause. Mein Bruder wird dir aufmachen, damit du sie abholen kannst.«

»Äh, okay. Aber … ich sitze hier gewissermaßen fest –«

»Ich kann dich später heimfahren«, erbot Sandra sich. Evan nickte, als hielte er das für eine fabelhafte Idee. Er schloss Sandra in eine weitere Umarmung, dabei küsste er sie auf die Wange und versprach, sie wegen der Anzeige auf dem Laufenden zu halten, außerdem ließ er Todd die besten Wünsche für eine baldige Genesung ausrichten. Für Kelsey hatte er nur ein knappes Nicken übrig, bevor er den Raum verließ und sie ihn zum ersten Mal seit fast einer Woche aus den Augen verlor. Ihr Herz fühlte sich an wie ein durchlöcherter Ballon. Sie ließ sich auf den erstbesten Stuhl sinken und versuchte, das Zittern ihrer Hände vor den aufmerksamen Blicken der Familie ihres Exmanns zu verbergen.

10

Nur Freunde. Wir sind nur Freunde.

Evan hatte diese Worte erst vor wenigen Tagen auf der Delfintour zu einem fremden Mädchen gesagt, aber da war es Spaß gewesen. Er hatte deutlich gemacht, dass es nur ein Witz war. Aber in Kelseys Fall war es keiner gewesen. Vielleicht hatte sie es nur gesagt, um vor Todds Familie das Gesicht zu wahren, aber auch dieser Gedanke reizte seine Nerven, bis sie wie Starkstromkabel unter seiner Haut vibrierten. Bei allem ging es um den verfluchten Todd Jacobs. Wenn Kelsey nicht gerade von Schuldgefühlen zerfressen wurde, weil sie ihn nicht glücklich genug gemacht hatte, damit er seinen Schwanz in seiner Hose behielt, weinte sie wegen ihm oder stieg in ein Flugzeug, um an seiner Seite zu sein, weil er einen Unfall gehabt hatte. Sie hielt ihre eigenen Gefühle, ihr eigenes Glück auf Abstand, um in den Augen seiner Familie gut dazustehen. Ihr Leben wurde noch immer vollständig von ihm vereinnahmt.

Und Evan wollte kein Teil davon sein, solange dieser Mann nicht endgültig daraus vertrieben war … nicht durch den Tod, natürlich, sondern durch *sie*.

Mit ausgreifenden Schritten pflügte er den Flur hinunter in Richtung Aufzug, dann tigerte er hinter den geschlossenen Türen unruhig im Kreis. Krankenhäuser hatten für ihn immer schon nach Schmerz und Antiseptikum und Pflastern gerochen – er hatte weiß Gott genügend Zeit in ihnen verbracht, um mit Opfern und deren Familien zu reden –, und Kelsey hatte tropische Winde und den Duft von Sonnenöl dagegen eingetauscht.

Er bemühte sich aufrichtig, deswegen nicht sauer zu sein. Verständnis aufzubringen. Und bis zu einem gewissen Grad gelang es ihm sogar. Todd war seit frühester Kindheit sein bester Freund gewesen. Noch vor einem Jahr hätte Evan nicht zweimal darüber nachgedacht, sondern wäre sofort ins Flugzeug gestiegen. Womöglich hätte er das auch später noch getan, hätte Todd nicht jeden Kontakt zu ihm abgebrochen. Es war nicht andersherum gewesen, wie die meisten glaubten. Evan hätte ihm zugehört, wenn Todd etwas zu sagen gehabt hätte. Er hatte ihn sogar einmal angerufen und eine Nachricht hinterlassen, nur um zu zeigen, dass er offen für ein Gespräch war. Aber er hatte nie eine Antwort bekommen, darum war die Sache für ihn abgehakt.

Es war schwer gewesen. Eine fast *dreißigjährige* Freundschaft kaputt, als hätte es sie nie gegeben. Es war, als wäre ein Familienmitglied gestorben. Bei der Vorstellung, dass sein ehemals bester Freund vielleicht nicht überleben würde, hatte sich ein tiefes, schwarzes Loch in seiner Brust aufgetan. Es hatte ihm einen Mordsschrecken eingejagt, als Kelsey ihn mit der Nachricht geweckt hatte. Er wollte, dass er genas, aber Evans Platz war nicht hier, das hätte er schon früher erkennen müssen. Todd würde ihn womöglich gar nicht in seiner Nähe haben wollen. Evan würde dafür sorgen, dass der Kerl, der ihn so schwer verletzt hatte, für lange Zeit hinter Gitter wanderte. Das würde sein Beitrag sein, auch wenn er dasselbe für jeden anderen tun würde.

Es war alles zu kompliziert, und er war zu müde, um sich jetzt einen Reim darauf zu machen. Er musste einfach nur fort von hier. Courtney driftete durch seine verworrenen Gedanken, und er überlegte, ob er dasselbe für sie getan hätte. Sie lag ihm zwar noch am Herzen, aber er war nie mit ihr verheiratet gewesen, hatte keinen Eid vor Gott und allen Anwesenden abgelegt, sie zu lieben und zu ehren bis zu ihrem Tod. Folglich war es vermutlich kein fairer Vergleich.

Die Fahrstuhltüren glitten auf, und er trat in die Lobby. Ein roter Farbklecks erregte seine Aufmerksamkeit, und er sah Courtney in der Nische mit den Verkaufsautomaten stehen. Sie kramte Münzen aus ihrem Portemonnaie.

Er sollte zügig weitergehen und hoffen, dass sie ihn nicht bemerkte, aber etwas an ihren Bewegungen ließ ihn innehalten. Ihre Hände zitterten. Als ihr Geldbeutel einen Moment später auf dem Boden landete und Münzen in alle Richtungen sprangen, klemmte sie sich grimmig die Haare hinters Ohr und bückte sich, um sie einzusammeln.

Ein Vierteldollar rollte direkt vor Evans Füße, und er trat darauf. Courtney hob den Blick zu ihm, und er sah, wie sie nach Luft schnappte, bevor sie sich wieder ihrer Aufgabe zuwandte. Er hob das Geldstück auf und ging zu ihr, dabei las er weitere auf.

»Hab ich euch«, murmelte sie, als er sie erreichte. Sie stand auf, und er gab ihr die Münzen. Aber anstatt sich ein Getränk davon zu kaufen, steckte sie sie zurück in ihr Portemonnaie.

»He, Courtney.«

»Was?«

Evan zuckte die Achseln und breitete die Hände aus. »Ich habe einfach das Gefühl, als müsste ich dir etwas sagen. Ich weiß nicht, was. Du vermittelst mir oft den Eindruck, als müsste ich mich für etwas entschuldigen, aber ich habe nichts getan, wofür ich mich entschuldigen müsste, weißt du.«

»Ja, ich *weiß*. Hör zu, mir ist klar, dass ich das alles verdient habe.« Ihre Augen füllten sich mit Tränen. Sie hatte nicht zu Gefühlsausbrüchen geneigt, als sie noch zusammen gewesen waren. Tatsächlich hatte Evan sich die meiste Zeit gewundert, was hinter ihren kornblumenblauen Augen vor sich gehen mochte. So war sie erst seit Weihnachten vor einem Jahr. Sie konnte nicht in seiner Nähe sein, nicht mit ihm sprechen, ohne auf diese Weise zu reagieren. Sie war fix und fertig.

»Du verdienst genau wie jeder andere, glücklich zu sein. Aber ich glaube, du sperrst dich dagegen«, antwortete er.

»Du hättest mir sagen sollen, dass du unsere Flitterwochen mit einer anderen Frau verlebst.«

Evan machte ein Geräusch, dass ein Lachen hätte sein können, wäre auch nur ein Hauch von Humor darin gewesen. »Es waren nicht länger unsere Flitterwochen. Es war eine Reise nach Hawaii, auf Kosten meiner Eltern, die verfallen wäre, hätte ich sie nicht angetreten.«

»Aber dass du ausgerechnet … *sie* mitnehmen musstest, Evan –«

»Kelsey und ich sind seit zehn Jahren befreundet, lange bevor du und Todd ins Spiel kamt. Es ist nichts Verwerfliches daran, dass wir zusammen Urlaub machen.« Auch wenn es als totales Desaster geendet hatte.

»Du bist nicht … mit ihr zusammen?«

Er dachte daran, wie es war, mit Kelsey zusammen zu sein. Im Whirlpool. In der Dusche. Im Bett. Auf der Couch. Ihre Körper verschmolzen, während sie gleichzeitig kamen, ihr Atem an seinem Hals, wie unendlich süß es jedes Mal gewesen war. Und dieses Gefühl war auch nicht verschwunden, nachdem er sich verausgabt hatte. Es hatte nachgeklungen wie ein wundervolles Echo in seinen Gedanken, war ihm bis in den Schlaf gefolgt. Es hatte morgens schon auf ihn gewartet, um ihn zu begrüßen, wenn er die Augen geöffnet und Kelsey in seinen Armen vorgefunden hatte. Jetzt konnte er es nicht mehr orten. Es war Welten entfernt. »Nein«, sagte er kalt.

Sie schlug die Hände vors Gesicht. »*Gott*.«

»Was ist los, Courtney? Komm schon, rede mit mir.«

»Ich will sie aus meinem Leben haben.«

»Ich bin sicher, dass sie ähnlich über dich denkt.«

Sie strich die Haare aus ihrem tränenüberströmten Gesicht. Ihre blonde Mähne sah aus, als hätte sie sie nicht mehr gebürstet, seit sie von dem furchtbaren Anruf geweckt worden war. »Ich weiß nicht, ob ich dir das begreiflich machen kann, aber ich liebe Todd wirklich. Ich glaube, ich habe erst erkannt, wie sehr, als ich die Nachricht bekam, dass er verletzt ist. Ich versuchte, mir ein Leben ohne ihn vorzustellen und … bekam keine Luft mehr.«

»Okay.«

»Ich habe dich immer noch wahnsinnig gern. Daran wird sich auch nie etwas ändern. Ein Teil von mir wird mich immer für verrückt erklären, weil ich alles vermasselt und dich nicht geheiratet habe, denn an deiner Seite wäre mein Leben geprägt gewesen von Geborgenheit und Stabilität und …«

»… Langeweile?«, schlug er ironisch vor.

»Nicht Langeweile. Sicherheit. Zu viel davon, fürchte ich. Trotzdem bin ich nicht sonderlich versessen darauf zu hören, dass du mit meiner Erzrivalin Reisen unternimmst, auf die eigentlich *ich* dich hätte begleiten sollen. Ich weiß, das macht mich zu einem selbstsüchtigen Miststück, aber ich kann es nicht ändern. Es scheint, als drehe sich alles immer nur um *Kelsey*. Jedes Mal, wenn Todd und ich uns streiten, geht es um *Kelsey*. Wegen *Kelsey* haben wir uns getrennt. Es hört einfach nicht auf.«

»Glaub mir, das Gefühl kenne ich.« Tatsächlich ergaben ihre Worte absolut Sinn für ihn. Was nur ein weiterer Beweis dafür war, wie sehr er neben sich stand. Wäre in diesem Moment eine Boeing 747 vom Himmel gefallen und auf seinem Kopf gelandet, er hätte es vermutlich nicht einmal bemerkt. Und sich erst recht nicht darum gekümmert.

»Worauf ich hinauswill ist … wenn du nicht mit ihr zusammen bist, ist sie vermutlich gekommen, um ihn gesund zu pflegen, und ich bin sicher, er wäre begeistert.«

»Keine Ahnung. Ich habe keine Antworten. Ich weiß nur, dass, sollten die zwei beschließen, es noch einmal zu versuchen, obwohl sie so unglücklich miteinander waren, sie beide verdienen, was immer sie sich einhandeln.«

Courtney starrte ihn an, offenbar bestürzt über seinen Ton. Die Erschöpfung drohte ihn zu überwältigen, körperlich wie emotional. Koffein war unerlässlich, wenn er heute noch arbeiten wollte. Er legte den Arm um die bebenden Schultern seiner Exverlobten. »Komm, ich spendiere dir was im Café.«

Sie nickte und ließ sich von ihm wegführen.

Kelsey, die sich hinter der Ecke versteckte, schnappte nach Luft. Wahrscheinlich geschah es ihr recht, immerhin war sie selbst schuld an der Misere. Aber die Worte, die sie zu Todds Mutter gesagt hatte, konnten Evan nicht annähernd so verletzt haben wie das kalte, verbitterte »Nein«, mit dem er auf Courtneys Frage geantwortet hatte, sie verletzte. Sie musste sich gegen die Wand lehnen, sonst wäre sie in die Knie gegangen. Evan und Courtney verschwanden gerade den Flur hinunter, dabei hielt er sie noch immer im Arm.

Ihr momentanes Beisammensein ging ihr nicht so heftig an die Nieren, wie sie gedacht hätte. Sie bezweifelte, dass es dabei um mehr ging als um zwei gekränkte Menschen, die einander Zuspruch schenkten. Natürlich konnten in solchen Situationen unerwartete Dinge geschehen, wie Kelsey und Evan in der letzten Woche unter Beweis gestellt hatten, aber doch sicher nicht zwischen ihnen. Courtney hatte ihre Chance gehabt.

Evan schien nicht interessiert, und wenn Courtney Todd wollte und liebte, konnte sie ihn von ihr aus gern haben. Kelsey würde ihr bestimmt nicht im Weg stehen.

Sie hatte vorgehabt, einen letzten, verzweifelten Versuch zu unternehmen und Evan abzufangen, um ihm ihre gedankenlosen Worte zu erklären. Aber er legte offenbar keinen Wert darauf. Sie konnte sich nicht erinnern, ihn je so gehört zu haben. Zumindest nicht, wenn er über *sie* sprach.

Es war wirklich vorbei. Und sie konnte die Konfrontation mit der Familie im vierten Stock jetzt nicht ertragen, während ihr Herz blutete wie eine Kriegsverletzung. Ihr fiel nur eine Person ein, an die sie sich trostsuchend wenden konnte, vorausgesetzt, man hatte sie noch nicht entlassen.

Auf der Entbindungsstation im dritten Stock wimmelte es von glücklichen Familien und Krankenschwestern in bunten Kitteln. Das Quengeln von Säuglingen driftete durch die Gänge. Kelsey blieb vor dem breiten Fenster des Säuglingssaals stehen, in dem etwa ein Dutzend Neugeborene in ihren Bettchen lagen, einige strampelnd und zappelnd, andere schlafend. Einige trugen Rosa, andere Blau. Auf dem Namensschild am Ende der Reihe stand in rosafarbenen Lettern »Scott«, aber es war leer. Eine müde aussehende Krankenschwester, die auf der Schwesterstation am Computer saß, sagte ihr, in welchem Zimmer Lisa lag.

Ihre verbliebene beste Freundin war allein und saß von Blumen und Ballons umgeben gegen die Kissen gestützt im Bett und koste das rosarote Bündel in ihren Armen. Sie sah auf, als die Tür ins Schloss fiel. »Kelsey!«

»Hallo, Dünne. Oh, lass mich sie ansehen …« Sie ging zum Bett und beugte sich vor, um das perfekte kleine Gesichtchen zu bewundern, dabei ignorierte sie Lisas ungläubigen Blick.

»Okay, ich weiß, dass du mich liebst, aber das ist einfach lächerlich.«

»Wann wirst du entlassen?«

»Morgen früh. Ich hätte schon heute gehen können, aber ich habe noch eine weitere Nacht herausgeschunden, weil morgen meine Mutter eintrifft.«

»Als bräuchtest du Supermama Hilfe.«

»Ich brauche sie nicht, aber ich lehne sie ganz sicher auch nicht ab. Vergiss nicht, dass Daniel während der ersten Zeit immer von einer Panikattacke in die andere fällt.« Lisa schnippte vor Kelseys Nase mit den Fingern. »He. Sieh mich an. Wieso bist du *hier*?«

Seufzend drehte Kelsey sich um und zog sich einen Stuhl ans Bett. Sie pflanzte sich darauf und rieb sich mit den Händen durchs Gesicht. »Ich fürchte, ich hab's vermasselt.«

»Was ist passiert?«

»Todd hatte letzte Nacht einen schlimmen Autounfall. Sandra rief mich an und ...«

Verstehen flackerte über Lisas Züge. »... hier bist du.«

»Hier bin ich.«

Lisa ließ den Kopf in die Kissen fallen. »Oh, du dummes Mädchen. Klingle nach der Schwester, falls mein Blutdruck in die Höhe schießt.«

»Es ging um Leben und Tod, und –«

»Und was? Konntest du durch deine Anwesenheit irgendetwas ausrichten?«

»Sandra bat mich zu kommen. Sie wollte mich an ihrer Seite haben. Ich lebe weit entfernt von meinen eigenen Eltern, und sie war *immer* für mich da, wie eine zweite Mutter.«

»Also bist du wegen ihr gekommen.«

»Nun ... ja ...«

Lisa zog die Brauen hoch. »Aber ...?«

»Ich wünsche ihm nicht den Tod. Ich war acht Jahre meines Lebens mit ihm zusammen.«

»Und er wollte dich nicht mehr in seinem haben, nicht im Leben, nicht im Tod und auch sonst nirgendwo.«

Kelsey ließ den Kopf in die Hände sinken und massierte ihre Schläfen. »Ich hatte gehofft, du würdest mir helfen, dass ich mich besser fühle, nicht schlechter.«

»Du hättest es besser wissen müssen. Dich in meinem Krankenhauszimmer blicken zu lassen, während du auf Hawaii sein und dich in einen Mann verlieben solltest, von dem ich dir garantiere, dass er dich *niemals* auf diese Weise verletzen würde. Es tut mir leid, wenn ich kaltherzig klinge, aber wenn Daniel mit mir gemacht hätte, was Todd dir angetan hat –«

»Du weißt nicht, *wie* du dich fühlen würdest«, fauchte Kelsey. »Du hast so was nie erlebt.«

In Lisas Blick schwelte Zorn. »Na schön. Ist Todd über den Berg?«

»Er kommt immer wieder mal zu sich. Die Ärzte sind inzwischen optimistisch.«

»Was tust du dann hier? Geh zu ihm. Sag ihm, dass du ihm vergibst. Bettle ihn an, dich zurückzunehmen. Sag ihm, dass du seine persönliche Florence Nightingale sein und ihn wieder gesund pflegen willst.«

»Was? Nein! Das ist es nicht, was ich will.«

»Das solltest du besser Evan erklären und dafür sorgen, dass er es dir abkauft und dir verzeiht. Gott, Kelsey, ich bin drauf und dran, vor meiner neugeborenen Tochter zu fluchen wie ein Bierkutscher, und das ist allein deine Schuld.«

»Das würde nichts bringen.«

»Du musst es versuchen. In diesem Fall musst du in den sauren Apfel beißen. Das hast du dir selbst eingebrockt.«

»Ich weiß. Evan sagt, dass er es versteht, aber … ich weiß, das stimmt nicht.«

»Schätzchen, er ist ein Mann. Du hast seinem Ego einen gewaltigen Dämpfer verpasst. Nachdem er die ganze Woche damit zugebracht hat, sein Revier zu markieren, ist dieses Revier wie aus heiterem Himmel zu dem Arsch zurückgelaufen, dem es davor gehört hat. Du musst alles in deiner Macht Stehende tun, um dich endlich davon zu befreien, sonst werden du und Evan es niemals schaffen. Dann schaffst du es mit keinem.«

Kelsey nickte und zupfte an ihren Fingernägeln. »Ich weiß«, sagte sie wieder. Sie riskierte einen Blick zu ihrer Freundin, die besorgt die Stirn runzelte. Lisa hatte ihre Haare hochgebunden und trug kein Make-up. Was das anging, sahen sie sich sehr ähnlich, nur dass sich in Lisas Gesicht nicht die physischen Manifestationen eines emotionalen Aufruhrs abzeichneten. »Du siehst toll aus«, sagte Kelsey. »Wirklich. Und glücklich.«

»Hör auf, mir Honig ums Maul zu schmieren. Komm her, du.« Lisa streckte ihr die Hand hin, und Kelsey ließ sich von ihr in den Arm nehmen, dabei achtete sie darauf, die kleine Meagan nicht zu schubsen. »Wie wäre es, wenn du das mit dem ›glücklich‹ mal selbst ausprobierst?« Kelsey nickte an ihrer Schulter, während Lisa ihr den Rücken tätschelte. »Das kommt schon wieder in Ordnung, Schatz.«

»Du hast wirklich eine mütterliche Art, das muss ich dir lassen.« Kelsey entzog sich ihr lachend und wischte sich über die Augen. »Wir haben tonnenweise Zeug für Meagan gekauft, aber es ist alles noch in Evans Wagen.« Ihr Herz zog sich zu einem schmerzenden Knoten zusammen, als sie daran dachte, wie viel Spaß sie beim Auswählen der Kleidungsstücke und Spielzeuge gehabt hatten. Es schien eine ganze Ewigkeit her zu sein, dabei war es erst vor wenigen Tagen gewesen.

»Na, das ist doch der perfekte Vorwand.«

»Nein. Er sagte, dass er den ganzen Kram bei sich zu Hause deponiert und ich ihn dort abholen kann. Sein Bruder wird mir aufmachen. Evan wird heute bis tief in die Nacht arbeiten.« *Falls er die Nacht nicht damit verbringt, Courtney zu trösten.* Bei einer Tasse Kaffee in Erinnerungen schwelgen führt zu einer Welle des Bedauerns, führt zu dem Vergießen heißer Tränen in seinen Armen … Je mehr Zeit verging, desto mehr schienen diese Gedanken die Oberhand zu gewinnen. Sie nisteten sich ein, bis Kelsey rotzusehen begann.

»Ich finde das nicht akzeptabel«, meinte Lisa. »Du etwa?«

Kelsey zuckte die Achseln. Der Knoten in ihrem Herzen zog sich bei der Vorstellung, ihm gegenüberzutreten, noch fester zusammen. »Ich möchte ihn im Moment nicht belästigen. Er muss sich erst ein wenig beruhigen. Du hättest ihn erleben sollen. Er hat mich nicht mal mehr angesehen.«

»Hör auf, dich zu verstecken. Du warst *so nah* dran. Ist er es nicht wert, dass du um ihn kämpfst?«

Doch, das war er. Mehr als das. Aber sie hatte entsetzliche Angst. »Wert, mir von ihm das Herz in Stücke reißen zu lassen, wie er es bei allen meinen Vorgängerinnen getan hat?«

Lisa antwortete nicht, sondern seufzte nur tief. Kelsey zwang sich zu lächeln und nickte zu Meagan, die in den Armen ihrer Mutter schlief. »Wenn wir mit dem Thema nun durch sind, müsste ich jetzt dringend dieses Baby halten, falls es dir nichts ausmacht.«

»Natürlich nicht. Baby-Therapie hilft immer.«

Auch wenn es ihr nicht leichtfiel, versuchte sie, alle Gedanken beiseitezuschieben, als Lisa ihr ihre Tochter in den Arm legte. Neugeborene bezauberten sie ungemein, von den runzligen Fingerchen bis hin zu den unfassbar winzigen Zehen. Kelsey hätte ewig hier sitzen und sie halten können. Meagan hatte schon jetzt die Lippen ihrer Mutter und die braunen Haare ihres Vaters, auch wenn sie bisher nur ein Flaum waren. Kelsey streichelte darüber, dabei stellte sie sich vor, dass, sollte Evan je Kinder haben, sie alle seine Haare erben würden – so dicht und schwarz, dass es genetisch unausweichlich schien. Hoffentlich würden sie auch mit seinen grünen Augen gesegnet sein. Sollte ihr das große Glück vergönnt werden, ihre Mutter sein zu dürfen, würden sich vielleicht ein paar widerspenstige Locken in diese Haare mogeln, und ihre Augen hätten eine rundere Form, durch die die fast stechende Intensität ihrer Farbe ein wenig gemildert würde …

Lisa hielt ein Nickerchen, und Kelsey nutzte die Gelegenheit, um die zurückgehaltenen Tränen zu vergießen, während sie das winzige, schlafende Babygesicht betrachtete. Sie beobachtete, wie Meagan gähnte, mit den Lippen schmatzte und ihre kleinen Finger mit erstaunlicher Kraft um Kelseys schloss. *Wie wäre es, wenn du das mit dem ›glücklich‹ mal selbst ausprobierst?*

Als Kelsey ihr Ehegelöbnis abgelegt hatte, hatte sie das sehr ernst genommen und gewollt, dass es für immer hielt. Sie hätte niemals dagegen verstoßen. Aber Todd hatte das anders gesehen, und das war eine der Ursachen für ihren Schmerz. Nun kam es ihr vor, als würde sie im luftleeren Raum treiben, durch Worte an einen Mann gebunden, der sie erbarmungslos aus seinem Leben verstoßen hatte. Sogar diese Tage mit Evan, so himmlisch sie gewesen waren, fühlten sich wie Verrat an. Falsch. Nicht, weil sie noch einen Rest Liebe für Todd empfand, sondern aus einem verdrehten Verständnis von Treue.

Das passte nicht ins einundzwanzigste Jahrhundert, aber es waren nun mal die Werte, mit denen sie groß geworden war.

Lisa hatte recht. Evan hatte recht. Ihr eigenes Herz hatte

recht. Sie konnte so nicht weitermachen. Werte hin oder her, sie musste loslassen und für ihre Wünsche einstehen.

»Hör immer gut auf deine Mama, kleines Mädchen. Sie gibt weise Ratschläge, auch wenn sie manchmal schmerzen.« Meagan öffnete eins ihrer blauen Augen und quäkte zustimmend.

Sie war weiß Gott bereit für eine Veränderung. Und ein bisschen Glück.

Kelseys Duft hing noch immer im Wagen. Evan knallte die Tür zu und umklammerte das Lenkrad, bis seine Knöchel weiß hervortraten, während er mit sich selbst rang. Er sollte wieder reingehen und sie holen; er hätte sich nicht auf diese Weise von ihr abwenden dürfen. Er hatte ihr versprochen, sie nie wieder im Stich zu lassen, und exakt das hatte er gerade getan. Aber sie wollte hier sein, andernfalls wären sie noch auf Hawaii. Er würde sie später anrufen, versuchen, sein Herz wieder zusammenzuflicken und weiterhin für sie da sein, komme was wolle, so wie er es gelobt hatte. Es würde die härteste Zerreißprobe seines Lebens werden.

Still saß er da, während in seinem Kopf ein Pandämonium tobte. Es tat weh, so schrecklich weh. Mehr als Courtneys Untreue, mehr als jedes Beziehungsende, das er je mitgemacht hatte. Natürlich war in den meisten Fällen er derjenige gewesen, der den Schlussstrich gezogen hatte. Kelsey war die ganze Zeit über so etwas wie sein Licht am Horizont gewesen. Seine einzige Hoffnung, die einzige Bestätigung, dass es dort draußen eine Frau wie sie geben konnte. Dass diese schwer fassbare *Sie* wirklich existierte und nur darauf wartete, von ihm gefunden zu werden.

Dabei war es die ganze Zeit über Kelsey gewesen.

Darum wirkte ein Leben als Junggeselle momentan ziemlich verlockend. Eines Tages würde er lernen, auf seinen verfluchten Verstand zu hören. Auf den Teil, der wusste, wie man einen Fall in seine vertracktesten Details aufdröselte, sie vor Gericht vortrug und gewann. Nicht den, der ihn immer wieder vom rechten Kurs abbrachte.

Er wollte Courtney sagen, dass sie um Todd kämpfen musste, wenn sie ihn wirklich liebte, und dass dann vielleicht die bessere Frau gewinnen würde. Aber irgendwie käme ihm das wie ein Verrat an Kelsey vor. Wenn Todd der Mann war, den sie wollte, der sie glücklich machte, dann durfte er ihr keine Steine in den Weg legen. Vielleicht hatte Todd seine Lektion gelernt, und sie würden sich dieses Mal zusammenraufen. Glücklich leben bis an ihr Ende. Aber sie würden es tun müssen, ohne dass Evan am Rande ihres American Dreams von weißen Holzzäunen und zwei Komma drei Kindern herumlungerte …

Was wiederum bedeutete, dass er sein Versprechen Kelsey gegenüber nicht halten könnte. Verflucht.

Er atmete tief durch, startete den Motor und justierte die Spiegel, obwohl sie einwandfrei eingestellt waren. Arbeit. Er würde sich in die Arbeit stürzen. Sein alter Verteidigungsmechanismus, in den er sich immer flüchtete, wenn sein Privatleben ein Trümmerhaufen war. Es würde eine ganze Tonne Arbeit auf ihn warten. Notfalls könnte er, um sich abzulenken, den Großteil des Wochenendes im Büro verbringen.

Er hoffte nur, dass die Gedanken an Kelsey sich nicht als zu übermächtig erweisen würden, um sie mit Anklageschriften, Anträgen und detaillierten Polizeiberichten in Schach zu halten.

Sie hatte Evan gesagt, dass sie nicht damit fertig werden könnte, ihn zu verlieren, aber er hatte darauf beharrt, dass sie mit allem fertig werden konnte. Es war an der Zeit, es unter Beweis zu stellen.

Nachdem sie an diesem Samstag ausgiebig ihrer Katzentherapie gefrönt hatte, tapste Kelsey durch ihr Schlafzimmer, vorbei an ihrem noch immer nicht geöffneten Gepäck zu ihrem Kleiderschrank. Es war schon nach Mittag, aber sie war noch immer im Schlafanzug, und ihre Haare hatten sich halb aus dem nachlässigen Knoten gelöst. Sie beabsichtigte, genau so zu bleiben. Es gab Arbeit zu tun und vermutlich literweise Tränen zu vergießen, falls ihr Vorrat nicht schon aufgebraucht war. Lisa war mit ihrem Neugeborenen beschäftigt. Kelseys Eltern waren selbst im Urlaub. Sie kannte niemanden, der momentan Zeit und Lust gehabt hätte, ihr beim Jammern zuzuhören. Sie war auf sich allein gestellt.

Sie hatte die Schachtel im obersten Fach ihres Schranks nicht mehr angefasst, seit sie sie bei ihrem Einzug vor mehreren Monaten dort hineingestopft hatte. Sie hatte viele Erinnerungsstücke – tatsächlich sogar die meisten – aus ihrer Ehe entsorgt, einige im Zuge blindwütiger Wutanfälle. Trotzdem hatten die Andenken in der Kiste ihre Ausbrüche unbeschadet überstanden, denn es waren die kostbarsten. Und inzwischen verstand sie auch, warum.

Als sie den Pappkarton herunterholte, während ihre Katzen um ihre Knöchel strichen, wurde ihr Mund trocken und ihr Puls raste. Sie trug ihn zum Bett, setzte sich im Schneidersitz auf die Matratze und überlegte, ob sie eine Schachtel Kleenex bereitstellen sollte, bevor sie anfing. Aber wozu? Sie war daheim, sie war allein, niemand würde an ihre Tür klopfen. Evans SMS, mit der er sich früh am Morgen nach ihrem Befinden erkundigt hatte, war der Beweis, dass er es nicht eilig hatte, mit ihr zu sprechen, und er hatte auch nicht auf ihre Antwort reagiert. Er versuchte nur, dem Pflichtgefühl nachzukommen, das er ihr und ihrer Freundschaft gegenüber empfand. Er hatte versprochen, dass er immer für sie da sein würde. Aber das würde er nicht in dem Ausmaß sein, wie sie es brauchte, solange sie nicht ein paar gravierende Änderungen vornahm.

Und selbst wenn er *niemals* da sein würde – bei dem Gedanken machte sich ein Gefühl von Panik in ihrer Brust breit –, musste sie das hier für sich selbst tun.

In der Schachtel befanden sich Briefe, Fotos, Ausdrucke von E-Mails ... Sie grub tiefer, dabei entdeckte sie ein altes Collegejahrbuch und ein Sammelalbum. Alberne Kleinigkeiten wie eine Serviette aus einem Restaurant, in dem sie und Todd während ihrer Flitterwochen gegessen hatten. Ein paar Stofftiere, die er ihr geschenkt hatte. Die typischen Fossilien einer längst erloschenen Liebe. Trotzdem ergab sich nach und nach das Muster, das sie die ganze Zeit über vermutet hatte.

Alle Briefe und E-Mails waren geschrieben worden, als sie noch auf dem College gewesen war und Todd zu Hause darauf gewartet hatte, dass sie ihren Abschluss machte. Aufs Geratewohl zog sie das erste Blatt Papier heraus, das ihre Finger streiften – der Ausdruck einer E-Mail –, und begann zu lesen.

Wir haben erst vor zwei Stunden telefoniert, aber ich kann einfach nicht aufhören, an dich zu denken. Ich würde dich noch einmal anrufen, aber ich befürchte, dass du schon schläfst. Außerdem befürchte ich, dass ich durchdrehe, wenn ich dich nicht bald wiedersehe ...

In den anderen ging es im selben Tenor weiter ...

Gestern war einfach fantastisch. Ich kann kaum glauben, dass ich jetzt wieder hier bin, getrennt von dir. Ich muss mir dein Foto Dutzende Male ansehen, um es überhaupt durch den Tag zu schaffen, Kelsey. Ich kann es nicht erwarten, bis wir endlich immer zusammen sind. Ich zähle die Stunden.

»Pfui, dieser Schleimscheißer«, grummelte sie. Sie atmete tief durch, dann knüllte sie jeden der Briefe zornig zu einem kleinen Ball zusammen. Ihr Verdacht hatte sich bestätigt. Sie war in Todds Art verliebt gewesen, mit der er ihr Selbstwertgefühl aufgeplustert hatte. Evan war ihr bester Freund gewesen, aber sein Umgang mit ihr war gewissermaßen eine Ablehnung gewesen. Zwei verdammte Jahre lang hatte sie sich Tag ein, Tag aus abgelehnt gefühlt. Kein Wunder, dass ihre Selbstachtung so angekratzt gewesen war, dass sie sich in den erstbesten Süßholzraspler verliebt hatte.

Die ganze Kiste musste weg, aber zuerst setzte sie ihren Vorsatz in die Tat um, sich jedes einzelne Stück anzusehen und sich zu erinnern, warum sie es aufgehoben hatte. Danach warf sie es in die Box zurück, bevor alles in dem Müllsack landen würde, der in der Küche wartete.

Alles, bis auf eins: ihr Tagebuch. Die vielen Briefe und Fotos hatten ihr nicht eine Träne entlockt, das geschah erst, als sie das kleine Buch aufschlug und sich darin vertiefte. Einige Stunden später hatte sie es zur Hälfte durchgelesen und war so verheult, dass sie besorgte Blicke von ihren Katzen erntete.

Als es ihr vorkam, als würden die Wände immer näher rücken, gönnte sie sich eine Pause, fischte ihren Bikini aus dem Koffer und setzte sich unten an den Pool. Es waren nur ein paar Kinder und Abendschwimmer dort. Einer davon war ihr Etagennachbar, der sie vor zwei Monaten um ein Rendezvous gebeten hatte. Sie hatte den feigen Ausweg gewählt und eine Ausrede nach der anderen erfunden, bis er den Wink endlich verstanden hatte. Er wirkte sympathisch und sah ziemlich gut aus, der Typ Mann, mit dem sie eventuell ausgegangen wäre, sobald sie bereit dazu war. Aber er entzündete keine Funken in ihr. Evans Worte drifteten durch ihren Kopf: *Zu einem Leben in Zufriedenheit verdammt*.

Das war es, was sie unbedingt – nein, sogar *verzweifelt* – vermeiden wollte. Wenn ein Mann ihrem Körper nicht das geben konnte, was Evan ihm noch vor wenigen Tagen gegeben hatte, wenn er es nicht schaffte, ihr einen wohligen Schauder zu verursachen, allein indem er ihren Arm streifte, und sie feucht wurde, nur weil sein Blick über ihre Brüste glitt, hatte sie keine Verwendung für ihn. Evan, verdammt sollte er sein, hatte sie für jeden anderen verdorben. Dafür würde er die Konsequenzen tragen müssen.

Phase eins ihres Plans war geschafft. Phase zwei würde sie morgen in Angriff nehmen. Möge Gott ihr Kraft geben.

Todd war praktisch von Kopf bis Fuß mit Mullbinden umwickelt, trotzdem hätte Kelsey eine Wette darauf abgeschlossen, dass er sich nicht viel schlechter fühlte als sie im Moment. Sein rechtes Bein war eingegipst, ebenso sein linkes Handgelenk. Sein Kopf war bandagiert, seine linke Gesichtshälfte violett verfärbt. Zum Glück war sie auf dem Weg zu seinem Zimmer weder seiner Mutter noch Courtney begegnet, aber sie waren irgendwo in der Nähe, dessen war sie sich sicher. Sie musste das hier so schnell und schmerzlos wie möglich über die Bühne bringen.

»Hey«, sagte er mit krächzender Stimme, in der so viel Überraschung lag, wie sein Zustand es zuließ.

»Ich werde mich nicht nach deinem Befinden erkundigen. Das wäre angesichts der Umstände wohl eher platt.« Todd grunzte zur Antwort, hätte stattdessen vielleicht gelacht, wären seine Rippen nicht erst kürzlich zusammengeflickt worden. »Die Ärzte sagen, du wirst wieder ganz gesund.«

Sein Blick folgte ihr, als sie ans Bett trat. »Ja … auch wenn es sich manchmal nicht so anfühlt. Du siehst … müde aus.«

Du machst dir keine Vorstellung. »Mir geht's gut.«

Todd schwieg einen Augenblick. Kelsey konnte nicht genug von seinem Gesicht sehen, um zu erkennen, welche Emotionen sich darin zeigten. »Meine Mom hat mir erzählt, dass du mit Evan auf Hawaii warst, als sie dich anrief«, bemerkte er.

Gut. Er hatte Zeit gehabt, sich vorzubereiten. Kelsey war in Sorge gewesen, dass Sandra es ihm verschweigen könnte. »Ja, das war ich.«

»Seid ihr beide …?«

»Er hat mich eingeladen, und ich sagte zu, so einfach war das. Zumindest fing es so an. Es war die Reise, die er eigentlich mit Courtney hätte machen sollen, ihre gemeinsamen Flitterwochen. Aber dazu kam es bekanntlich ja nicht.«

Es fiel ihr schwer, nicht wegzuschauen, als sie diese Worte aussprach, aber sie zwang sich, die Augen unverwandt auf seinem Gesicht zu lassen. Nicht zurückzuscheuen vor dem, was sie ihm zu sagen hatte. Sie ließ den Blick über ihn wandern und fühlte … nun ja, *nichts* wäre zu hart ausgedrückt. Es tat ihr leid, einen so starken Mann in diesem hilflosen Zustand zu sehen. Aber seine Verletzungen würden mit der Zeit heilen. Die Erinnerung an Lisas süffisanten Rat, sie solle Todd bitten, sie zurückzunehmen, flammte in ihr auf. Das war in der Tat das Allerletzte, was sie wollte, besonders nach der unvergesslichen letzten Woche. Es war, als würde man zum ersten Mal Häagen-Dazs-Eiscreme kosten, nachdem man ein Leben lang nur Vanilleeis gekannt hatte, nur um anschließend gesagt zu bekommen, dass es fortan nur noch Vanille geben würde. Ihre instinktive Abwehrreaktion bei diesem Gedanken schien ihr die Kraft zu geben, die sie brauchte.

»Aber egal, was zwischen mir und Evan ist – ich empfinde sehr starke Gefühle für ihn –, habe ich ihn praktisch sitzen gelassen, um hierher zu kommen. Dabei frage ich mich, warum. Du hast es mehr als deutlich gemacht, dass du mich nicht in deinem Leben haben willst, trotzdem habe ich wegen dir etwas ganz Wunderbares mit Füßen getreten. Wieso konnte ich so etwas tun?«

»Ich habe diesen Besoffenen bestimmt nicht absichtlich mit

meinem Pick-up gerammt, nur damit du dich schlecht fühlst. Es dreht sich nicht alles immer nur um dich –«

»Ich unterbreche dich an diesem Punkt, weil ich mir in den Wochen nach unserer Trennung genug Müll von dir angehört habe, und jetzt habe ich dich in einer Situation, in der du vor dem, was ich dir zu sagen habe, nicht weglaufen kannst.« Seine braunen Augen wurden kugelrund vor Verblüffung. »Aber bestimmt würden die Ärzte nicht wollen, dass ich dich aufrege. Deswegen bin ich nicht hier, und ich hoffe, du verstehst mich. Ich habe es satt, dich anzubrüllen und dir Vorhaltungen zu machen, weil du mir das Herz gebrochen und mein Leben aus der Bahn geworfen hast. Du hast das alles im Übrigen schon oft genug gehört. Ich will dir nur sagen, dass du das zum letzten Mal getan hast. Trotz deiner Verfehlungen habe ich mich auf eine verkorkste Weise an dich gebunden gefühlt, und jetzt erfahre ich – ob es stimmt oder nicht –, dass du mich angeblich *vermisst*.«

»Ich weiß, dass ich mich falsch verhalten habe. Ich habe einfach das Gefühl … das Bedürfnis, es irgendwie wiedergutzumachen.«

»Aus dir spricht das schlechte Gewissen. Ich weiß, ich habe ein paar Dinge gesagt, die dich wahrscheinlich sehr gekränkt haben, vorausgesetzt, du hast überhaupt ein Herz. Vergiss es, das alles war nur meinem Zorn, meinem Schmerz, meiner Frustration geschuldet. Ich wollte dich so tief verletzen, wie du mich verletzt hattest. Das Problem war nur, dass ich es nicht konnte, weil es dir vollkommen egal war. Du weißt so gut wie ich, dass sich das alles wiederholen würde, wenn wir wieder zusammenkämen.«

»Ich würde nicht –«

»Ich könnte niemals ein Wort von dem glauben, was du mir gerade sagen willst. Es gab eine Zeit, da fühlte ich mich jämmerlich und schwach und verzweifelt genug, um uns vielleicht noch eine zweite Chance zu geben, aber das ist vorbei. *Es ist vorbei*. Ich werde durch diese Tür gehen, Evan finden und versuchen, mich seiner als würdig zu erweisen. Ich befürchte, dass es zu spät sein könnte, aber wenigstens hängt nun nicht mehr *dein* Schatten über mir.«

Seine Kehle spannte sich an, als er schluckte; es schien ihm wehzutun.

Ihr natürlicher weiblicher Instinkt forderte, dass sie zu ihm ging, es ihm bequemer machte, ihn fragte, ob er etwas brauchte. Aber sie blieb stark. Er war okay. Das musste sie sich immer wieder vor Augen halten. Er würde okay sein, sie würde okay sein, alles würde okay sein.

Sie glaubte schon, dass er nichts darauf erwidern würde, doch als er es dann tat, trafen sie seine Worte unvorbereitet. »Evan ist ein guter Mensch.«

Kelsey nickte. »Der Beste von uns allen. Er hat seinen restlichen Urlaub im Büro verbracht, um dafür zu sorgen, dass der Antrag auf Wiederruf der Bewährung deines Unfallgegners so schnell wie möglich bei Gericht vorliegt.«

Todd schluckte wieder, und Kelsey fragte sich, ob das Glitzern in seinen Augen von einer *Träne* herrühren könnte. Gott bewahre, dass er irgendwelche Gefühle zeigte. »Er fehlt mir. Würdest du … ihm ausrichten, dass es mir leidtut? Und ihm für alles danken, was er getan hat?«

Ihr Herz wurde weich. Was er da über Evan sagte, klang aufrichtiger als alles, was sie je von ihm über sich selbst gehört hatte. »Natürlich. Aber ich kann dir nicht versprechen, dass es irgendetwas bringt.«

»Das ist mir klar. Übrigens, Courtney und ich … wir sind nicht mehr zusammen. Sie ist hier und weicht kaum von meiner Seite, aber … keine Ahnung.«

»Ich bin sicher, ihr rauft euch zusammen. Denn das solltet ihr. Ihr seid füreinander geschaffen. Sie liebt dich, aber es scheint, als könntet ihr zwei nicht wirklich zusammenfinden, weil euch eure Schuldgefühle im Weg stehen. Ihr müsst sie ablegen.«

Ein Lächeln huschte über Todds Lippen. Kelsey erkannte an seinen schwerer werdenden Lidern, dass er müde war. Vermutlich schlugen die Schmerzmittel an. »Ich werde daran arbeiten.«

»Gut.« Sie schob sich den Henkel ihrer Handtasche über die Schulter. »Ich sollte jetzt gehen. Ich wünsche dir bei allem nur das Beste, Todd.«

»Ich dir auch. Kelsey? Du siehst bildschön aus.«

Es verschlug ihr für einen Moment die Sprache. Solche Komplimente hatte er ihr am Anfang ihrer Beziehung gemacht, während ihrer Ehe dann kaum mehr. »Du hast echt einen ordentlichen Schlag auf den Schädel bekommen, was?«

»Das kann man so sagen, und wie es scheint, hat er mir ein bisschen Vernunft eingebläut.«

Kelsey lachte und steuerte zur Tür. »Das wäre zu hoffen.«

Wie es der Zufall wollte, lief sie im Flur vor dem Aufzug Courtney in die Arme. Sie musste ein Kichern unterdrücken, als sie sah, wie diese erschrocken die Augen aufriss und ihre Muskeln sich anspannten, als wappnete sie sich für einen körperlichen Angriff. Der Styroporkaffeebecher in ihrer Hand zitterte sichtlich.

Vor ein paar Monaten noch hätte sie wahrscheinlich Grund zur Sorge gehabt. Aber zum ersten Mal, seit sie die Frau mit ihrem Ehemann im Bett erwischt hatte, überwand Kelsey sich zu einem Lächeln, dabei gestikulierte sie zu Todds Krankenzimmer.

»Er gehört dir.«

11

Evan stürmte wie ein Wirbelwind durch seine Bürotür, schleuderte seinen Aktenkoffer beiseite und riss sich das beengende Jackett vom Leib. Er musste seine ganze Selbstbeherrschung aufbieten, um nicht die Tür hinter sich zuzuknallen, denn damit würde er nur neugierige Fragen seiner Kollegen provozieren. Sie waren ein eng verbundener Haufen – manchmal zu eng. Er hatte sich an diesem Morgen bereits seiner Assistentin gegenüber wie ein Rüpel benommen, was sie zu der Frage verleitet hatte, ob er sich nicht noch eine Woche freinehmen wolle. Nein, er wollte nur die vergangene noch einmal erleben … zumindest die guten Momente.

Endlich allein in der friedvollen Stille seines Büros, atmete er tief durch und betrachtete die trostlose Szenerie hinter den hohen, schmalen Fenstern im zweiten Stock. Regenbäche rannen über die Glasscheiben, der Himmel war bleiern und von einem deprimierenden Grau. Er passte perfekt zu seiner Stimmung. Es war einer der Tage, von denen er Kelsey erzählt hatte, an denen es ihm alles abverlangte, den Gerichtssaal zu betreten.

Der heutige Tag entwickelte sich zu einem Albtraum, aber Evan wusste nicht, ob der Richter ihm wirklich so sehr Feuer unterm Hintern machte, oder ob er einfach kurz davor stand durchzudrehen. Oder lag es daran, dass Kelsey anwesend gewesen war und mit aufmerksamem Blick jede seiner Bewegungen verfolgt hatte?

Normalerweise trug sie bei Gericht konservative, sittsame Kleidung, und obwohl auch ihr heutiges Outfit nichts von ihren

Reizen preisgab, brachte ihr schwarzer Rock, der sich wie eine zweite Haut an ihren Hintern schmiegte, sein Blut in Wallung. Wann immer sie zum Gerichtsdiener gestöckelt war, wäre Evan am liebsten aufgesprungen, um jedem Dreckskerl im Saal, der es wagte, sie anzugaffen, die Fresse zu polieren.

Aber wie könnte er es ihnen verübeln? Dieser Rock, ihre hohen Absätze, die jeden Muskel in ihren Waden betonten, ihre wundervollen Haare, die in wilden Locken über ihren Rücken wogten … Ein Mann müsste verrückt sein, sie nicht anzuschmachten. Evan hätte schwören können, dass ihrem Gesicht noch immer der Ausdruck einer sexuell tief befriedigten Frau anhaftete. Sie sah hinreißend aus, während er selbst seit zwei Tagen kaum geschlafen hatte, und das hatte Spuren hinterlassen. Dem Richter hatte wahrscheinlich ein Blick auf die schwarzen Schatten unter seinen Augen genügt, um zu dem Schluss zu gelangen, dass er das ganze Wochenende durchgezecht hatte. Das alles lief jedenfalls kein bisschen nach Plan.

Er hatte sie anrufen wollen. Doch die Vorstellung, wie sie an Todds Bett saß und ihm das Händchen hielt, hatte ihn davon abgebracht. Der Mann hatte ihm schon einmal Hörner aufgesetzt, und Evan wollte verdammt sein, wenn er sich das freiwillig ein zweites Mal gefallen lassen würde.

Mit einem schrillen Klingeln meldete sich das Telefon auf seinem Schreibtisch und unterbrach den wirren Strom seiner Gedanken. Er hätte Delilah anweisen sollen, keine Anrufe durchzustellen. Die Verhandlung würde erst in zwei Stunden weitergehen, und er brauchte diese Zeit, um wieder zu Kräften zu kommen. Er war nicht in Form. Herrgott, er war *nie* nicht in Form.

Er ließ sich schwer in seinen Sessel sinken und betätigte die Sprechtaste. »Ja?«

»Kelsey ist hier und möchte zu Ihnen.«

Verdammt. Das Letzte, was er jetzt brauchte, war, sich ihre Entschuldigungen oder Ausflüchte oder was auch immer anzuhören. Er presste die Handballen auf die Augen und widerstand dem Drang, laut zu knurren.

»Evan?«

»Schicken Sie sie rein.«

Er klingt fürchterlich.

Kelsey beobachtete, wie Delilah mit gerunzelter Stirn das Telefon auf ihrem Tisch anstarrte. »Ich weiß nicht, was heute in ihn gefahren ist. Nach einer Woche Hawaii müsste er doch eigentlich relaxt sein.«

»Vielleicht muss er sich erst wieder einleben«, meinte Kelsey mit betont aufgeräumter Stimme. »Man verbringt Tage am Strand, und dann kommt man an einem verregneten Montag hierher zurück. Das würde jedem aufs Gemüt schlagen.«

Delilah nickte lächelnd, dann beugte sie sich vor und legte einen verschwörerischen Ton in ihre Stimme. »Kelsey, Sie wissen das doch bestimmt. Mit wem war er verreist? Wir haben uns auf eine Frau geeinigt, weil er sich weigert, es zu sagen.«

Gott, sie hätte damit rechnen müssen, dass die Gerüchteküche brodelte. Delilah sei Dank. Sie war die Klatschbase des Büros, von ihren vielen Techtelmechteln mal ganz abgesehen. Kelsey mimte die Unwissende, indem sie den Kopf zur Seite legte und so tat, als dächte sie angestrengt nach. Hoffentlich wusste niemand aus der Mannschaft des Bezirksstaatsanwalts, dass sie letzte Woche freigehabt hatte, sonst würden sie womöglich eins und eins zusammenzählen. Aber kümmerte sie das überhaupt noch? »Hm, das ist wohl wirklich streng geheim.«

»Muss wohl, wenn er es nicht mal Ihnen anvertraut hat. Jedenfalls können Sie rein zu ihm. Sie wissen, wo sein Büro ist?«

»Ja, das weiß ich.«

Wieder auf sich allein gestellt, verließ Kelsey fast der Mut. Falls Evan weiter Distanz wahrte, wüsste sie nicht, was sie tun sollte. Was, wenn es ihr niemals gelingen würde, sie zu überbrücken? Was, wenn seine grauenvolle Höflichkeit – vielmehr unverhohlene Feindseligkeit, falls dieser Vormittag ein Gradmesser war –, das Einzige war, was von ihrer Freundschaft übrig blieb? Sie presste die mitgebrachte Aktenmappe wie einen Schild vor ihre Brust und setzte sich in Bewegung.

Sein Büro befand sich im ersten Flur zu ihrer Rechten, die zweite Tür links. Sie war geschlossen. Mit angehaltenem Atem klopfte sie an, dabei wappnete sie sich für ein brüskes »Herein«. Stattdessen klang Evans Stimme furchtbar erschöpft, als er sie aufforderte einzutreten.

Es brach ihr das Herz. Ihr unbekümmerter, in sich ruhender Evan war durch einen Mann ersetzt worden, der verkrampft und unglücklich wirkte, und das war allein ihre Schuld. Sie schlüpfte ins Zimmer und entdeckte ihn an seinem Schreibtisch, ganz auf den Laptop konzentriert. Das Schimmern des Bildschirms spiegelte sich in seiner Lesebrille, und trotz seiner brütenden Miene war er teuflisch sexy. Kelsey bezweifelte, dass ihn wirklich etwas auf dem Monitor so sehr fesselte. Er wollte nur ihren Blick meiden. Sie schloss die Tür.

»Hallo«, sagte sie. Als er endlich den Kopf hob, war sie kurz erleichtert, dass er lächelte, aber es wirkte verkrampft. Wie alles an ihm.

»Hi, Kelsey. Hat Jack dich geschickt, damit du mir seine belanglosen Triumphe unter die Nase reibst?« Er sagte das mit einem Augenzwinkern, aber er hatte unbestreitbar einen harten Morgen hinter sich. Der Richter hatte beinahe jeden seiner Einsprüche abgewiesen, und Evans Frustration war mit der Zeit immer deutlicher zutage getreten. Dabei hatte sie ihn schon mit weit schlimmeren Bredouillen fertigwerden sehen, er hatte es einfach an sich abprallen lassen und hinterher darüber gelacht.

Wie sie da in seinem Büro stand, wurde sie das lächerliche Gefühl nicht los, als wäre er die Autorität hinter dem massiven, imposanten Schreibtisch und sie eine Bittstellerin. *Kein Betteln*, befahl sie sich. *Zeig Würde*. »Nein, natürlich nicht«, antwortete sie. »Ich wollte dich sehen.«

Sie wagte sich ein Stück weiter ins Zimmer, und ein Gefühl von Befangenheit erfasste sie, als er sie von Kopf bis Fuß musterte. Ausgerechnet jetzt mussten ihr seine heißen Versprechungen wieder einfallen, hier Sex mit ihr zu haben, und ihre Wangen begannen zu glühen. »Es tut mir so leid, was ich im Krankenhaus gesagt habe. Ich war einfach nicht darauf vorbereitet, Fragen über uns zu beantworten. Es ist alles noch so neu. Und wir haben auch noch nicht wirklich darüber gesprochen, wohin das alles führen soll.«

Evan nahm die Brille ab und warf sie auf den Schreibtisch. »Ich dachte, ich hätte klar zum Ausdruck gebracht, wohin es führen soll.«

»*Es* führte ins Schlafzimmer. Woher sollte ich wissen, ob es uns nach Hause begleiten oder in Waikiki bleiben würde?« Sein Büro war sehr geräumig und so ordentlich wie immer. Sein rechtswissenschaftliches Diplom hing sorgfältig hinter mattiertem Glas gerahmt an der Wand, und auf den Borden standen Fotos seiner Familie. In diesem Moment realisierte sie, vielleicht stärker denn je, wie sehr sie sich wünschte, eine feste Größe in seiner Welt zu sein. Die Wunde in ihrem Herzen klaffte weit auf bei dem Gedanken, dass sie ihre Chance ein für alle Mal vertan haben könnte. »Nach dem, was mir widerfahren ist, brauche ich etwas Konkretes. Ich brauche schwarz auf weiß, wie wir zueinander stehen, weil ich nicht riskieren werde, einen weiteren Skandal heraufzubeschwören, indem ich mich in einem ganzen Zimmer voller Menschen in Spekulationen ergehe. Kannst du das nachvollziehen?«

»Na schön, wir hätten offen darüber sprechen sollen. Das sehe ich ein. Aber ich war nicht allzu versessen darauf, dich meiner Liebe und Hingabe zu versichern, während du dich offensichtlich noch immer wegen deines Exmanns grämst.«

Liebe?

»Nein, nein«, sagte sie hastig, bemüht, sich ihre Verzweiflung nicht anmerken zu lassen, als sie sich auf den Stuhl ihm gegenüber fallen ließ. Sie musste es ihm irgendwie begreiflich machen. »Ich gräme mich nicht wegen ihm.«

»Das Gegenteil von Liebe ist Gleichgültigkeit, und du bist Todd gegenüber nicht gleichgültig. Du bist noch immer stinkwütend auf ihn.«

»Wütend wegen dem, was er mir und meinem Leben angetan hat. Ich habe ihn gestern besucht, und ich empfinde nichts dergleichen für ihn, und das, obwohl er völlig zerschlagen in einem Krankenhausbett liegt. Ich hoffe, dass er wieder gesund wird, ich wünsche ihm das Beste, aber … ehrlich, du musst mir glauben: Ich lasse das alles hinter mir zurück. Und das habe ich ihm auch gesagt.«

»Wirklich? In diesen Worten?«

»Ich sagte ihm, dass dies das letzte Mal war, dass er mir Kummer bereitet oder mein Leben auf den Kopf gestellt hat. Ich musste das einfach loswerden. Um die Sache endgültig abzuschließen.« Sie sah ihm in die Augen. »Todd weiß, wo wir beide waren. Ich soll dir ausrichten, dass du ihm fehlst und er dir dankbar ist für alles, was du getan hast. Es hat sich ziemlich gut angefühlt, ihm das alles zu sagen. Als wäre ich jetzt … frei.«

»Dann bin ich stolz auf dich«, sagte er in aller Aufrichtigkeit. Seine Miene war weicher geworden, als sie ihm Todds Nachricht überbracht hatte, aber sein Lächeln erreichte seine Augen nicht ganz.

»Glaubst du mir nicht?«, fragte sie kläglich.

»Du hast mir einfach noch nichts bewiesen.« Evan seufzte. »Was passiert beim nächsten Mal, wenn wir unterwegs sind, und er dich aus irgendeinem Grund braucht?«

»Nichts. Ich sagte dir doch, Sandra –«

»Ich *weiß*, was du sagtest. Aber war sie wirklich der Grund, warum du fünftausend Kilometer weit geflogen bist? War es nicht vielmehr so, dass du Panik bekamst und die erstbeste Gelegenheit ergriffen hast, um vor mir wegzulaufen und dich auf vertrautes Terrain zu flüchten?«

Kelsey starrte ihn wortlos an. So absurd es auch klang, kam es der Wahrheit wahrscheinlich am nächsten, trotzdem war ihr dieser Gedanke selbst nie gekommen.

»Ich wollte dir keine Angst einjagen«, fuhr Evan fort. »Und ich hoffe, dass Todd wieder auf die Beine kommt, versteh mich nicht falsch. Ich versuche, mich nicht wie ein eifersüchtiger Trottel zu benehmen, aber ich habe schon einmal eine Frau an den Kerl verloren, und diese Sache … das war einfach nicht cool. Es war praktisch die Krönung von all den anderen Dingen, die mir die Woche über an die Nieren gegangen sind.«

»Wie zum Beispiel?«

Er presste die Lippen zusammen, als würden ihm Worte auf der Zunge liegen, die er unbedingt für sich behalten wollte. »All die Tränen, die du für ihn vergossen hast … das hat mir schon seit unserer ersten gemeinsamen Nacht zugesetzt.«

Kelsey kniff die Brauen zusammen und schüttelte den Kopf. »Evan, die waren für dich. Wegen dieser wundervollen, ungekannten Gefühle, die du in mir geweckt hast. Wegen all der Jahre, in denen ich mich nach dir verzehrt habe und glaubte, ich würde dich nie bekommen.« Ihre Augen wurden feucht.

Er sah aus, als würde seine ganze Welt ins Trudeln geraten. »Was?«

»Wie konntest du das ernsthaft *nicht wissen*?« Kelsey holte tief Luft, fasste in ihre Aktenmappe und fischte die beiden Papierseiten heraus, die sie an diesem Morgen im Büro kopiert hatte. Sie stand auf und ließ sie auf seinen Schreibtisch fallen. Was sie da tat, löste einen emotionalen Hurrikan in ihr aus: Sie zeigte ihm das für immer in ihrer Handschrift auf diesen tränenfleckigen Seiten festgehaltene Bekenntnis ihrer Liebe. In ihnen stand alles, was sie ihm schon immer hatte sagen wollen, ohne je den nötigen Mut zu finden. »Hiermit lege ich dir mein Herz offen, verstehst du? Ich schrieb diese Zeilen eines Nachts am College in mein Tagebuch, und seit letzter Woche weiß ich, dass sich an keinem einzigen Wort etwas geändert hat. Darum lies es, und wenn dir das nicht Beweis genug dafür ist, was ich für dich empfinde, und du mir meine überhastete Reaktion trotzdem nicht vergeben kannst, dann ist es vermutlich das Beste, wenn wir das Ganze beenden, bevor es richtig angefangen hat.«

Evan starrte auf die Seiten, aber sie konnte nicht sagen, ob er sie wirklich las. »Kelsey, ich wusste es, aber ich hatte ja keine Ahnung … von der *Tiefe* deiner Gefühle.«

»Jetzt hast du es schwarz auf weiß.« Sie zitterte, und Tränen strömten über ihre Wangen. Wann war sie um den Schreibtisch herum zu seinem Stuhl gegangen? Ihr Herz hämmerte wie wild in ihrer Kehle. Sie versuchte, sich zu fassen, und strich mit ihren feuchten Handflächen ihren Rock glatt. *So viel zum Thema Würde.* Bestimmt würde er sie jetzt für eine irre Stalkerin halten.

»Es tut mir leid, wenn ich dich verletzt habe, aber in den zwei Jahren, bevor ich Todd traf, war ich wegen dir ein wandelnder Scherbenhaufen. Er hat mein Herz halbwegs zusammengeflickt, nur um es anschließend wieder zu zerbrechen. Das wird mir *niemals* mehr passieren. Ich habe Todd gesagt, dass er mir nicht länger wehtun kann, und jetzt sage ich dir, dass du endlich den Hintern hochkriegen solltest, wenn du mich willst, weil ich dich nämlich liebe, Evan, mehr als alles …« – sie musste schluchzen, so tief empfunden waren ihre Worte – »… aber ich weigere mich, so weiterzumachen.«

Evan räusperte sich und sah ihr ins Gesicht. »Ich habe so viel zu all dem zu sagen, dass es den ganzen Tag in Anspruch nehmen würde.« Seine Augen glitten zu ihrem Tagebucheintrag, zu den Zeilen, die in jener Nacht aus ihrem Füller geströmt waren, als sie ihn mit dem Mädchen auf der Studentenparty beobachtet hatte. Kelsey hatte sich damals so verzweifelt gewünscht, dieses Mädchen zu sein, dass sie ihre Seele dafür verkauft hätte. »Aber da wir ein bisschen unter Zeitdruck stehen, betrachte dies als … den Evan, der endlich den Hintern hochkriegt.«

Ehe sie wusste, wie ihr geschah, stand er auf, zog sie schwungvoll in seine Arme und bemächtigte sich ihrer Lippen. Sie erschauerte, wurde wachsweich und konnte nichts weiter tun, als hilflos zu stöhnen, während ein Gefühl von Ungläubigkeit ihr die Sinne vernebelte, zusammen mit einem Begehren von solcher Intensität, dass sie es kaum beherrschen konnte.

Er fühlte sich real und solide und heiß an in ihren Armen, er verbrannte sie durch alle ihre Kleiderschichten. Kelsey konnte es nicht erwarten, sie abzulegen. Sie packte sein Hemd mit den Fäusten, fühlte, wie seine Rückenmuskeln sich unter ihren Fingern anspannten, wie sein Schenkel zwischen ihre Beine drängte und ihren Rock nach oben schob, höher und höher, bis er die Hitze ihres Zentrums durch seine Hose spüren musste. Die Schreibtischkante drückte gegen ihr Hinterteil, als er sie dagegenpresste.

»Ich muss die Tür absperren«, flüsterte er, ohne die Lippen von ihren zu lösen.

»Das habe ich gemacht, als ich reinkam.«

»So überzeugt von deinen Überredungskünsten?«

»Etwas in der Art.«

Sein Atem ging schwer, als er an das Revers ihres Blazers fasste und ihn ihr von den Schultern schob. Sie wollte ihm helfen, ihn ihr ganz auszuziehen, aber Evan hielt sie an den Unterarmen fest, sodass beide Gliedmaßen hinter ihrem Rücken hilflos in den Ärmeln feststeckten.

Er rückte ein Stück von ihr ab, um sie anzusehen. Als sie sich ihm entgegenbog, um ihm einen weiteren Kuss zu stehlen, wich er ihr aus und hielt sie still.

»Bitte«, wisperte sie.

»Du hast gesagt, du liebst mich.«

»Das tue ich. Ich liebe dich.« Die Worte kamen ihr inzwischen so leicht über die Lippen, als hätte sie sie schon immer gesagt. Es war unerheblich, ob er sie erwiderte. »Ich schwöre dir, dass, hättest du einen Unfall gehabt, ich nicht mal auf ein Flugzeug hätte warten können. Ich hätte den Ozean durchschwommen, um zu dir zu kommen.«

»Weißt du noch, als du mich nach meinem Schmerz gefragt hast?«

Kelsey nickte. »Natürlich.«

»Du erinnerst dich an die Party, auf der ich dich mit Todd bekannt gemacht habe?«

»Ja.«

»Auch ich habe ein Geständnis abzulegen. Ich hatte dort auf dich gewartet, weil ich zu dem Entschluss gekommen war, dass ich es lange genug wild getrieben hatte und mit dir zusammen sein wollte. Schon damals wusste ich, dass das zwischen uns für immer wäre. Mit zweiundzwanzig hat mir das höllische Angst gemacht, bis ich begriff, dass die Vorstellung, dich nach unserem Abschluss nicht mehr in meiner Nähe zu haben, mich noch viel mehr ängstigte.«

Ihr Zittern verstärkte sich, doch er sprach weiter. »Leider beging ich den Fehler, dich meinem besten Freund vorzustellen, bevor ich dich entführen und dir alles sagen konnte. Ich sah, wie ihr beide euch einen Moment zu lange in die Augen schautet, und dann habt ihr euch die ganze Nacht unterhalten, bevor ihr zusammen gegangen seid. Ich beschloss, das als ein Omen aufzufassen, dass wir doch nicht füreinander bestimmt waren. Es war der einzige Trost, den ich daraus schöpfen konnte.«

»Oh, Evan …«

Er brachte sie zum Schweigen, indem er einen Finger an ihre Lippen legte. »Lass mich ausreden. Das Einzige, wofür ich, was eure Beziehung angeht, dankbar bin, ist, dass du dadurch in all diesen Jahren Teil meines Lebens geblieben bist. Trotzdem kann ich mir nicht verzeihen, dass ich uns nicht früher eine Chance gegeben habe. Immer steckte ich gerade in irgendeiner unbedeutenden Beziehung, aber keine davon war es wert, dich so zu verletzen.«

»Mach dir keine Gedanken. Wenn es auf diese Weise hier endet, ist alles gut.«

»Nichts endet hier.« Er küsste sie, wie sie es ersehnt hatte. Emotional war sie wie betäubt, unter Schock, aber ihr körperliches Verlangen nach ihm hatte nicht gelitten. Es löschte jeden anderen Gedanken aus.

Der Finger, den er an ihre Lippe gepresst hatte, war zu ihrem Kinn gewandert und folgte nun der Mulde unter ihrem Hals bis zum V-Ausschnitt ihrer blaugrünen Bluse. Kelsey keuchte und wollte ihm ihre Brust in die Hand stoßen, aber seine Finger machten sich geschickt an den Knöpfen zu schaffen. Sie drängte ihm die Hüften entgegen, brauchte mehr Kontakt. Er schmeckte so himmlisch, dass sie nicht genug von seinen Lippen bekam, von seiner Zunge, die aufreizend mit ihrer spielte.

Kühle Luft strich über ihre Brüste, als er ihre Schultern von der Bluse und den BH-Trägern befreite. Es überstieg ihr Fassungsvermögen, dass sie wirklich oben ohne in seinem Büro stand. Gott, sie war noch nie so erregt gewesen. Noch vor einem Monat hätte der Gedanke sie schockiert. Aber Evans Lippen glitten über ihre, und es blieb kein Raum mehr für etwas anderes als pure Empfindung. Ihre Arme noch immer hilflos gefangen, kämpfte sie darum, ihn zu berühren, die Finger in seinem seidigen Haar zu vergraben. Er leckte und saugte, bis die Stelle zwischen ihren Beinen so nass war wie die Spitzen ihrer Brüste und ihre Hüften den Rhythmus aufnahmen.

Seine Hand wanderte ihren Schenkel hinauf und unter ihren Rock, fasste an den Bund ihres Höschen und zog mit einem scharfen Ruck daran. Stöhnend hob Kelsey das Becken, um ihm zu helfen, es ihr ganz ausziehen, dann spürte sie, wie es von ihren Knöcheln glitt. Seine Fingerspitze strich über ihren Kitzler, und sie wurde fast verrückt vor Lust, als er ihn zu massieren begann. »Mm, Gott, ich kann es nicht erwarten, dich nach Hause zu bringen«, murmelte er.

Kelsey gluckste. »Ich dachte, du wolltest es hier tun.«

»Oh, das werden wir. Aber dich nackt in meinem Bett zu haben … zu Hause. Es wird mir realer vorkommen. Dauerhafter.«

Dauerhafter. Hatte je ein Wort süßer geklungen?

Mit nun beinahe kontrollierten Bewegungen zog er sie vom Schreibtisch weg und entledigte sie ihres Blazers. Nachdem ihre Arme endlich frei waren, klammerte sie sich erleichtert an ihm fest. Er schob ihren Rock mit beiden Händen so weit nach oben, dass sie von der Taille abwärts entblößt war.

»Das wollte ich schon den ganzen Vormittag tun«, sagte er,

bevor er sie wieder gefährlich nah an die Schreibtischkante setzte und ihre Beine spreizte, um Platz für seine Lenden zu machen. Sie gierte so sehr danach, ihn in sich zu fühlen, dass sie tropfnass war und ihr Puls raste. Aber er sank auf die Knie.

Wie hätte sie den Rest ihres Lebens ohne das zubringen können? Kelsey schrie auf, als er mit der Zunge in sie hineinstieß und sich an dem Nektar labte, den nur er ihr entlocken konnte, durch seine Nähe, seine Berührung. Er stöhnte, und ihr Gesicht brannte, aber sie war weit über jedes Schamgefühl hinaus. Evan hatte während der letzten Woche jeden nackten Zentimeter von ihr in jeder erdenklichen Stellung gesehen. Sie war heute durch eine Achterbahn der Gefühle gesaust, und jetzt, da sie angehalten hatte, wollte sie nur noch, dass er sie vögelte, bis sie taub war. Aber er leckte sie nicht in einem Rhythmus, der ihr Erlösung schenken würde, und so taumelte sie mit zuckendem Unterleib am Rand der Ekstase entlang.

Sie murmelte protestierend, als sein Mund von ihr abließ. Er stand auf und nestelte mit einer Hand an seiner Hose, während er die andere an ihre Taille legte. »Kelsey«, raunte er an ihrem Ohr, bevor sie wenige Sekunden später fühlte, wie er seine wulstige Eichel an ihre Öffnung führte. Ihr Herz zersprang fast, als er sie fest an sich drückte und sich auf seine überwältigende Weise ihres Unterleibs bemächtigte.

Sie keuchte seinen Namen, als er sie ganz und gar ausfüllte, körperlich und emotional. Eine letzte Träne kullerte aus ihrem Auge und fiel auf seine Schulter.

»Pst«, machte er und hielt mitten in der Bewegung inne. Seine Wange, die köstlich rau war von einem leichten Bartschatten, rieb über ihre, als er ihren Mundwinkel mit den Lippen suchte. »Ich liebe dich.«

»Oh, Evan.« Sie hob den Kopf und ertrank in seinem Kuss, während euphorische Freude sie durchströmte, gepaart mit einer Angst, die nur daher rühren konnte, dass sie nun endlich bekam, wovon sie schon so lange träumte. Dieses Mal würde sie es nicht loslassen. »Ich liebe dich auch.«

»Schatz, nicht weinen.«

Er wischte ihre Tränen weg, und sie ließ ihn gewähren, bis sie seinen prüfenden Blick nicht länger ertrug und sich in seine Arme schmiegte. Sanft zog er sich fast vollständig aus ihr zurück, bevor er von neuem in ihre gierige Hitze vordrang. Ihr Körper hieß ihn freudig willkommen, während seine Lippen die Nässe auf ihren Wangen schmeckten.

»Diese Tränen sind alle für mich …« Er schob die Hände unter ihren Hintern, um sie still zu halten, während er mit behutsamen Stößen in sie eindrang.

Kelsey konnte keine Antwort artikulieren; ihre Halsmuskeln hatten sich um einen Schrei der Ekstase herum verkrampft. Diese tiefen, langsamen Bewegungen brachten sie um den Verstand. Schon nach diesen wenigen Tagen kannte er alle ihre erogenen Zonen, wusste, wann er langsam machen musste, um ihre Erregung in immer größere Höhen zu treiben, und wann sie es hart brauchte, um über die Klippe zu stürzen Und er wusste, wann er mit ihr tun sollte, was er wollte.

»Oh ja, Evan.« Ihr Make-up würde ruiniert und ihr Haar außer Rand und Band sein, aber eine Sekunde später konnte sie an nichts anderes mehr denken als an ihre körperliche Verschmelzung. Von immer neuen Wellen der Lust überrollt, biss sie die Zähne zusammen und krallte die Fingernägel in seine Schultern, während ihre Beine sich wie aus eigenem Antrieb um seine Hüften legten und die Knöchel überkreuzten. Sie hatte sich nicht die Mühe gemacht, ihre Stöckelschuhe abzustreifen, und ergötzte sich nun daran, wie sexy und begehrenswert sie sich fühlte, während sie ihn halb bekleidet mit ihrem Körper umschlang. »Ja, genau so.«

»Oh, Liebling«, stöhnte er, sein Kiefer zuckte. Er behielt das Tempo bei und verzehrte sie mit dem smaragdgrünen Feuer seiner Augen. Sie bekam kaum noch Luft, als die Hitze, die sie gemeinsam erzeugten, sich zu einem brennenden Inferno auswuchs. »Sind sie es?«

Kelsey wusste, was er meinte, aber sie konnte in diesem Moment nicht antworten. Sie kam so heftig, als würde sie mit einer Steinschleuder zur Sonne geschossen. Evan gab den gemächlichen Rhythmus auf, um ihr nachzujagen, und sein Stöhnen, gepaart mit der neuen Kraft seiner Stöße trieb sie in immer höhere Sphären der Ekstase. Aber sie kannte ihn gut genug, um zu wissen, dass sie seiner Frage nicht ewig würde ausweichen können.

»Sie sind für dich«, seufzte sie, als sie erschöpft und euphorisch zugleich wieder zurückkam. Gott sei Dank war dieser Schritt nun getan. »Du hast mir alles zurückgegeben, was er mir nahm, und noch mehr.«

Die Anspannung strömte aus seinem Körper, und er wurde weich in ihren Armen. »Ich werde dir mehr geben, als du je von ihm bekommen hast.«

Ja, das würde er, dachte sie, als er sie fest an sich drückte und mit den Lippen über ihr Ohr strich, bis sie erbebte. Seine Hände fuhren zärtlich über ihren Körper, schmiegten sich um jede Rundung, bevor sie zur nächsten wanderten. Sie fühlte sich schon jetzt, als hätte sie keinen Knochen mehr im Leib, doch als seine Lippen wieder und wieder über ihre glitten, glaubte sie, sich auf seinem Schreibtisch in flüssiges Wachs zu verwandeln. Aber sie brauchte ihre Sinne, um all das zu sortieren. »Was passiert als Nächstes?«

Lächelnd strich Evan mit dem Finger über ihr Gesicht. »Nun ja, fürs Erste sammeln wir uns ein paar Minuten, bevor ich dich zum Mittagessen ausführe. Danach trete ich deinem

Boss im Gerichtssaal in den Allerwertesten, dank der Energie, die du mir zurückgegeben hast. Heute Abend nehme ich dich mit nach Hause und lasse dich nicht mehr gehen. Du wirst Weihnachten anders verbringen als letztes Jahr, nämlich mit mir. Wenn du Lust hast, entführe ich dich nach Florenz, damit du meine Familie kennenlernst. Nächsten Sommer reisen wir, wohin du möchtest. Und irgendwo dazwischen führe ich dich zum Altar. Wenn du mich willst …«

»Ich würde dich vom Fleck weg heiraten, Evan Ross.« Begleitet von Lachen und unbeschreiblicher Erleichterung sprudelten die Worte aus ihrem Mund. Kelsey hatte im Lauf der Jahre seine besten und seine schlechtesten Seiten kennengelernt. Ganz gleich, ob er überschwänglich glücklich, außer sich vor Zorn, krank oder niedergeschlagen war, sie hatte ihn immer geliebt. »Ich kenne dich lange genug, um mir da ganz sicher zu sein.«

Schnell legte er den Finger an ihre Lippen. »Kein Wort mehr. Ich will unseren Kindern nicht erzählen müssen, dass ich dich auf meinem Büroschreibtisch um deine Hand gebeten habe.«

»Wieso denn nicht?«, neckte sie ihn. »Sie dürfen ruhig wissen, dass ihre Eltern so verliebt waren, dass sie bei jeder sich bietenden Gelegenheit übereinander hergefallen sind.«

Evan lachte. »Du hast recht. Aber lass mir ein bisschen Zeit, um es richtig hinzubekommen und dir alles zu geben, was du verdienst. Und das werde ich. Versprochen.«

»Oh mein *Gott*«, seufzte sie. »Sag mir, dass das kein Traum ist.«

»Es ist real. Aber da wir gerade von Träumen sprechen. Ich möchte, dass du deinem folgst. Wage es nicht, dich von mir davon abhalten zu lassen.«

Ein Lächeln spielte um ihre Lippen. »Also wirst du mich zwingen, Jura zu studieren?«

»Oh ja. Das ist Grundvoraussetzung.« Er lachte, als sie ihn in die Seite boxte. »Wenn du die juristische Fakultät besuchen willst, hast du meine volle Unterstützung. Ich werde dir sogar kostenlos Nachhilfestunden geben. Warte nur, bis du *meine* Sokratische Methode kennenlernst, Baby.«

Ihr helles Lachen löste eine weitere Flut von Tränen aus, und Evan wischte sie ihr sanft von den Wangen. »Von nun an wirst du nur noch vor Freude weinen, nie mehr vor Kummer.«

Als sie zwanzig Minuten später aus seinem Büro schlenderten, gaben sie sich ganz professionell. Kelsey hatte frischen Lippenstift aufgelegt und ihre Locken gezähmt, aber sie wusste, dass nichts die sinnliche Befriedigung in ihrem Gesicht übertünchen konnte. Evan zögerte nicht, ihre Hand zu nehmen, als sie den Flur entlanggingen, womit er ihr das Gefühl gab, sie hätten sich gegen den Rest der Welt verschworen.

Delilah sah von ihrem Computer auf, und ihre Miene gefror, als sie sie erspähte. Im Vorbeigehen bedachte Kelsey sie mit einem frechen Lächeln und einem Schulterzucken. Sie hätte schwören können, dass sie hörte, wie die Frau zum Telefon griff und wählte, noch ehe sie und Evan aus der Tür waren.

Es hatte aufgehört zu regnen, und ein Streifen Blau versuchte, sich durch die Wolkendecke zu schieben, aber noch war alles mit glitzernden Regentropfen benetzt. Evan hielt Kelsey die Beifahrertür seines schnittigen schwarzen Geländewagens auf, und sie stieg ein, unendlich dankbar dafür, wieder hier zu sein. Zurück in seinem Leben, in der Rolle, die sie erträumt hatte. Sie konnte den Blick nicht von ihm abwenden, als er um den Wagen herum zur Fahrerseite ging. Er sah unfassbar gut aus in seinem grauen Anzug. Und er gehörte ihr. Endlich. Zum ersten Mal in ihrem Leben betrachtete sie sich als das glücklichste Mädchen auf der Welt.

»Ich habe eine Frage«, sagte sie, als er hinters Steuer glitt und den Motor anließ. »Hast du diese Reise wirklich aufgehoben, nachdem du und Courtney euch getrennt hattet, weil du sie mit mir machen wolltest? Du verletzt meine Gefühle nicht, wenn du Nein sagst.«

Evan grinste. »Nachdem alles den Bach runtergegangen war, erinnerte ich mich, dass ich etwas wegen dieser Reise unternehmen musste, und die erste Person, die mir in den Sinn kam, warst du. Wie üblich. Als du mich an jenem Tag letztes Weihnachten anriefst, um mir das mit Todd und Courtney zu erzählen, erinnerst du dich, was ich dich da gefragt habe?«

»Ich weiß nicht mehr viel davon. Du hast so lange nichts gesagt, dass ich schon dachte, du hättest aufgelegt.«

»Ja, aber dann …«

Die Erinnerung kam zurück und entfaltete sich in ihrem Kopf wie ein zusammengeknülltes Stück Papier. Kelseys Mundwinkel hoben sich zu einem Lächeln.

Evan! Großer Gott, du musst herkommen! Schaff sie aus meinem Haus!

Was? Wen?

Todd und Courtney schlafen miteinander! Ich habe sie gerade in meinem Bett erwischt! Komm her, und schaff diese Hure aus meinem Haus!

Weiter als bis zu der tödlichen Stille am anderen Ende ließ sie ihre Erinnerung gewöhnlich nicht schweifen, weil die Beschämung über ihren hysterischen Schreikrampf sie bis ans Ende ihrer Tage verfolgen würde. Aber wenn sie sie weiter abspulte …

Kelsey, geht es dir gut?

Nein! Evan –

Halte dich von ihnen fern, bis ich da bin, hörst du? Ich brauche nicht mehr als zehn Minuten. Ich werde diesen Hurensohn dafür umbringen, dass er dir das angetan hat!

Sie nickte. »Ja, ich erinnere mich.« Evan schien immer zorniger wegen dem gewesen zu sein, was Todd ihr angetan hatte, als über den Schmerz, der ihm selbst zugefügt worden war.

»In Wahrheit hat er mir einen Gefallen getan, und ich wusste es. Aber du warst verletzt, und du brauchtest Zeit, um darüber hinwegzukommen. Ich wollte sie dir geben. Und ich hatte Angst.« Zärtlich strich er mit dem Finger über ihre Wange, die Geste erfüllt von Bedeutung.

»Hättest du mir vor all diesen Jahren gesagt, wie du empfindest, hätte ich diese Party niemals mit ihm zusammen verlassen. Ich wäre bei dir geblieben.«

»Das weiß ich jetzt, und ja, und ich fühle mich deswegen wie ein noch größerer Trottel.«

»Tu das nicht. Und jetzt genug davon. Lass uns nach vorn blicken.« Aber wenigstens konnten sie inzwischen darüber sprechen. Kelsey konnte an ihre Collegezeit und an das Todd-und-Courtney-Fiasko denken, ohne dass Wut in ihr simmerte und sie das Bedürfnis überkam, etwas kaputt zu schlagen. Oder einfach nur komplett die Schotten dichtzumachen. Endlich war die Mauer zwischen ihr und Evan eingestürzt, und an ihre Stelle war eine Bindung getreten, wie Kelsey sie sich nie hätte vorstellen können.

»Das klingt gut.« Evan verschränkte die Finger mit ihren und ließ sie auch dann nicht los, als er den Wagen durch die regennassen Straßen steuerte.

Ein neuer Gedanke kam ihr, als er auf den Parkplatz ihres Lieblingsrestaurants einbog. »Da ist noch eine letzte Sache … du hast nicht jedes Wort gelesen, das ich über dich geschrieben habe.«

Evan stellte den Schalthebel auf Parken, dann beugte er sich lächelnd zu ihr und küsste sie. »Das ist nicht nötig. Ich muss dich nur ansehen, es steht alles in deinem Gesicht.«

Epilog

Ein Jahr später …

Evan glaubte nicht, dass Kelsey je schöner ausgesehen hatte als am Tag ihrer Hochzeit. Er stand mit Brian an seiner Seite am Strand und beobachtete, wie sie langsam herangeschritten kam. Ein Traum in Weiß, in ihrem luftigen Kleid, das die hawaiianische Morgensonne mit funkelndem Glitter bestäubte. Falls sein Kiefer angespannt war und seine Hände vor Verlangen zitterten, ihr dieses Kleid auszuziehen, so bemerkte es niemand – außer Kelsey selbst vielleicht –, denn jedermanns Blick war auf sie gerichtet. Und ihrer auf ihm.

Sie hatte lange mit sich gerungen, ob sie in Weiß heiraten sollte. »Evan«, hatte sie mit flehentlicher Stimme gesagt. »Es kommt mir ein bisschen lächerlich vor, Weiß zu tragen, nachdem ich schon einmal verheiratet war und außerdem schwanger bin.«

»Von Letzterem weiß außer uns nur eine weitere Person«, hatte er eingewendet und mit den Knöcheln über die kleine Wölbung ihres Bauchs gestreichelt. Die Tatsache, dass in ihr sein Kind heranwuchs, machte ihn glücklicher als irgendetwas je zuvor in seinem Leben.

»Deine Mutter hat mich ganz komisch angesehen, Evan. Sie hat auf meine Brüste gestarrt.«

Er hatte sich geräuspert und geantwortet, dass es ziemlich schwer sei, das *nicht* zu tun. Die Bemerkung hatte ihm einen Knuff eingebracht.

Sie wollten Kelseys Schwangerschaft bis nach der Hochzeit für sich behalten. Nicht aus Verlegenheit oder Geheimniskrämerei – obwohl es durchaus denkbar war, dass Kelseys Mutter tot umfallen würde, wenn sie davon erfuhr –, sondern weil sie nicht wollten, dass sich heute die ganze Aufmerksamkeit auf dieses Detail fokussierte. Sie hatten sechs Monate, um die bevorstehende Ankunft ihres Babys zu zelebrieren. Der heutige Tag gehörte ihnen.

Hätte einer der Gäste genau hingesehen, wäre ihm vielleicht aufgefallen, dass, wenn der Wind aus der richtigen Richtung blies, Kelseys luftiges Kleid nach hinten wehte und sich an die sanfte Rundung ihres Bauchs schmiegte. Sie hielt ihren Brautstrauß aus Calla-Lilien tief, um ihn zu verdecken. Gott, sie war so zauberhaft, dass ihm das Herz wehtat. Ihre Lockenpracht war zu einem weichen Knoten in ihrem Nacken aufgesteckt, die Sonne schimmerte auf ihren gebräunten Schultern. Ein Kranz aus rosafarbenen Blüten hing um ihren Hals. Evans Mund war so trocken, dass er kaum schlucken konnte.

Auch er war ganz in Weiß. Um Kelsey zu besänftigen und weil sie behauptete, es sähe unglaublich sexy an ihm aus. Evan war sich da nicht ganz so sicher, aber wenn es sie glücklich machte.

Gott sei Dank hatte er Brian dazu überreden können, die scheußliche blaue Strähne in seinen Haaren für diesen Anlass zu schwärzen. Wenngleich sein Bruder geschworen hatte, sich anschließend den ganzen Kopf zu färben. Wahlweise rot oder lila, das habe er noch nicht entschieden. Vielleicht ein Irokesenschnitt. Er hatte Michelle mit nach Hawaii gebracht, und sie sah erstaunlich normal aus. Außerdem schien sie bis über beide Ohren in Brian verliebt zu sein. Armes Mädchen. Aber zumindest rackerte er inzwischen hart, um sein eigenes Tattoostudio zu eröffnen.

Lisa, stolze Trauzeugin und einzige Mitwisserin ihres Geheimnisses, hüpfte vor Freude praktisch auf und ab, als Evan Kelseys Vater die Hand schüttelte, bevor er seine Braut an seine Seite zog, damit sie ihr Ehegelübde ablegen konnten. Kelseys Finger zitterten, und er drückte sie beruhigend. Noch weinte sie nicht. Das tat sie erst, als sie zu Mann und Frau erklärt wurden. Anschließend musste er nicht darauf warten, dass er aufgefordert wurde, die Braut zu küssen. Kelsey fiel ihm um den Hals und küsste unter lauten Jubelrufen und Applaus ihren Bräutigam. Und küsste und küsste und küsste, bis Lisa Anstalten machte, sie an ihrem Blumenkranz von ihm wegzuzerren.

Als Evan sie zurück durch den Gang zwischen den Stuhlreihen geleitete, die am Strand aufgebaut waren, beugte er sich zu ihrem Ohr und fragte leise: »Wie geht es dir?«

»Ich habe mich während der Zeremonie nicht in hohem Bogen übergeben, also ist alles im grünen Bereich«, wisperte sie lächelnd. Sie lachten beide, und der Fotograf schoss ein Foto – das bestimmt sehr gut werden würde. Niemand würde je erraten, dass sie einander angestrahlt hatten, während sie im Flüsterton über die Möglichkeit sprachen, dass Kelsey sich während der Hochzeitszeremonie übergeben könnte. Es mochte in Anbetracht ihres Zustands auf den ersten Blick nicht die cleverste Entscheidung gewesen sein, sie für den Vormittag anzusetzen, aber Kelsey wurde von morgendlicher Übelkeit geplagt, von mittäglicher Übelkeit, von abendlicher Übelkeit … insofern war jeder Zeitpunkt reine Glückssache. Außerdem hatte Evan der Gedanke abgeschreckt, sie während der schlimmsten Tageshitze hier draußen leiden zu sehen.

Sie gaben für ihre Familien und Freunde, die eigens eingeflogen waren, einen Brunch in ihrem Hotel und amüsierten sich damit, sich gegenseitig mit Hochzeitstorte zu bekleckern und generell nicht die Finger voneinander lassen zu können.

Evan achtete während ihres ersten Tanzes als Ehepaar sorgsam darauf, Kelsey nicht aus dem Gleichgewicht zu bringen.

Brian schaffte es, eine überraschend eloquente Tischrede zu halten, ohne Evan mit einem Sammelsurium an Schimpfnamen zu belegen. Lisa machte während ihres eigenen Toasts, der von der Schönheit einer zu Liebe erblühenden Freundschaft handelte, nicht weniger als zwei Dutzend versteckte Anspielungen auf das Baby. Kelsey musste nur ein einziges Mal panikartig den Raum verlassen, um sich zu übergeben. Zum Glück flossen zu diesem Zeitpunkt die Mimosas bereits in Strömen, sodass niemand ihre Flucht mitbekam, aber für Evan war es das perfekte Signal, um das Fest zu beenden. Er hatte jetzt eine Ehefrau, und er musste sich um sie kümmern.

Lisa schlüpfte in die Damentoilette, um Kelsey zu helfen, sich wieder in einen vorzeigbaren Zustand zu bringen, während Evan im Gang wartete. Als sie herauskam, sah sie so frisch und bezaubernd aus wie zuvor am Strand.

»Es tut mir leid«, sagte sie mit gepeinigter Miene. »Es ist der Geruch des Essens. Dabei hätte ich zu gern von allem gekostet.«

»Ja, das kenne ich.« Lisa nickte mitfühlend.

»Liebling, es tut mir leid, dass dir auf diese Weise der Tag verdorben wurde.«

»Aber nein. Er ist nicht verdorben. Nichts könnte mir diesen Tag verderben.« Kelsey legte die Hand auf ihren Bauch und lächelte. »Und das ist es wert.«

Lisa kamen vor Rührung die Tränen, und sie zog beide in ihre Arme. »Oh mein Gott, ihr seid *so süüüüüß*!«

»Lisa«, krächzte Kelsey über die Schulter, die gegen ihren Kehlkopf drückte. »Ich bin die, deren Hormone verrückt spielen. Ich weiß, normalerweise ist es andersherum, aber …«

»Ach, sei still.« Lisa gab sie frei und wischte sich über ihre feuchten Augen. Evan reichte ihr ein Taschentuch, und sie tupfte ihre Wangen trocken. »Ich freue mich einfach so sehr für euch, das könnte ihr euch gar nicht vorstellen.«

»Natürlich können wir das. Ich hoffe nur, dass ich dir nicht allzu sehr auf die Nerven gehe, wenn ich dich wegen jeder Bagatellfrage anrufe.«

»Und wenn es vier Uhr früh ist, ruf mich an. Nach drei Schwangerschaften betrachte ich mich gewissermaßen als Expertin. Und ich erwarte, dass ich eine der Ersten bin, die ihr benachrichtigt, wenn es so weit ist.«

»Das versteht sich von selbst«, sagte Evan. »Taufpaten stehen immer ganz oben auf der Rangliste.«

Bei dieser Neuigkeit zerfloss Lisa abermals in Tränen. Sie vergrub das Gesicht in Evans Taschentuch, und sie mussten sie minutenlang beschwichtigen, ehe es ihr gelang, die Schleusen wieder zu schließen. »Also, wann sagt ihr es den anderen? Weil ich nämlich fast platze«, erkundigte sie sich, als sie sich wieder gefasst hatte.

»Das ist nicht zu übersehen«, meinte Kelsey trocken. »Ich frage mich, ob es irgendjemanden im Saal gibt, der es dank dir noch *nicht* weiß. Jedenfalls werden wir es voraussichtlich nach unseren Flitterwochen publik machen. Hältst du so lange durch?«

»Es wird schwer werden, aber ich denke, das schaffe ich.«

Der Ausblick vom Schlafzimmer ihrer Suite war spektakulär, sogar noch besser als der im vergangenen Jahr. Kelsey stand am Fenster und sah zu, wie die kristallblauen Wellen über den Strand rollten, an dem sie und Evan vor wenigen Stunden den Bund der Ehe geschlossen hatten. Auf den Schaumkronen tanzten Sonnenstrahlen und verwandelten die Brandung in ein Meer aus Diamanten. Sie funkelten fast so hell wie der an ihrer

Hand. Der Ring hatte ihren Finger nicht mehr verlassen, seit Evan ihn ihr letztes Weihnachten vor der Kathedrale von Florenz übergestreift hatte.

Sie konnte es noch immer nicht glauben.

Geistesabwesend streichelte sie über ihren Bauch, als sie hörte, wie er hinter ihr ins Zimmer trat. Sie drehte sich um und lächelte ihn an. »Die Aussicht ist sogar noch besser als letztes Jahr.«

Doch das wahrscheinlich Schönste, was sie je gesehen hatte, war Evan, in seinen weißen Hosen und dem lässigen, langärmligen weißen Hemd, dessen Knopfleiste bis unter seinen Blumenkranz geschlossen war. Sein Haar war noch immer vom Wind zerzaust, und er fuhr sich mit den Fingern hindurch, als er zu ihr kam, sie von hinten umarmte, und seine Hände über ihre auf ihren Bauch legte. »Wie fühlst du dich?«

Erwartungsvolle Vorfreude durchströmte sie. »Im Moment sehr gut.«

»Mm. Und du fühlst dich auch ziemlich gut an.«

Kelsey kicherte und neigte den Kopf zur Seite, als seine Lippen über ihren Hals glitten. »Ich bin so glücklich. Es war wundervoll, findest du nicht? Absolut perfekt.«

»Ja, das war es. Aber um es wundervoll und perfekt zu machen, brauchte es nur dich.«

»Süßholzraspler.« Kelsey drehte sich in seinen Armen zu ihm um. »Stell dir vor, jemand hätte dir vor unserer ersten Reise hierher gesagt, dass wir in einem Jahr zurückkehren würden, um zu heiraten. Als werdende Eltern.«

Evan küsste sie zart auf die Nasenspitze. »Ich hätte es zwar nicht geglaubt, aber gedacht: ›Gott, das wäre fantastisch‹.«

»Wirklich? Es wäre dir nicht lieber gewesen, wir … hätten noch eine Weile gewartet?«

»Zehn Jahre, Kelsey. Findest du nicht, das ist lange genug?«

»Oh doch, das ist es.«

Ihr Traum, Jura zu studieren, war vorrübergehend auf Eis gelegt, aber das war in Ordnung. Wie sie Evan gesagt hatte, als sie entdeckt hatte, dass sie schwanger war, hatte sie auch schon immer davon geträumt, eine Familie zu gründen, Mutter zu sein. Es spielte für sie nicht wirklich eine Rolle, was sich zuerst erfüllte, aber das Schicksal hatte für sie entschieden. Und auch wenn das Baby nicht geplant war, war er oder sie definitiv nicht ungewollt, weder von ihr noch von ihm.

Evan küsste sie mit weichen Lippen und zärtlich forschender Zunge. Es fühlte sich für sie jedes Mal wieder so an, als küsste er sie zum ersten Mal und würde dabei einen Schwarm Schmetterlinge in ihr freisetzen. Sie wühlte die Finger in sein Haar, gab sich ganz den süßen Empfindungen hin. Seit Kelsey ihm von dem Baby erzählt hatte, schien es, als wäre alles an ihm weicher geworden. Seine Berührungen, seine Küsse, seine Blicke, der Liebesakt.

Evan zog sie zum Bett und setzte sich auf die Matratze. Lächelnd raffte sie ihr Kleid bis zu den Schenkeln und ließ sich in Reiterstellung auf ihm nieder, dann verschmolzen ihre Lippen wieder in einem Kuss. Seine Finger strichen über ihre Schenkel, bevor sie zu ihren Brüsten wanderten. Behutsam schob er ihr Mieder nach unten, und sie biss sich auf die Lippe, als der elastische Saum über ihre Spitzen rieb, die trotz des trägerlosen Büstenhalters übersensibel waren. Er fasste hinter sie und befreite sie davon.

»Oh, danke«, murmelte sie, als das lästige Teil verschwunden war, ersetzt von seinen liebkosenden Händen. Sie musste lächeln darüber, wie sehr er die Empfindlichkeit ihrer Brüste berücksichtigte. Seine Zunge fühlte sich an wie warmer Balsam, als sie sanft über ihr geschwollenes Fleisch leckte. Evan musste ihr nicht erst sagen, wie sehr er die Kurven und Rundungen liebte, die mit ihrer Schwangerschaft einhergingen. Er zeigte es ihr jeden Tag, auch mit seinen Blicken.

»Ich danke *dir*«, entgegnete er und hob den Kopf, um ihren Hals mit Küssen zu bedecken.

»Evan, ich liebe dich so sehr.«

»Ich liebe dich auch. Meine Frau.« Er lächelte sie an, bevor er nach ihrem Kleid fasste, das sich um ihre Mitte bauschte, und es ihr über den Kopf zog, sodass sie nur noch ihren weißen Spitzenslip trug.

Meine Frau. Die Worte waren wie eine liebliche Melodie in ihrem Herzen. Kelsey nahm ihm seinen Blumenkranz ab und machte sich an seinen Hemdknöpfen zu schaffen, begierig, seine glatte, kraftvolle männliche Brust unter ihren Handflächen zu spüren. Der unterste Knopf sprang auf, und sie streichelte einen langen, genüsslichen Moment seine Erektion durch seine Hose, bis er zischend die Luft ausstieß.

Kelsey konnte sich nicht mit weiterem Entkleiden aufhalten. Sie schob seine Hose nach unten, er ihren Slip zur Seite, dann beherrschte er sein Verlangen mit zittriger Willensanstrengung, als sie die Hüften senkte, um seinen ihr entgegenstrebenden Phallus aufzunehmen. »Liebling –«

»Ich will dich. Jetzt. Ich zerbreche schon nicht«, versicherte sie ihm und knabberte an seinem Ohr, während sie das Becken nach unten drückte, um mehr von ihm zu bekommen.

»Ich weiß, aber, oh Gott, ich vielleicht.«

Ihr entschlüpfte ein Lachen, aber es ging in ein Stöhnen über, als er sich unter ihr zu bewegen begann und die Begierde mit ihr durchging, bis jede ihrer Nervenfasern in Flammen stand. Es war immer so mit ihm. Ihre Knochen lösten sich auf, und ihre Muskeln wurden wachsweich, bis sie ganz auf seine Stärke angewiesen war. »Evan, ich …«

Er schob die Hände unter ihr Gesäß, rollte sie sanft auf den

Rücken und brachte sich über ihr in Position, denn das war immer klüger, wenn sie sich in flüssige Lava verwandelte. Und ihre erste Vereinigung als Mann und Frau hatte genau das bewirkt.

Später, als sie nackt und erschöpft quer über dem Bett lagen, wölbte Evan die Handfläche um ihren Bauch und spreizte die Finger. Kelsey liebte es, wenn er das tat, es war eine süße, beschützende Geste. So schliefen sie jede Nacht ein, und wenn sie morgens die Augen aufschlug, fühlte sie meist, wie er ihn streichelte. Als könnte er nicht genug davon bekommen. »Wunderschön«, murmelte er.

Sie lachte leise. »Denkst du, das wirst du in fünf Monaten auch noch sagen? Wenn ich watschle wie eine Ente und du mir die Schuhe zubinden musst?«

»Ich sage es dann und für immer. Ich kann es nicht erwarten, dich in fünf Monaten zu sehen. Du wirst sogar noch schöner sein. Mir war nie klar, was für ein Wunder das ist.«

Es war wahrhaftig ein Wunder. Genau wie die zweite Chance, die sie bekommen hatten, um die Dinge zwischen ihnen in Ordnung zu bringen. Kelsey würde keine Energie darauf verschwenden, an die vier Jahre zu denken, die sie mit dem falschen Mann verheiratet gewesen war. Durch diese Erfahrung wusste sie Evan und die Liebe, die er ihr entgegenbrachte, nur umso mehr zu schätzen. Sie dankte Gott für ihn. Es geschah wirklich nichts ohne Grund.

»Kelsey?«, sagte er plötzlich, als sie schon fast eingeschlummert war. »Jetzt, da wir verheiratet sind, muss ich dir etwas beichten. Es macht mir schon seit Monaten zu schaffen. Ich muss es mir von der Seele reden.«

Nach allem, was sie durchgemacht hatte, hätte sie eine solche Eröffnung eigentlich in Panik versetzen müssen. Aber das geschah nicht, nicht bei ihm. Kelsey war neugierig, ging aber nicht voller Sorge Dutzende Visionen durch, auf welche Weise er sie hintergangen haben könnte. Dafür vertraute sie ihm zu sehr. »Schieß los.«

»Erinnerst du dich an die erste Nacht in meinem Haus letztes Jahr? Als du einen im Tee hattest?«

»Wie könnte ich das vergessen?«

»Hattest du da zufällig einen ganz besonders erotischen Traum …?«

Lust auf mehr?

Auf den folgenden Seiten finden Sie
Cherrie Lynns leidenschaftliche Kurzgeschichte
aus unserer sinnlichen Lust-de-LYX-Reihe!

CHERRIE LYNN

Lust de LYX

Seufzen der Nacht

Ins Deutsche übertragen
von Dorothea Kallfass

1

Meredith Taylor leerte bereits ihr drittes Bier, als das Stöhnen begann.

Der letzte Schluck blieb ihr fast im Hals stecken. Hatte sie sich vielleicht verhört? Sieben Stockwerke tiefer erstreckte sich in knapp fünfzig Meter Entfernung der Golf von Mexiko als schwarzes Nichts in die Nacht, doch über dem unablässigen Wellenrauschen hörte sie unverkennbar Liebeslaute.

Irgendjemand trieb es auf einem der Balkone über ihr. Oder war zumindest kurz davor.

Meri stellte die Bierflasche auf dem Balkontisch ab, starrte mit weit aufgerissenen Augen aufs Wasser und spitzte die Ohren. Normalerweise hätte sie sich sofort nach drinnen verzogen, damit das Liebespaar seiner Leidenschaft ungestört freien Lauf lassen konnte, denn es rechnete bestimmt nicht damit, dass um zwei Uhr morgens noch jemand draußen saß und aufs Meer schaute. Außerdem würde Meri sich durchaus als anständigen Menschen bezeichnen.

Ihr Anstand war allerdings dem für sie ungewöhnlich hohen Alkoholpegel zum Opfer gefallen. Also blieb sie, wo sie war, stand auf, schlich zum Geländer und verfluchte den Wind, der ihr in den Ohren sauste. Oder war das die Aufregung? Egal.

Sie hörte auch so noch genug.

»Oh Gott«, raunte eine Frauenstimme.

Ja, ja, dachte Meri. Das geht doch noch besser, meine Liebe. Zeig mal, was du draufhast. Sie lächelte verschmitzt in sich hinein und lehnte sich rückwärts an die Balkonbrüstung. Hoffentlich gab das Geländer nicht nach … Meri sah schon die Schlagzeile vor sich: *Voyeuristische Urlauberin in den Tod gestürzt.* Galt es überhaupt als voyeuristisch, wenn man nur zuhörte? Das würde sie später googeln müssen. Himmel, die sexuelle Durststrecke der letzten Zeit machte sich langsam wirklich bemerkbar.

Lautes Stöhnen drang von oben zu ihr. Ein Mann und eine Frau. Der Typ klang zum Glück ziemlich scharf. Der letzte Kerl, mit dem sie etwas gehabt hatte – Meri weigerte sich, darüber nachzudenken, wie lange das schon zurücklag –, hatte beim Orgasmus sehr unmännliche Laute von sich gegeben. Dabei stand sie genau auf das Gegenteil. Markante Stimmen, so tief, dass man Gänsehaut bekam. Seitdem achtete sie bei jedem potenziellen neuen Liebhaber darauf, ob er im Bett möglicherweise wie eine sterbende Katze klingen würde. Bei dem Balkonmann hatte sie da keinerlei Bedenken. Er war heiß, fast kam es ihr vor, als stöhnte er ihr ins Ohr, als spürte sie seinen Atem auf der Haut und seine Hände, die an ihrem Hals hinabglitten, weiter nach unten, bis sich ihre Brustwarzen sehnsüchtig aufrichteten … und das, obwohl sie nicht mal wusste, wie er aussah.

Aber das war ja gerade das Spannende. So konnte sie sich einfach ihrer Fantasie hingeben.

Sofort sah sie Cameron vor sich, denn sein Gesicht konnte nicht einmal der Alkohol vergessen machen. Gott bewahre, dass die Erinnerung an ihn je verblassen würde. Selbst hier im Urlaub war Cameron Moore immer in der Nähe. Als bester Freund ihres Bruders hatte er seit jeher einen festen Platz in ihrem Leben gehabt.

Sie wollte nicht an ihn denken.

Bis auf vereinzeltes leises Flüstern war jetzt nichts mehr zu hören. Was ging da vor sich? War er schon in sie eingedrungen? Oder waren sie noch beim Vorspiel? Meri stellte sich vor, wie die beiden immer mehr Haut freilegten, sich küssten und streichelten. So wie die Frau wimmerte, genoss sie jedenfalls eindeutig, was auch immer der Mann gerade mit ihr anstellte. Aber es waren keine kurzen, einzelnen Stöhner wie beim Sex. Nein, Meri schätzte, dass sie es noch nicht miteinander trieben, das Beste stand also noch bevor.

Die beiden konnten sich wirklich glücklich schätzen, ob sie nun in einer langjährigen Beziehung steckten oder es bloß ein flüchtiges Abenteuer war. Meri nahm einen letzten Schluck von ihrem Bier und starrte blind auf die Balkontür, die zum Schlafzimmer führte. Die zwei hockten jedenfalls nicht mitten in der Nacht allein hier draußen und bliesen Trübsal, obwohl sie gerade mit guten Freunden im Urlaub waren. Meris Schlafprobleme begleiteten sie allerdings schon so lange, dass sie sich mittlerweile fast daran gewöhnt hatte. Auf den Ozean zu schauen war immerhin spannender, als die Decke anzustarren, hatte sie sich gedacht. Und zum Bier gegriffen, um müde zu werden. Wer hätte denn ahnen können, dass sie unerwartete Gesellschaft bekommen würde?

Obwohl Meredith Cam aus ihren Gedanken verbannen wollte, kreisten sie wieder einmal nur um ihn. Da er schon ewig mit ihrem Bruder befreundet war, dem sie sehr nahestand, war er einfach immer präsent. Er kam in jeder Unterhaltung zur Sprache, war bei jedem Treffen dabei und jetzt auch noch im Urlaub. Es gab einfach kein Entkommen.

Aber ganz ehrlich, wer hätte ihn nicht gerne um sich herum? Er sah aus wie ein Gott. Als Personal Trainer verbrachte er die meiste Zeit im Fitnessstudio. Über seine durchtrainierten Arme und den muskulösen Oberkörper wanden sich verschlungene Tätowierungen. Wenn sie ehrlich sein wollte, war Meredith nur deswegen Mitglied im Fitnessstudio, damit sie ihn ungeniert anstarren konnte. Er kam auch oft zu ihr, wenn sie gerade auf dem Crosstrainer schwitzte, um sich kurz zu unterhalten, ihr ein paar Tipps zu geben oder sie zu überreden, sich von ihm trainieren zu lassen.

Sie lehnte jedes Mal dankend ab. Das wäre bestimmt ihr Ende.

Na gut, sie war total verknallt in ihn. Keine große Sache. Sie hatte ihn immer auf Abstand gehalten und gab sich nur gelegentlich abgründigen Fantasien hin. Cameron Moore. Er war eben heiß, wer könnte ihr das also verdenken?

Wieso ließ sie sich von dem Gedanken an ihn ablenken, anstatt sich auf das zu konzentrieren, was über ihr vor sich ging?

»Ja. Oh ja, Baby.« Das war unverkennbar wieder die Frau. Dann stöhnten beide gemeinsam auf, und Meri stockte der Atem. Oh. Wenn er bisher nicht in sie eingedrungen war, dann jetzt. Es klang ganz so, als koste er es aus und ließe sie jeden Zentimeter spüren. Und so wie die Frau »Mehr, mehr, oh Gott, mehr!« rief, hatte er da wohl einigen Spielraum. Herrgott. Meri wischte sich den Schweiß von der Schläfe und versuchte sich mit der kalten Bierflasche abzukühlen. Sie zitterte.

Auch ihre Oberschenkel bebten. Dieses Stöhnen … dieser Mann … er klang wild, vollkommen entfesselt, stöhnte, knurrte, stöhnte wieder, verdammt, jetzt flüsterte er ihr auch noch etwas zu. Meri verstand nicht, was er sagte, aber es war bestimmt schmutzig und geil. Als er kehlig fluchte, gaben ihr die Knie nach, sie ließ sich auf den Stuhl fallen und presste die Schenkel zusammen. Sollte sie dem heftigen Verlangen nachgeben oder dagegen ankämpfen? Es war schließlich irgendwie … na ja, falsch und unanständig, sich von jemand anderem anturnen zu lassen, der gar nicht wusste, dass er belauscht wurde.

Aber sie konnte einfach nicht anders. Musste weiter zuhören. Besaß sie denn verdammt noch mal überhaupt kein Schamgefühl?

Nur ein einziges Mal nicht das Richtige tun. Schamlos sein. Ihr Körper brauchte keine weitere Ermutigung; er reagierte, ob sie wollte oder nicht. Bei jedem Stöhnen von oben zogen sich ihre Schoßmuskeln zusammen.

Verflucht, es schien ganz so, als wäre ihre aufregendste sexuelle Erfahrung die von jemand anderem. Meredith hätte ein derart ungezügeltes Verlangen überhaupt nie für möglich gehalten – die drei Liebhaber, die sie bislang gehabt hatte, hatten sie jedenfalls nicht so erregt. Dabei waren sie aus Fleisch und Blut gewesen. Jetzt reichte allein ihre Vorstellungskraft aus, und dazu diese männliche Stimme … Das Blut strömte ihr wie dickflüssige Lava durch die Adern, sammelte sich in ihrem Schoß, den Brüsten und einigen anderen erogenen Zonen, von denen sie bisher nichts geahnt hatte. Selbst ihr Mund war taub und kribbelig; Meri schmeckte etwas Süßes auf der Zunge, süß und verboten, und leckte sich unwillkürlich über die Lippen.

Sie glitt mit einer Hand über das dünne Hemdchen, das sie trug, spürte die hart aufgerichteten Nippel und glitt weiter hinab in Richtung Boxershorts. Sie war so feucht. Sollte sie? Nein. Auf keinen Fall.

Aber sie zerfloss förmlich vor Lust. Sehnte sich danach, dasselbe zu fühlen wie die Frau über ihr, mochte ihre eigene Hand auch nur ein schwacher Ersatz sein.

Sie spreizte die Schenkel.

Könnte sie es hier draußen mit einem Mann tun, obwohl möglicherweise jemand zuhörte? Besonders da sie nun wusste, dass es Menschen gab wie sie selbst? Menschen, die in die Privatsphäre von ihr und ihrem Liebhaber eindrangen, sich davon erregen ließen und diese Erregung auch auslebten …?

Würde sie sich von Cameron so nehmen lassen, wenn er jemals auch nur das geringste sexuelle Interesse an ihr zeigen würde?

Meri öffnete die Augen. Ihr war gar nicht bewusst gewesen, dass sie sie geschlossen hatte. Sie stellte sich vor, die Hand, die über ihren Oberschenkel glitt, gehörte Cam, und schon diese flüchtige Berührung weckte ungeahnte Lust. Die Wellen schlugen gleichförmig ans Ufer und ließen sie mit ihren moralischen Bedenken allein. Und mit ihrer unbezähmbaren Erregung. Der Ozean war tiefschwarz wie Camerons Haar. Der Himmel dunkel wie seine Augen, und in ihnen tanzten auch Sterne …

Sie würde es tun. Je länger sie darüber nachdachte, desto sicherer war sie sich.

Das Pärchen näherte sich inzwischen dem Höhepunkt, die Schreie der Frau kamen immer rascher und wurden immer schriller. Meri schob die Finger in ihr feuchtes Höschen. *Sprich mit ihr. Sprich mit mir. Ich will dich hören.*

Seine dunkle Stimme drang durch das Tosen der Wellen und ihre aufwallende Lust zu ihr, fast so, als habe er ihre Gedanken gelesen. »Willst du kommen?«, fragte er. Meri bebte. Ihre Schoßmuskeln zogen sich sehnsüchtig zusammen. *Ja. Ich möchte kommen.*

»Ja«, flehte die Frauenstimme. »Ja, gib es mir, ich will kommen, lass mich kommen …« Der Wind wehte ihre Worte fort. Nahm er sie an der Wand? Auf dem Boden?

»Die Wand«, flüsterte Meri. So würde sie es wollen. An die Wand gedrängt, denn so hatte sie es noch nie getan. Cam war stark genug, um sie zu halten. Ja, er könnte sie mit dem Rücken an die Wand pressen und sie um den Verstand bringen, sie mit diesem knackigen, muskulösen Hintern dort festnageln, während sie sich hilflos an ihn klammerte. Wie eine Puppe. Ihm ausgeliefert. Überwältigt. Himmel, sie wollte es. Mit jemandem, der so klang wie der Mann über ihr, und keinem, der schrie wie ein Kätzchen.

Ihre Finger ertasteten den feuchten, angeschwollenen Kitzler. Ahh. Machte es der Kerl über ihr seiner Auserwählten vielleicht auch mit dem Mund? Hatte er ihre Schenkel gespreizt, um sie zu küssen und zu lecken, während nur die Wellen, der Mond und die Sterne Zeugen wurden? War es das, was Meri vorhin mit angehört hatte? Während sie sich streichelte, stellte sie sich vor, dass es Cams Mund wäre, der sie dort berührte. Heiß, feucht, genau wie sie. Sie würde vor Lust zerfließen, bevor er sie nahm. Ja.

Es war vollkommen abwegig. Aber allein der Gedanke brachte sie fast um den Verstand. Sie wollte sich nackt dem Wind hingeben. Das Salz des Ozeans schmecken, während die dunklen Fluten ihren nackten Körper umspülten. Sie wollte, dass der Mond sie in silbernes Licht und schwarze Schatten tauchte.

Und sie wollte jemanden, der dieses Erlebnis mit ihr teilte, der diese Schatten eroberte. Das war doch nicht zu viel verlangt.

Jetzt gab sie sich ungehemmt ihrer Leidenschaft hin. Mit immer schnelleren Bewegungen brachte sie sich zum Höhepunkt, erlaubte sich sogar ein leises Wimmern, wenn die Lustschreie der Frau laut genug waren. Ja, er brachte auch Meri zum Höhepunkt. Gleich war es so weit. Gleich. Ihr rauschte das Blut in den Ohren. Sie kam. Die Welle drohte über ihr zusammenzubrechen, ein herrliches Gefühl breitete sich in ihrem Unterleib aus …

»Cameron, oh, Cameron! Oh ja, ja, ja, ja …«

Meredith Taylor riss die Augen auf. Der Orgasmus ließ sich nicht mehr aufhalten, wurde jedoch von ebenso heftigen Schuldgefühlen begleitet und versengte sie heiß wie die Flamme, die ihr Herz in Asche legte.

Cameron.

Sie hatte von ihm fantasiert, dabei war er tatsächlich hier gewesen. Nur nicht mit ihr.

2

»Stimmt was nicht mit dir?«

Meredith wünschte sich zum wohl hunderttausendsten Mal, nicht zu den Menschen zu gehören, denen ihre Gefühle für alle anderen erkennbar ins Gesicht geschrieben standen. Sie war wie ein offenes Buch – na ja, wohl eher ein geöffnetes Fenster ohne Vorhänge. Sie gab sich stets vergeblich Mühe, sich nichts anmerken zu lassen.

Sie sah zu Alyssa hinüber, die mit ihr am Frühstückstisch saß. Wozu lügen? »Da müsste ich etwas weiter ausholen.«

Alyssas zart geschwungene hellbraune Braue hob sich neugierig. »Ach ja?«

Gestehen? Oder das Erlebte mit ins Grab nehmen? Alyssa war ihre beste Freundin, stand immer ohne Vorbehalt hinter ihr, wie es eben bei besten Freundinnen (normalerweise) sein sollte. Meri knabberte an ihrem Daumennagel, starrte in den dampfenden Kaffeebecher und dachte an das dunkle nächtliche Meer zurück. Wie Cams Liebesspiel sich dem Rhythmus der Wellen anzupassen schien. Genau wie ihr Herz mit seinen dumpfen, unregelmäßigen Schlägen.

»Also gut, lass dir noch fünf Minuten Zeit, um dir zu überlegen, ob du es mir erzählst, obwohl wir beide sowieso wissen, dass du es tun wirst, ich werde mir währenddessen noch einen Kaffee holen.« Alyssa stand auf und verschwand in der Küche. »Ich frage mich, ob Marla und die Jungs wohl schon wach sind.«

»Cam wohl kaum«, sagte Meri trocken und nahm noch einen Schluck aus ihrem Becher. Sie stellte sich seinen prachtvollen nackten Körper vor, wie er ausgestreckt auf dem Bett lag, eine schlanke, braun gebrannten Frau im Arm … Sie kniff die Augen zusammen, um das Bild zu verscheuchen. Als ob das helfen würde. Es hatte sich ihr für immer eingebrannt.

»Was hast du gesagt?« Lys sah über den kleinen Tresen, der die Küche und das Esszimmer trennte, zu ihr herüber. Es war keine große Ferienwohnung, aber dafür sehr gemütlich.

»Nichts.«

Das nahm ihr Lys garantiert nicht ab. Ihre Freundin wusste von ihrer Schwärmerei für Cameron. »Hat es was mit Cam zu tun? Sag bloß, die Jungs sind erst morgens nach Hause gekommen?«

Meri antwortete nicht. Sie wartete, bis Lys sich nachgeschenkt hatte und zum Tisch zurückkam. Sie war die reinste Augenweide in ihrem pinkfarbenen Pyjama, mit dem locker hochgesteckten blonden Haar und den blauen Augen. Jeder Kerl auf der Welt würde ihr aus der Hand fressen. Wer sah schon direkt nach dem Aufstehen so gut aus? »Also schön«, sagte Alyssa und setzte den Kaffeebecher ab. »Erzähl.«

Meri atmete tief durch. »Ich konnte letzte Nacht nicht schlafen.«

»Mal wieder. Tut mir leid.«

Meri winkte ab. »Also … bin ich auf den Balkon gegangen und habe was getrunken. So gegen zwei Uhr morgens.«

»Du hast dich mitten in der Nacht allein betrunken? Mensch, Mädchen. Du hättest mich wecken sollen. Dann hätten wir uns wenigstens gemeinsam zuschütten können.«

Herrje, was würde sie bloß ohne Alyssa tun? Sie hatte tatsächlich kurz darüber nachgedacht, ihre Freundin zu wecken, bevor das auf dem Balkon über ihr passiert war. Meri musste grinsen, als sie sich vorstellte, was Lys wohl zu den Sexgeräuschen gesagt hätte.

»Na, jedenfalls … sitze ich da, ganz allein, und … oh Gott, das ist so peinlich.«

Lys richtete sich auf. »Was um alles in der Welt kann denn so peinlich sein?«

»Ich habe ein Pärchen belauscht. Auf einem der Balkone über uns. Beim Sex.«

»Du kleiner Freak!« Alyssa sah dermaßen geschockt aus, dass Meredith losprustete. »Du bist bis zum Ende geblieben, stimmt's?«

»Das ist noch nicht alles.«

Glücklicherweise blieb es ihr erspart, weitere Details zu berichten. Denn sie sah förmlich, wie sich die kleinen Rädchen in Alyssas Gehirn drehten, bis sie schließlich entsetzt zu ihr aufblickte. »Nein. Oh nein, Meri. Es war Cam, habe ich recht?«

Meri trank ihren Kaffee aus, ehe sie antwortete. »Das habe ich erst am Schluss mitbekommen, als sie seinen Namen gerufen hat.«

»Hast du ihn denn nicht an der Stimme erkannt?«

»Na ja … also, wenn er mit mir spricht … klingt das irgendwie anders als das, was er gestern von sich gegeben hat, wenn du verstehst, was ich meine.«

»Du weißt doch, wie du darüber wegkommst, nicht wahr? Du brauchst selbst heißen Sex auf dem Balkon, Mädchen. Du musst dich auf andere Gedanken bringen. Im Ernst, Meri, lass nicht zu, dass er dir diesen Urlaub kaputtmacht. Wir könnten heute Abend ausgehen und –«

»Nein. Ich würde das alles lieber vergessen. Ich meine, das wird eh nichts werden, aber … mich nach irgendjemand anderem umzusehen, ist auch keine Lösung.« Obwohl es das für andere definitiv gewesen wäre.

Aber wie könnte sie ihm das übel nehmen? Fester Bestandteil ihres Lebens hin oder her, Cameron war eindeutig Single.

Ein Single zum Anbeißen. Mehr als Freundschaft hatte es zwischen ihnen beiden nie gegeben. Dennoch war Meri traurig und verletzt und befürchtete, dass er ihr das auch noch ansehen würde, wenn sie sich später trafen.

»Ja. Ich kann nachvollziehen, dass du das nicht vergessen kannst«, sagte Alyssa einfühlsam.

»Na ja, dann werde ich mich heute also ein wenig ausklinken. Vielleicht mache ich einfach einen Strandtag.«

»Genau das solltest du nicht tun.«

»Zu etwas anderem habe ich aber keine Lust.«

»Ich weiß, was du tun solltest, und das sage ich dir schon, seit wir uns kennen. Mach endlich den ersten Schritt, verdammt noch mal.«

Darauf kam die übliche Reaktion. »Auf gar keinen Fall! Schon gar nicht nach dem, was ich da mitbekommen habe. Das wäre doch verrückt.«

»Oh bitte, Meri. Er hat also in einer Bar irgendein Mädchen aufgegabelt, es mit aufs Zimmer genommen und flachgelegt. Na und? Schließlich hat er keine Freundin und ist hier im Urlaub, um Spaß zu haben, oder nicht? Ich bin mir sicher, dass es ihm nichts bedeutet hat, außerdem ist es ja nicht so, als ob du so etwas noch nie getan hättest.«

Meredith ließ sich nicht erweichen, obwohl sie denselben Gedanken gehabt hatte. Denn ja, sie hatte auch schon mal einen One-Night-Stand gehabt. Aber eben nicht auf einem Balkon, wo jeder mithören konnte … obwohl es ja ihre eigene Schuld war, dass sie gelauscht hatte. Wäre sie einfach gleich wieder ins Bett gegangen, so wie es sich gehörte, dann hätte sie nie etwas von seinem Abenteuer erfahren. Sie und Alyssa hätten kurz über die Episode gekichert und sich nicht weiter den Kopf zerbrochen.

Aber neiiiin, sie musste ja bis zum Ende dableiben

Wie sollte sie ihm jetzt bloß gegenübertreten, ohne sich etwas anmerken zu lassen? Alyssa war der Meinung, Meri sollte Cam verführen, aber im Moment konnte sie sich kaum vorstellen, auch nur ein freundschaftliches Wort mit ihm zu wechseln, ohne ihn anzuschreien. Oder in Tränen auszubrechen.

»Wie oft muss ich dir noch sagen, dass er hundertprozentig dabei wäre, wenn du ihn nur ein wenig ermuntern würdest?«

»Das wäre er nicht, und wenn auch nur wegen Dane.«

»Dane soll sich doch freuen, wenn zwischen euch was läuft. Cam hat einen guten Job, eine eigene Wohnung, er zieht sein Ding durch, nimmt keine Drogen, ist kein Säufer … und wir wissen nur von diesem einen Mal, wo er es mit einer Fremden auf dem Balkon getrieben hat …«

»Mensch, musst du mich wieder daran erinnern?«

»Als ob du es bereits vergessen hättest. Und selbst wenn dein Bruder zunächst geschockt reagiert, würde er sich schon dran gewöhnen. Cam gehört doch schon so gut wie zur Familie. Da kannst du ihn auch gleich zu einem vollwertigen Familienmitglied machen.«

»So wie du das sagst, klingt es irgendwie nach Inzest. Großartig.«

»Ach, hör auf.«

»Du vergisst, dass sich die ganze Situation verändern würde, wenn ich mich an ihn ranmache und er mich einfach abfahren lässt. Das lässt du immer außer Acht.«

»Ich glaube einfach nicht, dass es so schrecklich wäre, wie du es dir ausmalst. Außerdem ist das bloß eine Ausrede. Weil du zu feige bist.«

Nun, verflucht, ja, ihr war schon bange bei der Vorstellung. Doch trotz ihrer Angst …

Etwas hatte sich verändert. Ihren Schwärmereien für Cameron hatte sie nie viel Bedeutung zugemessen, sondern sie ins

Reich der Fantasie verbannt. Weil sie ihre Freundschaft nicht aufs Spiel setzen wollte. Meri hatte niemals ernsthaft mit dem Gedanken gespielt, ihn zu verführen. Aber nach dem, was sie letzte Nacht mitgehört hatte, nachdem sie ihn beim Sex gehört hatte, wusste sie, was ihr entging – und sie wusste auch, dass sie das alles möglicherweise haben könnte, wenn sie es wirklich darauf anlegte …

Es war Wahnsinn, das auch nur in Erwägung zu ziehen. Er würde ihr vermutlich liebevoll auf den Rücken klopfen oder durchs Haar streichen und etwas sagen wie: »Ach Kleines, ich fühle mich echt geschmeichelt.« Und ihr damit nicht nur das Herz brechen, sondern auch ihr Selbstbewusstsein zerstören sowie die Hoffnung, dass je etwas zwischen ihnen gewesen sein könnte.

Dabei hatte es Momente gegeben, in denen sie ins Grübeln gekommen war.

Er hatte sich über jeden Kerl aufgeregt, mit dem sie ausgegangen war. So sehr, dass es schon fast lächerlich gewesen war. Er hatte immer gesagt, er sei jederzeit bereit, einen von ihnen zu verprügeln, falls es nötig sein sollte; manchmal hatte sie sich gefragt, ob das wirklich nur scherzhaft gemeint war. Immerhin hatte er Andrew Carson tatsächlich die Nase blutig geschlagen, nachdem er Meri geärgert hatte, allerdings noch zu Schulzeiten. Meri war damals in die sechste Klasse gegangen, Dane und Cam waren zwei Jahre über ihr. Die meisten Mitschüler waren schlau genug gewesen, sich nicht mit ihr anzulegen. Und Cam machte immer wieder unmissverständlich klar, dass das auch heute besser niemand wagen sollte. Dadurch gab er ihr manchmal das Gefühl, immer noch ein Kind zu sein, gleichzeitig fühlte sie sich aber auch beschützt. Und wertgeschätzt.

»Du überlegst, ob du es tun sollst, stimmt's?«, fragte Lys mit verzücktem Gesichtsausdruck.

Meri starrte in ihre Kaffeetasse. »Nein.«

»Doch. Das tust du.«

»Möglicherweise. Das bedeutet aber noch lange nicht, dass ich es auch tun werde.«

»Lass uns eine Wette abschließen.«

»Wie bitte?«

»Wenn wir uns heute mit den Jungs treffen und Cam tatsächlich wieder wie eine Klette an dir klebt oder sich länger mit dir unterhält als mit allen anderen oder dir sonst irgendwie zeigt, wie sehr er dich verdammt noch mal mag, dann musst du es ausprobieren.«

»Und wenn ich es nicht tue?«

»Dann erzähle ich ihm, dass du ihn seit Jahren anschmachtest.«

Meredith wurde ganz schlecht vor Angst. »Dann würde ich nie wieder mit dir reden. Das meine ich ernst.«

»Nein, das tust du nicht.«

»Alyssa!«

»Wenn du mitspielst, wirst du nie herausfinden müssen, ob ich wirklich so bösartig bin. Komm schon, Meri. Du hast echt nichts zu verlieren. Stattdessen kannst du dir einen fantastischen Mann schnappen.«

Meri wusste nicht, welche Vorstellung beängstigender war. Zu tun, was Alyssa ihr vorschlug … oder, dass Cameron ihr möglicherweise nach dem, was er letzte Nacht erlebt hatte, keine Aufmerksamkeit schenken könnte.

Dieses Mädchen. Wie sie wohl aussah? Zierlich? Athletisch? Blond oder dunkelhaarig? Er hatte sich nie auf einen bestimmten Typ festgelegt und auch schon länger keine Freundin mehr gehabt. Wenn er sich nun verliebt hatte? Den Tag mit diesem Mädchen verbringen wollte … gemeinsam mit ihnen allen? Ihr Herz zog sich schmerzhaft zusammen, als sie sich ausmalte,

Cam später mit einer langbeinigen blonden Sexbombe (dem genauen Gegenteil von ihr selbst) an seiner Seite zu begegnen. Sie hielt seine Hand. Lachte über seine Witze. Und die beiden lächelten sich immer wieder verstohlen zu, wenn sie an die gemeinsame Nacht zurückdachten.

Sie musste aufhören, darüber nachzugrübeln. Sonst würde sie noch verrückt werden. Und es zeichnete sich leider auch immer deutlicher ab, dass es doch keine so gute Idee war, den Tag allein zu verbringen. Denn sie musste Gewissheit haben. Unbedingt. Wenn sie Cameron dazu direkt auf sein Balkonabenteuer ansprechen oder sich mit eigenen Augen ein Bild machen musste, dann nahm sie das eben in Kauf.

3

Cameron hob den Kopf und blinzelte in die Sonne. Ihre Strahlen fielen schräg ins Zimmer, also musste es schon recht spät sein. Trotzdem stach ihm das Licht in die Augen.

»Scheiße«, stöhnte er, wälzte sich auf den Rücken und rieb sich die Lider. Als er an weiche Haut stieß, riss er den Arm erschrocken wieder zurück.

Ach ja. Er war nicht allein. Bei seinem Brummschädel dauerte es eine Weile, bis die Erinnerung zurückkehrte. Er drehte sich zu der zierlichen Dunkelhaarigen um, die sich neben ihm zusammengerollt hatte. Das braune Haar bedeckte ihr Gesicht, sie atmete gleichmäßig und zufrieden. Immerhin waren sie nicht ineinander verschlungen eingeschlafen, er konnte sich also aus dem Bett fortstehlen, ohne sie zu wecken. Denn ihm war so gar nicht nach morgendlichem Kuscheln, falls das ihr Plan wäre.

Er hatte gerade seine Schlafanzughose angezogen und wollte schon aus dem Zimmer flüchten, hielt jedoch seufzend inne. Es gab keinen Grund, sich wie ein Arschloch zu verhalten. Schließlich war es nicht ihre Schuld, dass ihm der Schädel dröhnte, und sie konnte sich wahrscheinlich Schöneres vorstellen, als allein in einem fremden Bett aufzuwachen. Also strich er ihr sanft über den schlanken, gebräunten Arm. Sie hob den Kopf, schob sich den überlangen Pony aus dem Gesicht und lächelte ihn schläfrig an.

Herrje, wie hieß sie noch mal?

»Na, du«, schnurrte sie und streckte sich genüsslich wie ein

Kätzchen, wobei sich ihre kecken Brüste von ihrer besten Seite zeigten. Sie waren hübsch, und er hatte sich letzte Nacht sehr an ihnen erfreut, aber jetzt regte sich bei ihm überhaupt nichts mehr. Er wollte sich nicht schäbig verhalten, echt nicht, aber am liebsten wäre ihm, sie würde einfach verschwinden. »Wie spät ist es?«

Er schaute auf die Uhr auf dem Nachtkästchen. »Schon fast zwölf.«

»Wow. Du hast mich echt ausgeknockt.« Sie kicherte.

Wohl eher der Alkohol, dachte Cam. Aber er wollte gar nicht erst groß über gestern Nacht sprechen. »Ich lass dich lieber allein, dann kannst du dich in Ruhe anziehen. Ich mache schon mal Kaffee, falls du auch welchen möchtest.«

Sie sah ihn enttäuscht an und zog das Laken hoch. Sehr gut. Er versuchte es mit einem aufmunternden Lächeln wiedergutzumachen und machte sich auf den Weg in die Küche.

Im Wohnzimmer lief der Fernseher, also waren Dane und Marla wohl schon auf. Allerdings war niemand in der Wohnung, abgesehen von Cams Besucherin. Bestimmt waren die beiden schon am Strand oder irgendwo Mittag essen. Umso besser. Ihn hatte also niemand mit – verdammt, wie hieß sie noch mal? – dem Mädchen zusammen gesehen. Und das sollte auch so bleiben. Die beiden würden ihm deswegen nur wieder in den Ohren liegen. Besser, das alles blieb sein kleines Geheimnis. Er wusste eh nicht, was er sich dabei gedacht hatte.

Na ja, eigentlich schon … nur gab er diesem Impuls normalerweise nicht gleich nach. Schon gar nicht, wenn seine Freunde dabei waren. Und Meri.

Herrgott. Meri.

Ein stechender Schmerz lenkte ihn kurzzeitig von seiner Kaffee-Mission ab, stattdessen durchstöberte er die Schränke nach Kopfschmerztabletten. Dane hatte in weiser Voraussicht welche eingepackt. Zum Glück. Wenn Cam nur gewusst hätte, wo sie versteckt waren.

Irgendwann wurde er fündig – allerdings stand das kleine weiß-rote Tylenol-Fläschchen selbstverständlich im allerletzten Regalfach, das er öffnete – und konnte sich der zweiten Priorität widmen. Koffein. Als das starke Gebräu anfing durch die Maschine zu laufen, hörte er hinter sich ein Geräusch.

Als er sich umdrehte, sah er seine Begleitung von letzter Nacht in ihrem knappen rosa Kleidchen und mit leicht angesäuerter Miene. Sie tippte wie wild auf ihrem Handy herum und mied seinen Blick.

»Hast du Hunger?«, fragte er, mehr um sein schlechtes Gewissen zu beruhigen.

»Ganz sicher nicht«, fuhr sie ihn an.

Was zum Teufel hatte sie denn erwartet? Einen verdammten Heiratsantrag?

Vielleicht nicht gleich rausgeworfen zu werden, nachdem du sie geweckt hast, du Arsch. Er drehte sich seufzend wieder zur Küchenzeile um. Ja, er war ein Vollarsch. Hatte ein Mädchen abgeschleppt, nur um ein anderes aus dem Kopf zu kriegen. Das war nicht zum ersten Mal passiert, und es würde vermutlich auch nicht das letzte Mal gewesen sein. Wie gewöhnlich hatte es nicht geholfen.

Das laute Türenknallen, mit dem sie sich verabschiedete, fuhr ihm schmerzvoll in den Schädel. Und ins Herz.

So konnte er nicht weitermachen. Es war zerstörerisch, selbstzerstörerisch.

Die Tür ging genauso schnell wieder auf, wie sie zugefallen war. Cam dachte schon, das Mädchen sei zurück, und drehte sich beklommen um. Doch es kam noch schlimmer: Dane und Marla kamen in die Wohnung und schauten ihn verblüfft an.

»Wer war denn dieser pinkfarbene Blitz auf hohen Hacken, der uns beinahe gestreift hätte?«, fragte Marla und schob sich die Sonnenbrille ins blonde Haar.

»Du mieser Hund«, fügte Dane grinsend hinzu. Marla versetzte ihm einen Stoß in die Rippen und sah ihn schräg von der Seite an. »Also echt, gratulier ihm doch nicht auch noch.«

»Was? Das habe ich doch gar nicht.«

»Also komm. Du klingst wie ein stolzer Papa.«

Während das Paar sich ein kleines Wortgefecht lieferte, schenkte Cam sich Kaffee ein und nahm einen ersten Schluck. Sie konnten von ihm aus gerne so weitermachen, dann würde es ihm vielleicht gelingen, sich aus dem Zimmer zu schleichen.

»Sie war süß«, sagte Marla unvermittelt und wandte sich wieder Cam zu. Seine Fluchtfantasien lösten sich im Kaffeedunst auf.

»Das war sie wohl.«

»Aber ich schätze, du hast es vermasselt.«

»Das habe ich wohl.« Besser, sie hielten ihn für einen Idioten als für ein Arschloch. Marla würde einem Idioten wesentlich leichter vergeben als Letzterem. Und er wollte nichts riskieren. »Na, jedenfalls ist es gelaufen.«

»Cam, hör endlich auf, diesen armen Dingern das Herz zu brechen«, sagte Marla und klang genau wie seine Mutter.

»Halt ihm keine Standpauke«, ermahnte Dane seine Freundin und verpasste ihr einen Klaps auf den Hintern, während er an ihr vorbei ins Wohnzimmer ging.

»Ich wünschte mir nur, er würde sich endlich mal richtig auf jemanden einlassen.«

»Das kann er selbst entscheiden.«

Cam schüttelte den Kopf. »Er kann auch hören, wenn seine Freunde über ihn reden, als sei er gar nicht da.«

Dane schaute auf die Uhr. »Wir sollten mal hören, was die

Mädels so vorhaben. Ich bin überrascht, dass Meri sich noch nicht gemeldet hat.«

Zum wohl tausendsten Mal dachte Cam darüber nach, was für eine verkorkste Idee dieser Urlaub gewesen war. Zunächst hatte alles ganz toll geklungen, gemeinsam abhängen, sich ein bisschen erholen, den Strand genießen. Wer hätte da keine Lust drauf? Inzwischen fragte er sich, welcher Teufel ihn bloß geritten hatte. Wegen Meredith.

Wenn sie in seiner Nähe war, war an Erholung oder Entspannung nicht zu denken. Er musste sich die ganze Zeit beherrschen, um sie nicht unverhohlen anzustarren.

Meredith in einem Bikini? Das kam dem Todeskuss gleich.

Aber damit nicht genug. Noch schlimmer war Meredith beim Beachvolleyball, während ihr der Schweiß den flachen Bauch hinunterlief. Sie gab immer hundert Prozent, obwohl sie nicht die beste Spielerin war. Meredith, wie sie glücklich lächelnd ins Wasser lief und die Wellen ihre Schenkel umspielten. Merediths Lachen, wenn ihre Freundin versuchte, sie unterzutauchen.

Am schlimmsten war, dass sie so tat, als sei Cameron überhaupt nicht da. Im Ernst, hatte sie ihn schon mehr als einmal angesehen, seit sie hier waren? Er kannte Meri schon ewig, dennoch gab sie ihm mit jedem Jahr mehr Rätsel auf. Es kam ihm vor, als entziehe sie sich ihm, je mehr er ihre Nähe suchte.

Auch wenn es falsch war, sie war der Grund, warum es ihn letzte Nacht nach einem Frauenkörper verlangt hatte.

Wäre sie nicht Danes kleine Schwester und Dane nicht wie sein eigener Bruder …

»Wovon zum Teufel sprichst du?«

Danes Stimme riss ihn aus seinen Gedanken. Sein bester Freund telefonierte gerade, wahrscheinlich mit besagter Schwester, und durchstöberte dabei den Kühlschrank.

»Ja … ja … du möchtest doch sonst immer unbedingt was unternehmen, und jetzt willst du den ganzen Tag hier rumhängen? Geht's dir nicht gut? … Na schön, wie du meinst Bis später.« Er legte auf.

»Alles in Ordnung mit ihr?«, fragte Cam.

»Sie behauptet, es ginge ihr gut, aber sie klang irgendwie seltsam. Sie würde es mir eh nicht sagen, wenn etwas nicht in Ordnung wäre.«

»Du hast recht, das sieht ihr gar nicht ähnlich.« Sie waren erst zwei Tage hier, und Meri hatte sie jeweils um acht Uhr morgens zu irgendeiner Aktivität genötigt.

»Vielleicht kannst du mal mit ihr sprechen«, schlug Dane vor.

»Wenn sie dir nichts verrät, wird sie mir erst recht nichts sagen. Ich bin mir sicher, ihr geht's gut. Vielleicht ist sie einfach müde.«

»Dieses Mädchen hat das Wort ›müde‹ aus ihrem Wortschatz gestrichen«, warf Marla ein. »Sie ist das aufgedrehteste kleine Energiebündel, das ich kenne. Ich weiß nicht, wie sie es aushält, sonst immer den ganzen Tag am Schreibtisch zu sitzen, ohne durchzudrehen.«

»Indem sie uns auf Trab hält, wenn wir im Urlaub sind«, sagte Dane ironisch.

Da musste Cam ihm zustimmen. Wenn er ihr im Fitnessstudio zusah, lief ihm das Wasser im Mund zusammen. Er hätte diesen zierlichen Körper gerne mal an seine Grenzen gebracht. Nicht nur in sportlicher Hinsicht, aber doch auch aus rein professioneller Neugier … jawohl. Er hätte wirklich gerne mit ihr trainiert. Sie tat seinen Vorschlag allerdings jedes Mal lachend ab. Vielleicht fand sie es irgendwie beleidigend, obwohl dazu gar keine Veranlassung bestand, denn sie war unfassbar perfekt, so wie sie war.

Dane gab Cameron einen Klaps auf den Rücken. »Schau doch mal, ob du irgendetwas aus ihr rausbekommst. Finde heraus, wem wir in den Hintern treten müssen.«

»Bitte«, sagte Marla verächtlich. »Sie ist erwachsen. Zu alt für diese ganze Beschützer-Nummer, meint ihr nicht, Jungs?«

»Nein«, widersprach ihr Dane. »Niemals.«

Und genau deswegen würde Cam sich nie an Meri herantrauen. Da spielte es keine Rolle, dass sie inzwischen dreiundzwanzig Jahre alt war. Dane würde ihm den Kopf abreißen. Nicht, weil Cam ihn nicht davon abhalten könnte, sondern weil er sich so schuldig fühlen würde, dass er sich nicht wehren würde.

»Ich werde sie fragen. Aber erwarte nicht zu viel.«

»Ich will eine Liste mit Namen. Die machen wir platt.«

Dane hatte ihm offensichtlich gar nicht zugehört. Und wenn er wüsste, was Cam über seine kleine Schwester dachte, stünde dessen Name vermutlich ganz oben auf der Liste, obwohl sie schon ihr Leben lang befreundet waren.

4

Der Strand tat ihrer Seele gut. Schon als Meri nach der langen Anfahrt ausgestiegen war, die salzige Luft geschmeckt und dem Wellenrauschen gelauscht hatte, hatte sie sich gestärkt gefühlt. Wie neugeboren. Bereit loszulegen und sich allem zu stellen. Sogar der Herausforderung, mehrere Tage mit Cam zu verbringen … keine große Sache, oder? Zumindest hatte sie sich das eingeredet.

Aber jetzt war alles anders.

Ihr kurzfristig aufgeflammter Mut von heute Morgen, als sie beinahe auf Alyssa gehört hätte, war wieder verflogen. Als Dane anrief, um zu fragen, was sie unternehmen wollte, hatte sie gekniffen. Weil sie die ganze Zeit daran denken musste, dass nur ein paar Meter von ihrem Bruder entfernt wahrscheinlich immer noch ein Mädchen in Camerons Schlafzimmer lag.

Also war Meri allein losgezogen, hatte sich ihren Badeanzug geschnappt und sich auf den Weg zum Strand gemacht. Dort stand sie jetzt im flachen Wasser, die Zehen im Sand vergraben, die Sonne schien ihr auf die nackte Haut, das Meer umspülte ihre Knöchel, und tatsächlich fühlte sie sich schon ein wenig besser. Es war Mitte Juni … sehr warm, aber nicht unerträglich heiß, auch nicht zu überlaufen, obwohl hier bereits Hochsaison war. Einfach perfekt. Gestern hatte sie sich ein paar Volleyballspielern angeschlossen, aber die waren heute anscheinend nicht hier. Ihr war sowieso nicht nach Gesellschaft.

»Hallo.«

Meri fühlte sich erst gar nicht angesprochen, doch als sich

jemand neben sie stellte, fuhr sie überrascht herum. Als sie erkannte, wer es war, drohte ihr beinahe das Herz in der Brust zu zerspringen. Sie brachte nur ein ersticktes Krächzen heraus.

Cams dunkle Augen musterten sie unter dem Rand seiner weißen Baseballmütze. Ihr Mund war wie ausgedörrt; die Unterlippe bebte. Am liebsten hätte sie sich ihm in die Arme geworfen und losgeheult – eine entsetzliche Vorstellung.

Meri konnte sich glücklicherweise gerade noch davon abhalten, etwas derartig Uncooles zu tun. Stattdessen rang sie sich ein Lächeln ab und schluckte den Kloß im Hals hinunter. »Hallo.«

Sie sah ihm einen Moment zu lange in die Augen.

Und in genau diesem Moment geschah es. Sie erkannte, wie sehr sie diesen Mann begehrte; bislang war ihr das nie klar gewesen. Jedenfalls nicht so richtig. Sein Körper war einfach anbetungswürdig, aber das war nichts gegen seine Augen. Dunkelbraun und manchmal so durchdringend, dass es sie verunsicherte. Doch sobald Cam lächelte, bekam er tausend Fältchen um die Augen und sein Blick wurde weich wie geschmolzene Schokolade. Was ziemlich häufig vorkam. Und er konnte einen großartig umarmen, oh ja, das hatte er echt raus. Aber bei diesen Armen war das ja auch kein Wunder.

Noch wichtiger als all das war aber, dass er ein wirklich toller Mensch war. Wenn sie in all den Jahren eines über ihn gelernt hatte, dann das.

Sie konnte die aufwallenden Gefühle nicht länger unterdrücken, konnte sie jedoch auch nicht in Worte fassen. Er sah es ihr an; er musste es sehen, denn die Emotionen überwältigten sie. Sie sprangen von ihr auf ihn über wie ein Blitzschlag in einer dunklen Sommernacht. Mit voller Wucht.

Meris Gehirn setzte aus, sie trat einen Schritt auf ihn zu, stellte sich auf die Zehenspitzen und küsste ihn. Alles andere war vergessen. Was ihr Bruder darüber denken mochte genauso wie dieses Flittchen, das möglicherweise irgendwo auf Cameron wartete.

Es gab nur noch ihn. Nur ihren Cameron, ihren Freund.

Sie spürte, wie er sich vor Schreck versteifte und sie fest an den Oberarmen packte. Einen unerträglichen Moment lang fürchtete sie, er würde sie wegschieben.

Doch das tat er nicht. Was auch immer da zwischen ihnen aufloderte, war zu heiß, zu verführerisch, zu mächtig, um sich zu widersetzen. Sie wollte mehr davon, doch er löste sich von ihr, bevor sie es ganz zu fassen bekam, hielt sein Gesicht jedoch dicht vor ihrem, verführerisch nahe.

»Meredith …« Mit gemischten Gefühlen hörte sie ihn so zärtlich und erregt ihren Namen raunen, wo er es erst gestern Nacht für eine andere getan hatte. Die Erinnerung versetzte ihrem Herzen einen Dolchstoß. »Was zum Teufel ist in dich gefahren?«

Genau. Was zum Teufel war bloß in sie gefahren?

Eine hohe Welle warf Meri beinahe um, denn sie hatte von dem flüchtigen Kuss bereits weiche Knie bekommen. Nur dank Cam stürzte sie nicht ins Wasser. Er hielt sie am Arm fest und führte sie ans Ufer. Sie stapfte niedergeschlagen neben ihm her, Sand klebte an ihren nassen Füßen.

Verdammt. Verdammt noch mal, was hatte sie bloß getan?

Er beugte sich vor, zog ihr Badehandtuch mit Blümchenmuster aus ihrer Tasche und schlang es ihr um die Schultern, ohne sie anzusehen. Ihr Herz schlug dumpf gegen den Brustkorb.

»Bist du böse auf mich?«, fragte sie.

»Verflucht, ja, das bin ich. Was hast du dir nur dabei gedacht? Stell dir vor, Dane hätte uns gesehen.«

»Mir ist scheißegal, was mein Bruder sieht oder nicht.«

»Tja, mir nicht. Ganz besonders nicht, wenn es um dich geht.«

Sie sah sich um. Keine Spur von Dane oder Marla. »Wenn die anderen gar nicht dabei sind, was suchst du dann hier?«

Er warf sich ihre Strandtasche über die Schulter, zuckte mit einer Achsel und starrte zu den Ferienwohnungen hinüber. Hatte er sie überhaupt ein einziges Mal angesehen? Sie folgte seinem Blick, suchte alle acht Stockwerke ab. Da war der Balkon von ihrer und Alyssas Ferienwohnung. Welcher zu Cams gehörte, wusste sie nicht genau. Aber sie waren auf jeden Fall in Hörweite.

»Dane wollte, dass ich nach dir schaue. Er sagte, du seist irgendwie neben der Spur gewesen.«

Er hatte ja keine Ahnung, wie sehr das zutraf. Na großartig. Nicht einmal am Telefon konnte sie ihre Gefühle verbergen.

»Und dann ziehst du diese Nummer ab«, fuhr er fort. »Was ist nur los mit dir?«

»Hast du dich gestern Abend gut amüsiert?«, platzte es aus ihr heraus. »Du bist nicht beim Abendessen gewesen.«

Er ging auf das Gebäude zu – wollte er vor ihrer Frage davonlaufen? –, und Meri heftete sich ihm so gut es ging an die Fersen. Er lief mit großen Schritten durch den pudrigen, zuckerweißen Sand. »Schätze schon«, sagte er ausweichend.

Es klang jedenfalls ganz so, hätte sie am liebsten erwidert. Sie musste sich richtig auf die Zunge beißen.

Gleichzeitig wollte sie am liebsten vergessen, was gestern Nacht geschehen war. Aber das war unmöglich. Außerdem sollte er nicht erfahren, was sie getan hatte. Was würde er von ihr halten, wenn er wüsste, dass sie bis zum Ende gelauscht hatte, wie sehr sie das alles erregt hatte. Ihr wurde schon beim Gedanken daran ganz heiß, aber nicht nur aus Scham.

Himmel, wie herrlich sich seine Lippen angefühlt hatten. Warm und fest. Sie malte sich aus, was er mit ihnen alles anstellen könnte, wenn er sich darauf einlassen würde.

Meris Beine drohten schon wieder nachzugeben, sie kam stolpernd zum Stehen. Cam drehte sich zu ihr um. »Alles in Ordnung?«

»Wieso gehen wir rein?«

»Damit du nicht wieder irgendetwas vollkommen Verrücktes machst, wie mich vor aller Augen zu küssen.«

Sie starrte ihn wütend an, und dieses Mal wich er ihrem Blick nicht aus. Seine ohnehin dunklen Augen verdüsterten sich noch weiter, so aufgewühlt hatte sie diese noch nie gesehen.

Ob sich das Mondlicht in ihnen gespiegelt hat? Hat das Mädchen von gestern Nacht in seine Augen geblickt, als sie kam?

Mist, Mist, verdammter Mist!

Meri schob sich an ihm vorbei und ging die Holzstufen zur Strandpromenade hoch.

»He, warte!«

Die Planken waren heiß von der Sonne. Meris Fußsohlen brannten. Da sie aber keine Lust hatte, ihn nach ihren Flipflops zu fragen, lief sie einfach schneller.

»Meredith!«

Sie wusste, sie sollte sich ihm gegenüber nicht so aufführen. Er konnte nichts dafür, er wusste nicht einmal, weshalb sie so wütend war. Aber sie hielt es einfach nicht aus. Sie konnte ihm nicht so nahe sein. Sie konnte ihn nicht einmal mehr ansehen, wenn sie ihn nicht haben konnte. Es war zu schmerzhaft.

Nach einigen Schritten blieb sie fluchend stehen, weil der aufgeheizte Weg zu heiß für ihre empfindlichen Fußsohlen war, und ließ sich auf eine Bank plumpsen, allerdings erst, nachdem sie ihr Handtuch darauf ausgebreitet hatte, um sich nicht auch noch den Hintern zu verbrennen. Sie schaute zu Cam auf. »Kannst du mir bitte meine Schuhe aus der Tasche geben?«

Er kam ihrer Bitte mit grimmig verzogenem Mund nach. Er zog ihr die Schlappen sogar über die Füße. Beim Anblick seiner sehnigen Unterarme und seiner großen Hände, die ihrer Haut so nahe waren, musste sie sich auf die Lippe beißen. Sobald er fertig war, sprang sie auf.

»Gehst du heute Abend mit mir aus?«

Er erstarrte mitten in der Bewegung und sah auf sie hinunter. Himmel. Er überragte ihre eins achtundsechzig um gut fünfzehn Zentimeter. Dennoch hatte sie ihn aus dem Gleichgewicht gebracht. Ihn in die Ecke getrieben.

»Verdammt, Mädchen«, fluchte er heiser, und ihr stellten sich die Nackenhaare auf. Er rieb sich über die Augen. »Ob ich mit dir ausgehe? Du meinst …«

»Eine Verabredung. Mit mir ausgehen. Zum Abendessen. Oder … ich weiß nicht. Irgendwas. Einfach …« Meredith wartete atemlos auf seine Reaktion.

»Wir sind«, setzte er an, als würde er mit einem begriffsstutzigen Kleinkind sprechen, »mit deinem Bruder und seiner äußerst aufmerksamen Freundin hier. Wenn er auch nur den Hauch eines Verdachts –«

»Wenn Dane weiß, dass ich mit dir unterwegs bin, wird er sich überhaupt keine Gedanken machen. Und Marla auch nicht.«

»Was um alles in der Welt war der Auslöser dafür? Gestern warst du noch … verdammt normal. Und heute verhältst du dich auf einmal wie eine Verrückte, küsst mich, fragst mich, ob ich mit dir ausgehe … Was ist bloß in dich gefahren?«

Du, verdammt noch mal! DU. Du und dein beschissen aufregendes Sexgeflüster und Gestöhne, das ich zum ersten Mal gehört habe.

Wenn sie sich nicht zusammenriss, würde er es sich noch zusammenreimen.

Sie schluckte schwer. »Es gibt doch niemand anders, oder doch?«

»Nein«, antwortete er sofort. Ohne das geringste Zögern. Hoffnung keimte in ihr auf. Er sah ihr die Erleichterung an und runzelte die Stirn. »Wie kommst du darauf, dass es jemand anders geben könnte?«

»Ich weiß auch nicht. Nur so ein Gefühl.«

Falls Cameron diese Ausrede nicht geschluckt haben sollte, ließ er sich jedenfalls nichts anmerken. Er zog einen Mundwinkel hoch und tätschelte ihr ein paarmal den Kopf. »Ich glaub, dir ist die Sonne zu Kopf gestiegen, Kleines.«

»Lass das«, sagte sie ganz ruhig. »Ich bin doch kein Kind.«

Er wurde ganz ernst. »Das weiß ich, Meredith.«

»Wollte nur sichergehen.«

»Hör mal, wenn die Umstände anders wären …«

Sie schüttelte den Kopf. »Behandle mich nicht so von oben herab. Sei einfach ehrlich zu mir. Du kennst mich, seit ich acht war, so viel Respekt kann ich doch zumindest von dir erwarten.«

»Wenn wir miteinander ausgehen«, sagte er, »dann als Freunde. Eben weil ich dich respektiere, verstehst du das?«

Und weil du mit niemandem ins Bett gehen kannst, den du respektierst?

Sie wollte ihm widersprechen, aber ihr Herz riet ihr davon ab, und sie folgte ihm jetzt einfach blind. So hatte sie etwas Zeit, um darüber nachzudenken, was sie ihm überhaupt sagen sollte, denn sie hatte verdammt noch mal keinen blassen Schimmer. Es war genug. Vorerst. »Einverstanden«, sagte sie.

»Ich komme dich um sieben abholen.« Er lächelte sie an. »Meinst du, du schaffst es, bis dahin keinen Unsinn anzustellen?«

»Bin nicht sicher«, sagte sie und drehte sich zum Fahrstuhl um. »Aber ich werd's versuchen.«

5

Als Cam um fünf vor sieben an der Tür der Ferienwohnung klopfte und Meri ihm aufmachte, hätte er ihr am liebsten gesagt, sie solle wieder zurück in ihr Zimmer gehen und sich etwas anderes anziehen. Ihr Bruder würde ihn allein dafür erschießen, dass er sie in diesem superknappen Kleidchen auch nur ansah, außerdem würde er selbst dasselbe mit jedem anderen Kerl machen müssen, der einen Blick auf sie wagte.

Das dunkelrote, zart fallende Kleid entblößte jede Menge Haut, der dünne Stoff umspielte ihre weiblichen Rundungen und brachte ihre leicht gebräunten Beine zur Geltung. Die feingliedrigen Füße steckten in goldenen Sandalen, das lange braune Haar fiel ihr in großen, weichen Locken über die Brüste.

Doch als sie ihn anlächelte, konnte er nicht mehr klar denken. Nicht nur die Kehle, auch andere Körperteile zogen sich sehnsüchtig zusammen. Wenn sie sich ihm so den ganzen Abend über präsentieren wollte, dann würde er ganz bestimmt nicht Nein sagen.

Er wollte ihr sagen, dass sie wunderschön aussah. Er wollte das hier wirklich wie eine richtige Verabredung ablaufen lassen. Nachdem sie ihn zärtlich begrüßt und die Hand in seine gelegt hatte, wurde ihm klar, dass auch sie es immer noch darauf anlegte.

So ein Mist. Das war überhaupt nicht gut. Wenn er auch nur einen Funken Verstand besaß, würde er das hier sofort abblasen. Sie schleunigst in die Wohnung zurückschicken und die

Wohnung verlassen, in sein normales Leben zurückkehren und so tun, als hätte es diesen verfluchten Tag nie gegeben.

Ihr Duft hüllte ihn ein. Tropisch und geheimnisvoll. Die warme Hand in seiner fühlte sich erschreckend gut an.

»Hast du dir überlegt, wo du hingehen möchtest?«, fragte er.

»Ich habe gestern eine kleine Austernbar entdeckt, als ich mit Alyssa shoppen war. Die würde ich gerne ausprobieren.«

Austern. Oje. »Ganz wie du möchtest.«

Sie zwinkerte ihm zu. »Das höre ich gerne.«

Herrgott, dieses Mädchen würde ihn noch um den Finger wickeln, wenn er nicht aufpasste. Er hatte immer gerne den Beschützer für sie gespielt, aber wie sollte er sie vor sich selbst beschützen? Er war nicht sicher, ob er sich bei ihr lange beherrschen konnte. Ihm war es nur deswegen stets gelungen, die Distanz zu wahren, weil sie ihm nie signalisiert hatte, dass sie mehr wollte. Doch nachdem sie es jetzt getan hatte, war es damit für immer vorbei, es gab kein Zurück mehr. Und verflucht, wenn er auch nur noch ein einziges Mal ihr Parfum einatmete oder daran zurückdachte, wie sich ihre warmen, salzigen Lippen auf seinen angefühlt hatten …

Zum Glück war er mit seinem eigenen Wagen in den Urlaub gefahren. Er hielt ihr die Beifahrertür auf und nahm sich fest vor, ihr beim Einsteigen nicht auf den Hintern zu starren.

Dafür war er allerdings schon viel zu erregt. Als sie einstieg, spannte sich ihr Kleid um die Hüften, sodass er die Umrisse ihres Höschens erahnen konnte, außerdem genoss er beste Aussicht auf ihre Beine.

Diese Haut. Makellos. Und sie fühlte sich garantiert genauso weich an, wie sie aussah. Oh Mann, das war sein Ende. Dennoch ging er um den Truck herum und spielte das Spielchen weiter wie ein Lamm, das zur Schlachtbank geführt wird.

Unterwegs wies sie auf den wunderschönen Sonnenuntergang hin und sprach davon, wie großartig das Wetter heute gewesen sei. Unwichtiger Mist, über den sie sich in einer anderen Situation vielleicht unterhalten hätten. Irgendwie gelang es ihm, sich auf den Smalltalk einzulassen, er zog sogar ein paar halbwegs intelligente Bemerkungen aus dem Hut, um nicht wie ein Vollidiot dazustehen.

»Hast du Dane gesagt, dass wir miteinander ausgehen?«, fragte sie irgendwann und rief dann aus: »Oh, da ist es!«

Er setzte den Blinker und bog auf den Parkplatz des belebten kleinen Strandlokals ein, auf das sie gezeigt hatte. »Ja, habe ich.«

Sie lachte leise in sich hinein. »Rein freundschaftlich?«

»Das habe ich offengelassen. Ich hab ihm einfach gesagt, dass wir was miteinander unternehmen. Er hat nicht nachgefragt, und ich habe nichts weiter erklärt.«

»Und wenn er gefragt hätte?«

»Dann hätte ich ihm vermutlich die Wahrheit gesagt, dass ich verdammt noch mal nicht weiß, was mit dir los ist.« Ihm kam ein Gedanke, der so unangenehm war, dass er ihn lieber gleich wieder verdrängt hätte. »Es geht dir doch nicht um ihn, oder doch? Du bist nicht, keine Ahnung, irgendwie wütend auf ihn und versuchst, hier ein Spielchen mit mir zu spielen?«

Meri schnaufte verächtlich. »Also bitte, Cameron. Du kennst mich doch wirklich besser. So etwas würde ich niemals tun. Nein, das hier hat nichts mit Dane zu tun. Ich war nur neugierig, das ist alles.«

Er fand eine Parklücke. Sie stieg eilig aus, ohne darauf zu warten, dass er ihr die Tür aufhielt, und er fragte sich, ob er sie irgendwie beleidigt hatte. Verdammt. Er wusste einfach überhaupt nicht mehr, woran er bei ihr war. War doch logisch, dass er da auf seltsame Gedanken kam.

Der Sonnenuntergang tauchte die Welt in orangegoldenes Licht und überzog Merediths Haar mit einem hinreißenden rötlichen Schimmer. Als sie das Restaurant betraten, gestattete er sich eine flüchtige Berührung, indem er ihr die Hand ins Kreuz legte, während er sie durch die Tür führte. Er spürte die warme Haut unter ihrem Kleid, ihr weiches Haar an seinem Arm, wie sich unwillkürlich ihre Muskeln anspannten und ihr kurz der Atem stockte.

Er wünschte, es wäre möglich. Wollte ihr den Arm um die Schultern legen. Sie an sich ziehen. Er konnte nur mit äußerster Willenskraft widerstehen. Als sie zum Tisch geführt wurden, löste sich Meri von seiner Seite. Der Zauber war gebrochen.

Sie fragte nach einem Tisch im Außenbereich und stieß einen glücklichen Seufzer aus, als sie ihm gegenüber Platz nahm. Am Strand spazierten Pärchen unter dem tieforange und knallpink gestreiften Abendhimmel entlang. Der Wind spielte sanft mit Meris Haar, während sie die Aussicht genoss.

Er könnte sie den ganzen Abend lang anstarren. Aber sobald sie sich von der Szenerie losriss und ihre blauen Augen auf ihn richtete, wandte er den Blick ab und betrachtete stattdessen die Brandung und die sich in der Luft tummelnden Möwen.

»Es ist wunderschön«, sagte sie. »Ich wäre nirgendwo lieber als genau hier.«

Bei diesen Worten schaute sie nicht aufs Meer. Sie sah ihn direkt an. Und ihm ging es genauso: Nichts, einfach nichts auf der Welt könnte schöner sein als das hier. Der Gedanke riss ihm die Seele entzwei. *Dane*, dachte er verzweifelt, *es tut mir leid, Kumpel. Ich glaube, es war unvermeidlich, dass es irgendwann dazu kommen würde*.

Meri bestellte Weißwein auf Eis, und er fragte sich, ob das sein Schicksal endgültig besiegeln würde. Er beschloss, auf Nummer sicher zu gehen und bestellte für sich nur Wasser.

»Kein Drink?«, fragte sie und setzte einen leichten Schmollmund auf.

Ich durchschaue dich, hübsches Mädchen.

»Ich hatte gestern Abend mehr als genug.«

Ihr Gesichtsausdruck veränderte sich und sie warf ihm einen seltsamen Blick zu, den er nicht deuten konnte.

»Dann … bist du gestern also allein losgezogen.«

»Ja«, sagte er unverbindlich. Meri strich sich den langen Pony aus dem Gesicht und schaute auf seine Hände, die nervös am Besteck herumfummelten.

»Wo denn?«

»In irgendeiner Bar. Hab zu viel getrunken.«

»Das passiert dir nicht oft, du alter Gesundheitsapostel. War irgendwas los?«

»Musste einfach mal Dampf ablassen.«

»Aha.«

Und damit erstarb das Gespräch, zumindest bis Meri ihren Wein ausgetrunken hatte und die Austern serviert wurden. Ab da unterhielten sie sich über normale Dinge: seinen Job und ihren Job. Sie arbeitete als Sekretärin in einem Maklerbüro und war rundum zufrieden mit ihrem Beruf, nur einer ihrer Chefs machte ihr zu schaffen, weil er ein wenig zu vertraulich mit ihr umging. Das hörte Cam nicht gerne. Der Scheißkerl tat gut daran, seine Hände bei sich zu behalten, sonst würde er es mit ihm zu tun bekommen, und das sagte er ihr auch. Ihm gefiel allerdings gar nicht, wie sie strahlte, als sie das hörte.

Das Restaurant erlaubte es Gästen, sich als Erinnerung an den Besuch auf den Tischen zu verewigen. Meredith zog einen Stift aus der Tasche und schrieb in geschwungener Schrift ihren Namen auf die Platte, dann reichte sie den Stift an ihn weiter. Er setzte seine Unterschrift unter ihre, dazu das Datum. Sie ergänzte noch etwas, das er nicht entziffern konnte, dann steckte sie den Stift wieder ein.

»Was war das?«, fragte er.

»Nichts«, sagte sie und lächelte geheimnisvoll.

»Sag schon«, drängte er.

Sie wurde rot. »Ich habe geschrieben: ›unsere erste Verabredung‹«

»Ach so. Okay.«

»Na ja, das ist es schließlich auch. Nicht zwingend die erste von vielen. Aber es ist die erste.«

Mädchen, wenn du wüsstest. Er wäre überglücklich, wenn es die erste von Tausenden wäre. Und er ein Leben lang mit ihr ausgehen könnte.

»Weißt du noch, wie du Andrew Carson wegen mir verkloppt hast?«

Das war wirklich das Letzte, womit er jetzt gerechnet hätte. Er musste lachen. »Verflucht, natürlich. Der kleine Scheißkerl hatte es nicht anders verdient.«

Sie lächelte und gab ein wenig Cocktailsoße auf ihre Auster. »Ich kann mich nicht mal mehr genau daran erinnern, was er zu mir gesagt hat, aber ich werde nie vergessen, dass du das getan hast.«

Cam konnte sich noch ganz genau erinnern. Er hatte zufällig mitbekommen, wie der Kerl Meri wegen ihrer flachen Brust aufgezogen hatte. Mein Gott, sie war gerade mal zwölf gewesen. Es hatte ihm eine solche Befriedigung verschafft, den Schleimbeutel am Kragen zu packen und ihm eine zu verpassen, auch wenn er dafür zwei Wochen hatte nachsitzen müssen. Soweit er wusste, hatte Andrew sich nie mehr getraut, Meredith auch nur anzusprechen, also war es das wert gewesen.

»Ich frage mich, was aus ihm geworden ist«, sinnierte sie.

Er zuckte mit den Achseln. Das war ihm vollkommen gleichgültig. »Wahrscheinlich das, was aus allen kleinen Großmäulern da draußen in der Welt wird.«

Meredith schlürfte ihre Auster aus. Als er sah, wie sie glückselig schluckte, regte sich etwas, das er die ganze Zeit versucht hatte zu ignorieren – seine Erektion stieß gegen die Hose. »Mhh«, sagte sie und fuhr sich mit der Zunge über die Lippen. »Himmlisch.«

Er machte sich nicht besonders viel aus Austern, aber ihr dabei zuzusehen, wie sie sie aß, machte ihn an. Sie hatte wieder diese leicht geröteten Wangen wie vorhin, und sie wurden noch etwas dunkler, während sie an ihrem Wein nippte. »Oh mein Gott, Cam. Das ist wirklich die beste Idee gewesen, die du je gehabt hast.«

Er lachte. »Ich denke, es war eher deine.«

»Nein.« Sie schüttelte den Kopf, strich sich eine Haarsträhne über die Schulter und entblößte dabei ihren zarten hellen Hals. »Es war genauso deine, du wolltest es nur nicht zugeben.«

»So war das also?«

»Ja.« Ihre Lider wurden langsam schwer und schoben sich über die blau funkelnde Iris. Ob es nun am Wein lag, am Essen oder – er wollte es kaum denken – daran, dass sie erregt war, es stand ihr jedenfalls gut. Sie war förmlich aufgeblüht. Vielleicht war es eine Kombination aus allem, aber was es auch war, es würde sein Ende besiegeln.

Er würde mit einem Lächeln auf den Lippen sterben.

Gestern hatte er sich noch darüber geärgert, dass sie ihn nicht beachtete. Heute hatte es ihn geärgert, dass sie ihn geküsst hatte. Und mit ihm ausgehen wollte. Offensichtlich sah sie plötzlich mehr in ihm. Wie zum Teufel war es bloß dazu gekommen?

Sie aß. Sie trank. Legte die Hand auf seine, und er zog sie nicht weg. Ihr Fuß streifte unter dem Tisch seinen, er zog ihn nicht weg. Obwohl er es tun sollte. So rasch, als hätte ihn der Blitz getroffen. Er sollte sich verantwortungsbewusst verhalten. Ihr Blick wurde immer verführerischer und der Druck in seiner Hose immer stärker. Verdammt, auch ohne einen Tropfen Alkohol war er allein von ihr berauscht.

»Meri«, sagte er und hielt ihrem glutvollen Blick stand. »Ich denke, du solltest einen Gang runterschalten, und das gilt nicht nur für den Alkohol.«

Sie kicherte, und ihre weißen Zähne strahlten. Ein kleiner Klecks Cocktailsoße hing ihr am Mundwinkel; er konnte sich nicht zurückhalten, streckte die Hand aus und wischte ihn mit dem Daumen fort. Sie schloss die Augen, ergriff seine Hand und hielt sie fest.

Diese sanfte Berührung war eine Falle, aus der er sich nicht mehr befreien konnte. Hilflos gefangen wie ein verzweifeltes wildes Tier. Sie presste die Lippen auf seine Hand. Es war kein Kuss, sie legte einfach nur den Mund an seine Hand. Dann zog sie sie weiter nach unten und legte sie auf ihre Brust.

»Meredith.« Plötzlich schnappte die Falle auf und er zog die Hand zurück. Niemand konnte sie sehen, ihr Platz war etwas abseits in einer Ecke, außerdem saß sie mit dem Rücken zu den anderen Gästen. Trotzdem. Die kurze Berührung hatte ihn heillos erregt. Sanft, so verflucht sanft. Er hatte es gestern Nacht mit einem Mädchen auf dem Balkon und im Bett getrieben, aber nichts davon hatte ihn so erregt, wie nun flüchtig ihren Busen zu streifen. Über ihrem Kleid. Was wohl erst geschehen würde, wenn er sie nackt vor sich sah? Er wollte sich das besser nicht vorstellen, sonst würde er vermutlich hier im Lokal kommen.

»Es tut mir leid«, sagte sie unglücklich. Er hatte sich wieder ihr zugewandt, nachdem er sich im Restaurant umgesehen hatte.

»Du musst dich nicht bei mir entschuldigen«, sagte er. »Niemals. Ich hätte es ja nicht so weit kommen lassen müssen. Das hätte ich wirklich nicht. Ein kurzer Aussetzer.«

»Du hättest es nicht so weit kommen lassen müssen? Was genau soll es denn bitte sein? Tu nicht so, als wüsste ich nicht, was ich da gerade getan habe. Da hat keine fremde Gewalt von mir Besitz ergriffen oder so.«

Er lehnte sich zurück. »Du hast ein bisschen zu viel getrunken.«

»Nein, habe ich nicht. Vertrau mir.«

»Ich kann dir nicht vertrauen, Süße. Nicht, wenn du dich so benimmst.«

»Was meinst du damit? Ich bin immer noch die Gleiche. Dieselbe alte Meredith. Wenn ich seit letzter Nacht ein paar Hemmungen verloren habe, dann –« Sie hielt abrupt inne, als hätte jemand den Stecker gezogen. »Auch egal. Du kannst mich jetzt gerne nach Hause bringen, das ist es ja offensichtlich, was du möchtest.«

»Was ist letzte Nacht geschehen?« Ihm kam ein schrecklicher Gedanke. Sie hatte doch nicht etwa … Ach du Scheiße, das war unmöglich. Meredith konnte oft nicht schlafen, das wusste er. Dane hatte ihm davon erzählt. Sie rissen immer Witze über Meris grenzenlose Energie. Und er hatte mitten in der Nacht ein Mädchen auf seinem Balkon gevögelt, weil er eben gerade niemanden in der Ferienwohnanlage stören wollte.

Nein. Das konnte nicht sein. Er wagte nicht einmal, sie zu fragen, ob sie vielleicht noch wach gewesen war, möglicherweise draußen gesessen und aufs Meer geschaut hatte. *He, sag mal, hast du mich letzte Nacht zufällig beim Sex mit einer vollkommen Fremden gehört?* So ein Mist. Das ging gar nicht.

Ihr stiegen Tränen in die Augen. Es war der schlimmste Anblick seines ganzen Lebens, diese wunderschönen Augen, die noch vor zehn Minuten zufrieden und frech gefunkelt hatten, starrten ihn jetzt niedergeschmettert und enttäuscht an.

»Lass uns gehen«, sagte er rasch und unterschrieb den Beleg, den die Kellnerin auf den Tisch gelegt hatte. Meredith ließ sich mit gesenktem Kopf von ihm aus dem Restaurant führen und sagte den ganzen Weg bis zur Ferienanlage kein Wort. Cam dachte immer noch fieberhaft darüber nach, ob sie ihn vielleicht in der vergangenen Nacht gehört hatte, versuchte jedoch, sich einzureden, es sei ausgeschlossen.

Er fuhr auf den Parkplatz der Ferienanlage. Es war inzwischen dunkel, kein romantischer Sonnenuntergang, der die Stimmung gehoben hätte. Stattdessen hatten sich die Wolken, die vorhin so ein wunderschönes Farbspiel geschaffen hatten, jetzt über den ganzen Himmel ausgebreitet, sodass weder Mond noch Sterne zu sehen waren.

Wenn sie ihn gehört hatte, wollte er verdammt noch mal lieber tot sein.

»Möchtest du einen Strandspaziergang machen?«, fragte er, nachdem sie einige Zeit schweigend in seinem Wagen gesessen hatten. Schon komisch. Gestern hatte er sich noch nach ihrer Aufmerksamkeit gesehnt. Heute hatte er nicht gewusst, was er damit anfangen sollte. Und jetzt hatte er Angst, sie wieder zu verlieren.

»Okay«, sagte sie leise. Die mitschwingende Hoffnung brach ihm das Herz.

Was war er bloß für ein Arschloch gewesen.

»Alles klar?«

Sie nickte und wischte sich über die Wange, wahrscheinlich hatte sie geweint, nachdem er sie aus dem Lokal gescheucht hatte.

»Meredith, bitte sprich mit mir.«

»Mir geht's gut«, beharrte sie und klang schon gefasster. »Ein

Spaziergang klingt toll. Der Strand tut der Seele gut.« Sie lachte freudlos, dann beugte sie sich zu ihm und küsste ihn auf die Wange, bevor sie die Beifahrertür aufstieß und ausstieg. Ihm brannte die Haut von ihrer Berührung. Seufzend folgte er ihr.

Dieses Mal wartete er nicht, bis sie nach seiner Hand griff. Er nahm ihre. Während sie spazieren gingen, streichelte er ihr sanft mit dem Daumen über den Handrücken. Es dauerte nicht lang, bis der Saum ihres Kleides und seine hochgekrempelten Hosenbeine vollkommen durchnässt waren, aber das kümmerte sie nicht. Meredith wurde wieder vergnügter – sie hatte nie lange schlechte Laune –, und er vergaß die alberne Vorstellung, dass sie seine nächtlichen Aktivitäten belauscht haben könnte.

Sie scherzten und unterhielten sich mit Familien, die den Strand mit Taschenlampen nach Muscheln und Sandkrebsen absuchten. Cam blieb kurz stehen, um mit einem kleinen Jungen nach den flüchtenden Krabbeltierchen zu graben, und Meri hockte sich mit ihm ins Wasser, um zu helfen. Sie schaufelte mit beiden Händen den nassen Sand weg, ohne auf ihr Kleid zu achten. Da er so einen hervorragenden Ausblick auf ihr Dekolleté hatte, beschwerte er sich nicht.

»Hab ihn!«, rief sie triumphierend und zeigte dem kleinen Jungen den heftig zuckenden Preis ihrer Mühen.

»Cool!«, sagte der Junge. Sie ließ den Krebs in seinen mit Sand gefüllten Eimer fallen, der Knirps sprang auf und rannte zurück zu seinen Eltern.

»Wie niedlich«, sagte sie. »Als Kinder haben Dane und ich hier auch den ganzen Abend lang nach Krebsen gesucht, wenn unsere Eltern es erlaubten. Ich weiß noch, wie wütend er war, wenn ich mehr fing als er.«

»Das sieht ihm ähnlich.«

»Ich habe mich immer gefragt, warum das für ihn so wichtig war. Irgendwann will ich das jedenfalls mal mit meinen eigenen Kindern machen.« Sie stand auf und wischte sich lächelnd die Hände am Kleid ab. Dann erst schien sie zu bemerken, was sie da tat und blickte an sich herab. »Oh nein, ich sehe ja furchtbar aus.«

Ganz im Gegenteil. Sie hatte nie umwerfender ausgesehen. Sobald sie ihm dieses strahlende Lächeln schenkte, das sogar den Mond überstrahlt hätte, tat er das, was sie vorhin am Strand getan hatte. Er zog sie unvermittelt in die Arme und küsste ihre salzigen, sandigen Lippen.

»Oh mein Gott«, hauchte sie atemlos. Er gab ihr keine Chance, sich wieder zu fangen. Er wollte sie so aus dem Gleichgewicht bringen, wie sie es den ganzen Tag über mit ihm gemacht hatte. Er schob sich zwischen ihre Lippen, tastete sich mit kurzen Zungenschlägen vor, schmeckte das Salz des Ozeans und den Wein, den sie zum Essen getrunken hatte. Sie ließ sich in seine Arme sinken.

Selbst wenn Dane direkt neben ihnen gestanden hätte, wäre es ihm scheißegal. Nur Meredith zählte, und das, was sie wollte. Für ihn war immer nur das wichtig gewesen. Und da sie jetzt endlich ihn wollte, würde er ihr eben genau das geben – oder beim Versuch sterben.

6

Es war fast schon beschämend, wie willenlos sie bei ihm war. Und schamlos. Dass allein seine Stimme sie so erregte, dass sie sich selbst befriedigen musste. Meredith sehnte sich so sehr danach, endlich seine statt der eigenen Hände zu spüren. Mochte es auch verrückt sein, Cam in der einen Nacht zu belauschen und ihn am nächsten Tag zu verführen, aber sie konnte einfach nicht anders. Sie erkannte sich selbst nicht wieder. Dennoch wollte sie genau diejenige sein, zu der er sie machte. Die alte Meredith konnte von ihr aus von der Klippe springen, solange Cameron sie nur weiter so im Arm hielt. Und küsste. Ihr das gab, was ihr gestern versagt geblieben war. Wäre am Morgen alles vorbei, dann bliebe ihr wenigstens diese Erinnerung.

Seine großen Hände massierten ihr sanft den Po, während sie sich gegen ihn lehnte. Da draußen waren Familien und Kinder, aber es war schon dunkel. Solange kein umherirrender Strahl einer Taschenlampe auf sie fiel, würden sie unentdeckt bleiben.

Cam löste sich kurz von ihr, um sich umzusehen, und sie ergriff die Gelegenheit, die weiche, würzig duftende Haut an seinem markanten Kinn zu küssen, presste die Lippen an seinen Hals und lächelte in sich hinein. Er hatte sich für sie rasiert; heute Morgen hatte er noch leichte Stoppeln gehabt. Das war ihr bis jetzt gar nicht aufgefallen. »Baby«, hauchte er leise und jagte ihr damit einen lustvollen Schauer über den Rücken. Es klang so fremd aus seinem Mund. »Wo sollen wir hingehen? Ich wohne mit deinem Bruder zusammen und du mit

Alyssa …« Ohhhh. Sie packte sein T-Shirt. Himmel, er roch so unfassbar gut. Sie spürte ihn hart an ihrem Bauch. Groß. Dick.

»Alyssa wollte erst spät nach Hause kommen.« Sie musste lächeln, als sie daran dachte, wie Alyssa sich ausgedrückt hatte: Es ist mir egal, ob ich mir für eine Nacht ein Hotel suchen oder sogar in meinem Auto schlafen muss. Bring den Mann mit hierher und vögel ihn bewusstlos. Schick mir einfach eine SMS, dann weiß ich Bescheid.

»Bist du dir ganz sicher?«, flüsterte er ihr ins Ohr, und sie wusste, er sprach nicht von Alyssas Abwesenheit.

Meri glitt mit den Händen an seiner Brust hinauf, vergrub sie in seinem dichten, dunklen Haar, dann sah sie ihm fest in die Augen. »Klar. Vollkommen.«

»Dann los.«

Sie stapften gemeinsam aus dem Wasser, lachten über ihre nassen Kleider und den Sand, der an ihnen klebte. Der Steg, auf dem sie sich vorhin noch die Fußsohlen verbrannt hatte, war immer noch warm, obwohl die Sonne schon vor gut einer Stunde untergegangen war. Sie sammelten ihre Schuhe ein und duschten sich kurz die Füße ab, bevor sie in den Fahrstuhl stiegen und zu Meris Ferienwohnung hochfuhren.

Der Fahrstuhl schien sich im Schneckentempo zu bewegen, aber Cameron ließ die Zeit nicht ungenutzt. Er drängte Meredith an die Wand und küsste sie schwindelig. Seine feuchten, heißen Hände suchten nackte Haut, während sie die Sandalen fallen ließ und ihn an sich zog, immer fester. Als sich die Türen endlich öffneten, hatte er ihr bereits einen Spaghettiträger von der Schulter gezogen und ihre eine Brust fast entblößt.

Zu ihrer Überraschung ließ er sie auch jetzt nicht los, sondern zog sie in seine Arme. Sie schlang die Beine um seine Hüften. Er musste sich an ein paar jungen Männern vorbeidrängen, die anzüglich lachten, doch das kümmerte sie nicht.

»Schlüssel?«, fragte er, als sie vor ihrer Tür ankamen. Ihr fiel auf, dass sie ihre Schuhe im Fahrstuhl vergessen hatte, aber auch das war ihr egal.

»Versuch's einfach«, sagte sie. »Alyssa hat wahrscheinlich nicht einmal abgeschlossen. Sie ist wirklich leichtsinnig.«

»Ist sie das?« Er rückte sie auf seinem Arm zurecht, und kurz darauf war die Tür offen. Ein kühler Lufthauch kitzelte sie am Rücken.

»Tja. Da ist sie wohl nicht die Einzige.«

»Wohl nicht.«

Er schmeckte so gut. Es war kaum auszuhalten. Sie bebte. Verzehrte sich nach ihm. Endlich waren sie allein, herrlich allein in der dunklen Wohnung, die nur vom Mondlicht erhellt wurde, das durch die Balkontür fiel. Mühelos trug er sie durch den Wohnbereich.

»Das linke Zimmer«, dirigierte sie ihn in ihr Schlafzimmer, wo er sie auf dem Bett ablegte. Sie zog ein Knie an, damit das Kleid mehr Bein freigab, Cam strich zärtlich vom Fuß hinauf bis zum Oberschenkel. Sie spürte den Sand an seinen Fingern.

»Errätst du meine Gedanken?«, fragte er.

Da war sie. Diese raue, vor Lust belegte Stimme. Und sie galt ihr. Nur ihr. Niemand anderem. In den ein, zwei Stunden, die sie letzte Nacht geschlafen hatte, hatte diese Stimme sie bis in ihre Träume verfolgt.

Sie konnte nur stumm den Kopf schütteln.

»Eine Dusche.«

Keine schlechte Idee. Der salzige Duft des Meeres hing an ihren sandigen Körpern. Das Kleid klebte ihr feucht am Leib, auch seine Hosenbeine waren klitschnass. Nicht, dass sie für das, was sie vorhatten, Kleider bräuchten, aber mit all dem Sand könnte es schmerzhaft werden.

»Einverstanden«, hauchte sie.

Er nahm sie an der Hand und zog sie hoch. Sie folgte ihm in ihr kleines Badezimmer und war mit einem Mal furchtbar nervös, als er sich das T-Shirt auszog.

Puh. Sie vergaß oft, wie fantastisch er gebaut war, bis sie es wieder vor Augen geführt bekam. Als ob ihr Erinnerungsvermögen sich weigerte zu akzeptieren, dass ein solches Prachtexemplar von Mann tatsächlich existierte, und deswegen kein komplettes Bild abspeichern konnte.

Er fuhr sich durch sein zerzaustes schwarzes Haar, in dem sich der Sand gefangen hatte, pfefferte sein T-Shirt in die Ecke und lächelte sie verschmitzt an. Oh ja, er wusste ganz genau, was er für eine Wirkung auf sie hatte.

Sie musste sich auch nicht gerade verstecken, was ihre Figur anging, aber in diesem Moment war sie sich urplötzlich jedes noch so kleinen Makels bewusst. Dabei streikte ihr Erinnerungsvermögen leider nicht. Wenn sie ihm nun nicht gefiel? Ob das Mädchen von letzter Nacht genauso perfekt wie er ausgesehen hatte?

Er spürte ihre Unsicherheit, trat auf sie zu, strich ihren bebenden Oberschenkel entlang und schob dabei den Saum ihres Kleides nach oben. »Hast du vor, das irgendwann auszuziehen?«, fragte er mit belegter Stimme.

»Eigentlich hatte ich vor, es beim Duschen anzubehalten«, sagte sie und schaute ihm in die Augen.

Er lachte leise. »Das werde ich nicht zulassen können, weißt du?«

Seine Hand schob sich unter ihr Kleid und glitt langsam höher. Vom Schenkel bis zum Bauch, dessen Muskeln sich bei seiner Berührung anspannten. Sie atmete gepresst ein und war so nervös und erregt, dass ihr Herz aus dem Tritt kam.

»Ich habe dich gefragt, ob du dir ganz sicher bist«, erinnerte er sie.

»Das bin ich auch«, beeilte sie sich ihm zu versichern.

Er sah sie skeptisch an. »Meri, du bist doch nicht … Du bist doch keine Jungfrau mehr, oder?«

»Nein. Es ist nur …« Bei dir fühle ich mich wie eine. »Ich will dich so sehr. Ich habe so lange darauf gewartet.«

»Ich hatte ja keine Ahnung.« Er kam mit dem Kleid inzwischen ohne ihre Hilfe nicht mehr weiter. Meri hob die Arme, damit er es ihr über den Kopf ziehen konnte. Es landete bei seinem T-Shirt in der Ecke. Jetzt trug sie nur noch ihr Höschen und einen trägerlosen BH – dunkelrote Seide mit Spitze. Er verschlang sie mit den Augen. Ohne den Blick von ihr zu lösen, wanderten seine Hände zu seinem Gürtel.

»Lass mich«, sagte sie. Mit einem Mal hatte sie wieder Mut gefasst. Sie wollte ihn ausziehen, so wie er es eben bei ihr getan hatte. Ihn entdecken. Jeden Zentimeter seines Körpers erforschen. Sie öffnete ihm den Gürtel und den Reißverschluss seiner Hose, konnte es jetzt kaum noch erwarten, obwohl ihr bei seinem Anblick wahrscheinlich eine Sicherung im Gehirn durchbrennen würde. Ihr Erinnerungsvermögen streikte ja schon beim Anblick seines Oberkörpers. Die schwarze Hose gesellte sich schließlich zu dem immer größer werdenden Kleiderhaufen, nachdem er sie weggetreten hatte. Er trug Boxershorts, auch wenn ihr das ziemlich egal war. Sie interessierte nur, was sich darunter verbarg.

All die Jahre hatte sie sich nach ihm verzehrt. Und jetzt war es endlich so weit. Heute Nacht.

»Darf ich jetzt?«, fragte er, nahm ihre Hand und legte sie auf seinen festen Bauch.

Sie schloss die Augen, als sie die nackte Haut berührte. Harte Muskeln. Warm. Sie zog die feinen Linien seines Sixpacks nach, dann führte er sie behutsam tiefer. Bis ihre Hand auf seinen Shorts lag. Sie ertastete seine Erektion. Oh. Er stöhnte auf, als sie ihn mit den Fingern umfasste, und packte sie fest am Handgelenk.

So groß. Größer als alle, die sie je gehabt hatte, das stand fest. Trotzdem war sie beim Sex meist zu eng gewesen, hatte manchmal sogar Schmerzen gehabt … echte Lust hatte sie jedenfalls nie empfunden. Die Erregung war höchstens hier und da beim Vorspiel aufgeblitzt. Meri wurde wieder nervös, doch ihr Verlangen war stärker als die Angst. Wenn irgendjemand in der Lage war, all das zu ändern, dann er. Jemand, dem sie bedingungslos vertraute.

Und das tat sie. Sie würde Cameron ihr Leben anvertrauen, also selbstverständlich auch ihren Körper.

Meredith schob die Hand unter den Stoff, wollte ihn ohne Barriere spüren. Mit einer Bewegung riss er sich die Shorts runter. Meri gefiel die ungestüme Geste, als könne er keine Sekunde länger warten, dass sie ihn endlich sah. Er war so selbstbewusst. Wenn sie das doch auch wäre. Wo war das Mädchen abgeblieben, das vorhin mitten im Restaurant einfach seine Hand zu ihrem Busen geführt hatte? Das betrunkene, schamlose Ding war mitsamt ihrem Wein verschwunden und hatte Meri wieder sich selbst überlassen.

Bei seinem Anblick stockte ihr der Atem. Bisher hatte sie diesem besonderen männlichen Körperteil nie das Wort »wunderschön« zugestanden, aber sein Schwanz war es. Prächtig.

»Meinst du etwa, du wärst die Einzige, die lange gewartet hat?«, fragte er, während sie ihn umfasste und ihre Finger den Schaft hinabgleiten ließ. Oh Gott, ihr Daumen berührte die anderen Finger nicht …

»Ich habe bei jedem Arschloch, mit dem du ausgegangen bist, gelitten wie ein Hund. Wenn ich mir vorgestellt habe, wie er dich anfasst, und dass du ihn willst anstatt mich, hätte ich denjenigen am liebsten umgebracht. Ich habe auch gewartet,

Meri, und ich dachte, ich würde ewig warten müssen. Du hast mein Herz schon vor so langer Zeit erobert.« Er hatte ihr, während er sprach, den BH aufgemacht. Sie hatte ihm so gebannt gelauscht, dass ihr kaum aufgefallen war, wie sich der Stoff von ihren Brüsten löste, erst als die kühle Luft ihren nackten Busen streifte. Stöhnend, mit einem Mal wieder verschämt, drängte sie sich an ihn, damit er sie nicht ansah. Er drängte sie nicht, sich ihm zu zeigen. Streichelte ihr stattdessen sanft den Rücken und hielt sie mit seinen starken Armen umschlungen. Sie kam sich winzig klein neben ihm vor, besonders wenn sie seine großen Hände spürte.

»Wenn du nicht so weit bist, oder falls du es dir anders überlegt hast …«

»Nein, auf gar keinen Fall. Versprochen.« Sie hob den Kopf und stahl sich einen Kuss. Aber er war noch nicht fertig mit dem, was er ihr zu sagen hatte, und hielt sie so, dass sie zu ihm aufschauen musste, seinem durchdringenden Blick aus den dunklen Augen ausgeliefert.

»Das wird alles ändern«, warnte er sie. »Für mich gibt es dann kein Zurück zu unserem alten Verhältnis mehr.«

Gut so. Sie wollte nie wieder zurück zu dem, was gewesen war. Niemals. Es war schrecklich gewesen. Was auch immer sich jetzt zwischen ihnen ändern würde, konnte unmöglich schlimmer sein. Oder doch?

»Damit kann ich gut leben.«

»Und es ist mir ernst mit dir, Meri. Ich habe mir vor vielen Jahren geschworen, dich niemals anzurühren, und würde diesen Schwur niemals aus einer Laune heraus brechen.«

Eine Laune. Ihre Gefühle von letzter Nacht holten sie wieder ein. Der schreckliche Schmerz nach dem, was sie gehört hatte, fühlte sich an, als klaffte ein riesiges Loch in ihrer Brust. Konnte sie ihm das alles vergeben? Sie konnte dem jedenfalls nicht nachspüren, solange ihr Körper vor Erregung bebte. Warum hörte er nicht einfach auf zu reden und küsste sie?

Weil er sich ihr gegenüber ehrenhaft verhalten wollte, das war ihm offenbar sehr wichtig. Es tat gut, das zu wissen. Sie versuchte, die Lust abzuschütteln, die ihr den Verstand vernebelte, um über seine Worte nachzudenken. »Ich denke, zwischen uns würde nichts je nur aus einer Laune heraus geschehen. Das weiß ich.«

»Was ich sagen will, Meredith, ist, wenn ich erst in dir bin, wirst du mich nie wieder los.«

Ihre Knie drohten nachzugeben, er packte sie fester.

»Okay«, erwiderte sie nur stumpfsinnig, und er lachte leise an ihrem Ohr. Sein Atem kitzelte sie am Hals.

»Das reicht mir vollkommen aus.« Seine Hände lagen auf ihrem nur noch von einem Höschen verhüllten Hintern und packten fest zu, er zog sie eng an sich.

»Aber zuerst duschen wir.«

Das Wasser brannte wie kleine Nadelstiche auf der Haut, aber es war ein himmlisches Gefühl. Er duschte offenbar gerne richtig heiß, fast unerträglich. Mit dem Sand und Salz wurde jeglicher Druck und Stress des Tages von Meri weggespült. Cameron massierte sie zärtlich, seine sanften Berührungen vertrieben ihre Angst und Schüchternheit. Dann ging er vor ihr auf die Knie, nahm ihre Brüste in die Hände und zog mit der Zunge ihre Bikinistreifen nach. Sie verlor jede Scham, wich nicht länger vor ihm zurück, sondern ließ den Kopf zurück gegen die Fliesen fallen und drängte sich ihm entgegen. Die Finger vergrub sie in seinem weichen nassen Haar. Er saugte an ihrer Brustwarze, bis sie prickelte und schmerzhaft spannte, und schob eine Hand zwischen ihre Beine. Als er bemerkte, wie feucht sie für ihn war, stöhnte er laut auf. Meri spreizte die Beine noch weiter, wollte mehr von dieser quälend sanften Wonne spüren.

»Du bist so wunderschön«, murmelte er. »Schöner, als ich es mir je hätte vorstellen können.« Ihre Haut brannte, und sie erschauerte, als er mit einem Finger in sie eindrang. Ihre Schoßmuskeln zuckten und bebten vor Lust. »Meredith.«

Sie brachte nur ein langgezogenes, sehnsüchtiges »Mmm« über die Lippen. Camerons Mund löste sich von ihrem Nippel und glitt weiter nach unten, immer weiter.

Oh nein, nein, wenn er das wirklich tat, würde sie sterben, daran bestand kein Zweifel …

Sein Finger drang noch tiefer in sie ein. Und bereitete jeglichem Widerstand, der sich geregt haben mochte, ein jähes Ende. Als sie nach unten sah, bot sich ihr der wunderbarste Anblick überhaupt: sein dunkler Haarschopf zwischen ihren Beinen. Seine kräftigen Schultern, breit und vor Erregung angespannt, boten die ideale Stütze für ihr Bein, damit sie seiner Zunge noch mehr Spielraum verschaffen konnte …

Er nahm einen zweiten Finger hinzu und leckte einmal genüsslich über ihren harten, geschwollenen Kitzler. Lustschauer jagten durch ihren Körper, ihr Schoß zog sich sehnsüchtig um seine Finger zusammen. Bei jeder Kontraktion von ihr stöhnte er wild auf, was wiederum kleine Schockwellen in ihrem Unterleib auslöste. Ein köstlicher kleiner Teufelskreis. Er besorgte es ihr zärtlich mit den Fingern und leckte sie dabei schier besinnungslos.

Oh, sie wollte das so gern im Bett erleben, es wurde viel zu anstrengend, sich weiter auf den Beinen zu halten. Während er sie unablässig weiter fingerte, küsste er ihren Oberschenkel, der auf seinen Schultern lag. »Du bist noch viel schöner, als ich es mir ausgemalt habe«, wiederholte er seinen Gedanken von vorhin. »Weicher als in meiner Fantasie. Du schmeckst besser, als ich es mir je erträumt hätte. Du klingst sogar verführerischer. Verdammt, Meredith, wenn das hier«, er kreiste langsam mit dem Finger in ihr, bis sie aufschrie, »sich auch noch besser anfühlen wird, als ich es mir ausmale, könnte es sein, dass es mich umbringt.«

»Bring mich ins Bett. Lass es uns herausfinden. Aber tu mir einen Gefallen und bleib am Leben.«

Er hob sie lachend auf den Arm und kam ihrem Wunsch nach.

7

Als Cam sie aufs Bett legte, waren sie beide sauber und ihre Haut immer noch ein wenig feucht von der Dusche. Meredith spürte ein Feuer auf der Haut und zwischen den Schenkeln, wo er sie eben noch verwöhnt hatte. Er legte sich zu ihr und machte dort weiter, wo er wenige Momente zuvor aufgehört hatte, bedeckte ihren Körper mit Küssen, ließ keinen Zentimeter aus, verweilte an den Stellen, wo sie aufstöhnte. Wenn sie sich unter ihm wand, hielt er sie fest. Aus dem Bad fiel schwaches Licht ins Zimmer, aber es reichte aus, um sein herrliches Muskelspiel zu bewundern. Sie glitt mit den Händen über seine Tätowierungen.

Als er den Kopf zwischen ihren Schenkeln vergrub, wusste sie, dass er sie in den Wahnsinn treiben würde. Nachdem er sich ihre beiden Beine über die Schultern gelegt hatte, streckte er die Arme nach ihren Brüsten aus. Die Brustwarzen richteten sich steif zwischen seinen Fingern auf.

Dann leckte er sie sanft und genüsslich, kurz darauf rasch, mit präzisen Zungenschlägen. Er beherrschte jede Spielart, und sie reckte sich ihm entgegen, packte ihn an den kräftigen Handgelenken. Ihr Schoß verkrampfte sich zuckend um die Leere. Er legte die Lippen auf ihren bebenden Kitzler und saugte daran.

Ein Ruck fuhr durch Meris Körper, der sie fast vom Bett warf. Doch er hielt sie weiter fest, drückte ihre Brustwarzen und schickte weitere Stoßwellen der Lust durch ihren Körper. Sie näherte sich dem Höhepunkt. »Cameron, oh Gott …«

Sie hielt erstickt inne, als ihr klar wurde, dass sie sich wie das Mädchen von letzter Nacht anhörte.

Erst gestern Nacht. Verflucht, erst gestern hatte er dasselbe mit einer anderen getan.

Bloß nicht daran denken!

Es gab keine andere, das hatte er ihr versichert. Nur sie. Nur Meredith. Nur sie allein.

Sie hatte ihn gewollt und jetzt hatte sie ihn. *Also komm jetzt auch für ihn, verdammt.*

Ihr Höhepunkt war so heftig, als wollte ihr Körper ihr damit alle Bedenken austreiben. Wie ein ausgestreckter Mittelfinger an all die Frauen, die er vor ihr gehabt hatte, besonders die von gestern Nacht, und auch die wenigen Männern, mit denen sie versucht hatte, ihn zu ersetzen. Keiner von ihnen hatte ihm je auch nur ansatzweise das Wasser reichen können. Es war fast schmerzhaft, wie stark sich ihre Muskeln verkrampften, sie erschauerte, bebte und schrie, während sich die Spannung entlud. Und sie weinte, doch es war hoffentlich zu dunkel, als dass er es bemerken würde.

Als der Sturm abebbte, zog sie ihn hoch in ihre Arme und schmiegte sich zitternd an ihn.

Er sagte leise ihren Namen. Küsste sie aufs Kinn, auf die Wange, die Nase, die Lippen. Sanft und zärtlich nach diesem gewaltigen Ausbruch. Dann legte er sich so auf sie, dass er ihr die Schenkel spreizte. »Ich muss dich haben«, flüsterte er. Das Kondom hatte er sich schon übergezogen.

Meri nickte, und schon spürte sie ihn hart und drängend am Oberschenkel. Er stützte sich lässig auf einen Arm und suchte die beste Position, um in sie einzudringen. Stieß zu. Noch einmal. Oh, sie konnte unmöglich … Ihre Hand schoss an seine Hüfte, und sie keuchte auf, als ihr Körper nachgab. So feucht, wie sie war, so bereit von seinen Küssen, konnte sie ihm nichts entgegensetzen, und das wollte sie auch gar nicht. Sie bekam gar nicht genug davon, wie er tiefer und tiefer in sie eindrang.

»Ohhhhh, ja«, stöhnte er und vergrub das Gesicht an ihrem Hals. »Genau wie ich befürchtet hatte, viel zu gut. Verdammt, viel zu gut.«

»Cameron«, rief sie sehnsüchtig.

»Ich bin hier, Baby.« Oh ja, das spürte sie. Er war da, er war überall. Hatte ihren Körper und ihre Seele in Besitz genommen.

»Alles in Ordnung?«

»Ich weiß nicht«, gab sie zu.

»Ich auch nicht. Sag mir einfach, wenn ich dir wehtue.«

»Das tust du nicht.«

Das hier war ganz anders als alles, was sie bisher erlebt hatte. Er zeigte ihr, wie Sex sein konnte. Es war in nichts so wie das, was sie gekannt hatte. Um aus einem seiner Lieblingsfilme zu zitieren, den sie schon so oft gemeinsam angesehen hatten: Das hier war nicht das gleiche Spiel, nicht dieselbe Liga, es war nicht mal derselbe verdammte Sport.

Behutsam legte er sich auf sie, ließ sie jeden Zentimeter seines Körpers auf sich spüren, erst dann fing er an, sich in ihr zu bewegen. Stieß zunächst sanft und langsam zu, um sie an seinen großen Schwanz zu gewöhnen. Sie verging fast vor Lust. Als sie sich die Lippen leckte, konnte er nicht widerstehen und beugte sich zu ihr, um den noch feuchten Mund zu küssen. Seine Zunge drang in sie ein und ließ nicht mehr von ihr ab. Er nahm sie in Besitz, atmete gepresst, spannte die Muskeln an. Sie glitt mit den Händen an seinem Rücken hinab, den ein dünner Schweißfilm bedeckte. Knetete seinen festen Hintern, während er ihr gab, wonach es sie verlangte, wonach es ihn verlangte.

Nichts in ihrem Leben war je so gut gewesen.

Meri schob eine Hand zwischen ihre Körper, um zu spüren,

wie er zwischen ihren Fingern in sie eindrang. Unglaublich, wie weit sie sich dehnte, um ihn aufzunehmen. Er wurde langsamer, damit sie ihn anfassen konnte, löste die Lippen kurz von ihrem Mund und stöhnte auf, als ihre Finger seinen Schwanz berührten. Er schloss die Augen. »Ich werde es nicht sehr viel länger aushalten, Baby.«

Mmm, sie konnte es kaum erwarten, mitanzusehen, wie er die Kontrolle aufgab. Sie wollte ihn hören. Ganz besonders das. Weil sie wusste, dass es ihr Körper war, der ihn dazu brachte.

»Ich möchte, dass du mit mir kommst«, sagte er und zog sich aus ihrer Hitze zurück. Sie nickte, bekam kein Wort heraus. Sie wollte es auch. Er stemmte sich hoch, bis er vor ihr kniete und fast aus ihr geglitten wäre, und zog ihre Hand zwischen ihre Schenkel. »Fass dich an, Baby. Lass mich zusehen, wie du kommst.«

Oh. Mein. Gott. Er sah einfach zum Anbeißen aus. Allein ihn nackt vor sich zu sehen, sein Schwanz in ihr vergraben, würde sie in kürzester Zeit zum Höhepunkt bringen. Sie war so kurz davor, dass jede Berührung unerträglich schien.

»Langsam«, flüsterte er und kreiste sanft mit den Hüften. »So unfassbar schön, Meri. Saug mich aus.« Als sie es tat, stöhnte er etwas Unverständliches. »Noch mal.« Er glitt ein wenig tiefer in sie hinein. Meri zog mit einem Finger kleine Kreise um ihre Klitoris, während er fasziniert zusah. Je schneller ihre Bewegungen wurden, desto tiefer glitt er in sie hinein. Ein herrlicher Anreiz. Aber er hielt sich immer ein wenig zurück, wie sehr sie auch flehte und wimmerte. Damit er nicht zu früh kam, erklärte er ihr.

Ihr Orgasmus näherte sich unaufhaltsam. »Ich spüre es«, sagte er. »Wie du um mich herum bebst. Komm schon, Baby. Komm schon. Dann werde ich dir alles geben.«

»Oh, Cam«, stöhnte sie. »Bitte …«

»Noch nicht«, murmelte er. »Noch nicht, noch nicht …«

Die unaufhaltsame Welle brach endlich über ihr zusammen, begrub sie unter sich und warf sie umher. Bei ihrem ersten Aufschrei stieß er so tief es ging in sie hinein und lehnte sich weiter zu ihr hinab. Er hatte nicht zu viel versprochen, er gab ihr alles, was sie brauchte. Mit jedem kräftigen Stoß schickte er sie höher hinauf. Sein animalisches Stöhnen würde sie für den Rest ihres Lebens in ihren Fantasien begleiten. Und das alles für sie, ja, nur für sie.

Als er ihren Namen rief, verlor sie die Kontrolle, und auch er gab sich ihr ganz hin, gab jeden sinnlosen Schwur auf, all die Jahre der Sehnsucht entluden sich, waren wie weggewischt. Er kam in ihr, und sie wünschte sich, sie könnte seinen heißen Samen spüren, der sie ausfüllte, um das hier vollkommen zu machen und zu besiegeln.

Meredith sog begierig den Atem ein, als er über ihr zusammenbrach. Cameron lag schwer auf ihr. Das musste genügen. Vorerst.

Er hatte gesagt, er würde für immer in ihr bleiben wollen, und sie hoffte nur, dass er sein Wort halten würde.

Sie schliefen unruhig. Kurz nach Mitternacht wachte Cam davon auf, dass Meredith sich auf ihn legte. Sie nahm seinen Penis in den Mund, leckte und küsste ihn, bis er wieder hart wurde, und ließ nicht wieder von ihm ab, bis er kam. Er dachte, zu mehr wäre er nicht fähig, doch kurz nach zwei wachte er wieder auf, sah, wie sie auf dem Bauch neben ihm lag, und ihr kleiner runder Arsch war einfach zu verlockend. Also zog er sich ein Kondom über – er hatte nur eines dabei gehabt, aber Alyssa hatte glücklicherweise einen kleinen Notvorrat im Nachttischchen –, wälzte sich auf sie und knabberte an dem festen köstlichen Hintern, bis sie sich kichernd unter ihm wand.

Dann schob er ihr ein Kissen unter die Hüfte, nahm ihre Handgelenke hinter dem Rücken zusammen und fiel so über sie her. Sie kam von ganz allein, ohne die Finger zu Hilfe zu nehmen, und das zweimal hintereinander, wobei sie ihn so fest aussaugte, dass er schon dachte, es sei um ihn geschehen. Ihren Hintern zu beobachten, während er in sie eindrang, war das verflucht Heißeste, was er je gesehen hatte, und als sie ein wundersames drittes Mal kam, beugte er sich über sie und flüsterte ihr ins Ohr.

»Das gefällt dir, nicht wahr? So festgehalten zu werden.«

»Ja«, keuchte sie.

»Vielleicht werde ich dich fesseln, wenn wir zu Hause sind.«

»Warum nicht gleich jetzt?«

Oh, er würde sein Herz an dieses Mädchen verlieren. Aber war das nicht längst geschehen?

»Ich würde es dir erlauben«, sagte sie, wandte den Kopf und sah ihn aus diesen großen, vertrauensvollen blauen Augen an. Wie war es möglich, dass sie beim Sex sogar noch unschuldiger aussah als sonst? Lag das an seinem schlechten Gewissen, weil er die kleine Schwester seines besten Freundes vögelte? Er würde so was von in der Hölle schmoren.

Der Gedanke erregte ihn jedoch nur noch mehr, auch wenn er das nicht wahrhaben wollte. Es war falsch, so unfassbar falsch. Ja, er sollte machen, dass er wegkam.

Obwohl sie sich beide erneut vollkommen verausgabt hatten, war an Schlaf nicht zu denken. Sie lag scheinbar ewig auf ihm und zog mit den Fingern die Umrisse seiner Tätowierungen nach. Obwohl es kitzelte, genoss er ihre Berührungen, sie hätte die ganze Nacht so weitermachen können.

»Kommt Alyssa nicht irgendwann zurück?«, fragte er und überlegte, ob er aufstehen und sich auf den Weg in seine eigene Ferienwohnung machen sollte. Dane würde bestimmt nicht darauf warten, dass Cam nach Hause kam – und selbst wenn er noch auf wäre, würde es ihm wohl kaum in den Sinn kommen, dass seine kleine Schwester gerade und schon seit Stunden eng umschlungen mit Cameron im Bett lag. Trotzdem wollte Cam lieber nichts riskieren. Schließlich wusste Dane, dass er und Meri miteinander »abhängen« wollten.

»Das wäre kein Problem«, sagte Meri matt.

»Ach so?«

»Na ja … sie, ähm … war gewissermaßen in dieses ganze Vorhaben eingeweiht.« Sie hob den Kopf und stützte ihn auf dem Ellbogen ab. »Du möchtest das mit uns doch nicht geheim halten, oder doch?«

»Ob ich das möchte? Nein. Aber irgendetwas sagt mir, dass es vielleicht vorerst besser so wäre. Verstehst du das?«

»Klar«, antwortete sie. »Schätze, wir sollten das den anderen nicht einfach so ohne Vorwarnung unter die Nase reiben.«

Er streichelte ihr übers Haar, wickelte sich eine dunkle Haarsträhne um den Finger. Sie war immer noch ein wenig feucht von der Dusche vorhin. »Genau.« Sie legte ihm das Kinn auf die Brust und lächelte ihn an. »Ich hoffe, es war so, wie du es dir vorgestellt hast«, sagte er und strich ihr mit dem Daumen über die weiche Wange, »und das Risiko wert.«

»Mehr als das«, sagte sie. »Es ärgert mich bloß, dass wir all die Jahre an unsere unsinnigen Ängste verschwendet haben.«

»So unsinnig waren sie gar nicht. Aber du hast recht. Was für eine Zeitverschwendung.« Wahrscheinlich war es schäbig, überhaupt darüber nachzudenken, aber hätte er sich nur früher aufgerafft, wäre sie nicht mit anderen Kerlen ausgegangen. Vielleicht hätte er ihr erster und einziger Liebhaber sein können. Aber das war schon in Ordnung. Er würde sie all ihre unangenehmen Erlebnisse vergessen lassen, bis es nur noch ihn gab.

Er selbst hatte sowieso nur flüchtige Liebschaften gehabt. Einige von den Mädchen waren nur eine Nacht geblieben oder zwei oder drei. Manche sogar ein paar Monate. Meredith hatte sich mit einigen von ihnen angefreundet, und mehrere hatten sie wie ein lästiges Übel behandelt – die waren immer schnell wieder von der Bildfläche verschwunden gewesen. Aber selbst diejenigen, mit denen er länger ausgegangen war, hatten keinen großen Eindruck bei ihm hinterlassen. Ihm fehlte jedenfalls keine von ihnen.

Nicht so, wie Meri ihm fehlen würde, wenn das Undenkbare geschehen sollte.

Wie gefährlich war das hier für sie beide?

8

Er blieb die ganze Nacht. Meri tat nach ihrem letzten Gespräch kein Auge mehr zu, kam sich aber irgendwie komisch vor, Cameron die ganze Zeit über beim Schlafen zu beobachten, also stand sie irgendwann auf, zog sich einen Schlafanzug über, schnappte sich ein Bier und setzte sich damit auf den Balkon.

Heute war zum Glück nichts von oben zu hören. Der Mann von gestern lag jetzt in ihrem Bett. Hätte sie sich das jemals träumen lassen?

Als die Sonne aufging, saß sie immer noch draußen. Da sie wusste, dass Cameron um diese Zeit meist laufen ging, ging sie in die Küche und setzte Kaffee auf.

War Alyssa überhaupt wieder da? Als sie die Tür zum Schlafzimmer ihrer besten Freundin aufzog, sah sie einen Berg Decken, unter dem ein braun gebrannter Fuß herauslugte. Also war Lys irgendwann nach Hause gekommen.

Oje, hoffentlich hatte sie nichts mitbekommen. Sie und Cameron waren nicht gerade leise gewesen. Alyssa besäße allerdings genügend Anstand, notfalls Ohrstöpsel zu nehmen oder die Wohnung zu verlassen. Im Gegensatz zu gewissen anderen Personen …

Kurz nach ihrer Ankunft vor drei Tagen hatten sie Großeinkauf gemacht, also gab es Eier und Speck. Gegen ein paar Proteine hatte Cam sicher nichts einzuwenden. Sie nahm die Zutaten aus dem Kühlschrank und sann darüber nach, wie ein einziger Tag alles auf den Kopf stellen konnte. Gestern erst war sie kaum imstande gewesen, einen klaren Gedanken zu fassen, weil sie das fremde Stöhnen und Seufzen und die Lustschreie einer anderen nicht aus dem Kopf bekommen hatte. Heute hatte sie das alles selbst erlebt. Sie goss sich Kaffee ein und trank ihn schwarz, wobei sie dämlich vor sich hingrinste.

Kurz darauf steckte Alyssa den zerzausten Blondschopf durch die Tür – Meri musste sie geweckt haben, als sie nach ihr gesehen hatte. »Ist er noch hier?«, formte sie stumm mit den Lippen.

Meredith nickte, immer noch mit diesem dümmlichen Grinsen im Gesicht.

Alyssa zeigte auf ihren Körper. »Nackt?«, fragte sie lautlos, und als Meredith erneut nickte, sah ihre Freundin sie mit aufgerissenem Mund an. Dann ging sie wieder in ihr Zimmer zurück. Meredith stellte den Kaffeebecher ab und ging hinterher. Sobald Alyssa leise die Tür hinter ihnen geschlossen hatte, führten sie gemeinsam in ihren Pyjamas ein stummes Freudentänzchen auf.

»Ich hoffe, wir haben dich nicht gestört«, flüsterte Meredith, nachdem sie damit fertig waren, woraufhin sie beide wie Schulmädchen loskicherten.

»Nö, gar nicht, ich fand nur seltsam, dass deine Schlafzimmertür zu war. Du hast es geschafft, Mädchen! Ich bin so verdammt stolz auf dich. Warte, lass mich mal fühlen.« Sie legte Meredith einen Finger auf die Schulter. »Uh, immer noch heissss.«

»Oh bitte. Aber weißt du was, ich bin … tatsächlich auch ziemlich stolz auf mich.«

»Und jetzt kochst du auch noch für ihn. Das muss was Ernstes sein.«

»He! Ich kann sehr wohl kochen.«

Alyssa schnaufte verächtlich. »Na ja … Also, wie lautet das Urteil? Ich werde dich nicht nach Details fragen, ich will nur eins wissen: Sind wir glücklich?«

Meri atmete tief durch und lächelte ihre Freundin liebestrunken an. »Wir sind glücklich.«

»Spitze. Ich hab dich lieb, meine Kleine. Du strahlst von innen heraus.« Alyssa umarmte sie rasch. »Und jetzt raus hier, ich muss mich fertigmachen, damit ich ihn nicht durch meinen Anblick verschrecke.«

»Wohl kaum! Ich hab dich auch lieb. Danke.«

Als sie aus Alyssas Zimmer kam, scheute sie sich kurz davor, Cameron zu wecken. Wenn er das alles im Licht des neuen Tages womöglich ganz anders sah oder gar bereute? Sie wollte sich nicht mit solchen Gedanken quälen, konnte aber auch nichts dagegen machen.

Er sah einfach göttlich aus, wie er da ausgestreckt auf ihrem Bett lag. Das schwarze Haar, die sonnengebräunte Haut und die schwarzen Tätowierungen hoben sich vom Weiß des Lakens ab. Am liebsten wäre sie auf ihn gekrabbelt und hätte es gleich wieder getan. Sie ging ums Bett herum und schlüpfte unter die Decke, um sich wenigstens an ihn zu kuscheln. Im Halbschlaf langte er nach ihr und zog sie an sich, dann seufzte er zufrieden auf und schlummerte wieder ein. Sie beneidete ihn um seinen festen Schlaf.

Sie wollte ihn wirklich nicht aufwecken, den Zauber nicht brechen. Aber sie musste mit ihm sprechen, damit er ihr ihre Ängste nahm. Sie lehnte sich über ihn und berührte seine Lippen sanft mit ihren.

»Guten Morgen«, sagte sie leise.

Als er sie daraufhin noch enger an sich zog, machte ihr Herz einen Sprung. »Guten Morgen«, murmelte er. So verschlafen klang er sogar noch aufregender als beim Sex. Na ja, fast. Er strich ihr über den Rücken. »Ooh, warum hast du dir was angezogen?«, fragte er mit gespielter kindlicher Enttäuschung.

Meredith kicherte. »Ach, tut mir wirklich leid. Aber du

immerhin noch nicht. Oder warte, lass mich noch mal nachsehen.« Er lachte auf, als sie mit einer Hand nach unten glitt und sie um seinen schon leicht steifen Penis legte. »Nein, nicht angezogen.«

»Mach nur so weiter und du wirst es auch gleich nicht mehr sein.«

»Damit könnte ich leben«, sagte sie, »aber Alyssa ist hier.«

»He, sagtest du nicht, sie sei in diese ganze Sache eingeweiht, also …«

Meredith keuchte auf, als er sie über sich zog, bis sie auf ihm saß. »Cam, das geht doch nicht.«

»Ich kann ganz still sein«, flüsterte er. »Aber schaffst du das auch?«

Ihr Mund war mit einem Mal wie ausgedörrt. Im Gegensatz zu anderen Regionen ihres Körpers. Puh, sie war sich nicht sicher, ob ihr das gelingen würde. »Schätze, das müssen wir ausprobieren.«

Sie hätte nie gedacht, dass er nach all dem, was vergangene Nacht geschehen war, immer noch dieselbe Wirkung auf sie hätte, doch sie bebte am ganzen Körper, als er ihr die Schlafanzughose abstreifte. Mit zittrigen Händen riss sie die Folie des Kondoms auf, nachdem er ihr stumm bedeutet hatte, das Päckchen vom Nachttisch zu nehmen. Er musste ihr helfen, damit sie es überhaupt aufbekam und abrollen konnte. Anschließend hob er sie ein wenig hoch und setzte sie behutsam auf seine geschwollene Eichel, damit sie an ihm hinabgleiten konnte.

Obwohl sie schon ein wenig wund war, gab ihr Körper sofort nach. Sie biss sich auf die Lippen, schloss die Augen und nahm ihn immer tiefer in sich auf. Das einzige Geräusch war ihr Atem, der immer schneller wurde. Er legte die Bettdecke um sie, damit sie nicht froren, dann packte er sie fest an der

Hüfte. Als Meri die Augen aufschlug, trafen sich ihre Blicke und sie sah, wie erregt er war.

Ja, jetzt konnte sie es endlich sehen. Wie ihre Finger sich in seine Bauchmuskeln krallten. Ihre Hand war etwas blasser als seine Haut. Sie sah, wie jede noch so kleine ihrer Bewegungen seine Erregung steigerte. Sie hatte gedacht, ihn schlafend daliegen zu sehen, sei der schönste Anblick der Welt. Aber nichts überbot das hier. Er gab sich ihr vollkommen hin.

Cam flüsterte ihren Namen. Sie hauchte seinen. Während sie stumm auf ihm ritt, kämpfte sie damit, das Stöhnen zu unterdrücken, das in ihrer Kehle aufstieg. Es wurde ein leises Wimmern.

Er lächelte sie mit diesem teuflischen Grinsen an, bei dem ihr Herz aussetzte. »Pst«, machte er leise.

Sie würde das nicht durchhalten. Er hatte sie gestern Nacht gelehrt, wie sie zum Orgasmus kam, und jetzt war sie innerhalb kürzester Zeit so weit. »Oh nein«, murmelte sie verzweifelt.

»Nein?«

»Oh Gott.« Sie ließ sich auf ihn fallen, und heiße, feuchte Lust erfüllte ihren Unterleib, genau dort, wo er sie mit harten Stößen antrieb. Sie biss ihn in die kräftige Schulter, ließ ihn den Rhythmus vorgeben. Sanft stieß er weiter zu, bis ihre Lust sich zur Ekstase steigerte. Sie verlor vollkommen die Kontrolle über ihren Körper.

»Ja, Baby«, flüsterte er ihr ins Ohr. »So feucht, so eng, so weich, oh, du machst mich so hart, dass es wehtut.«

Sie versuchte, ihm entgegenzukommen, es hinauszuzögern, aber es ging nicht, und als der Orgasmus sie überkam, zuckte und bebte sie haltlos über ihm, bis sie zusammenbrach. Er fing sie auf, hielt sie fest, während er weiter zustieß und sie immer weiter emporjagte. Er verlängerte ihren Höhepunkt, flüsterte ihr schmutzige Dinge ins Ohr, an die sie sich später nicht mehr erinnern würde. Und irgendwie gelang es ihr, nicht laut aufzuschreien. Zumindest hoffte sie, dass sie es nicht getan hatte.

Dann war er an der Reihe, und sie genoss jeden Augenblick davon, beobachtete, wie sich seine Halsmuskeln anspannten, als er den Kopf ins Kissen presste und die Zähne zusammenbiss, um keinen Laut von sich zu geben. Nur ein kurzes Grollen war zu hören, als er sich ins Kondom ergoss. Sie liebte es, ihn in sich zu spüren, wenn er kam. Und ihn dabei anzuschauen, liebte sie genauso.

Sie duschten noch einmal gemeinsam, doch diesmal blieb es bei heißen Küssen. Sie machte ihm Frühstück, nichts Besonderes, aber er tat so, als habe sie ein kulinarisches Meisterwerk vollbracht. An der Tür zu ihrer Ferienwohnung verabschiedete er sich mit einem Kuss, drehte sich noch einmal mit diesem Cam-Lächeln zu ihr um, und dann war das beste Date ihres Lebens vorbei.

Irgendwie gelang es Cam, Dane und Marla nicht über den Weg zu laufen. Zum Glück. Sie sollten auf keinen Fall sehen, wie er in denselben Klamotten nach Hause kam, die er schon gestern bei seiner Verabredung mit Meredith getragen hatte. Dann müsste er sich vermutlich irgendeine Ausrede einfallen lassen, aber er wollte nicht lügen, was sie beide anging. Zugeben wollte er das mit ihnen aber auch noch nicht so richtig. Also freute er sich über die Stille, die ihn im empfing. Ein Geschenk des Himmels. Nachdem er sich umgezogen hatte, machte er einen ausgedehnten Strandlauf; es war schon später als gedacht, und er hatte auch weniger gegessen als sonst, also ging er es etwas langsamer an als sonst. Gestern Nacht und heute früh hatte er sich körperlich immerhin auch schon verausgabt.

Nichts würde ihm heute das Lächeln aus dem Gesicht vertreiben. Das war eindeutig der schönste Urlaub, den er je erlebt hatte.

Als er vom Joggen zurückkam, waren Marla und Dane wieder da. Erstaunlicherweise fragten sie ihn nicht nach Meredith. Danes Arglosigkeit weckte erneut sein schlechtes Gewissen, das er gerade ein wenig verdrängt gehabt hatte. Verdammt.

»Zeit fürs Mittagessen!«, verkündete Marla kurz vor zwölf, als Cam noch gar keinen Hunger hatte. »Ich finde, wir sollten alle gemeinsam essen gehen. Wir sind doch extra zusammen in den Urlaub gefahren und bis jetzt haben wir mehr Zeit getrennt als miteinander verbracht.«

Na ja, nicht alle, um genau zu sein, dachte Cam und versteckte sein Grinsen hinter der Wasserflasche, ehe er sie leerte.

»Ich ruf die Mädels an und hör mal, was sie vorhaben«, sagte Dane und schnappte sich sein Handy vom Wohnzimmertisch.

Meri unter den wachsamen Blicken der anderen zu begegnen versprach spannend zu werden, aber er war überzeugt, dass sie das hinbekommen würden. Vielleicht war es sogar ganz lustig. Er sprang noch einmal unter die Dusche und zog sich um, dabei freute er sich schon darauf, wie er Meredith verstohlen zulächeln oder unter dem Tisch mit ihr füßeln würde.

9

Meredith wäre beinahe in Ohnmacht gefallen, als Marla exakt dasselbe Restaurant wählte, in dem sie und Cam am Abend zuvor gegessen hatten. Sie entschied sich heute für etwas leichtere Kost: eine kleine Portion Garnelen in Kokosnusssoße von der Mittagskarte. Allein die Erinnerung daran, wie Cam ihr in dem herrlichen Licht des Sonnenuntergangs gegenübergesessen hatte, erregte sie erneut. Auch heute saß er ihr zugewandt, das Dach schützte ihn vor der Mittagssonne, der Wind spielte mit seinem schwarzen Haar, und immer wieder suchte er Augenkontakt. Sie hätte vor Freude jubilieren können.

»Was grinst du denn so?«, fragte Dane irgendwann. Es war vermutlich ein Fehler gewesen, sich ihrem Bruder gegenüberzusetzen. Bis eben hatte sich die kleine Runde angeregt unterhalten. Jetzt richteten sich alle Augen auf Meri. Cameron schwieg betreten.

»Gar nichts«, sagte sie, spießte eine Garnele auf und tunkte sie in die Soße.

»Freut mich, dass es dir anscheinend wieder besser geht«, sagte Dane. »Gestern warst du ja überhaupt nicht gut drauf, das hab ich gleich gemerkt.«

»Vielleicht brauchte ich einfach mal einen Tag für mich. Mir ist eben auch nicht immer nach Programm.«

»Was? Das sind ja ganz neue Töne. Tut mir nur leid, dass du am Ende mit ihm rumhängen musstest.« Er deutete mit dem Daumen auf Cameron. Cameron erwiderte die Geste, allerdings nicht mit dem Daumen.

»Wir hatten Spaß«, sagte Meri einfach.

»Wenn ich es mir richtig überlege, bist du heute wirklich ganz außergewöhnlich gut drauf. He, sag mal, was ist da gelaufen?« Dane blickte mit hochgezogener Braue von ihr zu Cameron. Ach du Scheiße, er ahnte etwas. Wenn er wüsste, wie sehr seine Scherze ins Schwarze trafen.

»Ich weiß gar nicht, wovon du sprichst«, tat Meri seine Bemerkung lachend ab. »Kann ich nicht einfach so blendende Laune haben?«

»Nein.«

»Vielleicht hat sie jemanden kennengelernt«, sagte Alyssa mit Unschuldsmiene. Meri wäre ihr am liebsten ins Gesicht gesprungen, hielt sich aber zurück und verdrehte stattdessen nur die Augen.

»Da wäre sie nicht die Einzige.« Marla, die zwischen Cam und Dane saß, stieß Cameron mit dem Ellbogen an. Er riss den Kopf hoch und sah sie entsetzt an.

Merediths Herz begann wild zu klopfen.

»Oh ja.« Dane zeigte mit dem Glas auf Cam. »Ihr hättet mal die heiße kleine Schnecke sehen sollen, die gestern aus der Wohnung gestürmt ist.«

Dane und Marla schienen überhaupt nicht zu merken, was sie bei den drei anderen am Tisch auslösten. Cam sah aus, als würde er jeden Moment einen Satz machen und Dane den Kopf abreißen. Alyssa sah Meredith mit hilflosem Ach-du-Schande-Blick an. Meri wusste natürlich schon von dem Mädchen, also war sie nicht so geschockt, wie Cam vielleicht dachte. Nur wusste Cam das nicht. Und das sollte er auch nicht erfahren. Wie zum Teufel sollte sie sich jetzt bloß verhalten?

»Das war …« Cameron brach mitten im Satz ab und starrte verzweifelt zu Meri hinüber.

»Das war was?«, fragte Dane fröhlich. »Ein wunderbares Beispiel für den ›Morgen danach‹, würde ich sagen.«

Daran erinnert zu werden tat noch immer weh. Cam würde ihr den Schmerz am Gesicht ablesen. Meri wollte jedoch nicht, dass er sich deswegen schlecht fühlte, jetzt nicht mehr. Hier vor allen anderen konnte sie das aber nicht mit ihm besprechen. Sie hielt den Blick fest auf den Teller gerichtet, auch wenn ihr der Appetit vergangen war.

»Verflucht, Dane.« Cam schob geräuschvoll seinen Stuhl zurück und stand auf.

Dane sah seinem Freund überrascht nach, als er aus dem Lokal stürmte. »Was zum Teufel habe ich denn jetzt verbrochen?«, wandte er sich an seine Freundin.

»Das war echt seltsam«, sagte Marla.

Meredith konnte hier nicht weiter herumsitzen und so tun, als ginge sie das alles nichts an. Sie war es leid. Also sprang sie ebenfalls auf und ging Cam hinterher, nachdem sie Alyssa noch einen entschuldigenden Blick zugeworfen hatte. Die Arme musste jetzt so tun, als hätte sie keine Ahnung, warum alle den Tisch verließen. Ging eben nicht anders.

Cameron marschierte wie ein eingesperrtes wildes Tier auf dem Parkplatz umher. Insgeheim freute es sie, dass ihm das alles so viel ausmachte. »Es tut mir leid«, sagte er hastig, als sie ihm eine Hand auf den Arm legte. »Ich habe vorgestern in der Bar ein Mädchen kennengelernt und sie mit in die Ferienwohnung genommen. Es hat mir nichts bedeutet. Ich weiß nicht einmal mehr ihren Namen. Ich weiß, wie das klingt, aber ich hatte doch keinen blassen Schimmer, was du für mich empfindest, sonst wäre es niemals dazu gekommen. Niemals! Das schwöre ich dir. Dane und Marla haben sie gesehen, als sie aus der Wohnung kam, aber ich wollte eigentlich gar nicht, dass sie etwas davon mitbekommen. Es war einfach … so unfassbar bescheuert.«

Sie könnte ihm sagen, dass es nicht so schlimm sei und dass sie ihm verzeihen würde. Sie könnten gemeinsam zurück zum Restaurant gehen und die ganze Sache einfach auf sich beruhen lassen. Es wäre sogar eine gute Gelegenheit, mit ihrem Bruder reinen Tisch zu machen. Und Meri würde ihr schmutziges kleines Geheimnis für immer für sich behalten. Aber dann würde sie Cam mit seinen Schuldgefühlen allein lassen. Es war also nur fair, wenn sie ihm auch alles gestand. Sie konnte ihn doch nicht einfach so allein im Regen stehen lassen, außerdem ertrug sie es nicht, wie niedergeschmettert er aussah. Er hatte einen derartig verzweifelten Blick drauf, als halte er es für möglich, dass sie sich jetzt von ihm abwenden würde.

»Ich weiß«, sagte sie.

Ihm entglitten die Gesichtszüge … Er verstand sofort, was sie meinte. Wahrscheinlich hatte er schon etwas geahnt.

»Ich habe euch gehört«, fuhr sie fort, damit er nicht erst fragen musste.

»Meredith«, sagte er mit angehaltenem Atem. »Oh Mann! Also warst du deswegen so schlecht drauf.«

»Wie bitte? Nein. Ich meine … Ich habe euch gehört und war zuerst schon traurig. Gleichzeitig ist mir dadurch aber auch einiges klar geworden. Nein, anders, ich war mir über meine Gefühle für dich eigentlich schon im Klaren, aber ich schätze, das hat mich irgendwie … dazu gebracht, endlich über meinen Schatten zu springen und zu handeln. Weil ich Angst hatte, dich an jemand anderen zu verlieren.« Sie presste eine Hand an die Stirn. »Wer hat hier also Mist gebaut? Es tut mir so leid.«

»Wie viel hast du mitbekommen?«

Sie sah ihn an, die Lüge brannte ihr auf der Zunge. Ach, nur ein paar Minuten. Ich bin sofort wieder reingegangen. Weil das jeder normale Mensch tun würde. »Alles.«

Er wandte sich ab, ehe sie den Arm nach ihm ausstrecken konnte. »Aber warum, Meredith?«

»Ich wusste ja erst ganz am Ende, dass du es warst! Ich hatte ein paar Bier intus, konnte nicht schlafen und … ach, verflucht, Cameron. Ist das tatsächlich so schwer nachzuvollziehen? Ich habe gelauscht. Obwohl ich mich schäbig gefühlt habe. Also, du fühlst dich mies, ich fühl mich mies … dann sind wir wenigstens quitt, was das angeht, oder nicht?«

So wie er sie jetzt gerade ansah … fragte sie sich allerdings ernsthaft, ob sie beide nach diesem Urlaub überhaupt noch den Hauch einer Chance auf eine Beziehung hatten. »Ich weiß nicht, was ich sagen soll. Es bringt mich um, dass du das mit angehört hast. Ich kann mir nicht einmal vorstellen …«

»Für mich war es auch schrecklich«, gab sie zu. »Aber Cam … wenn uns das am Ende zueinander geführt hat, dann bin ich trotzdem froh darüber, dass ich es getan habe. So muss ich meine Gefühle für dich zumindest nicht länger verstecken. Das ist doch etwas Schönes. Es hat mich fertiggemacht. Mir nichts anmerken zu lassen, war verdammt schwer.«

»Du hast deine Gefühle wirklich gut verborgen«, erwiderte er. »Bis gestern habe ich mich manchmal gefragt, ob du mir überhaupt zur Hilfe kommen würdest, falls ich unter einen Bus gerate.«

»Komisch. Dabei sieht mir doch sonst immer jeder an, was ich fühle.« Sie versuchte ein Lächeln, aber es wollte nicht recht gelingen. »Und selbstverständlich würde ich dir helfen. Ich würde alles Menschenmögliche tun, um dich zu retten. Im schlimmsten Fall würde ich wahrscheinlich auch unter den Bus springen. So wie du es auch für mich tun würdest, das weiß ich.«

Bei ihm klappte das mit dem Lächeln schon viel besser als bei ihr. »Du bist wirklich etwas Besonderes, weißt du das?«

»Das fällt dir ja früh auf.« Sie musste lachen.

»Ich hätte eine Bitte.«

Meri atmete tief durch. »Na gut. Raus damit.«

»Können wir das bitte nie wieder erwähnen? Ich weiß, es wäre zu viel verlangt, es ganz zu vergessen, aber wenn ich könnte, würde ich es für immer aus deinem Gedächtnis löschen, glaub mir.«

»Hm. Ich muss dir aber noch etwas gestehen, was damit zusammenhängt.«

»Oh Gott. Will ich das hören?«

»Weiß nicht. Du wirst danach vielleicht anders über mich denken. Wenn dir also viel an dem Bild der süßen kleinen Meri liegt, dann sollte ich mein Geheimnis wohl lieber mit ins Grab nehmen.«

»Mir liegt einfach viel an dir, egal wie. Weißt du das denn nicht?«

Sie trat auf ihn zu, schlang die Arme um seine Taille und stellte sich auf die Zehenspitzen. »Es hat mich total angemacht«, flüsterte sie ihm ins Ohr.

Er stöhnte auf und drängte sich an sie. »Ach ja?«

»Ich habe es mir auf dem Balkon selbst gemacht. Und mich so schmutzig dabei gefühlt. Aber es hat mir gefallen. Nachdem ich mitbekommen hatte, dass du es warst, musste ich ständig daran denken, wie du dich angehört hast. Wie sehr ich mir gewünscht habe, dein Stöhnen würde mir gelten.«

»Scheiße, Kleines, weißt du eigentlich, was du da gerade mit mir anstellst?«

Sie lachte. Ja, sie konnte es sogar ganz genau spüren. »Ich ahne es. Und ich dachte, das mit dem ›Kleines‹ hätte sich mittlerweile erledigt.«

»Ich ziehe dich eben gerne damit auf.«

»Soweit ich weiß, zeigen Jungs Mädchen so, dass sie sie mögen.«

»Dann solltest du dich darauf vorbereiten, noch sehr lange weiter von mir aufgezogen zu werden. Kleines.«

Hand in Hand gingen sie zum Restaurant zurück. Eine feste Einheit. Es wurde Zeit, sich den anderen zu stellen, was sie auch davon halten mochten. Nach einem letzten aufmunternden Blick gingen sie auf den Tisch zu, an dem Dane, Marla und Alyssa saßen.

Meredith musste ihren ganzen Mut zusammennehmen, als ihr Bruder aufsah und sie entdeckte. Sein Blick glitt sofort nach unten zu ihren verschlungenen Händen, dann wieder hinauf zu ihren Gesichtern.

Im Gegensatz zu ihr ließ Dane sich nie anmerken, was in ihm vorging. Dennoch versuchte sie krampfhaft, seinen Gesichtsausdruck zu deuten.

Bitte, großer Bruder, flehte sie innerlich. *Sei einverstanden.*

Inzwischen hatte auch Marla sie entdeckt und sah sie mit offenem Mund an. Alyssa folgte Marlas Blick, drehte sich um, und auf ihrem Gesicht erschien das breiteste Grinsen, das Meri je bei ihrer Freundin gesehen hatte.

Dane lehnte sich zurück, den Arm lässig auf die Rückenlehne von Marlas Stuhl gelegt. Er sah aus, als wäre er tief in Gedanken versunken.

»Überraschung?«, sagte Meri verunsichert. Cam lächelte sie ermutigend an, hob ihre Hand an die Lippen und küsste sie.

Als sie schon dachte, Dane würde sie bis in alle Ewigkeit auf die Folter spannen, richtete er sich auf und wandte sich wieder seinem Essen zu. Doch vorher murmelte er noch: »Wurde ja auch endlich Zeit, verdammt.« Dann biss er in seinen Burger, schluckte und fügte hinzu: »Was glaubst du, warum ich ihn mitgeschleppt habe?«

Bevor sie das Lokal verließen, machte Meredith bei dem

kleinen Ecktischchen vom Vorabend halt, an dem gerade niemand saß. Dort, wo sie ihre Namen hinterlassen hatten, fügte sie unter die Inschrift »unsere erste Verabredung« die Worte »von vielen« hinzu. Dann umrahmte sie alles mit einem großen Herz.

Alyssa, der Engel, erbarmte sich ihrer und quartierte sich für den Rest des Tages bei Dane und Marla ein. Sie bot ihnen sogar an, später ihre Sachen aus der Wohnung zu holen, damit Meri und Cam den restlichen Urlaub ungestört sein könnten. Sie war wirklich die beste Freundin, die man sich vorstellen konnte.

Diese Zweisamkeit war dringend notwendig, fand Meri. So konnten sie sich unterhalten, sich lieben und als Paar besser kennenlernen, bevor es wieder in den hektischen Alltag zurückging. Bei ihrer Vorgeschichte war das wichtiger als bei anderen Pärchen.

»Ich hätte Dane umbringen können, als er das vorhin gesagt hat«, gestand ihr Cameron, als sie am Abend auf dem Balkon saßen und das Spiel der Wellen betrachteten. »Tut mir leid. Ich weiß, ich wollte es eigentlich nie wieder erwähnen. Es ist ja auch nicht so, dass ich es vor dir verheimlichen wollte, aber … nur eine Nacht vorher, du weißt schon. Das sieht einfach furchtbar aus.« Er seufzte. »Ich wollte jedenfalls nicht, dass du es so erfährst. Ich kam mir echt schäbig vor.«

Meredith lachte. »Stell dir mal vor, wie ich mir vorkam, als ich da draußen saß und … du weißt schon. Wie eine abartige Spannerin.«

Er streckte den Arm aus und ergriff ihre Hand. »Nichts an dir könnte jemals abartig sein, Baby.«

»Nun, und nichts an dir schäbig.« Sie schlangen die Finger ineinander und schwiegen eine Weile, doch irgendwann hielt sie es nicht mehr aus. »Sie ist also … aus der Wohnung gestürmt?«

»Sie war echt sauer auf mich. Weil ich sie mehr oder weniger hinauskomplimentiert habe, sobald wir wach wurden. Ich wollte nicht unhöflich sein, aber verflucht, ich wollte auch nicht den Tag mit ihr verbringen.«

Meri lachte leise in sich hinein. »Das arme Ding. Obwohl ich nicht wirklich behaupten kann, dass sie mir leidtut. Ich weiß nur, wie ich mich fühlen würde, wenn du mich so abservieren würdest.« Am Boden zerstört. Bei ihnen stand allerdings auch viel mehr auf dem Spiel als nur eine Nacht.

»Verdammt, nein. Niemals. Mit dir ist das etwas ganz anderes, das weißt du doch? Mit dir war es immer etwas anderes.«

»Darf ich dich fragen, wie sie ausgesehen hat? Ich habe mich damit gequält, es mir auszumalen.«

Er sah ihr direkt in die Augen. »Auch wenn ich mich wie ein Arschloch anhöre … Sie sah dir ziemlich ähnlich. Andererseits habe ich dich in jedem Mädchen gesehen, Meredith. So war es eigentlich immer.«

Es war beängstigend, wie schnell sie bereit war, ihm einfach alles zu verzeihen. Nicht, dass er sich daran gewöhnte, sie durfte ihm nicht zu viel durchgehen lassen. Bei dem Gedanken musste sie unwillkürlich grinsen. »Sieh dich von jetzt an nicht mehr woanders nach mir um, ja? Mehr verlange ich nicht, jetzt, da du mich hast.«

»Verstanden.«

Er beugte sich zu ihr, sie kam ihm entgegen, und er küsste sie genau in dem Moment, in dem die Sonne im Golf von Mexiko versank.

Epilog

Das Abendessen war köstlich und der anschließende Strandspaziergang reinster Seelenbalsam. Am Ende waren sie wie am Tag zuvor vollkommen durchnässt und voller Sand, weil sie in den Wellen getobt, sich gejagt und im Sand gewälzt hatten, als sie sich endlich von ihm fangen ließ. Stunden verflogen wie Minuten, und Meri wurde klar, wie sehr sie das alles hier vermissen würde. Gleichzeitig konnte sie es kaum erwarten, mit Cameron an ihrer Seite in ihr altes Leben zurückzukehren.

Eine Sache musste sie allerdings vorher noch tun.

Es mochte merkwürdig sein. Vielleicht war sie auch nicht ganz normal (na ja, wohl eher definitiv). Aber als sie ihn gegen drei Uhr morgens auf ihren Balkon zerrte, war sein verlegenes Lächeln einfach zu verführerisch.

»Du bist verrückt, weißt du das?«

»Wusstest du das etwa noch nicht?«

»Falls es mir noch nicht ganz klar war, dann ist es das jetzt.«

»Vielleicht habe ich einfach das Bedürfnis, eine schlechte Erinnerung mit einer großartigen zu überschreiben. Danach werde ich es nie wieder erwähnen, versprochen.«

»Von mir aus, wenn es wirklich das ist, was du willst. Aber mach dir bitte niemals deswegen Gedanken, denn es ist nichts verglichen mit dem, was wir haben, Babe. Nichts.«

Sie legte ihm lächelnd einen Finger unters Kinn. »Ich fand es ziemlich heiß, erinnerst du dich? Damals habe ich mich gefragt, ob ich mich auch auf so etwas einlassen würde. Und entschieden, dass ich es tun würde.«

»Nun, wenn das so ist.« Er zog sie in die Arme, beugte sich zu ihr hinab und küsste sie um den Verstand. Daran würde sie sich niemals gewöhnen. Warum auch?

Der Wind zerzauste ihr Haar; sie musste es immer wieder wegschieben, damit es keine Strähnen in ihre Münder wehte. Und ihren ebenso gierigen Händen stand auch nicht viel im Weg, denn da sie vorhin kurz im Wasser gewesen waren, trug Cameron immer noch seine Badeshorts und Meredith ihren Bikini. Er bedeckte ihre Brüste mit Küssen, den Bauch, die Oberschenkel. Sie reckte das Gesicht und lächelte zum Mond hinauf, während er ihr das Bikinihöschen abstreifte.

Dann spürte sie seine Lippen dort, wo sie sie sehnsüchtig erwartet hatte, zwischen ihren Schenkeln, wo es vor Verlangen brannte.

»Oh ja, bitte, Cam …«

Nach diesem letzten hilflosen Flehen war kein zusammenhängender Gedanke mehr möglich. Ihr Oberteil flog zur Seite. Seine Badehose auch. Sein muskulöser, unnachgiebiger Körper in ihren Armen. Sie wurde hochgehoben, mit dem Rücken an die Wand gedrückt, so wie sie es sich in jener Nacht ausgemalt hatte. Oh Gott, ja.

»Du hättest es sein sollen«, raunte er an ihrem Hals. »Immer hättest es du sein sollen. Es macht mich wahnsinnig, dass du es nicht warst.«

Doch sie hätten jetzt nicht hier gestanden, wenn es anders gelaufen wäre. Zumindest noch nicht. Allein deswegen würde Meredith immer dankbar für das Erlebte sein und stolz darauf, dass sie eine viel zu viele Jahre vertane Chance endlich genutzt hatte. Ihr Mut war belohnt worden. Trotz aller Schwierigkeiten gehörte er endlich ihr.

»Ist schon gut. Jetzt bin ich es ja.« Sie versanken in einem weiteren Kuss. Das rhythmische Rauschen der Wellen übertönte ihr Geflüster und das leise Stöhnen. Er glitt in sie hinein, nahm sie in Besitz, und sie passte sich seinen Bewegungen an. Bohrte ihm die Nägel in den Rücken, während er sie fest am Hintern packte, damit sie blieb, wo sie war.

Ob sie irgendjemand hörte, war ihr verdammt egal. Vielleicht dachte dieser Jemand dabei auch an seinen Traumpartner. Wage es, würde sie demjenigen raten. Ohne es drauf ankommen zu lassen, war es unmöglich vorauszusehen, was geschehen würde. Und manchmal standen die Sterne günstig und erfüllten einem den sehnlichsten Wunsch.

Er war alles, was sie sich je gewünscht hatte.

Sie kam mit seinem Namen und einem seligen Lächeln auf den Lippen, lachte sogar laut auf. Es war anscheinend ansteckend, denn er musste ebenfalls lachen. Dann betrachtete sie sein geliebtes Gesicht, während er ebenfalls zum Höhepunkt kam.

Später lagen sie erschöpft ineinander verschlungen auf dem Bett, das Mondlicht fiel auf ihre nackten Körper, er drängte sich von hinten an sie und schloss sie fest in die Arme.

»Ist es zu früh, dir zu sagen, dass ich dich liebe?«, flüsterte er.

»Zu früh? Ich habe Jahre darauf gewartet.«

»Also habe ich einiges nachzuholen, nicht wahr? Ich liebe dich, Meredith.« Er küsste sie aufs Ohr. Die Wange. Die Schulter.

Sie schloss die Augen und kuschelte sich in seine starken Arme, so geborgen und glücklich wie nie zuvor. »Ich liebe dich auch.«

Sie schlief so gut wie schon Jahre nicht mehr.